Astrid Miglar

Blutrotes Weimar

GREIFEN
Krimi

GREIFEN
Krimi

Astrid Miglar

Blutrotes Weimar

Kriminalroman

Für Elke, die mir – kaum, dass ich Weimar erwähnte –
mit ersten Informationen zur Verfügung stand.

Blutrotes Weimar

Der Dämon steckt in unserer eigenen Haut.
Christoph Martin Wieland

Weimar ist ein klassisches Kunstwerk. Weimar trägt zahlreiche blutrote Herzen und einen schwarzen Löwen im Wappen. Sie können von Weimar-Porzellan Zwiebelkuchen essen, dazu Ehringsdorfer trinken. Hier begegnet man nicht nur Geistern aus vergangenen Zeiten, jenen von Fürsten und Dichtern, von Briefschreiberinnen, Geliebten und Regentinnen. Längst ist Weimar mehr, es ist Bauhaus und Universität, Wirtschaft, Verkehr, Genuss und auch ein Asteroid mit der Nummer 3539, der auf den Namen der Stadt hört und sich tatsächlich irgendwo zwischen den Planetenbahnen von Mars und Jupiter herumtreiben soll. Auch die Antarktis kommt nicht ohne Weimar aus, dort gibt es einen von Eis bedeckten Felsen: den Weimar-Eishöcker. Um zu erfrischendem Eis zu kommen, brauchen Sie nicht in die Antarktis reisen, denn in Weimar serviert man die begehrte Kälte geschmack- und kunstvoll. Und auch andere Künstler sind heute noch leidenschaftlich am Werk: Sie malen, sie formen Skulpturen, manchmal mit bloßen Händen, sie fertigen Hüte, sie schreiben, sie frisieren Hunde. Apropos Hunde: Kennen Sie die bekannte Hunderasse Weimaraner? Ich rate Ihnen, achten Sie auf den Unterschied zwischen einem Weimaraner und einem Weimarer. Um der guten Beziehungen willen. In Weimar läs es sich träumen und einer Musik lauschen, die nicht nur vergangenen Zeiten stammt. Weimar ist also spannend sonnigen Tagen genauso wie an nebelverhangenen ode nerischen. Eigentlich während aller Jahreszeiten. Aber lich gibt es auch in Weimar düstere Kapitel, angefüllt mit Zorn, Neid und Rachsucht, die Dunkelheit ins Leben bringen. Es gibt sie überall, diese gelbe Pflanze der Eifersucht, die manchmal jegliche Hoffnung unterdrückt, wo wir doch alle nichts anderes wollen, als uns eine romantische Zukunft auszumalen, denn Gelegenheit macht Liebe heißt es doch.

Oder etwa nicht?

Manchmal macht Gelegenheit auch Mord.

Weimar. Eine Stadt in Thüringen.
Weimar. Eine Stadt zweier großer Männer: Goethe und Schiller.
Weimar. Eine entzückende Stadt.
Einwohnerzahl: 65.452.
Tendenz sinkend.
In den nächsten Minuten exakt auf 65.451.
Weitere Reduzierungen folgen.
Bedingt durch das Gesetz der Serie.

Prolog

Das Jahr kennt seinen letzten Tag, der Mensch nicht.
Martin Luther

Der Klügere gibt nach, das gilt normalerweise ausschließlich für vernunftbegabte Wesen. Noch niemals war erwartet worden, dass dieser Ausspruch auch für lebloses Material anwendbar sei. In jenem sonderbaren Fall, der diesen Spruch auf die Probe stellen sollte, ging es um ein großes Kirchenkreuz aus dunklem Holz, an dem ein übergroßer, angenagelter Jesus hing, gelangweilt auf seine Auferstehung wartend. Mit gequältem Gesichtsausdruck. Und, weil ihm offenbar gerade nichts Besseres einfiel, so geschah es eben, dass Jesus und Kreuz genau im richtigen Moment nachgaben.

Der Klügere gibt nach.

Es war wohl nicht der beste Moment im Leben jener Person, die sich in diesem Augenblick unmittelbar unter dem Kreuz befand. Aber, es war exakt der richtige Augenblick für jemanden, der den Heiligen Geist, den Vater, den Sohn und sicherheitshalber noch einige weitere Heilige aus dem Dunstkreis der römisch-katholischen Kirche um Beistand angerufen hatte. Fairerweise muss gesagt werden, dass die Zuständigkeitsbereiche, in denen die angeflehten Heiligen tätig waren, von der Bittstellerin großzügig ausgelegt worden waren, weil sie selbst dafür gesorgt hatte, dass sich das Kreuz im richtigen Moment aus seiner Verankerung lösen konnte. Dennoch, dessen war sich die Frau sicher, konnte ein intensives Stoßgebet, ausgesprochen im passenden Augenblick, nicht falsch sein.

»Jesus hilf!«, flüsterte die Stimme also, und genau dies geschah augenblicklich und zum Entsetzen aller Anwesenden, die noch Sekunden zuvor andächtig der Ansprache des Pfarrers gelauscht hatten, der das schöne Paar, das den heiligen Bund der Ehe antreten wollte, gerade miteinander verbunden hatte.

Dem »Jesus hilf!« folgte ein bewegt geflüstertes »Amen«, das in fassungslosen Kommentaren und schrillen Rufen nach einem Arzt sowie in der allgemein auftretenden Panik völlig unterging. Der hölzerne Jesus am hölzernen Kreuz hatte also erfreulicherweise erhört, worum er gebeten worden war. Er und sein Kreuz waren der Schwerkraft gefolgt und nicht dem Ruf des Vaters in den Himmel. Jesu Auferstehung war auf unbestimmte Zeit verschoben worden.

Unscheinbarkeit war wichtig, fand die Verursacherin des Schreckensszenarios. Es war nicht einmal nötig, sich überstürzt aus dem Staub zu machen. Alles, was für das weitere Prozedere nötig war, waren eine Dosis Gelassenheit, nüchterne Unverfrorenheit, eine gesunde Portion an Schauspielkunst und ein gewisses Maß an Arroganz. Charaktereigenschaften dieser Art würden sich in den nächsten Minuten und Stunden als hilfreich erweisen.

Kapitel 1

Geduldig stand das frisch getraute Paar unter den beiden mächtigen Bäumen und ließ zu, das Fotos geknipst wurden. Zahlreiche Touristen betrachteten die Szene, bevor sie sich wieder zerstreuten, um die örtlichen Sehenswürdigkeiten zu bewundern, sich in ein Café setzten oder in einer nahen Buchhandlung, die den ungewöhnlichen Namen Die Eule trug, Bücher über Weimar zu erwerben.

Die Trauungszeremonie im Standesamt am Herderplatz lag hinter den beiden. Vor dem Staat waren sie nun also Mann und Frau. Die Braut hatte sich im Anschluss an die vom Staat verordnete Förmlichkeit, die ihr den Status einer verbrieften Ehefrau verpasste, versehen mit Erbrecht und ein paar lästigen Pflichten, über die sie hinwegzusehen gedachte, eine romantische, kirchliche Hochzeitsfeier gewünscht. Aus diesem Grund war sie besonders überschwänglich gewesen und hatte sich zwei Kleider gegönnt, die zu beiden Anlässen perfekt passen würden. Woher die Tradition kam, dass der Bräutigam die Braut vor der Hochzeit nicht in ihrem Kleid sehen sollte, wusste sie nicht. Eigentlich war es ihr gänzlich gleichgültig. Daran gehalten hatte sie sich dennoch. Frau muss nicht unnötiges Unglück heraufbeschwören.

Zwischen standesamtlicher Trauung und kirchlicher Hochzeitsfeier hatte sich Margaux in einem Appartement nahe dem Schloss, das ihr Verlobter angemietet hatte, umgekleidet. Später würden sie im Stadtschloss, zwischen jeder Menge wertvoller Ölgemälde, ihren Empfang abhalten. Wie ihr Mann es geschafft hatte, diese Räumlichkeiten zu organisieren, wen er dazu hatte überreden müssen, wusste Margaux nicht. Es war ihr ohnehin gleichgültig. Am Ende war dies nur ein weiterer Beweis dafür, dass er ein hohes Ansehen in der Weimarer Gesellschaft innehatte und sie selbst folglich alles richtig gemacht hatte.

Margaux. Tatsächlich war ihr Taufname Margot, aber Margaux klang nobler, fand sie. Anlass zur inoffiziellen Änderung ihres Vornamens war nur eine Kleinigkeit gewesen. Ihre englischsprachigen Kunden tendierten dazu, sie mit ihrem Vornamen anzusprechen. Das war nicht weiter ungewöhnlich und völlig in Ordnung. Zu jenem Zeitpunkt allerdings, als sie von einem älteren Herrn etwas schludrig »Maggot« gerufen worden war, was eigentlich Margot hätte heißen sollen, aber aufgrund seiner schlampigen Aussprache ihres Vornamens zu Maggot – also Made – geriet, reichte es ihr. So bestand sie darauf, künftig Margaux gerufen zu werden. Keinesfalls wollte sie als Made bezeichnet werden.

Anfangs war sie von ihren Freunden und Familienmitgliedern hinsichtlich der höflich vorgetragenen Änderung ihres Rufnamens belächelt worden. Vermutlich hatten sie hinter ihrem Rücken sogar mitleidige Blicke ausgetauscht oder ihr den Vogel gezeigt. Schlussendlich war es nur eine Frage der Zeit gewesen. Die Menschen in ihrer Umgebung gewöhnten sich bald daran, sie Margaux zu rufen. Der Rest der Menschheit, der meinte, aus welchen Gründen auch immer sie mit Margot anzusprechen, wurde demonstrativ ignoriert. So lange, bis man sich wunschgemäß verhielt. Ihre Vorgehensweise hatte sich bewährt. Margaux wusste sich durchzusetzen.

Ihr Kleid für die offizielle Trauung am Standesamt war schlicht gehalten, jedoch angemessen elegant. Nachtblau. Zarte Spitze am Ausschnitt. Knielang. Klassisch. Beinahe zeitlos. Dennoch besaß es einen Hauch Sex-Appeal. Sie konnte es zu festlichen Anlässen wieder tragen, und da sie nicht vorhatte sich innerhalb der nächsten Monate von ihrem Mann schwängern zu lassen, würde es noch eine Weile passen.

Das Kleid für die kirchliche Hochzeit dagegen war spektakulär. Dafür hatte Margaux gesorgt. Gemeinsam mit ihrer Schneiderin, die mehrfach die Augenbrauen zu den Vorstellungen ihrer Kundin hochgezogen hatte, aber viel zu gut bezahlt wurde, als dass ihr nonverbaler Einspruch von Margaux registriert worden wäre, hatte sie ein Kleid entworfen, das ihre Figur umwerfend in Szene setzen sollte. Der Frau war also nichts übriggeblieben, als ohne Murren und Widerworte zu tun, was man ihr befahl. Gegen Margaux' Willen kam sie ohnehin nicht an, da half auch ihr abfälliger Gesichtsausdruck nichts. Margaux hatte lächelnd triumphiert.

Insgeheim wäre es der Braut lieber gewesen, wenn das Kleid eine bekannte Designerin angefertigt hätte. Ihr ohnehin bereits übermäßig hoch angesetztes Budget für ihr atemberaubendes Hochzeitskleid (sie hatte ihrem künftigen Ehemann keinesfalls erlauben wollen, das Kleid für sie zu bezahlen, dies ließ ihr Stolz nicht zu), hatte Margaux jedoch deutliche Grenzen aufgezeigt. Am Schluss hatte sich dennoch alles gelohnt. Der Zweifel über die Entscheidung zur richtigen Farbe. Die verhaltene Kritik der Schneiderin, was die aufreizende Optik des Kleides betraf. Die Zeitnot, in der sie sich befand. Alles war wie weggewischt. Das Kleid war eine Attraktion. Ein Hingucker, der unvergessen bleiben würde. Ein Glanzstück. Und glänzen wollte Margaux um jeden Preis. Außerdem wusste sie, dass ihre langen Haare hervorragend zur Farbe ihres Brautkleides passten. Die Kombination aus ihren schwarzen Haare und den blauen Augen im strengen Kontrast zu ihrer hellen Haut und zur intensiven Farbe des Brautkleides war umwerfend auffällig.

Nun stand sie also hier. Im Altarbereich der Herz-Jesu-Kirche. Direkt unter dem Kreuz mit dem toten Jesus, der leidend und blutend auf sie herabblickte, was ihr völlig gleichgültig war, weil der Mann, von dem sie nur der Tod scheiden konnte, an ihrer Seite war. Lächelnd erduldete Margaux den langweiligen Sermon des Pfarrers. Lächelnd ertrug sie die Show, einzig inszeniert für die Gäste. Schließlich war die kirchliche Trauung nur Formsache. Eine stilsichere allerdings. Mit Philipp als ihren Ehemann konnte sie sich ein Leben leisten, wie sie es sich schon lange gewünscht hatte. Ihr gesamter Körper vibrierte vor Freude, und das Strahlen, das man verliebten Bräuten unterstellte, hielt auch ihr Gesicht seit Stunden gefangen. Unmittelbar vor dem kirchlichen Teil war sie noch auf der Toilette gewesen. Ihre Trauzeuginnen hatten sie und ihr Kleid beinahe in die Toilettenkabine stopfen müssen. Für eine kurze Weile war sie mit sich allein gewesen, hatte ihre dauerhaft grinsende Mundpartie entspannt und festgestellt, dass sie heute Abend oder spätestens morgen einen Muskelkater im Kiefer haben würde. Entzückende Gedanken waren ihr durch den Kopf geschossen. Das Ja-Wort vor dem Standesbeamten hatte sie bereits zu einer bedeutenden Frau gemacht, weil Philipp ein angesehenes Mitglied der besseren Gesellschaft und ferner finanziell überaus attraktiv war. Zudem ließ sein angenehmes Äußeres nichts zu wünschen übrig. Um es kurz zu machen: Philipp war eine gute Partie, und sie war die First Lady an seiner Seite. Margot Kreuzer, nun bald offiziell Margaux Seydtnach, genoss diesen strahlenden Moment.

Jetzt, da das Ja-Wort im hohen Kirchenraum verklungen war, lächelte sie zufrieden. Verhaltener Applaus erklang und brandete in Richtung Altar. In wenigen Minuten würde der Trauzeuge, ein Kollege ihres Mannes, eine seiner zahlreichen Aufgaben erfüllen und die Anwesenden in das Stadtschloss einladen. Margaux hatte sich ihren Gästen zugewandt. Ungeduldig wartete sie auf die entsprechende Ankündigung. Außerdem galt es auch noch den traditionellen Hochzeitskuss vor aller Augen zu zelebrieren.

Ein sanftes Donnern rollte durchs Kirchenschiff. Das Grollen hatte die Aufmerksamkeit des Pfarrers erlangt, der erschrocken einen Schritt zurück getan und verwirrt nach oben ins Kirchengewölbe blickte. Das zweite Krachen, das an eine Explosion erinnerte und nur Bruchteile einer Sekunde später gehört wurde, erreichte Margaux' Ohren exakt in jenem Augenblick, da sie sich gerade zu ihrem Bräutigam vorbeugen und ihn küssen wollte.

Überrascht hielt Margaux inne, trat wenige Schritte zurück, was aufgrund des üppigen Volumens ihres Brautkleides kein leichtes Unterfangen war, und blickte nach oben zum Kreuz. Sie hatte noch einen flüchtigen Augenblick Zeit sich zu wundern, ihrem frisch angetrauten Mann einen verwirrten Blick zuzuwerfen und den Kopf zu schütteln, dann allerdings …

Kapitel 2

Der Tod lächelt uns alle an,
das Einzige, was man machen kann, ist zurücklächeln.
Marc Aurel

Rasch stellte sich heraus, dass der tragische Unfall doch kein tragischer Unfall gewesen war. Offenbar war dem vorzeitigen Ableben der Braut nachgeholfen worden. Natürlich. Das hätte ich sofort bestätigten können. Wollte ich aber nicht.

Nach dem raschen Eintreffen der Polizei wurden wir einzeln zur Befragung gebeten, wobei die engsten Angehörigen umgehend in einen separaten Empfangsraum in den Haushalt des Pfarrers verfrachtet worden waren, um dort in Ruhe und, dem traurigen Anlass entsprechend vor allem aber in Abgeschiedenheit, vernommen zu werden. Die Angehörigen wurden also vom Rest der Hochzeitsgesellschaft getrennt, und dann hieß es für uns Gäste Geduld zu beweisen und zu warten. Nicht direkt in der Kirche, da der Altarraum ein Tatort war. Dort unter dem Kreuz lag eine Braut in ihrem grandiosen Kleid, dessen Farbe passenderweise so gewählt worden war, dass zahlreiche, hässliche Blutflecke auf dem Stoff nahezu unsichtbar blieben. Margaux, man musste ihr das neidlos zugestehen, war an ihrem Todestag perfekt gekleidet für den großen Auftritt. Leider war sie mausetot und hatte nichts mehr von ihrem zweifelhaften Ruhm. Das Schicksal kann ein miserabler Freund sein, wenn es darum geht einen glänzenden Auftritt zu ruinieren.

Die Hochzeitsgäste waren kontrolliert aus der Herz-Jesu-Kirche gescheucht und, wenn man es beispielhaft sehen will, wie eine Herde gut gekleideter Schafe in ein nahes Restaurant getrieben worden. Einzelne Ausbrecher wollten in eine nur wenige Schritte entfernte Kuchenmanufaktur flüchten, wurden aber von den Wölfen in Dunkelblau zurück zur Herde befohlen. Wir Überlebenden bewiesen Flexibilität und kippten bereits zu Beginn unserer Evakuierung einen Begrüßungsschnaps. Auch Dank des geschäftstüchtigen Wirtes, der uns intensive Schockbekämpfungsmaßnahmen in Form von von Ouzo zugestand.

Die nachfolgende Befragung dauerte Stunden.

Ob uns etwas aufgefallen war?

Etwas Ungewöhnliches?

Jemand, der nervös gewirkt hatte?

Jemand, der sich eigenartig verhalten hatte?

Jemand, der bereits zuvor aggressives Verhalten gegenüber der Braut gezeigt hatte?

Jemand, der uneingeladen erschienen war, vielleicht sogar die Zeremonie gestört hatte?

Jemand, jemand, jemand …

Alle, selbstverständlich auch ich, reagierten entsprechend geschockt. Wir ließen unsere Adressen für eventuelle Nachfragen zurück und waren höflich und entgegenkommend. Einige brachen in Tränen aus und beteuerten die moralische Vollkommenheit der Braut. Über Tote nichts Schlechtes. Ich lauschte still, während sie sich gegenseitig versicherten, dass sie nicht wussten, warum Margaux hatte sterben müssen.

Hätte man die Zeugen getrennt voneinander befragt, wären wahrscheinlich andersartige Sätze gefallen, und der eine oder andere unter den Hochzeitsteilnehmern hätte der Toten vermutlich durchaus ein verbales Haar gekrümmt. Doch noch waren sie nicht bereit Margaux als unbeliebt zu entlarven oder ihren Charakter öffentlich zu sezieren. Schon gar nicht jetzt. Schon gar nicht in Hörweite anderer Gäste.

Es war sicher eine vernünftige und notwendige Vorgehensweise des Ermittlerteams, alle Anwesenden um ihre Kontaktdaten zu bitten, weil am folgenden Tag bereits andere Sätze über die arme Margaux fallen würden.

Diesen Tag hatten sich die meisten von uns sicher anders vorgestellt.

Ich dagegen fand ihn äußerst gelungen.

Kapitel 3

Wo viel Gefühl ist, ist auch viel Leid.
Leonardo da Vinci

Aber warum nicht am Anfang beginnen?

Margaux war eine anstrengende Frau. Dies war die vorherrschende Meinung ihrer Mitmenschen. War das Grund genug, ein Leben vor der Zeit enden zu lassen, also Schicksal zu spielen und ein Lebensende aktiv herbeizuführen?

Im Namen der Gerechtigkeit wurden Margaux' Sünden gezählt. Ich habe Seele und Herz gewogen und bewertet. Zugegeben, ich war unfair, weil ich Margaux nicht gewarnt, sondern ohne Ankündigung Gerechtigkeit geübt hatte. Aber, vertrauen Sie mir, selbstverständlich hatten Margaux' zahlreiche Verfehlungen dazu beigetragen, ihr Ableben zu beschleunigen. Sie war keine zarte Unschuld.

Stolz und Hochmut machten es ihr unmöglich, sich in andere Menschen hineinzuversetzen, Mitleid zu empfinden oder die Tugend der Hilfsbereitschaft zu üben, die Zufriedenheit bewirkt, wenn man sie freigiebig verteilt. Großzügigkeit war ihr fremd.

Habsucht und Neid waren Margaux' treue Begleiter. Unmöglich, dass jemand aus ihrem Umfeld erfolgreicher hätte sein können als sie selbst. Niemand konnte ihr das Wasser reichen. Unzufrieden beobachtete sie daher die gefeierten Leistungen anderer.

Zorn war ihr bester Freund. Bitterkeit vergiftete ihre Seele. Spitzfindigkeiten steigerten sich zu boshaften Attacken. Mit Wollust zerstörte sie Beziehungen, förderte deren Zerbrechen mit hämischer Selbstzufriedenheit und beobachtete genussvoll das

Fallen ihrer Spielfiguren. Zweifellos bereiteten Margaux Inszenierungen von Intrigen Lust. Sie vergiftete ihre Umgebung, während jegliche Aufmerksamkeit wie ein strahlender Scheinwerfer auf ihr zu ruhen hatte. Küsschen hier, Küsschen da. Oberflächlich und herzlos war sie stets auf den eigenen Vorteil bedacht. Selbst dann, wenn ihr die Zerstörung eines Lebens gelang, war sie unzufrieden mit dem erreichten Ergebnis.

Und noch eins war Margaux: zu träge, um zu erkennen, dass der Überdruss, den sie bei anderen hervorrief, am Schluss zu ihr zurückgelangen würde. Sie war skrupellos und narzisstisch. Die genussvolle Pflege ihrer boshaften Wesenszüge war ihre Lieblingsbeschäftigung.

Zu meinem Zeitvertreib dagegen wurde es, ihr Opfer zu rächen und die Schuldigen in die Pflicht zu nehmen. Vergeltung und Selbstjustiz wurden zu meinem todbringenden Spiel. Margaux war keine Sympathieträgerin. Ihre guten Charaktereigenschaften hätte man intensiv und ermüdend suchen müssen, was den meisten Menschen in ihrer Umgebung bald zu mühselig war. Freundschaften, die sie pflegte, blieben flüchtig. Sicherlich gab es genug Menschen, die Margaux nicht leiden konnten, da ihre bisweilen im Sekundentakt auftretenden Stimmungsschwankungen unangenehm waren. Ihr erhobener Zeigefinger war ebenso gefürchtet wie der stets ein wenig grimmig wirkende Ausdruck auf ihrem Gesicht. Margaux' Mundwinkel hoben sich nur selten zu einem Anflug eines Lächelns, und passierte dies doch einmal, dann beinahe ausschließlich aus Schadenfreude. In fortgeschrittenem Alter hätte sich Margaux' strenger Gesichtsausdruck prägend auf ihre Mimik ausgewirkt. Ich hatte dafür gesorgt, dass sie gestorben war, bevor der äußerliche Verfall einsetzen konnte.

Obwohl Unbeliebtheit als Motiv für die Ermordung Margaux' fadenscheinig wirken mag, finde ich dennoch, dass ich die dem Mord vorangegangenen Ereignisse zurechtrücken konnte. Ich übte Rache stellvertretend für die eine, die dazu nicht mehr in der Lage war. Natürlich hätte ich es wie einen Unfall aussehen lassen können. Aber wozu? Sollte sie doch genauso aufdringlich sterben, wie sie lebte. Auffallen um jeden Preis! Diesen Wunsch habe ich Margaux erfüllt.

Eine nach Aufmerksamkeit heischende Art der Unsterblichkeit wurde ihr mit ihrem ungewöhnlichen Ableben jedenfalls gesichert. Wäre sie ertrunken oder das Treppenhaus hinuntergefallen, würden die Zeitungen berichten, dass die kürzlich verheiratete Frau Margaux Seydtnach tragisch verunfallt war. Auf meine Weise jedoch erhielt sie noch im Tod jenes Interesse, das sie im Leben Beifall heischend gesucht hatte.

Blutüberströmt, unter einem schweren Holzkreuz liegend. Erschlagen von Jesus, Gottes Sohn. Göttliches Gericht, sein Wille geschehe. Mene mene tekel u-parsin. Wie schon in der Bibel geschrieben steht: Gezählt und für zu leicht befunden. So wurdest du vernichtet.

Kapitel 4

Es donnerte. Gewitterregen prasselte gegen die Fensterscheiben. Ralf stellte die Lautstärke des Fernsehers lauter, um dem Film folgen zu können. Genussvoll hatte er es sich auf der Couch bequem gemacht, die Füße auf den niedrigen Couchtisch gelegt, einen Seufzer getan, und sich einen ersten Schluck seines allerteuersten Whiskeys gegönnt. Bushmills. Er mochte die Marke. Am liebsten den Einundzwanzigjährigen, der dem Inhalt seiner Geldtasche allerdings nicht guttat. Also äußerte er jedes Mal rechtzeitig, häufig bereits Monate vor seinem Geburtstag, den Wunsch nach genau diesem einundzwanzigjährigen Genuss. Immerhin, diese Rechnung war anlässlich seines letzten Geburtstages aufgegangen. Er hatte eine Flasche Bushmills überreicht bekommen, dessen Inhalt er nun schlückchenweise konsumierte. Ein knapper dreiviertel Liter. Nur für ihn. Er musste nur noch an der Einteilung arbeiten, da Weihnachten noch ein paar Tage entfernt war. Ralf stieß einen wohligen Brummlaut aus. Der Schluck, der seine Kehle hinunter plätscherte, war purer Hochgenuss. Insgeheim war er froh, dass Elsbeth keinen Sinn für derartige Getränke hatte, sodass er sein wertvolles Getränk nicht mit ihr teilen musste.

Gerade hatten ein Blitz und der darauffolgende Donnerschlag dafür gesorgt, dass der Film am Bildschirm flackerte. Ralf hasste Unwetter, die immer wieder für Störungen beim Fernsehempfang sorgten. Deswegen Teile des Films zu verpassen, nervte ihn, hatte er sich doch schon den gesamten Tag auf den heutigen Horror-Splatter gefreut. Zufrieden stellte er sein Whiskey-Glas auf dem niedrigen Beistelltisch ab und lehnte sich genüsslich zurück, um den Zombiefilm, der gerade lief, aktiv zu kommentieren: »Idioten, was rennt ihr auch immer in den dunkelsten Kellern herum, wenn ihr genau wisst, dass dort Zombies auf euch lauern.«

Mit angespanntem Gesichtsausdruck verfolgte er, wie ein Gebissener zuerst in zuckende Bewegungen verfiel, nur um Sekunden später als Zombie Wiederauferstehung zu feiern. Er hatte diesen Film bereits mindestens fünf Mal gesehen, konnte Teile des spärlichen Textes auswendig aufsagen und entdeckte dennoch jedes Mal neue Aspekte im Film, denen er hingerissen folgte. Zufrieden über den Verlauf des Tages stopfte er sich zwei Kissen in seinen Rücken und zuckte verärgert zusammen, als das Telefon läutete und seine Aufmerksamkeit einforderte.

»Scheiß Festnetz«, fluchte er und kämpfte sich unwillig von der Couch hoch.

»Gerade jetzt, wo es richtig spannend ist, muss das Scheißding läuten«, grantelte Ralf halblaut vor sich hin und hob den Hörer ab. Warum er sich überhaupt die Mühe machte ans Telefon zu gehen, wusste er selbst nicht. Vermutlich war es einfach Gewohnheit oder der Wunsch, das schrille Läuten zu beenden. Für eine Hundertstelsekunde überlegte er das Telefonat zu unterbrechen, wollte sich aber ersparen, dass ihn der Anrufer mit neuerlichen Versuchen quälte. Ralfs Konzentration galt weniger dem Gespräch als vielmehr dem sinnlosen Gemetzel, das über den Bildschirm flackerte. Er wollte keine Sekunde des Films versäumen. Zumindest war dies am Beginn der Unterhaltung der Fall.

Kapitel 5

»Guten Tag, hier spricht Margaux Kreuzer. Ich bin eine Arbeitskollegin von Elsbeth und rufe aus der Bank an. Ist Elsbeth zuhause?«

Ralf, dessen Augen auf dem Bildschirm ruhten, schüttelte den Kopf. Eine Bewegung, die Margaux nicht sehen konnte, worauf ihn ein unwirsches: »Hallo, hören Sie mich? Ich will eine Nachricht für Elsbeth hinterlassen. Die Verbindung ist furchtbar!« aus dem gerade stattfindenden Menschenschmaus der Zombies abholte.

»Elsbeth ist nicht hier. Was soll ich ausrichten?«, fragte Ralf höflichkeitshalber, fand den Ton der Anruferin zwar streng, deren Stimme jedoch anziehend. Sie hatte eine tiefe Stimme. Eine Stimme, die er gern in anderen Situationen gehört hätte. Vor dem Anruf hatte sich Ralf voll auf die Zombie-Krankenschwester konzentriert, die sich tückisch einem Pathologen näherte, der wiederum nicht ahnte, was hinter ihm ablief und daher seelenruhig an einem Toten herumschnipselte. Jetzt aber sorgte die Anruferin dafür, dass seine Gedanken in eine andere Richtung liefen. Margaux. Was für ein Name. Französin womöglich, schoss es Ralf durch den Kopf. Er bemühte sich aus dem Gesprächsverlauf, der sich hauptsächlich aus Störungen zusammensetzte, einen französischen Akzent herauszuhören. Erfolglos. Also versuchte er sich die Frau vorzustellen. Diese Vorgehensweise, das wusste Ralf, barg grundsätzlich ein Risiko, nämlich jenes, dass man sich eine Vision zurechtbastelte, die dem echten Leben nicht standhalten konnte. Da Ralf allerdings nicht davon ausging, Margaux innerhalb der nächsten Minuten zu begegnen, kümmerte ihn dieses Risiko nicht. Er schloss die Augen. Wer war diese Margaux? Eine attraktive

Dunkelhaarige mit Kurven genau an den richtigen Stellen. Groß. Schlank. Vollbusig. Vermutlich besaß sie elend lange Beine, bevorzugte Röcke, die ihre Knie nur mäßig bedeckten und betonte die Vorzüge ihrer Kurven überaus gekonnt. Vielleicht war sie eine, die sich weigerte, BH zu tragen. Und vielleicht, Ralf spürte, wie seine Erregung wuchs, vielleicht konnte er durch ihre dünne Bluse die Form ihrer Brustwarzen sehen? Er stellte sich Margaux streng vor, was im Umgang mit manchen Kunden aufgrund deren desaströser Kontostände sicherlich nötig war. Er stellte sich vor, wie sie ihren zahlungsunfähigen und unfolgsamen Lieblingskunden kritisch über den Brillenrand hinweg betrachtete. Ralf stöhnte heftig, was glücklicherweise im Gewitterdonner unterging. Er hatte plötzlich das drängende Bedürfnis, Margaux' Kunde zu sein. Er, der sich bisher erfolgreich geweigert hatte, sein Konto von Elsbeth betreuen zu lassen und daher noch Kunde einer anderen Bank war, ertappte sich tatsächlich beim Gedanken daran, seine Hausbank zu wechseln. Ein energisches Räuspern, das sich in sein Ohr drängte, brachte ihn rücksichtslos in die Realität zurück. Hektisch beeilte er sich mit seiner Antwort, die er ohnehin viel zu lang hinausgezögert hat.

»Entschuldigung. Die Verbindung ist tatsächlich übel. Ich bin Elsbeths Verlobter. Mein Name ist Ralf. Was soll ich ihr ausrichten?«

»Bestellen Sie Elsbeth, dass eine unserer Kundinnen den Termin bei ihr für Donnerstag bestätigt hat. Elsbeth weiß, wen ich meine. Die Kundin legt Wert darauf, von ihr persönlich betreut zu werden. Es geht um Vertrauen, verstehen Sie? Die Frau ist altmodisch, konservativ, wahnsinnig traditionell. Unserem Haus ist es wichtig, ihre Wünsche zu erfüllen. Der besagte Termin findet also nächsten Donnerstag um 14:00 Uhr statt. Ich weiß, das ist knapp wegen ihres geplanten Urlaubs, aber kann ich mich darauf verlassen, dass Elsbeth die Info bekommt?«

Ralf runzelte die Stirn, während er gleichzeitig dem Zombiemassaker am Bildschirm folgte. Ein Räuspern und ein gebieterisch ausgestoßenes »Hallo-o?« brachten ihn schließlich zurück ins Hier und Jetzt. Ralf versprach auf Ehre und

Gewissen, die von Margaux hinterlassenen Informationen weiterzugeben. Absichtlich wiederholte er die Uhrzeit falsch, nur um noch länger die Telefonstimme dieser Frau hören zu dürfen, sich von ihr herrisch rügen zu lassen. Ihre Klangfarbe verführte ihn, schlich sich raffiniert in Gehirn und Unterhose und verursachte erfreuliche Regungen. Seine rechte Hand wanderte unter den Hosenbund, geschickt öffnete er den obersten Knopf seiner Hose, dem die nächsten Knöpfe nahezu freiwillig folgten, und schon schob sich seine Hand in seine Shorts. Rasch und um nicht wie ein Vollidiot zu wirken, der nicht mehr seiner Sprache mächtig war, bestätigte er Margaux, dass der genannte Termin durchaus mit dem gemeinsamen Urlaub vereinbar wäre. Viel zu schnell musste er sich von ihrer außergewöhnlichen Stimme, die ihn hoch erregt zurückließ, verabschieden. Immerhin hatte seine Gesprächspartnerin am Ende mit einem zufriedenen Seufzer geantwortet. Ein abartig herrlicher Seufzer, der Ralf prompt einen Schauer über den Rücken gejagt und seine Lust nur noch gesteigert hatte.

Die Zombie-Krankenschwester hatte den bedauernswerten Pathologen inzwischen zu einem der ihren gemacht. Nun jagten die beiden auf der Suche nach Frischfleisch durch die Kellerlandschaft des Krankenhauses.

Ralf warf sich wieder auf seinen geliebten Couchplatz, dessen Sitzfläche bereits perfekt seinem Körper angepasst war. Die jahrelange Benutzung machte sich angenehm bemerkbar. Wohlig seufzend lehnte er sich im Möbel zurück und blickte sich suchend um. Wo hatte Elsbeth nur ihr Massageöl versteckt? Sie cremte sich regelmäßig am Abend damit ein. Irgendwo musste das Zeug doch sein. Ein kleines bisschen von ihrem Massagezeug wäre seinem aktuellen Vorhaben dienlich, fand Ralf. Er wühlte eine Weile zwischen einem Stapel Zeitschriften herum, die auf Elsbeths Couchseite unter den sorgfältig zurechtgerückten, bunt bedruckten Kissenhüllen lagen, bis er endlich fündig wurde. Ralf schob seine Hose auf Kniehöhe, goss Öl auf seine Handfläche und bearbeitete schließlich hingebungsvoll seinen besten Freund, der nahezu um Erleichterung winselte. Wenn er hätte winseln können. Die entsprechende Tonfolge übernahm Ralf, was ihn nur noch mehr anmachte, während er in Gedanken bei Margaux war, die er zwar nicht kannte, die er sich aber so zurecht träumte, wie es für einen befriedigenden Abschluss der aktuellen Situation nötig war.

Margaux dagegen war ahnungslos, dass sie gerade als Wunschvorlage für Ralfs Selbstbefriedigung herhalten musste. Ihr Ziel war ein anderes: Sie hatte sich vorgenommen, Elsbeth loszuwerden. Das Drama um Elsbeth sollte in einem fingierten Kundentermin seinen Anfang nehmen, mit einem falschen Datum und einem Verlobten, auf den kein Verlass war. Nur eine klitzekleine Lüge, da das Gespräch mit der Kundin bereits früher als zum genannten Tag stattfinden sollte. Am Schluss würde alles auf einen Hörfehler eines unaufmerksamen Verlobten hinauslaufen, was wirklich nicht ihr Problem war. Ein riskanter Zug, der sicherlich aufging, weil Ralf, das wusste Margaux von Elsbeth, unzuverlässig war. Damit wurde er zum perfekten Opfer für Anschuldigungen, die ihm Elsbeth zweifellos anlasten würde. Vermutlich früher als Ralf lieb war. Am Schluss würde eine ungeliebte Kollegin kündigen oder gekündigt werden. Es war nur eine Frage der Zeit. Elsbeth würde dem Druck, der aufgrund von Fehlern, die bald auf ihr lasteten, nur eine kurze Weile aushalten.

Kapitel 6

Was mich nicht umbringt, macht mich stärker.
Friedrich Nietzsche

Ich mag Feuer. Ich mag dessen Eigenleben. Die knisternden Flammen, die Hitze, die Funken, die rote Glut, sogar die Asche. Kurz: Ich mag es heiß. Außerdem mag ich es scharf, was besonders bei Messern eine wunderbare Eigenschaft ist. Klingen, die einen glatten, schnellen Schnitt ohne große Kraftanstrengung ermöglichen, Filetiermesser und Skalpelle beispielsweise, ziehen mich magisch an. Mancher Arzt mag sich schon gewundert haben, warum in seiner Arztpraxis ein Skalpell vermisst wurde. Unmittelbar nach meinem Besuch, jedoch so, dass der Verdacht nie auf mich fallen würde, waren doch zeitgleich noch andere Patienten anwesend. Die Untiefen meiner Handtasche hätten in dieser Hinsicht mancherlei Überraschungen offenbart. Außerdem bin ich technikbegeistert, und dazu bediene ich mich meines äußerst persönlichen Netzwerkes: Meine Brüder sind meine erste Anlaufstelle, wenn ich diesbezüglich Fragen habe. Wozu habe ich Geschwister, die schlauer sind als ich, weil sie fundierte technische Ausbildungen genossen haben?

Genau genommen sind sie meine Halbgeschwister. Ich bin das Ergebnis einer ausufernden Feier meiner Mutter mit einem Autoverkäufer, der zum erfolgreich verkauften Wagen noch eine Flasche Sekt und im Anschluss seinen Körper und seine Gene spendete. Aber zurück zu meinen Brüdern. Ich habe auskunftsfreudige und vor allem hilfsbereite Brüder. Profis freuen sich immer, wenn Amateure andächtig an ihren Lippen hängen und sie gehörig für ihr umfangreiches Wissen bewundert werden. Wenige Augenaufschläge später habe ich meist Resultate auf dem Tisch, die sich sehen lassen können, oder zumindest einen Lösungsansatz zur jeweiligen Frage gefunden. Die Kenntnisse meiner Brüder halfen mir bereits aus mancher Verlegenheit, weil die beiden, wenn es um praktische Umsetzung geht, nicht zurückhaltend sind. Schon als Kind habe ich mich für alles begeistert, was erforscht und zerstört werden konnte. Aufschrauben, auseinandernehmen, zusammenbauen - das war meine Welt. Manchmal mussten Geräte, die zuvor noch funktioniert hatten, daran glauben. Zimperlich war ich nie, wenn es darum ging, Blödsinn zu ersinnen, wenn mir auch häufig die Kraft zur Umsetzung fehlte. Im Alter von etwa zehn Jahren mag ich mit meinen Minizöpfchen niedlich ausgesehen haben, hatte es allerdings faustdick hinter den Ohren. Mein Innerstes blieb sogar meiner Mutter verborgen, die für die gelungene und gute Erziehung ihres Kindes gewiss die Hand ins Feuer gelegt hätte. Unter dem Schutzschild meiner Wohlerzogenheit litt meine Umgebung, niemals aber meine Freundin Elsbeth, an deren Seiten ich pausenlos zu finden war. Wie Klebstoff hafteten wir aneinander, worunter Elsbeths Bruder Frank litt. Eifersucht trieb ihn um, und mich Rache, wenn er mir Elsbeth entzog. Frank weiß bis heute nicht, wer für seinen mehrwöchigen Liegegips im Sommer während der Schulferien verantwortlich war. Frank liebte Bad Berka, und er liebte unsere Siedlung nahe der Ilm. Besonders jedoch liebte er eine fabelhaft enge Rechtskurve in unserer Wohnstraße, die er regelmäßig mit seinem Motorrad, halb liegend und möglichst rasant, in Angriff nahm. Nach der Kurve beschleunigte er auf Teufel komm raus, fuhr gewöhnlich eine kurze Strecke auf dem Hinterrad, um anschließend unmittelbar vor uns Rad- und Tretroller-fahrenden Kindern abzubremsen, was ihm wütendes Geschrei der jeweiligen Eltern einbrachte, sein Verhalten aber nicht beeinflusste. Die besondere Herausforderung, die seine Lieblingskurve bot, wurde von Frank täglich mehrmals bewältigt. An guten Tagen auch fünfzig Mal, was für die Reifen seines Motorrads eine echte Überbeanspruchung bedeutete. Immerhin ging sein Treiben eine Weile gut, bis plötzlich und unerwartet für ihn winzige Teilchen seinem fahrerischen Können ein Ende setzten. Dass der ausgestreute Schotter, der ihm besagte Siedlungskurve für ewig verleidete, ein nettes Geschenk von mir war, das er sich redlich verdient hatte, erfuhr Frank natürlich nie. Ergebnis: Beide Beine gebrochen und eingegipst. Ein Arm angebrochen und geschient. Quetschungen, Zerrungen, blaue Flecken, Abschürfungen. Verhunzte Sommerferien.

Ich fand ja, Frank hatte Glück gehabt, es hätte ja noch schlimmer kommen können. Dies hatte auch sein behandelnder Arzt verkündet, wie ich von Elsbeth brühwarm erfuhr. Franks Eltern hatten dazu nur genickt und tiefe Seufzer getan. Vermutlich aus Erleichterung, dass ihr wilder Sohn glimpflich davongekommen war. Andererseits wohl aus Verärgerung, weil sie ihn nur schwer im Zaum halten konnten.

»Es war wohl nur eine Frage der Zeit«, hatten sie gemurmelt.

»Es war absehbar«, hatten die mit hörbarer Schadenfreude unterlegten Kommentare anderer Eltern gelautet. Das Unfallgeschehen wurde genüsslich weitererzählt, während ich wohl wusste, dass Frank nichts geschehen wäre, hätte er mich nicht regelmäßig mit seinen in allerletzter Sekunde durchgeführten Bremsmanövern gequält.

Anders gestaltete sich die Rache an meiner Schulkameradin Martina, die Elsbeth und mich regelmäßig mit der Zerstörung unserer Regenschirme, Lineale, Lesebücher und Farbstifte bedrohte und dies wiederkehrend praktizierte, wenn sich die Gelegenheit dazu bot. Auch sie musste am Ende unter meiner Kreativität leiden. Ausschlaggebend für meine hinterhältige Racheaktion war die Umformung meines Regenschirms zu einem formvollendeten U. Der Schirm war ein Geburtstagsgeschenk gewesen und hatte nur ein einziges Mal Regen auf seinem wunderschönen, rot-blau bespannten Bezugsstoff spüren dürfen. Ein schönes Geschenk, genauso wie die nagelneuen Ballettschuhe jener Täterin, die ich mit Reißzwecken spickte. Da ich nie daran interessiert war, Ballettstunden zu absolvieren, konnte ich mir das Ende der Geschichte nur erzählen lassen, war ich doch leider nicht anwesend, als es geschah.

Beim Anziehen der neuen Schuhe spürte Martina keinerlei Unannehmlichkeiten. Zumindest nicht mehr als üblich, wenn sie ihre vom Balletunterricht beschädigten, bereits leicht deformierten Zehen in die engen Ballettschuhe quetschen musste. Erst beim berüchtigten Zehenstand war die Gewichtsbelastung groß genug, sodass sich die Reißzwecken, die ich im vorderen Bereich der Schuhe platziert hatte, durch die schützenden Zehenkappen bohrten und für die von mir erwünschten heftigen Schmerzen und lauten Schreie sorgten, sowohl beim Eindringen der Nagelspitzen in beide großen Zehen als auch beim nachfolgenden Herausziehen. Der Verursacher der Zehenfolter wurde nie gefunden. Interessanterweise dachten die Lehrkräfte eher an die Tat eines Jungen als an jene eines Mädchens. Entsprechend misstrauisch, jedoch erfolglos wurden die Knaben in die Mangel genommen.

Zwar sollte das Geschlecht bei der Suche nach dem Täter grundsätzlich keine Rolle spielen, doch in diesem Fall war mir das Glück hold und ich, die wahre Täterin, wurde nie gefunden. Ich triumphierte im Stillen.

Mir war schon damals bewusst, dass mich meine Handlungen in den Augen der Öffentlichkeit unsympathisch dargestellt hätten. Allerdings wusste die Öffentlichkeit von meiner boshaften Art nichts. Außerdem, wie sollte sich ein Mädchen, das kaum Muskelmasse und nur wenig Schlagkraft besaß, um sich zu wehren, und deren große Brüder nicht jederzeit verfügbar waren, um zur Verteidigung zu schreiten, schon anders verhalten, als mit List und Tücke vorzugehen? Daher blieb mir nichts übrig, als mir klitzekleine Racheakte auszudenken, um aus dem Hinterhalt gegen stärkere Gegner anzukommen. Den großen Brüdern dabei zuzuhören, wie sie Pläne schmiedeten, um jemanden zu ärgern, war dabei aber immer äußerst hilfreich. So hilfreich wie Hammer und Säge. Besonders die Säge.

Eine Säge, die zum Beispiel den Ast jener Eiche ansägte, von der man wusste, dass an diesem Baum regelmäßig der blöde Nachbarsjunge Fredi hochkletterte, um in das Fenster einer Elfjährigen zu starren, die im Nachthemd am Schreibtisch sitzend ihre Hausaufgaben erledigte. Der Ast war rasch zur Hälfte durchgesägt. Auf die Sägestelle hatte ich Dreck gerieben, dadurch blieb die frische Schnittstelle unsichtbar. Beim nächsten abendlichen Ausflug des jugendlichen Spanners auf den Ast des Spionagebaums war ein tiefer Sturz unausweichlich.

Warum ich das tat?

Nicht, dass er mich nackt gesehen hätte. In dieser Hinsicht gab es nichts zu sehen. Aber er erzählte herum, welche Nachthemden ich trug. Machte sich lauthals und hämisch über die hübschen Muster auf dem Stoff lustig. Weil das ungehörig war, brach er sich bei einer seiner Klettereien, bei einem Sturz aus drei Metern Höhe, das Schlüsselbein. Fredis tiefer Fall war harmlos ausgegangen, es hätte auch ein gebrochenes Genick sein können. Blöd nur, dass das neue Auto seines Vaters unter dem Baum in der Einfahrt gestanden hatte. Die Delle im Autodach war beachtlich. Der Schreianfall des Vaters ebenso.

Natürlich litt auch Elsbeth fallweise unter meinem Übermut. Manchmal mussten die Spielsachen meiner besten Freundin für Experimente herhalten. Aber das sind die Dinge, die den Wesenszug einer besten Freundin ausmachen: Geduld und Gelassenheit. Elsbeths Spielsachen waren oftmals meine Opfer und Elsbeth dahingehend außerordentlich nachsichtig. Im Nachhinein betrachtet, war sie offenbar sogar zu friedfertig mir gegenüber. Sie gebot mir niemals Einhalt, schimpfte nicht oder kündigte mir, was für mich damals am Schlimmsten gewesen wäre, ihre Freundschaft auf. Doch dann veränderte das Leben unsere Verbindung: Elsbeth zog mit ihrer Familie von Bad Berka nach Leipzig. Anfangs schrieben wir einander noch. Doch dann gingen wir im neuen Freundeskreis auf und verloren die Sehnsucht nach einander. Mit Wehmut erinnere ich mich an diese Zeit.

Ich gestehe, mein Wesen als Erwachsene hat sich nur wenig verändert, denn ich neige nach wie vor zum Grübeln und Planen. Woran es liegt, dass ich mit einem perfekten Plan noch nicht reich und berühmt geworden bin und auch keinem hochdotierten Beruf nachgehe? Leider schweifen meine Gedanken immer wieder ab. Unmittelbar vor dem Schulabgang bescheinigte mir eine Dame von der Arbeitsvermittlung eine leichte Form der Konzentrationsschwäche. Dazu seufzte sie genervt und meinte, es wäre schwierig meine Stärken, Interessen und Neigungen zu bündeln. Gekränkt bündelte ich daraufhin meine Stärken auf künstliche, fallweise auch chemische Vorgänge am lebenden Objekt und wurde Kosmetikerin. Bald erkannte ich klar, dass eine Entfernung von Wimpern und Augenbrauen anstelle der Bein- oder Intimbehaarung einer funktionierenden Der-Kunde-ist-König-Beziehung nicht dienlich war. Heute verwendet man das schöne Wort Multitasking, wenn man an mehrere Dinge gleichzeitig denkt, diese parallel abarbeitet und am Schluss nichts Ordentliches daraus wird. Dies gelang mir anfangs hervorragend, aber ich wurde älter und klüger. Seit Kurzem arbeite ich in einem neu eröffneten Schönheitssalon in Weimar. Im Atrium. Direkt gegenüber der Polizeiinspektion, was ein wahnsinnig sicheres Gefühl vermittelt. Mein Boss hat sich mit seinem Beautysalon im Atrium eingemietet, unmittelbar nachdem das Center eine Weile geschlossen hatte, großartig saniert und umgebaut wurde. Im Freibereich gibt es sogar den Luxus firmeneigener Parkplätze für die Gäste des Beautysalons, neben den noch etwa 800 Stellplätzen im Parkhaus. Zahlreiche Ahornbäume und Kupferfelsenbirnen wurden rund ums Atrium gepflanzt, sodass es im Sommer natürliche Beschattung auf den Parkplätzen gibt, was mir völlig gleichgültig ist, denn ich besitze kein Auto, in dem ich meinen Körper rösten könnte, auch wenn mein Chef ein Freund von gesunder Bräune ist, denn eines ist gewiss: Schönheit ist ein einträgliches Geschäft. Der Boss hält uns energisch dazu an, diese Devise umzusetzen.

»Wer unser Institut verlässt«, impft er uns beharrlich ein, »wird automatisch zum Aushängeschild, dadurch zur lebenden Werbung. Das sorgt für Folgegeschäfte.«

Meine Meinung dazu? Wo er recht hat, hat er recht. Beruflich sorge ich also dafür, dass Hässliches ausgemerzt wird. Manchmal sind diese Korrekturen drastisch und wirken sich auf das gesamte Umfeld aus, besonders, wenn man sich in die Hände eines erfahrenen Profis, womöglich sogar eines Arztes begibt. Manchmal helfen äußerliche Korrekturen nicht.

Wenn Hässlichkeit aus dem Inneren eines Menschen kommt, kann auch ein wunderbarer Chirurg nicht für jene Verbesserungen sorgen, die den Charakter schönen sollen. Ich bin jedenfalls nur für oberflächliche Korrekturen zuständig. Charakterformung und Behandlung des Seelenlebens meiner Kundschaft gehören nicht zu meinen Aufgabengebieten, wenn auch manche meinen, dass eine Kosmetikerin wie ein verschwiegener Priester zu sein habe. Tatsächlich übertrifft das, was eine Kosmetikerin zu hören und sehen bekommt, mit Sicherheit alles, was ein Pfarrer jemals erleben wird.

Ein Detail am Rande: Dass ich mich für chemische Vorgänge und Technik begeistern kann, war unerhört hilfreich bei der Beschaffung der wirkungsvollen Sprengladungen, die den hölzernen Jesus am Kreuz in Margaux' ausgebreiteten Armen landen ließ. Zugegeben, die Art seiner Wiederkehr war unkonventionell und sicherlich anders, als sich gläubige Kirchgänger dies im Allgemeinen vorstellen. Zumindest war sein Auftritt unvergleichlich extravagant. Wie Jesus am Ende auf Margaux zum Liegen kam, war einzigartig. Es scheint beinah, als besäße Gottes Sohn Sinn für Humor.

Ach, im Dahinplaudern vergaß ich doch tatsächlich mich vorzustellen: Nennen Sie mich doch bitte Eva. Eva Windbraut.

Kapitel 7

Wer unsere Träume stiehlt, gibt uns den Tod.
Konfuzius

Ich hatte Elsbeth lange Jahre aus den Augen verloren und erst überraschend wiedergesehen, als ich im Auftrag meines Chefs eine Einzahlung bei dessen Hausbank tätigen sollte. Es war ein Unfall gewesen, der uns aufeinandertreffen ließ. Der Plan war, dass ich den Inhalt eines Sackes, angefüllt mit Münzgeld, zählen lassen sollte. Der Betrag sollte dem Geschäftskonto gutgeschrieben werden. Dabei war ich zu schwungvoll um eine Trennwand innerhalb des Selbstbedienungsbereichs der Bank gebogen. Anstelle der Geldzählmaschine, die sich dort befinden sollte, zumindest laut Angaben einer zuvor befragten Bankangestellten, stand plötzlich eine junge Frau in typischem Bankoutfit vor mir. Dunkelblaues Kostüm, weiße Bluse, dezent geschminkt, ein wenig unscheinbar. Der unbeabsichtigte Aufprall hatte sich nicht mehr verhindern lassen. Der schwere Geldsack schwang vor, traf die Frau am Oberkörper seitlich unterhalb der Rippenbögen, und schon war ein Mensch zur Leidtragenden eines der Fliehkraft unterworfenen Aufprallunfalls geworden. Mein Geldsack fiel zu Boden. Der Inhalt machte sich selbständig, was von den im Vorraum anwesenden Bankkunden wahlweise mit grinsenden Gesichtern und sinnentleertem Glotzen quittiert wurde. Meine Unfallgegnerin dagegen stand mir beim Aufsammeln der Münzen hilfsbereit zur Seite. Gestotterte Entschuldigungsfloskeln wies sie als unnötig zurück. Die Frau besorgte umgehend eine schmale Schaufel, um die Münzen ins Zählgerät zu befördern und half mir sogar noch bei der korrekten Bedienung der

Zählmaschine. Eine Angestellte, die zuvor von mir um Hilfe beim Zählvorgang gebeten worden war, hatte nur schroff verkündet: »Bedienungsanleitung befindet sich am Gerät. Münzen einwerfen, Start-Knopf drücken, fertig. Wenn Sie lesen können, werden sie erfolgreich sein.« Auch diese Frau hatte den Zwischenfall grinsend beobachtet und war schließlich verschwunden.

»Die Unhöflichkeit in Person«, flüsterte ich und gab mit einem Kopfnicken zu verstehen, wen ich damit meinte. Ein verschwörerisches Lächeln, das mir daraufhin von meiner Helferin geschenkt wurde, bestätigte meine Aussage nur noch. Und exakt dieses Lächeln verbündete nicht nur zwei Frauen gegen eine Dritte, sondern weckte in mir eine längst vergessene Erinnerung. Dieses verhaltene Lächeln kannte ich von früher. Es genügte, dass ich meine rechte Augenbraue fragend hochzog, worauf sich meine Unfallgegnerin als Elsbeth Rüster vorstellte. Für den Fall, dass ich noch Fragen hätte, stünde sie natürlich zur Verfügung. Mein fröhliches Lachen hallte durch den gesamten Bankbereich. Schlussendlich war bei mir der Groschen gefallen, hatte ich doch schon die ganze Zeit über den Eindruck gehabt, die Frau zu kennen.

»Elsbeth, meine Elsbeth?« strahlte ich mein Gegenüber an. »Es sind zu viele Jahre vergangen, seit wir uns das letzte Mal gesehen haben, nicht wahr?«

Elsbeth schien verwirrt, hatte den Kopf geschüttelt und ein fragendes »Eva?« in den Kassenraum entlassen.

»Ja, Eva. Was für eine Freude dich zu treffen. Elsbeth, meine Freundin aus der Schulzeit. Wie geht es dir? Mein Gott, bist du groß geworden.«

Mein letzter Satz brachte uns zum Lachen, was Sekunden später dafür sorgte, dass wir aus dem hinteren Bankbereich lautstark zur Ruhe gerufen wurden.

»Ach Margaux, du Aas«, seufzte Elsbeth leise und verdrehte die Augen.

Während wir dem Automaten bei der Zählung des Münzgelds zusahen, erfuhr ich, dass die Frau, die mir nicht hatte helfen wollen, Margaux Kreuzer hieß. Elsbeth ließ kein gutes Haar an der Kollegin, fügte hinzu, dass sie nicht die einzige Person hier sei, die mit der Grantlerin nichts anfangen könne.

»Aktuell bin ich es allerdings, auf die sie sich eingeschossen hat. Ihr Charme ist berühmt. Ihre Arroganz berüchtigt.«

Mein Blick glitt durch den Raum. Er blieb an der dunkelhaarigen Schönheit hängen, deren Charakter offenbar zu wünschen übrigließ. Streng sah sie aus, aber war die Frau wirklich ein derartiges Ekel? Vielleicht war sie schlicht launisch. Das Gute am rauen Verhalten von dieser Margaux war immerhin, dass ich dadurch Elsbeth wiedergetroffen hatte, die sich, im Gegenzug zur dunkelhaarigen Furie, immer noch genauso fein und zuvorkommend verhielt, wie sie dies als Kind bereits gewesen war.

»Elsbeth«, flüsterte ich und wandte mich ihr mit strahlendem Lächeln zu. Währenddessen hatte sie sich die Bluse ordentlich in den Rockbund steckte und auf den Weg gemacht, um die Einzahlung vorzunehmen.

Kapitel 8

Die Erinnerung ist das einzige Paradies,
aus dem wir nicht vertrieben werden können.
Jean Paul

Schon als Kleinkinder haben wir uns gut vertagen. Elsbeth und Eva, wir waren fast unzertrennlich, wenn nicht gerade ein Sandkastenstreit über einen Bagger oder eine Puddingform in eine wilde Schlacht ausgeartet war. Derartige Vorkommnisse waren allerdings selten gewesen. Später hatten wir uns, wie es im Leben Jugendlicher und junger Erwachsener häufig vorkommt, aus den Augen verloren. Eine Sandkastenfreundschaft, die zu einer Kindergarten- und Schulfreundschaft wird, bedeutet eben noch keine Freundschaft fürs ganze Leben. Schon gar nicht, wenn sich plötzlich auch noch viele Kilometer zwischen zwei Menschen schieben. Nach diesen vielen Jahren war die Freude freilich groß, als wir uns zufällig im Bankfoyer über den Weg liefen. Wir hatten einander abgeschätzt, miteinander gelacht und bereits nach wenigen Worten festgestellte, dass wir noch einen guten Draht zueinander hatten. Zügig wurde eine erste Verabredung ins nahe Café vereinbart. Geplaudert wurde über vergangene Zeiten, überwiegend aber über jene Zeitspanne, die wir nicht zusammen erlebt hatten.

Von unseren Berufen erzählten wir, berichteten von misslungenen Zielen und über Enttäuschungen in unseren Lebensplanungen. Warum wir immer noch unverheiratet waren, wurde ebenso zum Thema wie Kinderlosigkeit. Ich bemerkte, wie Elsbeth immer mehr zu stottern begann und mir schließlich gestand, dass sie Probleme hatte. Leise flüsterte sie das

Wort ‚Depression'. Ihr Arzt hätte sie aufgefordert, offen darüber zu sprechen. Zitternd erzählte sie mir, dass sie dadurch zahlreiche Freundinnen verloren hatte. Die hatten mit den Symptomen ihrer Krankheit nicht umgehen können und sie nach und nach verlassen.

Elsbeths Leid traf mich. Sie brauchte unbedingt jemanden, dem sie sich anvertrauen konnte. Ich wollte diese Person für Elsbeth sein. Natürlich hatte sich einiges getan seit unseren Kindertagen, und da sich Erlebnisse aus vielen Jahren nicht innerhalb von wenigen Stunden besprechen lassen, beschlossen wir die lose Beziehung wieder in eine vertiefende Freundschaft zu verwandeln.

Bereits nach einigen Treffen bekam ich Elsbeths Gemütsschwankungen hautnah mit. Sie war nicht nur unzufrieden oder unglücklich, sondern gestand, dass es ihr allgemein schwerfiel alltägliche Aufgaben zu bewältigen. Zeitweise interessiere sie sich für absolut nichts und wäre dann auch besonders reizbar, erzählte sie. Ihr Lebensgefährte empfehle ihr regelmäßig Ruhe, aber das wäre nicht hilfreich. Im Gegenteil, dann käme sie nur noch mehr ins Sinnieren und rutsche noch tiefer in ihre dunklen Stimmungen.

Ich fragte mich, ob ich versuchen sollte, Elsbeths Problemen behutsam auf den Grund zu gehen. Dies bedeutete aber, dass ich den Kontakt zu ihr intensivieren musste, und so beschloss ich mein Konto zu verlegen. Zwar war diese Entscheidung räumlich unpraktisch, spielte aber in Zeiten des Onlinebankings kaum noch eine Rolle. Ein Angebot, das mein Chef kürzlich von der Bank erhalten hatte, versprach außerdem auch seinen Angestellten Sonderkonditionen, besonders im Hinblick auf Kreditvergaben. Schon damals hatte ich das Angebot aufmerksam studiert, eine Kontoverlegung jedoch verworfen. Jetzt hatte ich tatsächlich einen Grund, einen Bankwechsel reizvoll zu finden.

Mein Wunsch nach Kontoverlegung zauberte Elsbeth ein Lächeln ins Gesicht. Ich sollte einfach meine Kontoauszüge mitbringen, darauf ließen sich wichtige Abbuchungsaufträge und andere zu erledigende Dinge gut ablesen. Außerdem würde ich von der persönlichen Bekanntschaft profitieren. Elsbeth versprach mir wundervoll günstige Kontogebühren, und im Gegenzug versprach ich ihr Vorzugsbehandlungen zu preiswerten Konditionen im Kosmetikstudio.

»Ich freue mich, wenn du zu mir ins 1000schön kommst. Lass dich nicht von den Preisen abschrecken«, ich steckte Elsbeth eine Preisliste zu, »die deftigen Tarife entschärfe ich. Du bekommst einen tollen Service. Spezialbehandlungen inklusive.«

Elsbeths Lächeln wirkte aufgesetzt, und ich erkannte am Gesichtsausdruck meiner Freundin, dass sie das Angebot wohl eher nicht nutzen würde.

Für mich - die künftige Bankkundin Eva Windbraut – wurde jedenfalls ein passender Termin zur Eröffnung eines neuen Kontos vereinbart. Elsbeth wollte alle nötigen Unterlagen für mich vorbereiten.

Kapitel 9

Margaux' Plan war aufgegangen. Sie hatte die hinterhältig, vor allem aber falsch vereinbarte Terminvereinbarung mit Elsbeths Kundin retten können, indem sie das Beratungsgespräch übernommen, allerdings mit Elsbeths Verfehlung des versäumten Termins nicht hinterm Berg gehalten hatte.

Die Direktion sollte ruhig um die mangelnde Arbeitsmoral dieser Bankmitarbeiterin wissen. Nach der von Margaux geschilderten Verfehlung blieb Direktor Jäger kein anderer Weg, als ein Gespräch mit Elsbeth Rüster zu suchen. Dieses Mitarbeitergespräch verlief denkbar unangenehm, auch deshalb, weil Margaux darauf bestanden hatte, dabei anwesend zu sein. Elsbeths vorgebrachte Entschuldigung ein anderes Datum mit der Kundin vereinbart zu haben, war von Jäger mit hartem Blick kommentiert worden.

Margaux, das erkannte Elsbeth wohl, genoss dieses denunzierende Sechsaugengespräch. Sie hatte sich entspannt im Sessel des Chefbüros zurückgelehnt und souverän ihre Sicht der Dinge dargestellt. Schließlich hatte sie sich nichts vorzuwerfen.

»Dieser Ralf, dein Verlobter«, sie warf Elsbeth einen scharfen Blick zu, die ihre Finger kaum stillhalten konnte, sie unterm Tisch nahezu massakrierte, »also ich hatte nicht den Eindruck, dass es deinem Mann unverständlich gewesen wäre, um was es im Telefonat ging. Eine Terminvereinbarung ist nichts Kompliziertes. Datum. Uhrzeit. Nicht mehr, nicht weniger.« Margaux zuckte mit den Schultern. »Sagen Sie mir«, Margaux blickte Direktor Jäger geradewegs in die Augen, »was hätte ich besser machen können, damit sich

Frau Rüster an den Termin mit ihrer Kundin erinnert? Sie ist eine erwachsene Frau. Wie oft soll ich sie an ein Datum erinnern?«

Natürlich hätte Margaux einen E-Mail-Verkehr zum Termin führen können, das wusste sie wohl, aber es lag ihr nicht daran, Elsbeth zuzuarbeiten.

Direktor Jäger blinzelte, fühlte sich augenscheinlich überfordert und versuchte sich an einer Entschärfung der Situation. Sein Räuspern klang nach Verlegenheit, er schien nach Worten zu suchen, lehnte sich dann vor und runzelte die Stirn. Sein Blick wirkte ungewöhnlich milde: »Vielleicht lag es schlicht am mangelnden Interesse eines Verlobten für die Tätigkeit seiner Lebensgefährtin.«

Jäger betrachtete die ihm gegenübersitzende Elsbeth, die irritiert nach Luft schnappte, den Kopf schüttelte und offensichtlich nicht wusste, was sie zu seinem Einwand sagen sollte. Er lächelte ermunternd und fuhr fort: »Das nächste Mal reden Sie beide bitte miteinander oder schreiben sich zumindest eine Mail. Und damit meine ich nicht Sie und ihren Mann, sondern ...«, er warf Margaux einen raschen Blick zu, »... Sie und Frau Kreuzer.«

Elsbeth fühlte ein nicht geringes Maß an Entrüstung. Mit aller Gewalt versuchte sie sich an einem Pokerface und scheiterte kläglich. Röte schoss ihr ins Gesicht, dem folgten Tränen, die sie wegzublinzeln versuchte.

Jäger, der sich das Trauerspiel offenbar nicht länger ansehen wollte, erhob sich, um den Schlussakt einzuläuten: »Belassen wir es vorerst bei einer Ermahnung, Frau Rüster. Ihnen ist klar, dass ein derartiger Griff ins Klo nicht wieder vorkommen darf! Und jetzt gehen Sie bitte zurück an Ihre Tagesarbeit.«

Er nickte Elsbeth zu. Mit einem kaum erkennbaren Kopfnicken Jägers war sie aus der unguten Situation entlassen worden, unglücklich darüber, dass sie sich nicht hatte erklären dürfen. Elsbeth stemmte sich aus dem Sessel hoch, versuchte Würde zu bewahren, nickte den Anwesenden zu, ohne sie wahrzunehmen und bemerkte, dass ihr Abgang fluchtartigen Charakter aufwies. Sie rannte regelrecht aus dem Chefbüro.

Margaux machte Anstalten, sich Elsbeth anzuschließen.

»Sie nicht, Frau Kreuzer. Sie bleiben noch«, hörte Elsbeth den Direktor sagen, bevor sie die Tür hinter sich schloss.

Die Vorhaltungen und grantigen Seufzer, mit denen sie von Jäger aus dem Gespräch entlassen worden war, hallten wie ein lästiges Echo in Elsbeths Gemüt wider. Auch Margaux würde noch einmal ein Gespräch fordern. Die gab nie Ruhe, bevor sie nicht ihr Ziel erreicht hatte. Tränen traten in Elsbeths Augen. Übelkeit überschwemmte sie wie eine meersalzige Welle. Ihre Hände zitterten, suchten sinnlos nach etwas, an dem sie sich festhalten konnten, fanden nichts außer den Falten ihres Rockes. Auch das letzte Gespräch mit ihrem Verlobten Ralf hatte nicht geholfen. Mehrfach hatte sie ihn gebeten, sich an jenen verhängnisvollen Abend zu erinnern. Er möge sich doch konzentrieren, ihr den genauen Wortlaut wiedergeben. Worauf Ralf, nachdem er das Telefonat mit Margaux Kreuzer etwa zwanzig Mal gemeinsam mit Elsbeth durchgekaut hatte, keine Lust mehr verspürte, etwas zu wiederholen, was er ohnehin von Anfang an korrekt notiert und an seine Verlobte weitergegeben hatte.

»Es wird nicht anders, wenn du mich noch einmal fragst. Das, was deine Kollegin gesagt hat, habe ich notiert. Nimm zur Kenntnis, Tatsachen verändern sich nicht!« Im Anschluss hatte Ralf klargestellt, dass er für weitere Befragungen nicht länger zur Verfügung stand.

Mit Tränen in den Augen flüchtete sich Elsbeth in den Aufenthaltsraum, in der Hoffnung, sich zu beruhigen. Ein frommer Wunsch. Die junge Frau warf einen hektischen Blick in den an der Tür befestigten Spiegel. So wie sie jetzt aussah, wollte sie sich keinesfalls ihren Kunden zeigen.

»Margaux, dich soll der Teufel holen!«, flüsterte Elsbeth ihrem Spiegelbild zu und zog Rotz die Nase hinauf, nur um anschließend neuerlich in Tränen auszubrechen. Natürlich würde es Elsbeth nicht innerhalb weniger Minuten gelingen, dieses unangenehme Gespräch aus Ihrem Gedächtnis zu streichen, denn Direktor Jäger war wie ein zähnefletschender Saurier, dessen hinter seinem Rücken benutzter Spitzname nicht zufällig D-Rex lautete. Der Direktor verbiss sich oftmals in Kleinigkeiten und das, was sie sich mit dem versäumten Termin geleistet hatte, war beileibe keine Kleinigkeit mehr. Das Vergessen eines Kundentermins war ein Fauxpas, der nicht passieren durfte. Elsbeths Gedanken wanderten von Jäger zu Ralf. Auch von Ralfs Verhalten war sie genervt. Über Margaux' grausamen Schachzug wollte sie generell nicht weiter nachdenken müssen, was ihr ohnehin nicht gelingen würde. Die Großkotzigkeit, die Margaux seit der Geschichte an den Tag legte, war einfach nicht länger auszuhalten. Am liebsten wollte sie ihr das schadenfrohe Grinsen mit einer Fliegenklatsche aus dem Gesicht schlagen. Und nun war sie auch noch offiziell gerügt worden und Margaux hatte dabei sein dürfen. An Peinlichkeit kaum zu überbieten. Margaux hatte neben ihr gesessen und sich über Elsbeths Unvermögen amüsiert. Hatte die Niederlage der Kollegin still genossen und würde vermutlich bald noch andere Seiten herauskehren. Arglist. Scheinheiligkeit. Tyrannei. Elsbeth hätte viel darum gegeben zu wissen, was Margaux Direktor Jäger noch zu erzählen hatte, während sie selbst an die Arbeit zurückgeschickt worden war.

Kapitel 10

Margaux' Gespräch mit Jäger verlief bemerkenswert. Das Thema Elsbeth und der vergessene Termin war noch längst nicht abgeschlossen, dessen wollte sich Margaux versichern. Sie hatte ihre Sicht der Dinge klargestellt, sich Luft gemacht und gegenüber dem Direktor zu bedenken gegeben, dass ihre ohnehin als unzuverlässig bekannte Kollegin bei echtem Interesse an ihrer wichtigsten Kundin zurückrufen hätte können. Schließlich wäre nichts einfacher gewesen, als den Termin durch einen Rückruf zu bestätigen. Immerhin hatte sie, Margaux, die Lage am fraglichen Tag gerettet und damit auch das Portfolio der Kundin für die Bank, indem sie Elsbeth mit unerwarteter und plötzlicher Abwesenheit entschuldigt hatte und für ihre pflichtvergessene Kollegin eingesprungen war. Eine unzuverlässige Kollegin wäre Elsbeth Rüster, die vermutlich Wichtigeres zu tun gehabt hatte, als an ihre Kundin und den Termin zu denken. Margaux hielt fest, dass sie sich mehr als loyal der Bank gegenüber verhalten habe. Die Kundin hatte sich sogar wohlwollend geäußert, nicht nur mündlich, auch schriftlich. Der Brief läge der Direktion vor, und sie wünsche die Ablage dieses Schreibens in ihrer Personalakte. Die Beratung der Kundin sei schlussendlich auch aus Banksicht äußerst nutzbringend verlaufen.

Jäger hatte sich dem anklagend vorgetragenen Lamento hingegeben und stellte fest, dass die Kreuzer recht hatte, was die Nachlässigkeit ihrer Kollegin betraf. Auch wenn ihm ihre massive Beschwerde nicht gefiel, da nach seiner Ansicht schließlich doch jedem einmal ein Missgeschick passieren konnte, so hatte er andererseits dennoch Verständnis für berufsbezogene Klagen. Außerdem durfte er die Beschwerde nicht einfach unter den Tisch kehren, schließlich lag eine schriftliche Stellungnahme der enttäuschten Kundin vor, die sich lobend zu Margaux Kreuzers Beratungsqualitäten, weniger lobend zu Elsbeth Rüsters Verhalten geäußert hatte. Jäger hielt nichts von Lobhudeleien, war allerdings froh, eine eloquente Mitarbeiterin an seiner Seite zu wissen, deren Verkaufszahlen zudem für sie sprachen, wenn er die Kreuzer auch sonst eher nervig fand. Optisch dagegen war sie ein echtes Highlight.

»Schließlich« fügte Margaux ergänzend hinzu, »habe ich die unangenehme Situation zum Erfolg werden lassen«. Dabei runzelte sie die Stirn, als wolle sie sagen, dass dies offenbar nicht das Anliegen jeder Angestellten im Haus war.

Jäger ahnte, was als nächstes kommen würde. Die Erwartungshaltung der Kreuzer wäre nur mit Geld zu befriedigen oder mit einem beruflichen Aufstieg. Er lehnte sich zurück, drückte auf jenen Knopf an seinem Schreibtisch, der die Bürotür verriegelte. Eine Sicherheitsvorkehrung. Schließlich lächelte er Margaux an, drehte seinen bequemen Bürostuhl in passende Position und hob erwartungsvoll eine graumelierte Augenbraue. Das Ratschen eines Reißverschlusses durchbrach die Stille. Margaux lächelte zurück, ließ ihre Zungenspitze über ihre Lippen gleiten, sodass diese einen wunderbar feuchten Glanz annahmen. Schließlich stand Margaux aufreizend langsam von ihrem Stuhl auf, bewegte sich auf Jäger zu, schob ihren engen Rock hoch, ließ einen reizvollen Blick auf halterlose Strümpfe zu und öffnete den obersten Knopf ihrer Bluse. Jägers Handbewegung und die gleichzeitige Anweisung: »Nehmen Sie Platz!« wurde von Margaux genauso gedeutet, wie er sich das gewünscht hatte. Wie sie es schon einige Male geübt hatten. Anfangs hatte sich die junge Frau geziert, war empört über seine Aufforderung gewesen, ihn ein wenig zu unterhalten. Nur ein bisschen. Was war schon dabei, wenn sie ihm Vergnügen bereitete? Bald hatte die Kreuzer erkannt, dass sie daraus Vorteile ziehen konnte. Eine gewinnbringende Situation für beide Seiten. Ohne Widerworte und zu seiner zu erwartenden Befriedigung fügte sich Margaux auch heute in die ihr zugewiesene Rolle.

Kapitel 11

Für Margaux hatten sich die Folgen aus diesem zwischenmenschlichen Geschehen zu einem angenehmen Ergebnis verwandelt. Einerseits war sie von ihrem Arbeitgeber für ihre Zuverlässigkeit gelobt worden, andererseits hatte sie Jäger einen grandiosen Höhepunkt verpasst. Als Bonus hatte ihr der Direktor die längst fällige Gehaltserhöhung zugesagt. D-Rex Jäger war zuversichtlich, Margaux auf diese Weise zum Luftanhalten zu animieren. Wollte er doch nichts als seine Ruhe haben, zumindest für die wenigen letzten Jahre, die er noch arbeiten musste, bevor er sich in den Ruhestand zurückziehen und seinen Hobbys frönen würde.

Jäger hielt die Augen geschlossen, lächelte. Die Kreuzer hatte ihm angenehme Minuten beschert, dennoch zählte Sex mit Untergebenen nicht zu seinen Lieblingsbeschäftigungen. Wohltuend. Ja, das waren die letzten Minuten durchaus gewesen. Lustvoll? Ebenso. Allerdings auch anstrengend. Als Abschluss, als Nachspiel sozusagen würde er sich nun etwas Besonderes gönnen. In Gedanken an seine wahre Lieblingsbeschäftigung zog er eine große Schreibtischschublade auf und nahm behutsam eine Flasche heraus. Nicht, dass er dem Alkohol mehr zugetan war, als es einem Bankdirektor zu Gesicht stand. Aber die entsprechenden Flaschen mussten geleert werden, um sie im Anschluss wieder zu befüllen. Und natürlich legte Jäger Wert darauf, dass die Flaschen optisch von besonderem Reiz waren. Genauso wie die Kreuzer optisch besonders reizvoll war.

Jäger betrachtete die Flasche liebevoll. Wichtig war ihm, dass auch der künftige Inhalt schön war. Zum Niederknien schön. Sein aktuelles Projekt, eine Nachbildung des norwegischen Forschungsschiffes Fram würde er in diese Flasche hinein basteln. Flaschenschiffe waren sein liebster Zeitvertreib, seit ihn seine Frau für einen Schönheitschirurgen verlassen hatte.

»Prost«, flüsterte er dem wenigen Inhalt der Flasche zu. Dem folgte ein großzügiger Schluck Gin aus der Siebenhundert-Milliliter-Flasche, deren Glaskörper eine Prägung in Form eines stilisierten Drachen aufwies. Nur noch etwa drei Schlückchen, dann wäre die Flasche leer. Jäger fand, dass seine Opferbereitschaft, was sein Hobby betraf, als vorbildlich bezeichnet werden könnte. Am Abend würde er die geleerte Flasche mit nach Hause nehmen und noch ein Gläschen oder zwei auf die Schönheit seines zuletzt angefertigten Flaschenschiffes anstoßen. Ein Stapellauf im herkömmlichen Sinn war nicht möglich, was aber nicht automatisch bedeuten musste, dass es nicht eine fröhliche Feier im engen Rahmen geben durfte.

Direktor Jäger griff zum Telefon und erteilte knappe Anweisungen. Bereits eine halbe Stunde später lag ein Arbeitsvertrag vor ihm, der die Befugnisse von Margaux Kreuzer um etliche Bereiche erweitern sollte. Vielleicht, er kniff die Augen zusammen, motivierte sich selbst mit einem beherzten »vorwärts« und trank noch einen großzügigen Schluck Gin, vielleicht sollte er die Kreuzer zu seiner Nachfolgerin machen. Die dafür erforderlichen psychopathischen Tendenzen, die sie zur perfekten Führungskraft bestimmten, waren ihr durchaus eigen.

Kapitel 12

Mit Margaux' Sprung auf der Karriereleiter würden sich Elsbeths Zukunftsaussichten verschlechtern, denn nun durfte Margaux Aufgaben delegieren. Beispielsweise an Elsbeth, die in den sauren Apfel zu beißen hatte. Wozu gab es menschliche Fußabstreifer, wenn diese nicht entsprechend genutzt werden konnten? Elsbeths Perspektiven würden sich jedenfalls verschlechtern. Eine Gehaltserhöhung innerhalb der nächsten Jahre konnte sie vergessen, wurde doch vor derartigen Aktionen immer die unmittelbare Vorgesetzte befragt, und Margaux würde sich hüten, auch nur ein gutes Wort für Elsbeth einzulegen.

Noch am gleichen Tag startete Margaux mit der Verteilung winziger Sticheleien. Spitzen, die unter der Gürtellinie ausgeteilt wurden. Sie stellte Elsbeths Verlobten Ralf als dümmlich hin, als schwer von Begriff, als Versager, denn offensichtlich sei er nicht in der Lage, simple Zusammenhänge zu erfassen. Derartige Seitenhiebe, nicht direkt gegen Elsbeth gerichtet, gelangten über Kolleginnen zurück zu ihr und zeigten Wirkung. Nicht unmittelbar, aber nach und nach.

Kapitel 13

Tränen reinigen das Herz.
Fjodor Dostojewski

Ich hatte Margaux Kreuzer nicht vergessen. Am frühen Nachmittag würde ich mit einem strahlenden Lächeln an der Kanaille vorbeimarschieren, das unfreundliche Gesicht der Kreuzer demonstrativ ignorieren, und mich auf das Gespräch mit Elsbeth freuen. Zumindest hatte ich mir den Auftritt auf diese Weise vorgestellt.

Es sollte anders kommen, denn Elsbeth war abwesend. Auf diese Tatsache war ich aufmerksam gemacht worden, als ich eine der Bankangestellten nach Elsbeth Rüster fragte, was mir nicht nur einen unerwünschten Kommentar (»Die ist gerade nicht ganz bei sich!«), sondern zudem einen eigenartigen Seitenblick einbrachte. Meine persönliche Beraterin Margaux Kreuzer stünde in wenigen Minuten zur Verfügung und würde sich meiner Anliegen annehmen.

Während der Wartezeit dachte ich über die unangenehmste aller Alternativen nach. Schlecht gelaunt überlegte ich, ob ich tatsächlich von Margaux betreut werden wollte. Nach kurzem Nachdenken fällte ich eine Entscheidung. Ich musste unbedingt hier raus. So schnell wie möglich, ohne unerwünschte Aufmerksamkeit auf mich zu lenken.

Verstohlen blickte ich mich um und wandte mich, Interesse heuchelnd, einem Prospektständer zu. Daraus entnahm ich einen Werbeprospekt über Aktienanlagen, nutzte das hohe Regal als Deckung und bewegte mich unauffällig in Richtung Ausgang. Mein Plan war simpel: Ich wollte mich ungesehen aus der Bank stehlen. Die einfachsten Pläne scheitern jedoch häufig an einem winzigen Augenblick, einem klitzekleinen Zögern, das in diesem Fall darin bestand, dass ich mich noch einmal umwandte und sah, wie Elsbeth die Schalterhalle durchquerte. Erstaunt hielt ich in meiner Flucht inne. Um Elsbeths Aufmerksamkeit auf mich zu lenken, hob ich den Arm und winkte. Mein Mund öffnete sich, um nach der Freundin zu rufen. Erschrocken bemerkte ich, dass Elsbeth völlig aufgelöst war. Ihre Wangen wirkten fleckig, sie hielt den Kopf gesenkt und vermied jeden Blick hin zu Kunden. So sah Scham aus. Elsbeths gesamte Haltung schrie danach, sich in Luft aufzulösen.

Einen Atemzug später war Elsbeth aus meinem Sichtbereich verschwunden. Ich ließ den Arm sinken, warf einen Blick in den Kundenbereich des Schalterraums und zuckte erschrocken zusammen. Da stand sie: Margaux Kreuzer. Noch war ich von ihr nicht gesehen worden. Reflexartig duckte ich mich weg, ließ instinktiv den Werbefolder fallen und ging auf der scheinheiligen Suche nach dem unsinnigen Zettel hinter einer üppigen Bergpalme in Deckung. Verstohlen blinzelte ich durch die Blätter.

Margaux stand wie eine Statue im Selbstbedienungsbereich und blickte der flüchtenden Elsbeth hinterher. Ein schadenfroher Ausdruck hatte sich auf ihrem Gesicht breitgemacht. Noch immer hatte Margaux mich nicht bemerkt. Diese Chance nutzte ich und schwenkte zum Geldausgabeautomaten um. So bot ich Margaux nur noch meinen Rücken.

Beinahe eine Minute verharrte ich vor Bildschirm und Tastatur des Geräts, was peinlich war, denn ich besaß keine Bankkarte dieses Instituts und konnte daher nur vortäuschen, Geld abzuheben. Ein Kunde, der sich im Respektsabstand hinter mir befand, vermutlich in Geldnot, hatte sich schon mehrfach auffällig geräuspert, wohl um anzuzeigen, dass ich mich beeilen solle. Sein Wunsch war verständlich, doch ich ignorierte seine Unmutslaute.

Noch befand sich Margaux in Sichtweite. Das sah ich eindeutig in der Reflexion des Bildschirms, auf dem ich eigentlich fingerfertig hätte herumtippen sollen, um zu Geld zu kommen. Endlich setzte sich Margaux in Bewegung, stolzierte an mir vorüber, verschwendete keinen Blick nach links oder rechts und verschwand in ihrem Beratungsbereich.

»Ich habe lange gebraucht. Entschuldigen Sie bitte!«, bat ich den älteren Herrn um Verzeihung, der inzwischen ungeduldig von einem Fuß auf den anderen stieg. Meine Erklärung ließ offenbar Polkappen schmelzen, zumindest aber jenes Eis, dass sich im Gesicht des Mannes verfestigt hatte, denn sein strenger Gesichtsausdruck verschwand innerhalb von Augenblicken. Seine zahlreich vorhandenen Falten zerknitterten sich zu einem herzlichen Lächeln.

Margaux steuerte zwischenzeitlich ihr Büro an. Sie würde gleich eine neue Kundin kennenlernen. Eine Kontoverlegung stand an, und sie wollte auf jeden Fall einen guten Eindruck hinterlassen. Eva Irgendwie. Irgendetwas mit Braut. Komischer Familienname jedenfalls. Ihr war der Name der Frau entfallen, und sie seufzte beim Gedanken daran, Elsbeths Arbeit übernehmen zu müssen. Aber was sollte schon schiefgehen? Es war nur eine Kosmetikerin angekündigt worden. Ein Blondchen vermutlich. Naiv und überschminkt. Eine der Angestellten bei 1000schön, dessen Geschäftsführer ein guter Kunde war.

Währenddessen signalisierte mein Gehirn einen herrischen Befehl an meine Beine: Nichts wie weg! Nicht nur der Befehl an die Beine versetzte mich in Unruhe. Hinzu kam ein winziger Hauch Verärgerung, der in meinem Hinterkopf erwachte. Ein Funken aufmüpfiges Selbstbewusstsein regte sich. Bisher hatte ich Feigheit auf keinen Fall zu meinen Charaktereigenschaften gezählt.
Andererseits, ich seufzte halblaut, brauchte man sich wirklich nicht jede unnötige Bürde aufhalsen. Nur noch die langsam aufgleitende, automatische Tür stand zwischen mir und der Freiheit.

»Unglaublich, dass eine Frau, die ich nicht kenne, derartigen Einfluss auf mich hat«, flüsterte ich der Tür zu. »Es kann doch nicht wahr sein, dass ich mir von diesem Drachen den Schneid abkaufen lasse.«

Rasch warf ich einen letzten Blick zurück, nahm den älteren Herrn wahr, der inzwischen mit dem Bargeldausgabeautomaten beschäftigt war und bemerkte, dass Elsbeth an einer der Maschinen stand. Starr wie eine Schaufensterpuppe. Schließlich kam Bewegung in die Freundin. Verzweifelt versuchte sie eine Tätigkeit auszuführen, die ihr aufgrund völlig verweinter Augen nicht gelingen wollte. Wieder und wieder rieb sie sich die geröteten Augen trocken. Leise Schluchzer erklangen. Elsbeth Tränen klatschten auf die Kunststoffoberfläche des Geräts. Sie wischte die Feuchtigkeit mit dem Blusenärmel ab.

Zögernd kehrte ich um, lächelte den Alten freundlich an, dem der Automat endlich Geld gegeben hatte und lief weiter zu Elsbeth, um ihr zu helfen. Der Versuch den Kontoauszugsdrucker mit Papier zu befüllen, war ihr gänzlich misslungen, worauf ich die Freundin behutsam zur Seite schob, das zerknitterte Papier abriss, den Beinahe-Endlosstapel neu ausrichtete und das erste Blatt einfädelte.

»Möchtest du nicht mit mir auf einen Kaffee mitkommen oder auf etwas hochprozentig Tröstendes? Oder vielleicht möchtest du etwas intensiv Zuckerhaltiges?«, fragte ich Elsbeth und legte schließlich die Arretierung des Papierhalters um. Begeistert über mein gelungenes Manöver, lächelte ich die Freundin an und fügte hinzu: »Elsbeth, du kannst mich jederzeit anrufen, wenn du dabei Hilfe brauchst.«

Sie lächelte schwach, nickte und öffnete ihre Faust. Ein durchweichtes Taschentuch fiel in den nebenstehenden Papierkübel.

»Mich wird hier ohnehin niemand vermissen. Denen ist völlig gleichgültig, wenn ich während der Arbeitszeit verschwinde.« Elsbeth hob trotzig den Kopf, wischte mit dem Blusenärmel über ihre Wangen und zog Rotz beherzt die Nase hinauf. »Und die eine kann mich mal. Ich habe mir eine Pause redlich verdient.«

Behutsam legte ich Elsbeth die Hand auf den Rücken und schob sie in Richtung Ausgang.

Kapitel 14

Elsbeth rührte in ihrem Kaffee herum, der weder Zucker noch Milch enthielt und außerdem längst kalt war.

»Möchtest du mir nicht erzählen, was auf deiner Seele lastet?«

Elsbeth wischte sich verstohlen Tränen aus den Augen und seufzte: »Eva, es war meine Schuld. Ich habe einen wichtigen Termin verschlampt. Die Umstände waren eigenartig. Margaux hat mir den Termin verpasst. Sie hat sogar bei mir zuhause angerufen.

Ralf«, sie öffnete ihre Geldtasche und zeigte auf ein Foto, »mein Verlobter, hat alles notiert. Er ist schlampig, musst du wissen.« Elsbeth seufzte. »Das klingt, als wolle ich Ralf die Schuld an meinem Missgeschick zuweisen. Eigenartig ist, dass ich mich einfach nicht an den Termin erinnern kann, aber es war so ein Wirbel in letzter Zeit. Mir ist alles zuzutrauen, auch hirnrissige Blödheiten.«

Elsbeth zerstückelte ihr Papiertaschentuch wie ein Fleischhauer sein Gulasch. Sie warf Eva einen tränennassen Blick zu. »Es ist also schon möglich, dass ich das vereinbarte Datum falsch notiert habe. In der Hektik muss ich wohl ...« Elsbeth zuckte mit den Schultern und schnäuzte sich trompetend in eine dafür völlig ungeeignete Papierserviette, denn ihr Taschentuch war unter ihren Fingern längst zu einem Puzzle aus feuchten Teilen geworden.

»Jedenfalls hat sich Margaux um den Termin und damit um die Geldangelegenheiten meiner Kundin gekümmert. Die Veranlagung war wohl gelungen, denn es gab Provision und Lob für Margaux und für mich nur Spott und Ärger.« Sie schluckte krampfhaft, legte ihren Kopf in den Nacken und versuchte ihre Tränen wegzublinzeln. »Natürlich habe ich nicht damit gerechnet, dass ich wegen meines blödsinnigen Verhaltens gelobt werden würde. Eine Gehaltserhöhung ist damit logischerweise für die nächste Zeit auch außer Reichweite oder zumindest, solange Margaux unter den Lebenden weilt. Außerdem muss ich wohl damit klarkommen, dass ich in Zukunft einen Teil von Margaux' Arbeit übernehmen darf. Aber dass dieser seelenlose Grantscherben, dieser vergammelte Krautschädel dafür in den Himmel gehoben wird und einen Karrieresprung macht, das hätte ich nicht erwartet.«

Elsbeth rutschte nervös auf der mit Imitatleder bezogenen Bank hin und her.

»Jetzt weißt du, warum ich deinen Termin zur Kontoverlegung nicht wahrnehmen konnte. Das hat wohl Margaux erledigt, oder?«

»Weißt du was, ich war zu feige, in der Bank zu bleiben. Als mir mitgeteilt wurde, dass nicht du mich betreuen würdest und ich gebeten wurde zu warten, auf eine andere Arbeitskollegin …«, Eva zögerte, holte Luft. »Jedenfalls bin ich prompt geflohen. Nun sitzen wir beide hier und sind offensichtlich von derselben Frau eingeschüchtert. Furchtbar, findest du nicht auch?«

»Wirklich unbegreiflich.«

Elsbeth nippte lustlos an ihrem Kaffee, sah zu dem Gebäude hinüber, in dem sich ihr Arbeitsplatz befand, und verdrehte genervt ihre Augen. Schließlich schien sie etwas entdeckt zu haben, denn ihre zuvor lethargische Verhaltensweise brach plötzlich auf und verwandelte sich in aufgeregte Lebhaftigkeit.

»Da!« Hektisch fasste sie Eva am Oberarm. »Schau mal schnell rüber zum Bankeingang. Der Mann, der gerade aus dem Auto steigt. Gleich wird er die Bank betreten. Das ist Margaux' zukünftiger Ehemann. Er ist ein erstaunlich freundlicher Mensch. Wie angelt sich ein boshaftes Weib wie sie einen derart sympathischen Mann? Ich habe gehört, wie sie ihn frühmorgens gebeten hat, ihr nachmittags ihren Wagen zu bringen, damit sie nach der Arbeit Erledigungen machen kann. Der bringt ihr das Auto tatsächlich bis fast an den Schreibtisch.«

»Jeder bekommt irgendwann das, was er verdient«, murmelte Eva kryptisch und winkte der Kellnerin.

»Wir machen einen neuen Termin wegen der Kontoverlegung.« Elsbeth griff nach einer Serviette und notierte ein Datum. »Nach meinem Urlaub, wenn es dir nichts ausmacht.«

»Macht mir nichts aus. Ich rufe dich verlässlich an.«

Die beiden Frauen umarmten einander.

Elsbeth flüsterte leise: »Danke«, dann lief sie los, überquerte den Platz und verschwand im Bankgebäude.

Kapitel 15

Very few of us are what we seem.
Agatha Christie

Ich blieb noch eine Weile sitzen, verdaute Elsbeths desaströsen Bericht und beobachtete das Treiben außerhalb des Cafés. Margaux' Verlobter verließ die Bank. Gelassen schlenderte er die Häuserzeile entlang. Ein gutaussehender Mann. Auch von Weitem konnte man sehen, dass er teuer, vor allem aber geschmackvoll gekleidet war.

»Margaux hat offensichtlich einen guten Fang gemacht«, flüsterte ich meiner leeren Tasse zu. Danach warf ich einen Blick auf Margaux' blauen Beetle, der in der Parkzeile nur für kurze Zeit stehenbleiben durfte. Der Mann entsperrte die Türen des Fahrzeugs per Fernbedienung, ließ sich auf den Fahrersitz fallen, schloss die Tür und startete den Wagen. Vermutlich würde er das Fahrzeug unweit der Bank parken. Rasch erhob ich mich und stieß dabei heftig gegen den Tisch. Eine Wasserflasche fiel zu Boden.

»Oh, ist mir das unangenehm. Verzeihen Sie.«

Bis die Bedienung kam, um die zahlreichen Glasscherben wegzufegen, hatte ich bereits einzelne große Splitter in eine Serviette gewickelt und bezahlt. Nochmals entschuldigte ich mich, was die Kellnerin mit einem »keine Ursache« quittierte, und verließ das Café. Ich überquerte den Platz mit dem versunkenen Riesen, schlenderte am Beetle vorüber, dessen Fahrer das Auto bereits aus der Parklücke manövriert hatte und langsam losfuhr. Neugierig sah ich ihm nach, trabte dann locker an und folgte dem Fahrzeug, das nur in Schritttempo vorankam. Der Beetle bog in die Puschkinstraße ein, beschleunigte, blieb aber weiterhin in Sicht. Am Alexander-Puschkin-Denkmal bog der Fahrer links ab, ließ die Herzogin Anna Amalia Bibliothek rechts liegen und suchte sich einen Parkplatz am Platz der Demokratie.

Ich war mir sicher, diesen 400-Meter-Lauf in Rekordtempo absolviert zu haben, stützte mich auf den Oberschenkeln ab und sog keuchend Luft ein, während ich den Beetle weiter beobachtete. Ein älteres Paar, das in diesem Augenblick an mir vorüberschlenderte, gab missbilligende Laute von sich.

»Sport ist nichts für Frauen in Schuhen mit hohen Absätzen«, hörte ich den Mann sagen.

Margaux' Verlobter hatte inzwischen erfolgreich einen freien Parkplatz gefunden, eine Parkkarte gekauft, den Wagen abgeschlossen und war zu Fuß weitergegangen. Er schlenderte entspannt Richtung Marktplatz.

Um die späte Mittagszeit war es nur selten ruhig in der Stadt, doch augenblicklich waren kaum Autofahrer unterwegs. Die Parkplätze hier waren begehrt. Heute jedoch waren die Stellplätze nahezu leer, was ungewöhnlich war, aber auch praktisch für meine besondere Absicht. Zügig wechselte ich die Straßenseite und näherte mich zielgerichtet dem Fahrzeug. Wohlgeformt und niedlich stand es da und wartete auf seine Besitzerin, die es vermutlich bald abholen wollte. Der eingelegte Parkschein zeigte eine Parkdauer von einer Stunde an. Fürsorglich hatte Margaux' Verlobter das Auto in Fahrtrichtung abgestellt. Sie brauchte also nur noch Gas geben und wegfahren.

Wie das Leben spielt, fiel direkt in Höhe des rechten Vorderreifens meine Handtasche zu Boden.

»Ach wie ungeschickt von mir«, seufzte ich, bückte mich, nestelte umständlich an der am Boden liegenden Tasche herum und deckte dabei den größten Teil des Reifens mit meinem Körper ab. Fingerfertig steckte ich mehrere große Glassplitter schräg unter die Lauffläche. Margaux blieb nur eine Fahrtrichtung, die sie nehmen konnte, und die war nach vorne ausgerichtet. Dies würde ihr zumindest einen kaputten Reifen bescheren. So ein Pech.

Lächelnd richtete ich mich auf und folgte Margaux' Verlobtem.

Kapitel 16

Margaux kam an diesem Tag später als üblich nach Hause. Sie kam außerdem zornig nach Hause, was wiederum nicht unüblich war. Den Termin, den sie knapp im Anschluss an ihre Arbeitszeit hatte einhalten wollen, hatte sie absagen müssen. Irgendein Idiot hatte Glasscherben unter den rechten Vorderreifen ihres Autos gesteckt. Beim Wegfahren hatte sie sich prompt den Reifen aufgeschlitzt. Wenn sie den Kerl erwischte, der das verursacht hatte, sie würde ihn in der Luft zerreißen. Gleichzeitig wusste sie, dass die Wahrscheinlichkeit, den Verursacher zu belangen, gegen Null tendierte. Zumindest hatte sie einen neuen Termin bei ihrem Masseur bekommen, wenn auch erst eine Weile nach dessen Urlaub, was Margaux zusätzlich verärgerte.

Um den unangenehmen Nachmittag mit etwas Angenehmem abzuschließen, wollte Margaux sich zur Erholung in die Badewanne zu legen. Sich bei einem guten Glas Rotwein und in duftendem Badewasser ausruhen, das war jetzt nach ihrem Sinn. Entspannt wollte sie darauf warten, bis Philipp nach Hause kam. Sie griff nach ihrem Schlüsselbund, versuchte den Wohnungsschlüssel in das Schlüsselloch zu stecken, drückte, zögerte und scheiterte dabei, den Bart des Schlüssels in den schmalen Schlitz zu schieben. Verwirrt versuchte sie es neuerlich und stellte fassungslos fest, dass das Schlüsselloch keine Vertiefung aufwies. Zumindest nicht mehr, denn hier hatte offenbar jemand den Schlitz versiegelt. Margaux schimpfte dermaßen laut los, dass der Hausmeister ein Stockwerk tiefer rot wurde und die Ohren anlegte.

Der Mann wusste bereits, was ihm gleich blühen würde, denn diese Stimme kannte er zu Genüge. Als nur Sekunden später an seiner Wohnungstür Sturm geläutet wurde, erhob sich der Mann, ein Österreicher, mit einem tiefen Seufzer von der Couch. Freudlos schaltete er das Fernsehgerät aus und lief lustlos zur Wohnungstür. Der Hausmeister dachte intensiv darüber nach, sich ein neues Arbeitsumfeld zu suchen. Zudem ahnte er bereits jetzt, dass er dem heutigen Fußballspiel FC Barcelona gegen FC Bayern München und der im Anschluss angekündigten, sportlichen Diskussionsrunde nicht mehr würde folgen können. Das Spiel lief erst seit einer halben Stunde, nicht einmal das Ende der ersten Halbzeit war ihm also vergönnt.

Dass in der Zwischenzeit jemand das im Hinterhof geparkte Auto Margaux', das übergangsweise mit einem Notreifen versehen worden war, um die restliche Tankfüllung erleichterte hatte, und dies nicht umweltfreundlich geschehen war, würde am nächsten Tag für noch mehr Wirbel sorgen. Das konnte Margaux zum aktuellen Zeitpunkt jedoch noch nicht ahnen.

Indessen hatte der von Margaux auf das heftigste beschimpfte Hausmeister einen Spezial-Schlüsseldienst gerufen, der unterwegs war, um sich Zutritt zu ihrer Wohnung zu verschaffen, damit sie mit nur zwei Stunden Verzögerung, wie sie mit bitterem Sarkasmus in der Stimme angemerkt hatte, ihren Feierabend genießen konnte.

Der Hausmeister, sonst um keine Antwort verlegen, verzichtete auf eine Erwiderung. Auch keine Mitleidsbekundung kam über seine Lippen. Schon gestern war sein Tag scheußlich gewesen. Er hatte die Liveübertragung Bayern München gegen FC Barcelona verschlafen. Ein Unding! Zwar kannte er den Spielausgang bereits aus den Nachrichten, aber er hatte sich unendlich darauf gefreut, das Spiel heute nachzusehen. Und dann kam ihm die lästige Mieterin in die Quere.

Bis er endlich zu seinem Spiel zurück durfte, hatte Bayern München zum zweiten Mal den Sieg errungen. Zwei zu Null waren die Münchner erneut als Sieger vom Platz gegangen, unter frenetischem Jubel ihrer Fans. Traurig sah sich der Hausmeister die Wiederholungen der Tore in der Zusammenfassung an, wischte sich Tränen der Rührung von den Wangen und goss das inzwischen schale Bier weg. Zuerst verfluchte er die lästige Mieterin halblaut, indem er sie weit fortwünschte und sie gleichzeitig als geistlose Person titulierte: »Spü Schaß und vazupf di, du Blunzn.« Nach drei gut gekühlten Bier formulierte er seine Drohung energischer, stieß eine Morddrohung aus und beschimpfte Margaux als hochmütig: »I drah di hoam, du Funsn.« Erst später, als er sich die Diskussionsrunde in der Wiederholung angesehen hatte, stellte er, mittlerweile mit sich und der Welt zufriedener, vor allem aber beträchtlich lallend fest: »Beim nächsten Spiel wirst du Lästwanze so lange mit deinen Sorgen warten müssen, bis neunzig Minuten Spielzeit um sind. Gegebenenfalls sogar bis zum Ende der Nachspielzeit. Pech!« Danach gurgelte er mit einem letzten Schluck Bier die ersten paar Takte des Donauwalzers und schlief zufrieden vor dem Fernsehgerät ein.

Kapitel 17

Philipp verzichtete meist auf sein Auto, wenn er bei Margaux übernachtete, daher stand sein Mercedes auch heute wieder in der Tiefgarage der Anwaltskanzlei. Der Weg zu Margaux dauerte zu Fuß ohnehin nur etwa zwanzig Minuten. Er schlenderte Am Horn entlang, bog in die Leibnizstraße ein und strebte der Sternbrücke zu. Vor ihm lag das Schloss. Manchmal blieb Philipp in Brückenmitte stehen und betrachtete eine Weile die sanft dahinfließende Ilm. Ein Flüsschen, das sich unbeeindruckt von Zeit und Geschehen zeigte, seit Ewigkeiten seinen Weg durch Weimar suchte, bis dessen Wasser schließlich in die Saale mündet. Irgendein Tröpfchen der Ilm würde nach langer Reise in die Nordsee gelangen. Dann war der Fluss frei. Gelegentlich beobachtete Philipp Kinder, die ihre Beine ins Wasser hingen und warteten, bis niemand zusah, um sich in der Ilm abzukühlen. Philipp verzögerte sein Tempo, betrachtete das blaue Brückengeländer, dessen Farbe an manchen Stellen bereits abblätterte, wusste unter sich wehrhafte Brückenbögen und beobachtete einen Schwan, der gelassen seine Erkundungsrunden schwamm. Weiden neigten sich dem Gewässerrand zu, und ein Haubentaucher suchte nach Fischen. Philipp atmete gierig die frische, vom Wasser gekühlte Luft ein. Er genoss die Zeit, die er auf dem Weg zwischen Büro und seines Zuhauses, zwischen Arbeitsalltag und Freizeit auf diese Weise verbrachte. Diese Minuten halfen Philipp, den Berufsalltag abzustreifen, sich aufs Privatvergnügen zu freuen. Heute jedoch fühlte er sich schlecht. Gerade hatte er den Anruf einer völlig aufgelösten Margaux erhalten. Nicht den ersten. Brühwarm berichtete sie über die scheußlichen Vorfälle des Nachmittags. Seit er ihren Wagen in der Nähe des Bach-Denkmals abgestellt hatte, war aus Margaux' Sicht alles schiefgelaufen, was schieflaufen konnte, und das waren häufig nur Kleinigkeiten, wie eine Laufmasche in den Strümpfen oder eine Lippenstiftfarbe, die nicht perfekt zur Kleidung passte. Heute allerdings hatte Margaux wirklich Pech gehabt. Ein aufgeschlitzter Reifen hatte ihr den Nachmittag versaut. Spontan beschloss Philipp daher, einen Abstecher in sein Lieblingslokal zu machen, bevor er Margaux aufsuchten und sich in ihrer schlechtgelaunten Gesellschaft wiederfinden würde. Er brauchte Überbrückungszeit. Sie vermutlich ebenso. Bis zu seinem Eintreffen würde sich seine Verlobte hoffentlich beruhigt haben. Keinesfalls wollte er die gesamte Bandbreite ihres heutigen Ärgers abbekommen. Zugegeben, ihr war übel mitgespielt worden. Nachdem ihr ein Autoreifen aufgeschlitzt worden war, hatte sie auch noch ihr Wohnungsschloss irreparabel beschädigt vorgefunden. Jedenfalls war es schlimm genug, dass sie nicht in ihre Wohnung gelangen konnte, doch ein Schlüsseldienst wäre bereits unterwegs, hatte ihm Margaux aufgebracht erzählt. Philipp empfand Mitleid mit Margaux, vor allem aber mit jenen armen Opfern, die sich gleich mit seiner zornigen Lebensgefährtin abgeben mussten. Er kannte Margaux' Wutausbrüche zur Genüge.

Außerdem gab es noch einen Grund, der Philipp davon abhielt, freudestrahlend bei Margaux aufzutauchen. Er besuchte sie nur ungern in ihrer Wohnung. Er war in dieser Hinsicht eigen. Philipp, vom Schicksal verwöhnt, schätzte den Komfort und die Größe seines Hauses. Die im Stil der Neorenaissance errichtete Villa Seydtnach befand sich seit Generationen im Besitz der Familie. Die Lage in einem schönen Stadtteil Weimars nahe der Ilm trug dazu bei, dass Haus und Parkanlage von Jahr zu Jahr an Wert zulegten, was Philipp grundsätzlich gleichgültig war, denn er dachte prinzipiell nicht an einen Verkauf der Villa. Margaux' Mietwohnung im Brühl dagegen war ihm ein Gräuel. Nicht, dass ihre Wohnung hässlich war. Daran lag es nicht. Sie war zu klein. Er fühlte sich darin eingeengt, fast schon zerquetscht. An manchen Tagen war ihm, als hätte er einen Urlaubstag in Untersuchungshaft gewonnen. Ihre Wohnung war seiner Ansicht nach wie eine einengende Gefängniszelle. Selbstverständlich wusste Philipp, dass Gefängniszellen weit weniger komfortabel waren als Margaux' Wohnung. Nicht aus eigener Erfahrung, Gott bewahre. Aber einige Klienten hatte er bereits aus klaustrophobischen Hafträumen retten müssen, was entsprechend Eindruck bei ihm hinterlassen hatte.

Weil also Philipp wusste, dass Margaux heute eine Weile brauchen würde, um sich nach den unangenehmen Ereignissen des Nachmittages wieder zu beruhigen, führte ihn sein Weg fort vom Schloss, direkt zum Marktplatz.

Kaum saß er bei einem Weißburgunder, dessen Glas die Gravur eines Elefanten zierte, vibrierte sein Handy. Beherzt nahm Philipp einen ordentlichen Schluck, bevor er das Gespräch annahm. Seine Finger strichen über das angelaufene Glas, das ihm Genuss zuflüsterte.

»Schatz, bist du schon in der Wohnung?«

Ein Knurren gelangte an sein Ohr. Philipp erkannte an Margaux' Stimme mühsam unterdrückten Zorn.

»Dauert noch ein paar Minuten. Vermutlich muss ich diesen Tag aus meinem Leben streichen. Schade, dass hier im Gang nichts steht, was ich aus dem Fenster werfen kann. Ich hätte Lust, etwas zu zerstören.«

Philipp wusste, dass im schmalen Gang des Mietshauses keine Sachen abgestellt werden durften. Er schmunzelte, denn Margaux war in dieser Hinsicht tatsächlich unberechenbar. Ihre Wutausbrüche konnten beeindruckend sein. Zuzumuten war ihr, dass sie Dinge aus dem Fenster warf, einfach, weil ihr danach war. Vermutlich sogar durch das geschlossene Fenster, was für noch mehr Aufmerksamkeit und schlussendlich für noch mehr Ärger sorgen würde.

»Liebling, komm in den Elephant. Wir trinken ein Glas oder zwei, essen gemütlich und machen gemeinsam das Beste aus dem blöden Tag. Du wirst sehen, danach fühlst du dich besser.«

Zufrieden über seinen Vorschlag, grinste er sein Weinglas an. Während Philipp noch lächelte, betrat eine junge Frau den Raum. Einen Augenblick lang überlegte er, wo er die Frau heute schon einmal gesehen hatte, während ihm Margaux mit ihrem Ärger in den Ohren lag. Da traf es sich gut, dass Margaux in diesem Augenblick aufjaulte: »Himmelherrgott, wurde auch Zeit, jetzt ist diese verdammte Tür endlich offen. Schatz, ich mach Schluss, wir sehen uns später.«

Schluss machen, dachte Philipp und ließ Margaux' Worte sickern, während er die Frau beobachtete, die am Eingang stand und sich suchend umsah.

Schluss machen? Vielleicht wäre das eine erstrebenswerte Lösung.

Kapitel 18

Der Elephant war für elegante Absacker bekannt, bot zudem appetitliche Snacks zu Wein an, abgesehen davon, dass man herrlich Essen konnte. Das Ambiente? Nobel, beinahe fürstlich. Die Außenansicht eher streng und geradlinig, im Inneren modern und geschmackvoll. Ganz, wie es Philipp mochte. Nichts Überladenes störte. Die Räume waren hell und hoch, die Wände mit Radierungen, Gemälden und Fotografien behängt. Kurz: Kunst, Architektur und Design trafen sich und wirkten selbstverständlich nebeneinander. Kunstausstellungen fanden statt, genauso wie Weinverkostungen oder Musikabende. Die Gartenterrasse lud zum Sitzen im Freien ein, Schillerlocken zum Genießen. Philipp jedenfalls fühlte sich rundum wohl, denn der Elephant vermittelte ihm das Gefühl eines altvertrauten Wohnzimmers. Vermutlich war dies der Grund, warum er und andere Weimarer hier gerne ihren Abend ausklingen ließen. Vor einigen Jahren hatte sich die Yuppie-Szene hier regelmäßig getroffen. Dieser Trend war vorüber. Inzwischen war das Lokal eine gutbesuchte Empfehlung. Vor allem Männer tranken sich hier vor der abendlichen Szene zu Hause, Mut an. Heute auch Philipp, denn Margaux würde ihren akut aufgestauten Seelenmüll sicher später noch bei ihm abladen.

Die Frau, die Philipp zuvor aufgefallen war, tauchte für einige Minuten unter. Nun jedoch saß sie an einem der kleineren Tische. Halb abgewandt von ihm, sodass er sie in Ruhe betrachten konnte, ohne dass sie sein Starren bemerkte. Sie war schlicht gekleidet: Sandalen mit halbhohem Absatz, dazu trug sie einen knielangen Leinenrock in hellem Türkis, eine ärmellose weiße Bluse, keine Uhr, keinen Ring, nur ein feines, goldenes Kettchen lag um ihren Hals. Mittelgroße Handtasche. Inhalt vermutlich der halbe Hausstand. Ihre Frisur war zeitlos, ein Pagenschnitt mit Pony. Kinnlang. Ob die Haarfarbe echt war? Naturblond mit Strähnen, die wirkten, als hätte sie die Sonne aufgehellt. Eindeutig eine attraktive Erscheinung mit Stil.

Nun fiel Philipp wieder ein, wo er die Frau heute schon einmal gesehen hatte. Unmittelbar nachdem er Margaux' Auto abgestellt hatte, hatte er ein Modegeschäft aufgesucht. Er hatte sich einen neuen Anzug geleistet. Während des Bezahlvorgangs war die hübsche Blonde draußen am Schaufenster vorübergegangen und für wenige Augenblicke an der Auslage für Damenbekleidung stehen geblieben. Dann wurde er von der Verkäuferin um die Eingabe seines PIN-Codes gebeten, war für Sekunden abgelenkt und als er neuerlich zur Auslage blickte, war sie bereits weitergegangen. Immerhin hatte also Margaux' Auto- und Schlüsselhorror etwas Gutes. Ohne diese Vorfälle wäre er heute wohl nicht hier gelandet. Die Blonde hatte ihm bereits mittags gefallen. Vielleicht ließ sie sich auf ein Getränk überreden.

Ehrlichkeit und Vertrauen waren Grundpfeiler, die Philipp zutiefst verinnerlicht hatte. Das war nicht nur eine ordentliche Basis fürs Geschäftsleben, sondern auch eine gute für zwischenmenschliche Beziehung. Aber es durfte hin und wieder Tage geben, die sich abweichend verhielten. Außerdem war er unverheiratet. Also warum nicht seinen aktuellen Marktwert testen?

Kapitel 19

Die Männer beteuern immer,
sie lieben die innere Schönheit bei der Frau –
komischerweise schauen sie aber immer ganz woanders hin.
Marlene Dietrich

Ich hatte dafür gesorgt, dass Margaux demnächst eine weitere Überraschung mit ihrem Auto erleben würde. Es war ein Leichtes gewesen, die Adresse der Frau ausfindig zu machen. Das Internet offenbart vieles. Also hatte ich mich auf den Weg gemacht und gehandelt. Nach zufriedenstellender Durchführung meines Plans war mir nach einem Getränk gewesen. Der Elephant bot sich auf halbem Weg zu mir nach Hause an. Außerdem wollte ich mir endlich die Hände waschen, die intensiv nach Benzin rochen. Zwar hatten Erfrischungstücher aus meiner Handtasche für notdürftige Sauberkeit gesorgt, der Geruch nach Benzin hing jedoch an mir wie der Fettgeruch an der Angestellten eines Schnellimbisses. Grundsätzlich mochte ich Benzingeruch, aber jetzt musste das nicht sein, und schon gar nicht an meinen Händen. Als ich mich prüfend im Lokal umsah, saß er da. Margaux' künftiger Ehemann. Ein rascher Gang zur Toilette stand an, denn gerade er sollte nicht bemerken, dass ich nach Tankstelle roch, würde er doch sicherlich bald erfahren, dass das Auto seiner Verlobten um dessen Tankinhalt erleichtert worden war.

Nachdem ich mich vergewissert hatte, dass keine unangenehmen Düfte an mir hingen, kramte ich in den Tiefen meiner Handtasche nach Parfum. Zwei Sprühstöße waren sicher hilfreich. Meine Finger ertasteten das Fläschchen. Direkt neben dem armlangen Geißfuß war es zu liegen gekommen, der sich – in ein Tuch gehüllt – vor etwa einer Stunde als überaus praktisch erwiesen hatte. Genauso wie die kleine Box mit der Tube Superkleber, die ich erfolgreich leergedrückt hatte. Unwillkürlich stahl sich ein Grinsen in mein Gesicht. Ob sich der Inhalt meiner Handtasche vom Inhalt anderer Damenhandtaschen abhob? In meiner befand sich jedenfalls eine zweckmäßige Notfallausrüstung für die moderne Frau. Kritisch warf ich einen Blick in den Spiegel. Meine Optik war einwandfrei. Ich beschloss, einen passenden Platz im Lokal suchen, an dem ich mich in Szene setzen konnte. Margaux' Verlobter sollte ausgiebig Zeit haben, mich zu beobachten. Dies hatte er ohnehin bereits getan, als ich zögernd im Eingangsbereich stehengeblieben war. Gleich wollte ich mir ein Glas Weißwein gönnen, und wenn er geschickt war, würde er nicht warten, bis ich das Glas ausgetrunken hatte, sondern mir bereits zuvor ein weiteres spendieren.

Kapitel 20

Philipp bestellte zwei Gläser Wein, trat an den Tisch und servierte der Frau ein Glas.

»Guten Abend.«

Er nahm ihr gegenüber Platz.

»Mein Name ist Philipp.« Er sah sie fragend an.

»Eva.«

»Auf die Gefahr hin, dass Sie mich gleich für völlig verblödet halten, aber bei manchen Menschen passen Name und Person hervorragend zusammen. Zu ihnen passt Eva.«

Eva lachte. Das war ein Einstieg in ein Gespräch, mit dem sie nicht gerechnet hatte. Allerdings fand sie, dass ihr Name und ihre Optik widersprüchlich waren. Eher noch hätte Svenja gepasst oder Annika. So stellte sich Eva ein kleines blondes Mädchen vor, dessen Name später auch zur erwachsenen Frau passen würde. Sie runzelte die Stirn, blickte ihrem Gegenüber tief in die Augen und lächelte charmant. Zumindest hoffte sie, dass ihr Lächeln so bei ihm ankam.

»Wissen Sie, wenn ich mir eine Eva vorstelle, denke ich immer an Adam und Eva und ans Paradies.« Eva schmunzelte. »Die biblische Eva war vermutlich eine schöne Frau. Dunkelhaarig, dunkelhäutig, mit langen Haaren.« Sie deutete mittlere Rückenlänge an. »Es freut mich, dass Ihnen mein Name gefällt, aber ob mein Name und ich tatsächlich auf eine Weise zusammenpassen, wie Sie finden«, sie zuckte mit ihren Schultern, »ich weiß es nicht. Jedenfalls habe ich Zweifel.«

»Gute Antwort!« Auffordernd hielt er sein Glas hoch. Sie prosteten sich zu.

»Wie stellen Sie sich eigentlich einen typischen Philipp vor?«

Er betrachtete Eva fragend.

Sie prüfte ihn lange und intensiv. So eindringlich, dass er

begann, sich unwohl zu fühlen. Schließlich legte sie los.

»Philipp ist blond. Sie haben Glück«, meinte Eva. »Außerdem ist er groß und schlank, aber nicht mager, das ist wichtig. Sie haben tatsächlich Glück.«

Er lachte fröhlich. Eva fuhr fort.

»Besonders gern spielt er Fußball, hat aber zu wenig Zeit dafür. Er wäre generell viel lieber und viel öfter mit seinen Freunden unterwegs, einfach, weil er Männerfreundschaften schätzt.« Sie bemerkte Überraschung in seiner Mimik. »Meistens ist Philipp zuvorkommend, gewissenhaft und verlässlich und außerdem«, an dieser Stelle legte sie eine Kunstpause ein, »sehr höflich.«

Jetzt lachte Eva hell auf.

»Die Sache mit der Höflichkeit ist aber vermutlich mir wichtiger als Philipp, aber da müssen Sie jetzt durch. Schließlich sind Sie ein typischer Philipp.« Eine Pause entstand, bevor Eva ihre Beschreibung abschloss: »Ein paar zusätzliche Qualitäten hat Philipp noch, aber die gehören nicht hierher«, worauf er trocken antwortete: »Sie haben völlig recht.«

Wenig später hatte sich bereits ein lebhaftes Gespräch zwischen den beiden entwickelt. Dem Barmitarbeiter fiel auf, dass sein regelmäßiger Gast schon lange nicht mehr derart entspannt gewesen war. Auch die beiden Menschen am Tisch fanden jeder für sich, dass sie sich blendend unterhielten. Eva fühlte sich in Philipps Gegenwart wohl, und Philipp stellte später fest, dass er während der Unterhaltung kein einziges Mal an Margaux gedacht hatte. Eva war faszinierend. Er genoss die Unterhaltung mit einer Frau, die ihn fesselte, ohne dabei aufdringlich oder gekünstelt zu wirken. Das nannte man wohl authentisch, dachte Philipp. Die Zeit verging. Gäste kamen und gingen. Irgendwann bat Eva um die Uhrzeit, und damit wurde beiden bewusst, dass der schöne Spätnachmittag, der zu einem schönen Abend geworden war, in Kürze enden würde.

»Wohnen Sie in der Nähe? Es ist spät, ich möchte Sie nicht allein nach Hause gehen lassen.« Philipp sah Eva aufmerksam an.

Eva legte ihre Hand auf seinen Unterarm: »Das ist nett von

Ihnen, aber machen Sie sich um mich keine Sorgen. Zur Not rufe ich einen meiner Brüder an. Die walzen verlässlich jeden nieder, der zwischen denen und mir stehen könnte. Außerdem ist es nur ein Katzensprung zu mir nach Hause.«

»Sie kommen nicht etwa aus einer erzkonservativen, süditalienischen Familie?«, fügte Philipp erstaunt hinzu. »Sollte ich Sie nachher in die Arme reißen und küssen wollen, wäre das eine wichtige Information, die Sie mir auf jeden Fall zuvor mitteilen sollten.«

»Probieren Sie's«, flüsterte Eva.

Kapitel 21

Der Worte sind genug gewechselt,
lasst mich auch endlich Taten sehn!
Johann Wolfgang von Goethe

Ich war erstaunt über meinen Mut. Oder war es purer Übermut? Die spontane Einladung zu einer Kuss-Kostprobe musste eine regelrechte Provokation für Philipp sein. Tatsächlich hatte mir seine Gesellschaft gefallen, aber wollte ich wirklich mehr?

Der Mann, der mir stundenlang gegenübergesessen hatte, war um einige Jahre älter als ich und würde die Herausforderung vermutlich annehmen. Ich betrachtete mich im Spiegel des Vorraums zur Toilette, zeigte meinem Spiegelbild die Zunge und murmelte halblaut: »Was soll's, Mut kann man nicht kaufen.«

Zumindest brauchte ich mich niemandem gegenüber zu rechtfertigen, war ich doch frei und ungebunden. Er war derjenige, der wissen musste, was er riskierte. Außerdem dachte ich in diesem Moment an Elsbeth und wusste, dass es ihr gefallen würde, wenn Margaux litt. Konnte dies etwa der Anfang zu etwas ausgiebigerem Leiden sein? Warum nicht?

Kapitel 22

Philipp riss sie nicht in seine Arme, als er sich von ihr im nächtlichen Schatten des großen Baums an der Ecke Frauentorstraße verabschiedete. Es war eher ein liebevolles Ziehen. Er zog Eva an sich, umarmte und küsste sie schließlich mit der perfekten Mischung aus Begehren und Lust. Kein großes Getue. Kein verstohlenes Gekicher. Sein Kuss war ein richtig guter Kuss. Nicht zu zart. Nicht zu heftig. Als er ihre Lippen schließlich freigab, hielt sie die Augen geschlossen und bekam zur Belohnung einen zweiten Kuss. Eva hätte nicht sagen können, war es ein Ahorn oder ein Ginkgo, unter dem sie sich küssten, derart faszinierte sie sein Kuss.

Das war nicht übel gewesen.

Das war eine Wiederholung wert.

Eva hielt weiterhin ihre Augen geschlossen und gab sich ihren Gefühlen hin. Erst wurde ihr warm im Gesicht, dann ergoss sich Hitze über ihren Oberkörper. Die Wärme strahlte weiter aus und tropfte hinab in ihren Unterleib. Es kribbelte überall und Eva wurde bewusst, dass ihr diese wenigen Küsse nicht genügen würden. Sie wollte mehr. Gleichzeitig fühlte sie deutlich, dass auch Philipp mehr wollte. Seine Hände wanderten über ihren Rücken und strichen über ihren Hintern. Er drückte sie fester an sich und küsste sie weiter. Die Situation wurde intensiver und schließlich fühlte sie Baumrinde kratzend an ihrem Rücken. Er hatte sie hochgehoben und gegen den Baumstamm gedrückt. Sie schlang ihre Beine um ihn. Er presste sich an sie.

»Nicht hier«, flüsterte ihm Eva ins Ohr.

Philipp räusperte sich und stellte sie behutsam ab: »Verzeih!«

Es tat ihr beinahe körperlich weh, sich aus seiner Umarmung zu lösen.

Philipp trat einen Schritt zurück, sodass seine Silhouette nun vom Licht einer Laterne angestrahlt wurde. Seine gesamte Haltung drückte Frust aus. Er rang sichtlich mit sich. Philipp hob die Arme in einer entschuldigenden Geste an. Ein Seufzer entrang sich seinem Mund, bevor er die Arme wieder hängen ließ.

Eva wurde bewusst, dass sie ihn auf den Boden der Tatsachen geholt hatte und war über sich selbst enttäuscht. Mit ihrem Nicht hier! war er plötzlich wieder völlig nüchtern geworden und hatte sich bestimmt an Margaux erinnert. Sie trat einen Schritt auf ihn zu, nahm sein Gesicht in ihre Hände und küsste ihn, legte ihre Hände um seinen Hals und flüsterte ihm ins Ohr: »Ich mag dich sehr, aber du bist vermutlich schon der perfekte Mann für eine andere Frau.« Dann löste sich Eva vom überraschten Philipp, wandte sich ab und lief weg.

»Warte!« Sie hörte seine Schritte auf dem Pflaster.

In diesem Augenblick bog ein Taxi um die Ecke Puschkin-Frauentorstraße. Eva riss ihren Arm in die Höhe und winkte, worauf das Taxi anhielt. Eilig stieg sie ein und gab den Befehl zur Abfahrt. Durch die Fensterscheibe sah Eva, dass Philipp am Straßenrand vor der Stadt-Apotheke stand.

»Soll ich ihn mitnehmen oder weiterfahren?«, meldete sich der Chauffeur und verzögerte sein Tempo.

»Weiterfahren!«, ordnete Eva an. Sie warf einen letzten Blick hin zu Philipp, dessen Augen dem Taxi folgten. Der Fahrer gab Gas, und Philipp verschwand aus Evas Sichtbereich.

Während also Margaux ein Bad genommen, Zähne geputzt, ihr Gesicht wohlwollend im Spiegel betrachtet hatte und schlussendlich todmüde ins Bett gekippt war, hatte sich Philipp anderweitig beschäftigt. Niemals hätte Margaux an der Treue ihres Verlobten gezweifelt. Dazu war er einfach zu konservativ. Sie machte sich keine Sorgen, dass in ihrer Beziehung etwas nicht richtig laufen könnte. Mit dem Gefühl, dass morgen die Welt schon wieder freundlicher zu ihr sein würde, war sie eingeschlafen.

Kapitel 23

»Mist, Mist, Mist, Scheißdreck.«

Der sonst beherrschte Philipp stand vor der Apotheke, sah Taxi und Eva verschwinden, und hatte sich gerade noch das Kennzeichen des Fahrzeugs und dessen Werbeaufdruck merken können. Das Taxiunternehmen war bekannt, besaß eine einfach zu merkende Telefonnummer. Ähnlich die einer Sexhotline. Eine Nummer, die sich einem ins Hirn brannte. Die wählte Philipp nun, in der Hoffnung herauszubekommen, welche Adresse der Zielort dieses Taxis war.

Er war charmant, kehrte Überredungskünste hervor, von denen er nicht wusste, dass er sie überhaupt besaß, drohte unterschwellig, drohte unmissverständlich und scheiterte an seinem Gegenüber, das keinesfalls bereit war, Informationen zum Ziel dieser speziellen Fahrt herauszurücken. Philipp würde nicht erfahren, welche Adresse Eva genannt hatte. Verzweifelt drückte er das Gespräch weg. Er kannte nur ihren Vornamen und wusste nichts aus ihrem Leben. Das Gespräch mit ihr war interessant verlaufen, aber als er darüber nachdachte, stellte er fest, dass sie kaum über sich gesprochen hatte. Sie hatte ihn von seinem Beruf, von witzigen und traurigen Fällen, über Gott und die Welt erzählen lassen, ohne Großartiges aus ihrem eigenen Leben preiszugeben. Eine reizvolle Zuhörerin, keine Plaudertasche.

Aber das half ihm alles nichts. Sie war weg und hatte völlig korrekt angenommen, dass ein Mann wie er nicht alleinstehend war. Philipp kehrte zurück in den Elephant, trank ein weiteres Glas Wein und beschloss, dass es nun an der Zeit war, sich bei Margaux sehen zu lassen. Inzwischen war ihr Wutanfall vermutlich verraucht. Er konnte risikolos bei ihr antanzen.

Philipp machte sich auf den Weg, nicht ohne zuvor den Mitarbeiter hinter der Bar nach der Frau zu fragen, mit der er eine Weile am Tisch gesessen war. Die Antwort des Mannes hinter der Theke fiel aus wie befürchtet.

»Möglich, dass sie schon mal im Lokal war, allerdings ist sie mir bisher nie aufgefallen. Ich achte im Übrigen mehr auf männliche Gäste.« Dabei zwinkerte er Philipp herausfordernd an.

Frustriert trat Philipp den Heimweg zu Margaux an.

Dass Philipp und Margaux in dieser Nacht Sex hatten, der als sensationell eingestuft werden konnte, lag daran, dass Philipp seine aufgestaute Lust abreagieren wollte und Margaux eben zufällig verfügbar, vor allem aber willig war. Philipp lag danach noch eine Weile wach und grübelte vor sich hin. Dabei dachte er keine Sekunde an die Frau, die leise schnarchend neben ihm lag.

Kapitel 24

Elsbeth kam am nächsten Morgen zerknittert zur Arbeit. Ihre Stimmung hob sich, als ihr eine Kollegin mit nur schlecht unterdrücktem Grinsen von Margaux' gestrigem, katastrophal verlaufenden Nachmittag berichtete. Autoreifen kaputt. Aufgeschlitzt. Gestern außerdem das heimische Türschloss der Wohnungstür verklebt vorgefunden, und heute – frühmorgens – hatte Margaux vor Zorn rauchend an ihrem Schreibtisch gesessen und sich lauthals darüber ausgelassen, dass jemand Benzin aus ihrem Tank abgelassen hatte. Der Hausmeister würde einen Teil des Erdreichs abtragen lassen müssen, denn immerhin seien etliche Liter Benzin in den Boden gesickert. Ihre Versicherung käme zwar für den Schaden auf, da der Tankdeckel nachweislich aufgebrochen worden war und somit kein Eigenverschulden vorlag, »aber diese entbehrlichen Scherereien kotzen mich einfach an«, hatte Margaux schließlich auf ihrem Weg in die kleine Einbauküche verkündet, worauf die dort anwesenden Personen fluchtartig den Raum verlassen hatten.

Während Cappuccino in Margaux' Tasse gelaufen war, gingen die verbalen Anfeindungen weiter: »Außerdem ist der Lack an der Stelle des Tankdeckels hinüber und mein schöner Beetle völlig entstellt. Jetzt muss ich obendrein meine Besorgungen zu Fuß erledigen, bis der Schaden wieder behoben ist. Als ob ich sonst nichts zu tun hätte.«

Diese Kundmachungen waren Margaux' letzte Worte gewesen, bevor sie sich wieder in ihr Büro begeben hatte, um dort lautstark auf ihre Computertastatur einzuhacken.

»Sie hat tatsächlich kotzen gesagt, was, auch wenn Margaux zum Aufbrausen neigt, sonst nicht ihre Art ist«, vertraute die Kollegin brühwarm und höchst erfreut einer interessiert lauschenden Elsbeth an und sah sich dabei verstohlen um. Sie sei jedenfalls über Margaux' Ausdrucksweise überrascht gewesen, wusste sie doch von Ihrer Hoheit, Margaux der Ungnädigen, höchstselbst, dass Vulgärsprache nur etwas war, das man im Geiste benutzen durfte, niemals aber anderen zu Gehör bringen sollte.

»Geh ihr unbedingt aus dem Weg«, wurde Elsbeth von ihrer Kollegin flüsternd gewarnt, was leichter gesagt als getan war, denn schon Minuten später wurde Elsbeth in Margaux' Büro zitiert.

Kapitel 25

Ralfs gestriger Abend mit Elsbeth war dem Margaux' nicht unähnlich gewesen. Kaum war die Wohnungstür hinter ihm ins Schloss gefallen, kaum saß er bequem am Küchentisch, war er mit einem verkniffenen Gesicht konfrontiert worden. Elsbeths Arbeitstag war schlecht verlaufen. Anstatt mit einem freundlichen Gruß empfangen zu werden, hatte sie ihn mit einem grantigen »Alles ist deine Schuld« begrüßt. Stunden zuvor hatte sie ihn bereits am Handy zugetextet, ihm eine Nachricht um die andere auf seine Mailbox gesprochen. Die erste hatte er noch abgehört. Er hatte sogar Mitleid empfunden. Der anfängliche Mitleidsfunke war nach der zweiten Nachricht in Verärgerung übergangen. Ab der dritten Nachricht hatte er mit ihren Ergüssen nur noch den Papierkorb gefüllt.

Elsbeth litt unter Margaux' Eskapaden, doch all das hatte nichts mit ihm zu tun. Eine halbe Stunde hatte er Elsbeth geduldig zugehört und nicht gewagt, sich eine Flasche Bier aus dem Kühlschrank zu nehmen. Sein Magen, der laut knurrend nach einer abendlichen Mahlzeit verlangte, musste noch hingehalten werden, bevor Ralf schließlich die letzte Attacke über sich ergehen ließ.

»Die Quälereien in der Arbeit muss ich nur aushalten, weil du nicht fähig warst, ein Datum und eine Uhrzeit korrekt zu notieren. Aber was kann man von einem erwarten, der den ganzen Tag vor dem Computer sitzt?«

Ralf war noch nie ein Mann großer Worte gewesen. Er stand den Anschuldigungen hilflos gegenüber und schaffte es nicht, sich zu rechtfertigen. Er hatte sich wehren wollen. Jedes Mal, wenn er nach Luft geschnappt hatte, um Elsbeth Paroli zu bieten, war er abgewürgt worden. Dann aber war Ralf die Jammerei doch zu viel geworden. Genervt hatte er Elsbeth einen Denkansatz geboten und gemeint: »Hast du schon mal darüber nachgedacht, dass dich Margaux mit dem Termin einfach hereingelegt hat? Ich habe den Eindruck, sie hat mir absichtlich die falsche Zeit genannt.«

Und einen Moment lang hatte Elsbeth tatsächlich verblüfft geschwiegen, nur um ihm dann ein verächtliches »Du Nerd, du spinnst ja wohl!« an den Kopf zu knallen.

Hätte ihn einer seiner Arbeitskollegen derart tituliert, wäre er stolz darauf gewesen. Ja, er war ein Nerd, und er war gut in seinem Metier. Jetzt allerdings war es Ralf leid, sich weiter beschuldigen zu lassen. Außerdem knurrte sein Magen inzwischen aufdringlich laut. Und am Ende geschah, was geschehen musste. Angesäuert verließ Ralf die gemeinsame Wohnung.

Kapitel 26

Ralf, ein normalerweise ruhiger Typ, der sich generell nur schwer aus der Ruhe bringen ließ, in beinahe jeder Situation nahezu lethargisch wirkte, hatte also in einem für ihn explosiven Anfall die Wohnung verlassen. Im Abgang hatte er gegen den Türstock getreten und prompt festgestellt, dass es besser gewesen wäre, Schuhe zu tragen, denn die dünnen Schlappen an seinen Füßen waren wohnungs-, aber nicht straßentauglich und schon gar nicht dazu geschaffen, gegen einen Türstock zu treten. Noch bevor die Tür hinter ihm zugefallen war, hatte er darüber nachgedacht, seinen Laptop mitzunehmen, sich in die Bar seines Vertrauens zu setzen und auf wichtig zu machen. Darauf herumzuspielen. Dies hätte allerdings bedeutet, dass er noch einmal zurück ins Wohnzimmer musste. Momentan der schlechteste Aufenthaltsort.

»Ungesunde Umgebung«, befand Ralf halblaut, und verließ daher das Mietshaus ohne sein flaches Spielzeug.

Computer waren seine Leidenschaft, denn Ralf war Softwarespezialist in einem mittelgroßen Unternehmen und im richtigen Leben nicht der typische Frauenheld. Er selbst zählte sich eher zu den stillen Genießern. Elsbeth hatte in dieser Hinsicht ihre eigene Meinung. Zu den Genießern, dies hatte sie in letzter Zeit mehrfach bekräftigt, gehöre er sicherlich nicht. Eher wäre er ein Versager. Unzuverlässig und träge.

Frustriert schlurfte Ralf den Gehweg entlang, bog in sein Lieblingslokal im Schatten des Schlosses ab und enterte einen Barhocker. Nun war er zwar nicht täglich Gast hier, jedoch durchaus häufiger, sodass ihn der Kellner als Stammgast wiedererkannte und ungefragt das erste Bier vor ihm abstellte, kaum dass sich Ralf gesetzt hatte. Er sah sich um. Die Süße am Ende des Tresens, das wusste Ralf genau, hatte er hier noch nie gesehen. Eine wie die wäre ihm sofort aufgefallen. Ihr Haar war beeindruckend, ein Rot, das nicht nur auffällig, sondern mehr als vielversprechend war. Zumindest wenn man an die Gerüchte glauben wollte, die über Rothaarige allgemein im Umlauf waren. Und Ralf wollte unbedingt daran glauben. An jedes einzelne hocherotische, prickelnde, pikante Detail, das man rothaarigen Frauen unterstellte.

Schließlich war geschehen, was Ralf nur in seinen forschesten Träumen erwartet hätte. Lächelnd hatte sie ihm zugeprostet, war schließlich einen Barhocker um den anderen in seine Richtung aufgerückt und hatte ihn mit Charme und Sexappeal eingewickelt.

Tina.

Ralf war von seiner unerwarteten Eroberung begeistert. Alles an ihr wirkte attraktiv, alles an ihr war gepflegt. Sie war wie diese appetitlichen Himbeeren in einer Prosecco-Praline. Aufregend und verlockend. Ralfs Beschützerinstinkt schoss sich auf das süße Ding ein. Am liebsten hätte er sie wie eine kleine Katze hochgehoben und in seine Jackentasche gesteckt. Innen. Sodass er sie spüren konnte. So niedlich war diese Tina. Zwischendurch, wenn sich Ralf unbeobachtet fühlte, lockerte er seine Kiefermuskulatur, die vom Dauergrinsen bereits schmerzte. Er konnte nicht anders. Diese Frau war einfach der Hit. Vermutlich würde er gleich sabbern. Oder noch schlimmer, mit dem Schwanz wedeln, der sich ohnehin schon bemerkbar machte. Er war hin und weg und regelrecht geflasht.

Dennoch hatte ihn Tinas Abschleppversuch gänzlich überrascht. Niemals hätte er zu träumen gewagt, dass sich ihm eine derart umwerfende Chance bieten könnte. In dieser Hinsicht wollte er sich keinen Vorwurf machen. Außerdem fand Ralf, dass es ihm nicht zukam, eine Frau, die ihre Vorzüge derart gekonnt in Szene setzte, bitter zu enttäuschen. Nein, das brachte er einfach nicht übers Herz.

Kapitel 27

Tina. Eine von Margaux' Freundinnen.

Was die beiden Frauen verband? Langjährige Gewohnheit. Sie kannten sich seit Ewigkeiten, konnten auf Dauer nicht miteinander auskommen, ohne einander ebenso wenig. Beide verband keine emotionale Tiefe, sondern eine Prise Oberflächlichkeit und der Wunsch nach gegenseitiger Aufmerksamkeit. Belanglose Kleinigkeiten galt es zu teilen.

Tina, eine aufregende Rothaarige. Unregelmäßig für Modeljobs gebucht. Gerade wieder einmal ohne Arbeit. Zu ihren Vorzügen gehörte Zeit in rauen Mengen. Bereitwillig war sie daher auf Margaux' Vorschlag eingegangen.

Projekt Verführung Ralf hatte interessant geklungen und versprach Abwechslung. Außerdem war Tina ihrer Freundin Margaux einen, in Wahrheit sogar viele Gefallen schuldig, ergaben sich für sie doch immer wieder Gelegenheiten zu lukrativen Bekanntschaften, wenn sie an Margaux' Seite Ausstellungen besuchen oder an irgendwelchen ermüdenden Veranstaltungen teilnehmen durfte. Ihr war wohl bewusst, dass derartige Angebote nur ausgesprochen wurden, um Margaux den langweiligen Abend zu verkürzen, oder was immer sich die Freundin dabei dachte, wenn sie Tina zu einer dieser versnobten Geselligkeiten mitschleppte. Interessante Bestandteile dieser Abende waren die meist zahlreich anwesenden Männer, die nicht immer in Begleitung eintrafen. Häufig suchten Ehemänner oder Lebensgefährten auf diese Weise eine Partnerin für nur eine Nacht und, weil sie ihr schlechtes Gewissen beseitigen und zugleich Verschwiegenheit einfordern wollten, regnete es fallweise einträgliche Geschenke als Trost für die ultrakurze Beziehung. Tina war anlässlich amouröser Lustbarkeiten schon zu hübschem Schmuck, Gutscheinen für tolle Boutique-Einkäufe, einmal sogar zu einem Chihuahua gekommen, den die Ehefrau des entsprechenden Betrügers allerdings wieder zurückgefordert hatte. Ihren Mann, hatte die Frau damals Tina gegenüber spöttisch angemerkt, dürfe sie gerne behalten. Der kleine Hund sei, obwohl er regelmäßig Fellhaare verlor, pflegeleichter als ihr zukünftiger Ex-Gatte und zudem treu. Wenn man es kritisch betrachte, verhalte sich das Hundsvieh sogar im Bett anständiger als der armselige Betrüger, der nur noch für kurze Zeit den Titel Ehemann tragen würde, denn die Scheidung stünde ins Haus. Der Hund wisse nämlich zumindest, auf welcher Betthälfte sein Platz sei.

Das eigenartige Angebot, den Mann einer anderen zu übernehmen, war Tina tatsächlich zu großzügig erschienen. Sie hatte dankend abgelehnt. Dieses Mal jedoch sollte Tina diejenige sein, die einer Frau den Mann abspenstig macht. Sie sollte Margaux dabei helfen, eine Beziehung in eine Krise zu stürzen. Gegen eine Belohnung natürlich. Es traf sich hervorragend, dass Tina ein Auge auf diese hübsche Gucci-Handtasche geworfen hatte, mit der Margaux seit einer ganzen Weile auffällig oft gesehen wurde. Auf diese Tasche könne Margaux durchaus verzichten, fand Tina, denn Gucci war noch nie Margaux' Ding gewesen. Sie dagegen war überaus willig, wenn es darum ging, die begehrte Marke zu tragen.

Die Tasche, ein unpassendes Geschenk eines plumpen, unbeholfen, vor allem aber ehemaligen Verehrers, an den sich Margaux bei Verwendung des teuren Lederbeutels regelmäßig erinnerte, sollte also baldmöglichst die Schulter seiner neuen Besitzerin zieren. Tina konnte nicht ahnen, dass Margaux die Tasche ohnehin nicht mochte. Margaux fand sie sogar äußerst geschmacklos und benutzte sie nur, um dieses Statussymbol zu geeigneten Gelegenheiten auszuführen. Als vorzeigbares Prestige-Objekt.

Rasch war also ein entsprechender Handel vereinbart, und Projekt Verführung Ralf kam ins Laufen.

Kapitel 28

Tina war zur rechten Zeit in der Bar eingetroffen, was kein Wunder war, hatte Margaux doch entsprechende Vorarbeit geleistet. Nicht nur, dass sie ihr mitgeteilt hatte, wohin sie sollte, sie hatte auch den Zeitpunkt festgelegt, und wieder einmal stellte Tina fest, dass Margaux, wenn es um Schnüffeleien ging, besser war als jeder Geheimdienst.

Verdutzt hatte Tina festgestellt, dass der Name des Lokals schon wieder geändert worden war und die Optik perfekt dem Namen entsprach. Leider wirkte das Atlantis, als ob es sich bereits kurz vorm Untergang befände. Das Lokal hatte in den letzten Jahren mehrfach den Besitzer gewechselt. Zu regelmäßig. Tina versuchte sich an die Namen zu erinnern, die diese Bar bereits getragen hatte. Blitzkrieg war einer davon gewesen, und genauso schnell hatte sich der Besitzer, ein stämmiger Typ mit kriminellem Blick, den Tatsachen stellen müssen und Konkurs angemeldet. Wie der Blitz war das Lokal geschlossen worden. Auf Blitzkrieg folgte Saftladen, was Tina originell gefunden hatte, genauso wie die Getränke, die im Saftladen angeboten worden waren. Die beiden Saftladen-Inhaberinnen hatten gepflegt gewirkt, die Gäste waren dennoch ausgeblieben, denn für vegane Getränke war die Zeit offenbar nicht reif genug gewesen. Danach folgte Schnucki. Eine kleine Blonde, die sich an einem gleichlautenden Imbiss versucht hatte und ebenso gescheitert war. Schnucki hatte das Lokal an ein Brüderpaar weitergegeben, die es auf Max & Moritz tauften, jedoch aufgrund ihres Lebensstils (die Brüder waren keine Brüder im geschwisterlichen Sinn gewesen) gemieden worden waren. Ihr Lokal hatte daher wieder zusperren dürfen. Nun also Atlantis.

Tina setzte sich am Barhocker zurecht und seufzte ihren Vodka an. Ihre Gucci-Tasche wollte wahrlich blutig verdient werden. Niemals hätte sie sich freiwillig in dieses Schmuddelloch begeben, hätte nicht der Besitz einer Luxus-Handtasche auf dem Spiel gestanden. Es hatte sie bereits Überwindung gekostet, den Griff der Eingangstür zu drücken. Wer wusste schon, welche Bakterien nur darauf lauerten, die Seite zu wechseln? Unauffällig hatte sie ihre Hände mit Feuchttüchern gereinigt und versucht, die Berührungspunkte mit dem Mobiliar auf ein Minimum zu beschränken. Ein sinnloses Unterfangen.

Was diesen Ralf betraf, war Tina in Form einer Gehirnwäsche von Margaux instruiert worden. Sie hatte sich sein Aussehen exakt eingeprägt. Inzwischen hätte sie Ralf in stockfinsterster Nacht erkannt. Nun galt es den Plan Verführung Ralf zu einem Margaux-gefälligen Abschluss zu bringen. Tina hatte sich appetitlich zurechtgemacht, und schon hing Ralf am Haken. Tatsächlich war sie auf einen bereits angeheiterten Kerl gestoßen, der nur zu empfänglich auf ihre Schmeicheleien reagiert hatte.

An jenem Abend, an dem sich Tina erfolgreich ihre Gucci-Handtasche erkämpfte, konnte sie bereits nach nur zwei Stunden Ralfs zahlreiche Beziehungsprobleme auswendig aufsagen. Außerdem wäre der Typ schon aufgrund seines hohen Promillespiegels treuherzig mit jeder Frau mitgegangen, die ihn bei der Hand genommen hätte. Erbärmlich, fand Tina. Ein Versager auf ganzer Linie, vermutlich auch im Bett.

In dieser Hinsicht hatte sich Tina geirrt, denn Ralf besaß Qualitäten, die ihn von anderen Männern abhoben. Tina bereute es nicht, den Kerl abgeschleppt zu haben, und Margaux bekam in jener Nacht die Vollzugsmeldung. Zwischen einigen lustvollen Erfahrungen hatte Tina immerhin Zeit, die entsprechende Nachricht mit dem Fotobeweis der erfolgreichen Verführung auf Margaux' Handy zu senden. Inklusive der Bitte um Überreichung der Gucci-Tasche. Der G-Punkt sei bereits gefunden worden. Mehrfach. Von einem Nerd, was kaum zu glauben ist, textete eine hocherfreute Tina an Margaux.

Kapitel 29

Ralf hatte zum Zeitpunkt der rasanten Verführung keine Ahnung, dass er nur Mittel zum Zweck geworden war. Bereits Tage zuvor hatte sich Margaux ein Foto ihrer Zielperson angeeignet. Schließlich sollten Tinas Reize nicht irrtümlich an den falschen Mann verschwendet werden. Es war einfach gewesen, an ein Bild des Kerls zu kommen, war doch Elsbeths Arbeitsplatz mit Fotos aller Art versehen. Die Pinnwand an ihrem Schreibtisch glich einem Sammelsurium verschiedenster Genres. Tierfotos hingen daran, Ansichts- und Grußkarten sowie Zettel mit aufmunternden, eher seichten Sprüchen. Tiefgründigkeit, stellte Margaux fest, war eindeutig nicht Elsbeths Ding. Genauso hatte sie sich vermutlich bei der Wahl ihres Partners angestellt, denn der Typ auf den Fotos wirkte nicht wie der hellste Stern am Himmel. Sie hatte ein gestellt wirkendes Paarfoto kurzzeitig von Elsbeths Pinnwand entfernt, für ihre besonderen Absichten abfotografiert und das Heile-Welt-Foto wieder zurück an die Wand gepinnt. Für Margaux war es nicht schwer gewesen, bei ihrem Tun unentdeckt zu bleiben, denn Elsbeth bestand auf Pünktlichkeit, sowohl bei Arbeitsbeginn als auch bei Arbeitsende. Margaux dagegen war meist vor allen anderen in der Arbeit und verließ ihren Arbeitsplatz häufig erst spätabends. Das Foto, höchst hilfreich bei der Anbahnung des Kontakts zu Ralf, war prompt Tina übermittelt worden.

Und so kam es, dass sich Margaux zu ihrer scham- und skrupellosen Freundin gratulierte, die alles tat, was von ihr verlangt wurde, einzig um eine Tasche zu besitzen, die hässlich aussah. Margaux warf einen Blick auf die von Tina heimlich geschossenen Fotos und grinste heimtückisch, während sie ihrem Smartphone den Befehl erteilte, die peinlichen Sexbilder ihrem neu erstellten Mailaccount zu übermitteln. Anonym. Auf keinen Fall von ihrem eigenen PC aus. Schon gar nicht vom Rechner am Arbeitsplatz. Margaux war mit sich und der Welt, vor allem aber mit Tina sehr zufrieden.

Kapitel 30

Elsbeth überprüfte frühmorgens die Mails in ihrem Account. Die meisten darunter betrafen berufliche Mitteilungen. Regeln, Anweisungen und Blablabla.

»Alles Käse«, seufzte sie ihren Computer an, der mit einem Piepton reagierte, um ihr anzuzeigen, dass eine neue Mail eingegangen war. Ihr Gehirn war zu dieser frühen Uhrzeit noch nicht bereit, sich mit einer Vielzahl stressiger Informationen zu befassen. Zur Not musste die Löschen-Taste für eine Rundumbereinigung ihres Mailaccounts herhalten. Elsbeth kicherte beim Gedanken an ihre revolutionäre Haltung. Sie warf einen Blick auf die Betreffzeilen der eingegangenen Nachrichten. Eine Freundin hatte ihr Kinderfotos geschickt, die sie nur mäßig interessierten. Löschen. Werbemails waren durch den Spamfilter des Firmennetzwerks gerutscht. Mails, die mit Prozenten lockten. Darunter befand sich eine Junkmail, deren Absender eine Erbschaft in Millionenhöhe versprach. Sie bräuchte nur eine kleine Geldanweisung, nur ein Bruchteil der zu erwartenden Erbschaft, an eine Bank an der Elfenbeinküste überweisen. Elsbeth grinste und überlegte, ob sie sich Zeit für eine Antwort nehmen sollte, den Betrüger damit zu beschäftigen und dadurch von anderen Opfern abzulenken, verwarf den Gedanken aber rasch wieder. Löschen. Warnung vor Wechselgeldbetrügern. Löschen. Hinweis auf Vorsicht im Umgang mit Daten im Netz. Löschen. Tierfotos von ihrer Arbeitskollegin. Smiley als Antwort. Löschen. Ein letztes Mail blieb übrig. Elsbeth öffnete die Nachricht mit dem Betreff Bitte um Kontrolle und Bewertung. Der Inhalt war von einer ihr unbekannten Mailadresse übermittelt worden, aber das war nicht wirklich ungewöhnlich, bekam sie doch häufig Anfragen ihrer Kunden, die mit den seltsamsten Adresskuriositäten übermittelt wurden. Die Benennung dieser Mailadresse war aber wirklich nicht schlecht: naked4u@halali-jaeger-tot.com

Interessiert klickte sie auf die angehängte Foto-Datei und wurde prompt knallrot. Welcher perverse Typ kam auf die Idee, ihr ein Nacktfoto von sich und seiner Freundin zu schicken? Wie die sich im Bett herumräkelten. In eindeutigen Posen. Grauenhaft. Schamlos. Im ersten Reflex hatte sie das Foto wieder geschlossen, schließlich, von Neugier getrieben, erneut geöffnet. Es vergingen nur Sekunden, bis ihr bewusst wurde, wer der Mann auf dem Foto war. Das Jaulen, das von Elsbeths Schreibtisch ausgehend durch den gesamten Schalterraum drang, löste verwirrte Blicke in Richtung Alarmanlage aus.

Ein Foto ihres nackten Freundes, in inniger Umarmung mit einer ebenso nackten Schönheit, das von einem ihr unbekannten Mail-Account an ihre Mailadresse am Arbeitsplatz geschickt worden war, war schlicht erbärmlich. Dieser Akt des Verrats markierte einen neuen Tiefpunkt.

Kapitel 31

Jener Spätnachmittag, an dem Elsbeth mit rot verquollenen Augen nach Hause kam, war kein angenehmer Nachmittag. Ralf, der gemütlich mit einem Bier in der Hand vor seinem Laptop saß, wurde ohne Vorwarnung mit Vorwürfen bombardiert. Elsbeth hielt ihm ein bedrucktes Blatt Papier unter die Nase. Er hatte nur Augenblicke gebraucht, um zu erkennen, was er da sah. Eine eindeutige Situation sexueller Lust wurde ihm vorwurfsvoll präsentiert. Dann hatte er geblinzelt und das Foto sekundenlang fassungslos betrachtet, die Stirn gerunzelte und sich schließlich eingestehen müssen, dass er offenbar hereingelegt worden war. Er war heimlich beim Sex mit Tina fotografiert worden, was nicht nur peinlich, sondern wirklich blöd von ihm gewesen war. Wie hatte er nur derart billig in eine Falle tappen können? Wenn er diese Tina in die Finger bekam, nun, die würde etwas erleben.

Elsbeth dagegen wollte sich nicht mit seinen heftig ausgestoßenen Flüchen beruhigen lassen. Es war sicherlich keine gute Idee von Ralf gewesen, den Satz »das war Tina, dieses Luder« in den Raum zu stellen.

Elsbeth hatte nur »Verräter« gezischt, bevor ihre Stimme lauter geworden war und sie ihn schließlich hysterisch beschimpft hatte. Am Schluss waren sogar Fäuste geflogen. Elsbeth hatte auf Ralf eingeschlagen, was er sich ohne große Gegenwehr hatte gefallen lassen, damit sie sich abreagieren konnte. Schlussendlich hatte seine Freundin ein straßenseitiges Fenster geöffnet, das pikante Foto zerknüllt und aus dem Fenster geworfen, wo es offenbar sofort einen interessierten Besitzer fand. Ein überraschtes »He!«, das vom Gehweg hinauf in die Wohnung drang, bestätigte dies.

Elsbeth war noch nicht am Ende ihres Wutanfalls angelangt. Dem Verräter folgte ein du falscher Fuffziger, eine Erklärung, dass er eine Missgeburt sei, sowie mehrere Saukerle.

Schluchzend war Elsbeth schließlich ins Badezimmer gerannt, hatte die Tür lautstark hinter sich zugeworfen, sodass vereinzelt Putzbrocken von der Wand fielen. Die Tür hatte sie hinter sich versperrt, was Ralf überprüft hatte, indem er die Klinke behutsam und flüsterleise hinunterdrückte.

Sein gutes Zureden wurde mit Ignoranz bestraft, und so verließ Ralf die Wohnung, nachdem er sinnlose zwei Stunden vor der verschlossenen Badezimmertür zugebracht hatte. Sein Ziel, das Atlantis, inzwischen seine zweite Heimat, hatte leider außerordentliche Schließtage für sich reklamiert. Ein Zettel, auf dem etwas von einem Verstoß gegen die Hygieneverordnung stand, versehen mit einem Zusatztext, der besagte, dass vorerst bis auf unbestimmte Zeit geschlossen sei, trieb Ralf Tränen der Verzweiflung in die Augen. Kritisch betrachtete er sein Handy. Sollte er Tina anrufen?

Er verwarf den Gedanken, nur um ihn Sekunden später doch in die Tat umzusetzen. Er ließ es läuten. Bevor die Mailbox aktiviert wurde, unterbrach Ralf den Anruf.

Kapitel 32

Ralf hatte die Nacht schließlich auf der Couch zugebracht, was unangenehm gewesen war. Irgendwann musste Elsbeth aus dem Bad gekommen sein und sich ins Schlafzimmer geschlichen haben, denn als er frühmorgens dringend auf die Toilette musste, stand die Badezimmertür weit offen. Dafür hatte er nun keine Chance, ins gemeinsame Schlafzimmer zu gelangen. Ralf blieb nichts übrig, als mit der getragenen und vermutlich nach Angstschweiß stinkenden Kleidung vom Vortag zur Arbeit zu gehen. Die Gesichter jener Kollegen, denen er nahekam, zeigten eindeutig, was sie von seinen neuen Waschsitten hielten.

Mittags kaufte Ralf ein. In weiser Voraussicht hinsichtlich wohnungsinterner Sperrzonen nicht nur neue Shirts und Unterwäsche, sondern auch, weil er am Abend kochen wollte. Anstelle einer Friedenspfeife sollte es ein Wiedergutmachungsmenü geben, mit reichlich Alkohol in Vor-, Haupt- und Nachspeise. Ganz abgesehen davon, dass es zu den Menüs Alkohol in verschiedenen Varianten geben sollte.

Der Sekt war gekühlt und sollte eine Vorspeise ersetzen. Immerhin würden darin Erdbeeren, Himbeeren und Heidelbeeren schwimmen. Elsbeths Lieblingsmenü, Zanderfilet, würde junger Weißwein begleiten. Das als Beilage gedachte, in einem Schuss Alkohol gedünstete Gemüse sowie die Petersilienkartoffeln würden als Ergänzung der Hauptspeise überzeugen. Dazu Weißwein in rauen Mengen, um Trost im Alkohol zu finden.

Seine Menüfolge, fand Ralf, war unbestechlich gut. Ob es auch genügen würde, den Riss, der sich in ihrer Vertrauensbasis aufgetan hatte, wieder in Ordnung zu bringen, bezweifelte er. Zumindest aber sollte dies ein Anfang, ein erster Schritt dazu sein. Die Nachspeise, Vanillepudding mit Rumpflaumen, musste Elsbeth einfach milde stimmen. Ralf hatte sogar Blumen besorgt. Tulpen. Den Kauf von Rosen hatte er nicht nur als unpassend empfunden, er hatte es schlicht nicht gewagt, Rosen mitzubringen. Nein, Ralf vertraute der Wirkung von Alkohol und darauf, dass sich Elsbeth wieder beruhigte, damit alles so werden würde wie zuvor.

Grundsätzlich war seine Idee hervorragend gewesen, nur war Elsbeth erst gar nicht nach Hause gekommen. Ralf hatte zuerst den einen Fisch gegessen, dann den zweiten. Er hatte sich über Gemüse und Kartoffeln hergemacht wie ein Verhungernder. Eine Flasche Weißwein war seine Kehle hinuntergeflossen, die zweite Flasche zumindest zur Hälfte geleert worden. Sekt und Beeren konnten ihm gestohlen bleiben. Das prickelnde Zeug war ohnehin nicht seine Sache. Im Anschluss an seine einsame Fress- und Trinkorgie war Ralf müde, was er für absolut verständlich hielt, bedachte man die Menge, die er insgesamt konsumiert hatte. Also hatte er den in der Küche aufgetürmten Geschirrberg vorerst ignoriert.

»Aufgehoben ist nicht aufgeschoben«, hatte er sich auf dem Weg ins Bett versichert, das er immerhin dieses Mal belagern konnte, wie er wollte, denn so, wie es aussah, brauchte er heute keine Rücksicht auf eventuelle Bettgenossinnen zu nehmen. Wobei er beim Gedanken an Bettgenossinnen kichern musste, denn in Wahrheit war nicht einmal eine Frau für ihn erreichbar, die Plural von Genossin daher pures Wunschdenken.

Irgendwann gegen Mitternacht war Ralf aufgewacht, hatte er doch tatsächlich geglaubt, dass Elsbeth nach Hause gekommen wäre. Ein Irrtum. Es war still in der Wohnung, die andere Betthälfte leer. Schlechtes Gewissen und der Drang zur Toilette trieben ihn aus dem Bett. Der Abwasch war unerledigt. In der Küche stank es nach Fett. Ralf machte sich daran aufzuräumen und den Geschirrspüler zu befüllen. Er nahm ein Bad, übergab die Schmutzwäsche der Waschmaschine und ging zu Bett.

Das Klirren eines Schlüssels weckte ihn. Elsbeth war endlich nach Hause gekommen. Es war gegen drei Uhr morgens und es schien, als wollte sie heute im Wohnzimmer übernachten. Ralf seufzte, flüsterte »Scheiß Weiber!«, drehte sich zur Seite und war Sekunden später schon wieder eingeschlafen.

Kapitel 34

Elsbeth hatte den Weg nach Haus gemieden. Zuerst hatte sie sich in der Stadt herumgetrieben, war von Auslage zu Auslage gewandert. Der lange Spaziergang hatte ihr weder Freude bereitet noch Ablenkung beschert. Vor beinahe jedem Schaufenster war sie stehengeblieben, ohne den jeweiligen Inhalt tatsächlich wahrzunehmen. Weder die neueste Mode, Bücher, Dekorationsgegenstände oder Kosmetika interessierten sie. Irgendwann hatte sie sich in ein Café gesetzt, an ihrem Aperol genippt, bis der klägliche Rest der dritten oder vierten Bestellung lauwarm im Glas herumgeschwappt war. Kurz vor sieben Uhr abends war sie gebeten worden, ihre Rechnung zu begleichen, man schließe in wenigen Minuten. Seufzend hatte sie bezahlt und der Kellnerin offenbar leidgetan, denn die hatte ihr eine Tafel Schokolade zugesteckt. Vermutlich nahm die Frau an, sie sei versetzt worden.

Elsbeth bummelte über den Marktplatz, drehte sich im Kreis, versuchte ihre Gedanken zu beruhigen, indem sie die Häuser am Platz zählte. Sie betrachtete das alte Rathaus, das seit der Sanierung schneeweiß erstrahlte. Achtzehn, neunzehn. Egal. Sie zuckte mit den Schultern und wanderte dann weiter zu Schillers Wohnhaus, von dort zum Deutschen Nationaltheater, vor dem sich Goethe und Schiller einen Sockel teilten. Was die beiden Männer wohl zu ihrem bronzenen Ebenbild sagen würden? Elsbeth betrachtete die Widmung an der Sockelvorderseite.

»Dem Dichterpaar«, flüsterte sie und kicherte. »Ihr seid aber ein hübsches Pärchen.« Sie stieg die Stufen hinauf, hob ihren Arm und tätschelte abwechselnd die Schuhspitzen der beiden Männer.

»Ts, ts, ts« raunte ein Vorübereilender.

Schließlich schlug Elsbeth den Weg zum Herderplatz ein, passierte ein Restaurant, aus dem es nach getrockneten Tomaten, Süden und Meer roch. Einige Schritte weiter umschwebte sie der Duft von Seifenflocken, es roch nach Zitrone und gewaschenem Leinen. Elsbeth unterdrückte ein Niesen, schlenderte weiter und gelangte auf den Herderplatz. Vor ihr ragte der Turm der Stadtkirche St. Peter und Paul auf. Sie zögerte kurz und ging dann langsam auf das imposante Bauwerk zu. Glockengeläut zeigte ihr acht Uhr abends an. Einer plötzlichen Eingebung folgend, beschloss sie die Kirche zu besuchen, betrat den Innenraum und sah sich um. Die Kirche wirkte schlicht. Aber nur auf den ersten Blick. Das prächtige, hallenartig angelegte Gewölbe sprach von Stärke und Größe, zog den Blick nach oben und in die Weite, glänzte durch Seitenlogen und ein farbenfrohes Wappen. Elsbeth umrundete die Metallplatte, die das Grab Herders markierte, durchschritt das Mittelschiff und ging auf den Altarraum zu. Sie bewunderte den Flügelaltar und lauschte auf Schritte anderer Besucher. Schließlich setzte sie sich in die erste Bankreihe, ließ ihren Blick wandern, betrachtete die Kanzel, die Fürstengrabmäler und goldenen Verzierungen, verdrehte ihren Kopf wie eine Eule und bestaunte die prächtige Orgel im hinteren Kirchenbereich. Am Ende wandte sie sich den riesengroßen Kirchenfenstern zu, die tagsüber Licht und damit Leben in die Kirche brachten. Letztlich kam Elsbeth zum Schluss, dass sie hier keinen Trost finden würde. Außerdem waren die Holzbänke zu hart, um sich länger als nötig aufzuhalten. Elsbeth sah ein, dass sie sich der unangenehmen Situation stellen musste. Sie musste mit Ralf sprechen. Ob es ihr gefiel oder nicht, und wenn es am Ende bedeutete, dass Ralf die längste Zeit ihr Partner gewesen war. Der Weg nach Hause würde zur Qual werden, dennoch schritt Elsbeth zügig aus und wäre vermutlich tatsächlich in einer Viertelstunde zuhause gewesen, hätte ihr nicht unterwegs eine Bekannte aus Zeiten unmäßigen Feierns ein erfreutes »Hallo Elsbeth!« zugerufen und sie mit einem belanglosen Gespräch von ihrem ursprünglichen Vorhaben abgelenkt. Anfangs hatte Elsbeth keine Lust gehabt, auf ein Getränk mitzukommen, hatte dann nachgegeben, weil sie umgekehrt genauso wenig Lust hatte, zuhause aufzutauchen.

»Komm, ich treffe mich mit Freunden in der Bar«, hatte Sandra fröhlich und mit einer dezent wahrnehmbaren Fahne verkündet, sich bei Elsbeth eingehängt und jeden Widerstand im Keim erstickt. Die Bar, die Sandra meinte und die tatsächlich einfach Die Bar hieß, war ein bekanntes Lokal, nur wenige Schritte vom Herderplatz entfernt in einer Seitengasse. Ein gut frequentierter Treffpunkt zahlreicher Nachtschwärmer. So kam es, dass der frühe Abend zum späten Abend wurde und sich die feuchtfröhliche Gesellschaft nach weiteren Einkehrschwüngen in andere Lokale erst deutlich nach Mitternacht aufzulösen begann.

In Zeitlupe wankte Elsbeth nach Hause. Kichernd nahm sie den Weg über die Kegelbrücke, bog beim Goethe-und-Schiller-Archiv scharf ab und brauchte zum Überqueren der Straße nicht nur länger als dafür vorgesehen, sondern auch den Beistand jeglicher Schutzengel, denn die Fußgängerampel beleuchtete das Szenario in knalligem Rot. Der nächtliche Verkehr schien für jene fünf Minuten innezuhalten, die Elsbeth brauchte, um von einer Seite auf die andere zu gelangen. Mit geschlossenen Augen, dennoch zutiefst konzentriert auf den vor ihr liegenden Weg, lehnte sie eine Weile an einer Gartenmauer. Es war ruhig auf den Straßen. Die Menschen lagen längst in ihren Betten und schliefen. Dieser Umstand, und weil ihr langsam kalt wurde, brachte Elsbeth dazu, sich aufzuraffen und das Gebäude der evangelisch-lutherischen Kirchgemeinde anzuvisieren. Eine Mülltonne an der Kreuzungsecke zur Johanniskirche wurde ihr beinahe zum Verhängnis. Elsbeth stolperte, korrigierte die Richtung, querte die Straße und hangelte sich mäßig erfolgreich im Schneckenschleichgang den Zaun entlang in ihre Wohnstraße. 30 Meter. Sie zählte ihre Schritte. Etwa neunzig waren es noch, dann sollte sie sich auf Höhe ihres Hauseingangs befinden.

Durch ihre stark eingeschränkte Sehfähigkeit, was nicht an einer Fehlsichtigkeit lag - diesen Mangel hatte sich Elsbeth bisher nicht angeeignet - sowie die unkontrollierten Bewegungen ihrer Gliedmaßen, bedingt durch den Alkohol, hatte sie zeitweise den Eindruck, auf allen vieren unterwegs zu sein. Nüchtern wäre der Weg ein leichterer gewesen.

Undeutlich murmelte Elsbeth »Schwanschig, neunschehn ... schiebschehn«, verzählte sich und kicherte. Auf keinen Fall würde sie noch einmal zurück zur Mülltonne wanken, wo sie mit der Zählung begonnen hatte.

Endlich bestätige die Zufahrt zwischen den Häusern, dass sie angekommen war. Nur noch wenige Meter. Normalerweise eine Sache von einer Minute. Heute ein Halbmarathon, den es zu bewältigen galt. Außerdem schrie inzwischen ihre Blase nach Erleichterung. Da half es nichts, dass nur noch wenige Schritte vor ihr lagen. Elsbeth betrachtete die parkenden Autos, die verschwommen in ihrem Gesichtsfeld auftauchten.

»Isch heut aba auch vadamt finschtaaa«, hauchte Elsbeth ein Straßenschild an, das sich ihr heimtückisch in den Weg gestellt hatte und Gefahr lief, von Elsbeth stürmisch umarmt zu werden. Inzwischen wagte sie nicht mehr ihren Speichel zu schlucken, denn eine Blasenexplosion war nur mehr eine Frage von Sekunden. Aber wenn es schon hier geschehen musste, sollte zumindest das Fahrzeug passen, fand Elsbeth. In gebückter Haltung arbeitete sie sich Fahrzeug für Fahrzeug weiter. VW erschien ihr unpassend. Ein daneben parkender Suzuki ebenso. Fiat, nein, das ging gar nicht. Endlich, lange würde sie ohnehin nicht mehr durchhalten, tauchte das passende Auto zu ihrem dringlichen Vorhaben auf. Ein Audi.

»Gaudi-Audi«, lallte Elsbeth, was etwa so klang wie Gaudididi und nur Eingeweihten verständlich gewesen wäre. Sie umrundete das Fahrzeug, hockte sich auf Höhe des Vorderreifens hin und begleitete ihre dahinplätschernde Erleichterung mit einem langgezogenen »Aaaaaaaahhh«, gefolgt von einem Kichern.

Endlich auf der heimischen Couch angelangt, die Wohnungstür hatte sie unversperrt vorgefunden, fasste ihr alkoholbenebeltes Gehirn den spontanen Entschluss, dass sie sich erst einmal ausschlafen würde. Sie würde morgen einfach krank sein.

»Halleluja«, grunzte Elsbeth abschließend ihrem bestickten Blumenkissen zu und drehte sich auf den Rücken. Sekunden später war ihr lautes Schnarchen sogar in der Wohnung darunter zu hören.

Kapitel 35

Einfach war die Bewältigung des darauffolgenden Tages nicht. Kopfschmerzen. Übelkeit. Heftiges Schwindelgefühl. Kreislaufprobleme. Hinzu kam, dass sich Elsbeth wie ein Stier fühlte, dem ein rotes Tuch als Dauerreiz vor Augen, Schnauze und Hörner gehalten wurde. Ihr rotes Tuch hieß Ralf und nervte gewaltig. Die Probleme mit Margaux waren in diesem Zusammenhang schon beinahe das kleinere Übel.

Und schließlich bekam Ralf den Ball doch wieder zugeworfen. Nach beinahe endlosen, inquisitorisch und in Zermürbungstaktik vorgetragenen Vorwürfen, auf die Ralf keine Erwiderung wusste, nach Tränenströmen, die er nicht zu stoppen und nach ausgiebigen Anschuldigungen, die er nicht zu entkräften verstand, und da er die Nacht mit der heißen Rothaarigen ohnedies nicht rückgängig machen konnte, war es Elsbeth, die ihn vor vollendete Tatsachen stellte.

»Raus aus meiner Wohnung«, waren ihre letzten Worte.

Ralf war im Grunde froh, dass Elsbeth die Verlobung gelöst hatte. Er stellte sich vor, wie es gewesen wäre, hätten sie sich schon vor Jahren das Ja-Wort gegeben. Bis dass der Tod euch scheidet, hätte womöglich tatsächlich in einer spontanen Handlung stattgefunden.

Kapitel 36

Elsbeths »Raus aus meiner Wohnung!« hatte Ralf ernst genommen, und weil er sich für einen vorausschauenden Mann hielt, hatte er sich Tina vorsorglich warmgehalten. Also eigentlich hielt er sie heiß, was ihm unerwartet gut zu gelingen schien, denn die Frau schien nicht genug von ihm zu bekommen. Sie war nahezu unersättlich.

»Sein geiles Luder«, hatte er sie zuletzt genannt, als sie sich unter ihm gewunden hatte. Seine schmutzigen Beschimpfungen schienen ihr nichts auszumachen. Im Gegenteil, sie war sogar noch schärfer geworden, hatte sich geräkelt, gestöhnt und ihm Wünsche erfüllt, die ihm Elsbeth nicht erfüllt hätte. Falsch, korrigierte sich Ralf in Gedanken, er hätte Elsbeth nicht einmal danach zu fragen gewagt. Dabei waren seine Wünsche weit entfernt von irgendwelchen Hardcore-Spielchen. Aber ein bisschen heftiger durfte es schon zugehen. Tina jedenfalls war der Sextraum eines jeden Mannes, fand er.

Was Ralf ursprünglich unbedingt hatte verhindern wollen, war, von Elsbeth auf die Straße gesetzt zu werden. Womöglich musste er dann in einem Männerwohnheim Unterschlupf finden. Dazu hatte er echt keine Lust. Und genau das war nun passiert.

Aus diesem Grund hatte er sich Tina vorgeknöpft. Wenn es schon blöd für ihn lief, sollte sie doch ruhig die Rechnung übernehmen. Vor allem aber erschien es Ralf sinnvoll, wenn Tina von selbst auf die Idee käme, ihm Unterschlupf in ihrer Wohnung anzubieten. Zuerst war es nicht einfach gewesen, sie zu erreichen. Eine Weile hatte Tina nicht auf seine Anrufe reagiert, bis vermutlich weibliche Neugier überhandgenommen und sie eine seiner Nachrichten beantwortet hatte.

»Schwerer Fehler«, hatte Ralf grinsend angemerkt und die Süße zu einem Sekt-Frühstück eingeladen. Er wollte ihr Vorhaltungen an den Kopf knallen, wusste er doch, dass die kompromittierenden Fotos nur von ihr stammen konnten.

Kaum am genannten Treffpunkt eingelangt, hatte sich Tina an Ralf gedrängt und ihn leidenschaftlich geküsst. Dass er dabei einen nicht gerade frommen Blick in ihr Dekolleté werfen durfte, war offensichtlich Teil ihres Auftritts gewesen. Sie ließ sich direkt gegenüber Ralf nieder, sodass ihre Beine seinen Beinen ständig im Weg waren. Tinas viel zu kurzer Rock wanderte nach oben und musste fortwährend korrigierend nach unten gezogen werden, was dafür sorgte, dass Ralfs Blicke stets an makellosen Beinen hängen blieben. Diese hübschen, halterlosen Strümpfe, deren Spitzenverzierung deutlich sichtbar war, gaben ihm den Rest. Ralf schüttelte verärgert den Kopf. Tina würde mit ihrem Verhalten nicht einfach so davonkommen, wenn er auch fand, dass sie schauspielerische Qualitäten besaß. Doch auch er hatte ein Drehbuch zur Hand. Zu Beginn ihres Treffens hatte er Tina mit einer knapp gehaltenen Strafpredigt geplagt. Sie hatte mit weinerlichem Gesichtsausdruck reagiert. Das schlechte Gewissen war ihr anzusehen. Ralf hatte sie daraufhin weiter in die Mangel genommen, seine Stimme nur ein bisschen angehoben, worauf Tina prompt in Tränen ausgebrochen war. Er war zu weit gegangen. Mit weinenden Frauen konnte er echt nichts anfangen. Ralf wusste nicht, wie eine heulende Frau zu trösten war. Also hatte er Tina in die Arme genommen, und sie gefragt, warum sie das getan hatte? Diese sexy Mistkröte hatte sich daraufhin fest an ihn geschmiegt, ihm in den Schritt gegriffen und mit verführerischer Stimme gesäuselt: »Ich habe dich für mich haben wollen und nicht mit der grauen Maus teilen. Sei ehrlich, ohne den entsprechenden Schubs hättest du dich nie von ihr getrennt.«

Tina hatte zweifellos keine Ahnung, was tatsächlich zwischen ihm und Elsbeth vorgefallen war. Dabei wollte es Ralf belassen. Sollte sie ruhig glauben, dass er sich für sie von seiner langjährigen Freundin getrennt hatte.

Er schämte sich nicht für die Nacktfotos, insgeheim fand er sie sogar besonders reizvoll, was er natürlich nie öffentlich zugegeben hätte. Ralf fand, dass Tina und er darauf sehr sexy aussahen. Ihr Körper war sowieso perfekt. Sie war eine attraktive Erscheinung, hatte Rundungen an den richtigen Stellen, wo er doch Kurven so sehr schätzte, war gepflegt und sah einfach in jeder Lage gut aus. Er grinste. Ralf fand sich nicht schlecht getroffen. Groß, dunkles Haupthaar, allgemein gut in Form. Insgesamt waren die Fotos eine gelungene Darstellung eines sich liebenden Paares, mit dem bitteren Beigeschmack der ungewollten Veröffentlichung. Er nahm an, dass in Tinas Schlafzimmer eine Kamera mit Selbstauslöser positioniert worden war, die er in der Hitze des Gefechts und beeinträchtigt vom Alkohol nicht beachtet hatte.

Nüchtern betrachtet, hätte er diese Art von Fotos jederzeit gerne im Internet angesehen, wenn er der Typ wäre, der solche Webseiten aufsuchen würde. Es war halt nicht besonders vorteilhaft, dass gerade er auf diesem Foto überdeutlich erkennbar war. Noch ungünstiger war, dass Bilder an Elsbeth geschickt worden waren. Es hatte nie in Ralfs Absicht gelegen, Elsbeth dermaßen zu kränken, denn er wusste wohl, dass es einen gewaltigen Unterschied machte, über etwas Bescheid zu wissen oder es zusätzlich in Farbe und in voller Aktion vorgehalten zu bekommen. Wenn Tina nicht so sexy wäre, hätte er sie am liebsten erwürgt. Leider sah Tina sensationell gut aus, und er konnte beim Ausgehen fantastisch mit ihr angeben. Allein die Blicke der Männer waren es wert, mit ihr gesehen zu werden.

Dass Tina ihr neues Spielzeug Ralf nicht unmittelbar nach jener verhängnisvollen Nacht abserviert hatte, sondern noch behalten wollte, lag an seinen experimentierfreudigen Qualitäten als Liebhaber und an seiner Unermüdlichkeit, ihr Freude zu bereiten.

Margaux amüsierte sich köstlich über Tinas Beschreibung von Ralf. Tina hatte ihr von diesem Typen derart intensiv vorgeschwärmt, dass sie tatsächlich neugierig auf ihn geworden war. Sie würde Tina demnächst mit großem Theater die Gucci-Tasche überreichen. Vielleicht ergab es sich zufällig, dass ihr Neuer bei der Übergabe anwesend war. Wenn nicht, würde sie dieser Tage eine interessante Einladung in der Hand halten und damit vor Tinas Nase herumwinken. Ein neues Wellness-Beauty-Studio hatte seine Pforten im Atrium geöffnet. Dessen Geschäftsführer war eifrig auf der Suche nach zahlungswilliger Klientel. Erst kürzlich hatte er eine Veranlagung bei ihr getätigt und dabei einen Gutschein und eine Einladung hinterlassen. Sie dürfe Gäste mitbringen. Warum also nicht die Gelegenheit nutzen und auf diese raffinierte Art Tinas Ralf kennenlernen?

Kapitel 37

Elsbeth und Ralf hatten eine Vereinbarung getroffen. Eigentlich hatte Elsbeth in diktatorischer Anwandlung Regeln aufgestellt, und Ralf hatte diese neuen Gesetze zu befolgen. Er dürfe bei ihr wohnen, bis er sich eine Ersatzwohnung zugelegt habe, was bald erfolgen solle. Sein neuer Schlafplatz sei die Wohnzimmercouch. Hätten sie einen Hund gehabt, dann der Hundekorb, hatte Elsbeth rotzfrech hinzugefügt. Spätestens in vier Wochen wäre aber Schluss mit ihrer großzügigen Gnadenfrist. Außerdem solle Ralf unsichtbar bleiben, was für ihn hieß, dass er gegen sechs Uhr morgens aus der Wohnung verschwinden solle, noch bevor sie außer Haus ging. Außerdem dürfe er erst wieder in die Wohnung kommen, nachdem sie bereits zu Bett gegangen sei, was erst gegen neun Uhr abends der Fall wäre. Kurz gesagt, zwischen neun Uhr abends und sechs Uhr morgens dürfe er sich in der Wohnung aufhalten, die restlichen Zeiten waren tabu. Keine Diskussion. Punkt.

Insgeheim, aber diese Hoffnung hätte Elsbeth niemals zu äußern gewagt, wünschte sie sich, dass Ralf endlich in die Gänge käme und aktiv wurde. Ein hingebungsvoller Mann hätte längst begonnen, um ihre Liebe zu kämpfen. Vier Wochen hatte sie ihm angeboten. Vier Wochen, die er nützen konnte, um ihr zerbrochenes Herz zu flicken. Sicherlich brauchte er nur etwas Zeit, um zu begreifen, was er an ihr hatte.

In ihrem Innersten wollte Elsbeth nicht wahrhaben, dass Ralf bequem war und keine Lust hatte, sich um das Zusammenkehren der Scherben der Vergangenheit zu bemühen.

Kapitel 38

Ralf war überpünktlich zur Arbeit gegangen. Am frühen Vormittag war er schließlich ins Büro seines Vorgesetzten geschlichen und hatte zerknittert um ein paar Stunden Zeitausgleich gebeten.

»Häusliche Sorgen«, hatte er verschämt um Verständnis geheischt.

Die häuslichen Sorgen waren rothaarig und wollten baden gehen. Zumindest hatte ihm Tina diese Nachricht aufs Handy geschickt und ihn informiert, dass sie sich gleich auf den Weg machen würde. Und ob er nicht vielleicht Zeit für sie hätte? Nur für wenige Stunden, in denen sie sich gemeinsam entspannen konnten. Sie würde ihn gern verwöhnen, und er hätte sicher nichts dagegen, auch sie zu verwöhnen?

Ralf verstand die Botschaft, überlegte, wie er seine Schwellung in der Hose vor seinen Kollegen verbergen konnte, und entschied, alle Anwesenden zu ignorieren. Sollten sie ruhig sehen, was mit ihm los war. Er war gerade geil, und das würde sich heute wohl noch einige Male so verhalten.

Ralf machte sich keine Gedanken über Elsbeth oder darüber, dass sie von seinem kleinen Ausflug an die Ilm erfahren würde. Ihre Beziehung war längst in Auflösung begriffen. Ob Elsbeth ahnte, dass der einmalige Seitensprung inzwischen zu einem dauerhaften Abenteuer geworden war? Rasch schob Ralf derartige Gedanken beiseite und dachte an den heutigen Tag mit Tina.

Er brauchte dringend Trost, denn in den nächsten Tagen würde es ohnehin schwierig werden, Elsbeth aus dem Weg zu gehen. Ursprünglich hatten Elsbeth und er einen gemeinsamen Urlaub geplant. Der stand in der kommenden Woche an. Nun aber hatte sich seine Beziehungssituation gravierend verändert. Ralf wollte den Urlaub jedenfalls besser nutzen, er musste sich schließlich nach einer neuen Bleibe umzusehen. Außerdem war er verärgert, denn inzwischen hätte Tina durchaus von sich aus auf die Idee kommen können, ihn in ihre Wohnung einzuladen. Der heutige Nachmittag drängte sich auf, um auf dieses Ziel hinzuarbeiten.

Was Elsbeth während des Urlaubs machen wollte, war Ralf gleichgültig. Außerdem hatten sie seit der Trennungsabsicht kein einziges Mal mehr darüber gesprochen, und er hielt es nicht für sinnvoll, das Thema aufzugreifen. Dabei konnte er nur verlieren. Für Ralf bedeutete der Urlaub außerdem, dass er Tina ungehindert treffen konnte, schließlich war ihm von Elsbeth höchstselbst angeordnet worden, einen großen Bogen um sie zu machen. Ihrer Anweisung würde er unbedingt Folge leisten.

Kapitel 39

Tina hatte Ralf gebeten, mit dem Rad zu ihrer Wohnung zu kommen, was für ihn ein ordentlicher Umweg war. Allerdings hatte er die Fahrt als sportliches Extra betrachtet und war daher erst gar nicht auf die Idee gekommen, ihr einen Gegenvorschlag zu unterbreiten. Nun stand er unter dem riesigen Baum zwischen den Mietshäusern in der Jakobstraße und telefonierte mit Tina, die sich gerade aus dem Fenster beugte, um nach ihm Ausschau zu halten. Er hatte angerufen, verkündet, dass er bereits unter ihrem Wohnzimmerfenster auf sie warte. Lachend, mit der Badehose in der Hand, hatte er ihr zugewunken.

Kurz darauf waren die beiden unterwegs in Richtung Vergnügen. Tina fuhr nicht besonders gerne Rad, hatte sie ihm gebeichtet. Die gemeinsame Fahrt mit Ralf war allerdings kurzweilig. Sie radelten zurück zum Schloss, schlugen den Weg in den Park ein, hielten am Ochsenauge an, radelten lachend kreuz und quer, passierten die Naturbrücke, fuhren weiter bis zum Shakespeare-Denkmal und zum Schlangenstein, um sich am Ende, nahe der Villa Haar, nach einem passenden Badeplatz umzusehen. Auf der Suche nach einer Flussoase, in der sie sich miteinander vergnügen konnten. Ein ruhiges Plätzchen für pikante Aktivitäten sollte sich unbedingt finden lassen. Ralf radelte, den Blick fest auf Tinas Hintern geheftet, hinter ihr her. Er versprach sich heiße Stunden mit einer aufregenden Frau.

Kapitel 40

Währenddessen stand Elsbeth vor Margaux' Schreibtisch. Ein Sitzplatz war ihr nicht angeboten worden, und sie war nicht selbstbewusst genug, sich einfach zu setzen.

»Du hast kommende Woche unverdienterweise Urlaub. Gibt es irgendwelche Termine, die du vergessen oder Unterlagen, die du nicht fertig bearbeitet hast, die ich oder die Kolleginnen ausarbeiten müssen?«, giftete Margaux.

Elsbeth setzte zu einer Antwort an, doch ihr Vorhaben wurde sofort abgewürgt.

»Mein Vertrauen in dich war nie besonders groß, und deine Leistungen in letzter Zeit«, dabei lächelte Margaux verächtlich, »tragen nicht dazu bei, dass ich dich als gute Mitarbeiterin sehe. Du weißt, dass wir immer wieder mit personellen Schwierigkeiten kämpfen. Tatsächlich sind wir aktuell sogar überbesetzt. Wenn dir also die Arbeit hier nicht gefällt, solltest du dich nach einem anderen Arbeitsplatz umsehen. Sollte sich eine Personaldebatte entwickeln, werde ich mich mit Sicherheit nicht für dich verwenden.« Margaux holte Luft: »Wie du heute wieder aussiehst. Ich gratuliere dir, du bemühst dich wirklich um Unscheinbarkeit. Erbärmlich! Du arbeitest in einer Bank, nicht in einer Besserungsanstalt. Kleide dich entsprechend.«

Margaux spie ihr eine abfällige Bemerkung um die andere an den Kopf. Elsbeth kämpfte mit Tränen und wusste, dass es genau das war, was Margaux wollte. Eine Träne machte sich selbständig und lief ihr über die Wange. Elsbeth wischte sie fort.

»Heulsuse«, kam es prompt. »Du bist unglaublich kritikunfähig. Nach deiner Rückkehr aus dem Urlaub solltest du mental gestärkt sein. Arbeite an dir, damit du künftig bessere Leistungen abliefern kannst, sonst sehe ich hier keine Zukunft für dich.«

Elsbeth starrte Margaux an und wartete. Kein Zeichen, dass sie das Büro verlassen sollte, kein Gruß.

»Du kannst jetzt wieder an die Arbeit gehen«, fauchte Margaux.

Elsbeth erwiderte nichts, drehte sich um und wollte hier nur raus.

»Auf Wiedersehen sagt man, wenn man einen Raum verlässt«, hörte sie Margaux hinter ihrem Rücken knurren.

»Guten Tag«, grüßte Elsbeth, denn sie wollte Margaux zumindest eine Woche nicht wiedersehen. Für heute galt es, diese Furie nur noch wenige Stunden auszuhalten.

Kapitel 41

Ein zufriedenes Lächeln umspielte Margaux' Lippen. Nach dem gestrigen, versauten Tag war das aktuelle Gespräch mit Elsbeth sehr gut verlaufen. Endlich hatte sie sich abreagieren können. Elsbeth war das geborene Opfer. In ihrem Gesicht konnte sie jede innere Regung ablesen, das verschaffte Befriedigung. Die Angelegenheit war ins Rollen gekommen und würde sich in die richtige Richtung entwickeln.

Kassenschluss.

Der Fehlbetrag von zweitausend Euro, der sich schlussendlich als Buchungsfehler herausstellte, der im Übrigen nicht in Elsbeths Verantwortungsbereich fiel, verlängerte ihren Arbeitstag um eine weitere Stunde. Nicht nur Elsbeth, auch ihre Kolleginnen waren erleichtert, ins Wochenende gehen zu können, denn Margaux hatte getobt und mit ihrem aufbrausenden Verhalten die Fehlersuche unnötig verlängert.

Ralfs Tag war aufregend verlaufen. Kaum hatten Tina und er einen Badeplatz gefunden, an dem sie einigermaßen ungestört waren, hatte Ralf festgestellt, dass Tina äußerst spärliche Stoffreste als Bikini besaß. Eigentlich sollte er Mitleid mit ihr haben und ihr einen ordentlichen Badeanzug kaufen, aber diese niedlichen Schnüre gefielen ihm. Sie trug einen String. So ein Teil trugen Frauen grundsätzlich unter ihrer Kleidung oder vielleicht in Rio am Strand, aber doch nicht hier an der Ilm. Auf ein Oberteil hatte sie überhaupt verzichtet, denn weiße Stellen, mutmaßte Ralf, sahen bei Fotoshootings uncool aus. Das Wasser war erfrischend, aber nicht frisch genug, um Ralfs Erregung herunterkühlen. Tina wollte auch gar nicht, dass seine Vorfreude nachließ, wie sie mit überraschendem Griff in seine Badehose klarmachte. Sie planschten sorglos herum und nutzen schließlich eine flache Felsansammlung in Flussmitte, um sich auf den warmen Steinen aufzuwärmen.

»Jetzt darfst du über mich herfallen«, hatte Tina bekundet und ihre Reize spielen lassen. Mit weit gespreizten Beinen lag sie vor ihm und streichelte sich. Ralf hatte sich nicht mehr unter Kontrolle. Sie hatte ihm Unartiges ins Ohr geflüstert, dann hatte sie ihr Becken gegen seinen Unterleib gedrückt und erotische Laute von sich gegeben, die ihn nur noch schärfer gemacht hatten. Ein ausgiebiges Vorspiel war aufgrund seines heftigen Begehrens entfallen, was Ralf nicht wirklich leidtat. Nur Minuten später stellte Tina kichernd fest, dass Ralf ruhig ein weiteres Mal über sie herfallen dürfe. Dabei räkelte sie sich auf dem Felsen, ganz so, als ob der harte Stein aus weichem Schaumstoff wäre.

Zufrieden lag Tina auf einer Decke neben Ralf und ließ sich von der Sonne trocknen.

»Kommende Woche wirst du mich nicht erreichen können.« Tina strich Ralf über den Nasenrücken, fuhr mit ihrem Finger seine Lippenlinie nach und küsste einen Wassertropfen weg, der sich in seinem Grübchen am Kinn festgesetzt hatte. »Ich habe einen Auftrag bekommen und werde mich tagelang für Aufnahmen in einem Berghotel aufhalten. Die brauchen einen neuen Werbefolder, und meine Agentur hat mich vermitteln können. Ich werde versuchen, dich gelegentlich anzurufen, aber bitte sei nicht böse, wenn ich nicht regelmäßig telefoniere, denn die Fotografen werden zu allen möglichen und unmöglichen Zeiten von uns Aufnahmen machen wollen. Beim Wandern, im Hotel, tagsüber, nachts, in der Sauna, im Schwimmbad, um das Gipfelkreuz gewickelt, vermutlich sogar im Stall«, sie kicherte, »und mit dir würde ich mich am liebsten im Heuhaufen herumwälzen, aber leider wird das nicht möglich sein.«

Ralf stützte sich seitlich auf, was ihm eine unangenehme Druckstelle eines kantigen Steins einbrachte, der unter der Decke lag.

»Ist schon in Ordnung, die Woche wird schnell vorüber sein. Ich freue mich inzwischen einfach auf dich.« Ein schalkhaftes Lächeln glitt über sein Gesicht. »Wir freuen uns auf dich.« Er legte seine freie Hand auf Tinas Brust und knetet begeistert daran herum. Dann korrigierte er seinen letzten Satz: »Wir freuen uns auf euch.«

Tina lachte, wälzte sich auf ihn und der Nachmittag wurde für Ralf noch einmal besonders angenehm. Abgesehen von dem Stein, der sich nun schmerzhaft in Rücken und Schulterblatt drückte, aber es gibt Dinge, die ein Mann im Ernstfall einfach ignorieren muss.

Kapitel 42

Eine Überraschung wartete auf sie. Elsbeths Herz schlug einen verhaltenen Salto. Ralf war heute bereits vor ihr zuhause gewesen und hatte gekocht. Zwar hatte er sich unerlaubt über die Abwesenheitsfristen hinweggesetzt, doch Elsbeth wollte nicht ungnädig sein. Schließlich schien er sich um sie zu bemühen. Und war es nicht wichtiger, wieder ins Reden zu kommen, als dass sie ihn aus ihrem Leben verstieß? Mehrfach setzte Elsbeth zu einem Gespräch an. Mehrfach endeten ihre Versuche in bedrückender Stille. Das sich Anschweigen der letzten Tage wollte sich offenbar um keinen Preis verflüchtigen. Elsbeths zaghafte Höflichkeitsfloskeln, die zu Beginn des Essens von Ralf noch ansatzweise kommentiert wurden, blieben zäh in Teilnahmslosigkeit stecken, bis schließlich nur mehr ihr gemeinsames Kauen und Schlucken das Schweigen störte. Sie hatten sich nichts mehr zu sagen. Stattdessen wurde reichlich Wein getrunken. Ralf versuchte, die Stille zu überbrücken, indem er den Geschirrspüler einräumte, worauf das Scheppern der Teller unangenehm durch die Wohnung zog.

Später nahm Elsbeth all ihren Mut zusammen, setzte sich zu Ralf auf die Wohnzimmercouch und versuchte eine zaghafte Annäherung, indem sie Anstalten machte, sich in seine Arme zu schmiegen. Am Ende hatte sein irritierter Blick dafür gesorgt, dass sie die dumme Idee verwarf.

Elsbeth fühlte Übelkeit in sich aufsteigen. Sie konnte seine Reserviertheit körperlich spüren, dennoch versuchte sie, die belastende Stille aufzulockern.

»Was machst du während deines Urlaubs?«, entfuhr ihr. Im selben Augenblick wurde ihr bewusst, dass sie dafür kein Interesse mehr aufbringen sollte, war sie es doch gewesen, die

Ralf loswerden wollte. Was interessierte sie also jetzt sein Urlaub? Wie dumm von ihr. Elsbeth betrachtete ihre krampfhaft verschränkten Finger. Insgeheim hoffte sie darauf, dass nun vielleicht doch noch ein Gespräch zustande kam. Doch prompt wurde ihr die Rechnung präsentiert.

Ralfs höhnisch schnaubender Atemzug und seine Mimik, die heftigen Widerwillen ausdrückte, bescherten ihr schneidende Schmerzen in der Magengegend.

»Elsbeth, du kannst nicht wirklich glauben, dass ich seit den vergangenen Geschehnissen einen einzigen Gedanken an einen gemeinsamen Urlaub verschwendet habe. Zudem sind zwei meiner Kollegen krank, und wir müssen bis Ende nächster Woche ein Programm für einen Kunden fertigstellen. Wenn ich ausfalle, springt der Kunde ab, zumindest aber müssen wir mit einer saftigen Bußgeldzahlung rechnen. Dafür bekomme ich ein paar Urlaubstage extra, die kann ich gut brauchen, wenn ich mich auf Wohnungssuche mache.

»Spinnst du?« Elsbeth fühlte eine Hitzewelle durch ihren Körper schwappen. »Ich hätte mir von dir gewünscht, dass du um mich kämpfst, unsere Beziehung nicht wegwirfst, und du denkst nicht eine Sekunde darüber nach. Zuerst bescheißt du mich mit dieser Hure und jetzt kommst du mir so.«

Ralf hatte diesen plötzlichen Wutausbruch erstaunt verfolgt. Sein Mund stand offen. Sekundenlang herrschte Stille, unterbrochen nur von Elsbeths Gewimmer, die sich nach ihrem Ausbruch entnervt auf die Couch hatten fallen lassen und ihren Tränen freien Lauf ließ.

»Weißt du, würdest du dich einmal auf diese Weise in der Arbeit für dich einsetzen unter Verwendung einer anderen Wortwahl, aber zumindest mit derselben Energie, würde dir deine Chefin nicht halblustig auf dem Kopf herumtanzen. Dann befänden wir uns erst gar nicht in der Situation.«

Ralf stemmt sich von der Couch hoch und blickte auf Elsbeth hinunter, die sich Tränen von den Wangen rieb.

»Komm mir nicht mit schlauen Sprüchen, du Idiot«, schnauzte Elsbeth Ralf an.

Ralf schüttelte verächtlich den Kopf, wandte sich ab und verließ die Wohnung.

Elsbeth sprang auf und lief zum Fenster. Von hier aus sah sie Ralf. Er befand sich unterhalb des Fensters auf dem Gehsteig. Elsbeth betrachtete den Blumenstock, der in einem schmiedeeisernen Blumenständer neben dem Fenster stand. Wenn sie den Topf jetzt auf Ralfs Kopf fallen ließ, würde ihr vermutlich nicht nur ein Volltreffer gelingen, es wäre womöglich sogar sein Ende. Elsbeth riss erbost den Fensterflügel auf und kreischte: »Die nächste Bar ist nur wenige hundert Meter entfernt. Vielleicht findest du wieder eine, die dir gibt, was ich nicht kann.«

Welche Sendung im Fernsehen lief, hätte Elsbeth später nicht sagen können, aber sie wunderte sich über ihren Ausbruch. Sie war schon eine ganze Weile nicht mehr sie selbst. Wenn das ihr Leben war, wollte sie darauf verzichten. Schließlich holte sich Elsbeth eine Flasche Wein aus dem Kühlschrank, suchte gar nicht erst nach einem Glas, sondern trank Zug um Zug direkt aus der Flasche. Solange, bis ihr speiübel war und sie auf die Toilette wankte, um sich zu übergeben.

Kapitel 43

Elsbeth hatte in ihren ersten Urlaubstagen genügend Zeit gehabt, um über sich nachzudenken. Hausarbeit, auch wenn man sie nicht mag, hat ihr Gutes, stellte sie verärgert fest. So wurde sie zumindest für eine Weile von den Alltagsproblemen abgelenkt, mit denen sie sich ohnehin bald genug befassen musste. Elsbeth hatte aufgeräumt, die Küche penibel geputzt, sogar die Fenster waren endlich wieder einmal an der Reihe gewesen, und nun saß sie an ihrem blitzsauberen Küchentisch, eine halbleere Kaffeetasse vor sich, und fühlte sich einsam und verlassen. Schlecht für ihre Psyche. Elsbeth grübelte, studierte, suchte Fehler bei sich, schwor sich, künftig zielgerichteter und gewissenhafter zu handeln. Verfasste sogar eine Liste, nur um sie anschließend verärgert zu zerknüllen und dem Papierkorb zu überantworten. Sie seufzte. Dabei wollte sie doch die perfekte Frau werden. Allerdings würde es zu nichts führen, dieses Vorhaben vom Küchentisch aus zu steuern. Sie musste schon einen Zahn zulegen. Elsbeth beschloss daher, spontan mit etwas Schönem zu beginnen. Ihre Verwandlung in einen besseren, selbstbewussteren Menschen sollte mit einem bereits dringend nötigen Friseurbesuch den Anfang nehmen. Ihre Haare wirkten farblos, ein Schnitt war überfällig. Sie wollte nicht zu ihrem üblichen Friseur gehen, schließlich war ihr nach einem Neuanfang, was auch bedeutete, einen neuen Friseur in ihr Leben zu lassen. Wenn sie schon Haare lassen sollte, sicher nicht bei demjenigen, der sie beleidigt hatte, indem er ihre Haarfarbe anlässlich ihres letzten Besuchs verächtlich als aschfarben bezeichnet hatte. Nie wieder würde sie ihn aufsuchen. Der blöde Kerl, Starfigaro hin oder her, hatte sie konsequent und für immer vertrieben.

Sie dachte an einen Flyer, den sie kürzlich auf Margaux' Schreibtisch gesehen hatte. Das neue Center im Atrium war darin beschrieben worden. Elsbeths Blick war damals nur flüchtig über den Werbezettel geglitten. Sie hatte sich gedacht, dass dies wieder einmal typisch für Margaux sei. All diese oberflächlichen Behandlungen würden Margaux' Innerstes nicht schöner werden lassen. Elsbeth erinnerte sich, dass neben der Möglichkeit, sich die Falten mit Botox zu behandeln oder sich Fett absaugen zu lassen, auch Schönheitsbehandlungen und Massagen angeboten wurden. Zumindest war auf der Rückseite des Werbezettels etwas in der Art angekündigt worden. Die Massagen waren in dicken Druckbuchstaben angepriesen worden, die Fettabsaugungen in dezenter Schrift. Fitness-Center und Boutiquen warteten auf zahlungswillige Kundinnen und Kunden, ebenso ein Friseur, ein Juwelier, ein Restaurant, eine Sauna, ein erstklassiges Kaffeehaus und nicht zu vergessen, die zahlreichen Kosmetikerinnen bei 1000schön. Diensteifrige Menschen, die nur darauf lauerten, dass man arglos seinen Fuß über die Schwelle des entsprechenden Geschäfts setzte, nur um einen sofort wie die Spinne im Netz einzuwickeln. Das Angebotsspektrum richtete sich vor allem an Frauen, denn deren Geldbörsen sollten sich öffnen und das Center zum Glühen bringen. Elsbeth hatte das Gesicht verzogen und angewidert ihren Kopf geschüttelt. Rasch hatte sie den Zettel wieder zurück auf Margaux' Schreibtisch gelegt. Daneben hatte sie die Unterschriftenmappe mit der täglichen Post abgelegt. Vor allem Mahnungen befanden sich darin. Margaux ließ es sich nicht nehmen, diese Schreiben zu kontrollieren, bevor sie der Post übergeben wurden.

Schließlich hatte ihr der Inhalt des Prospekts doch keine Ruhe gelassen. Elsbeth hatte den Werbezettel von Beauty-Concept Nofretete verstohlen zur Hand genommen und war damit zum Kopierer geeilt. Sie hatte einen Abzug für sich angefertigt. Später konnte sie in Ruhe Angebote und Preise studieren. Und hatte nicht Eva versprochen, ihr einen Preisnachlass zu gewähren, wenn sie sich dazu durchringen konnte 1000schön aufzusuchen?

»Warum nicht? Eine Maniküre wäre ein guter Anfang«, murmelte Elsbeth dem Zettel zu, den sie inzwischen aus ihrer Handtasche gefischt hatte. »Vielleicht ist's gut für mein Selbstbewusstsein.«

Sie studierte den Flyer und suchte nach der Telefonnummer des Friseurs. Elsbeths Augen flogen über die Seiten. Haarscharf. Bei uns geht es um Ihre Haare, stand da. Elsbeth grinste, wühlte in ihrer Handtasche nach dem Handy, wählte und vereinbarte einen Termin. Nach ihrem Friseurtermin würde sie Eva bei 1000schön besuchen und auch dort einen Termin absprechen.

»Maniküre, Bordüre, Pediküre, Walküre, Ouvertüre«, säuselte Elsbeth übermütig und dachte an Eva, während sie den Flyer anlächelte. Außerdem galt es, die erwünschte Kontoverlegung zu einem guten Abschluss zu bringen. Mit modischer Frisur, gehobenem Selbstwertgefühl und Eva als neuer Bankkundin sollte nach ihrem Urlaub alles besser werden.

Kapitel 44

»Cool, trendy oder sophisticated? Sidecut, Choppy Blob«, so ähnlich hatte das jedenfalls in Elsbeths Ohren geklungen, »Undercut oder Pixie-Irokese?«, hatte die junge Friseurin im Rekordtempo gesülzt. Elsbeth hatte keine Ahnung, was die Frau ihr damit hatte sagen wollen.

»Machen Sie, was sie wollen, aber am Schluss muss ich mit meiner Frisur umgehen können und gefallen soll sie mir natürlich«, war Elsbeths übermütige Antwort auf die Fremdsprache der jungen Frau gewesen. Daraufhin, die Friseurin hatte ihr offenbar angesehen, dass sie keine Ahnung hatte, wovon die Sprache war, hatte man ihr ein Frisurenbuch zur Durchsicht angeboten, worauf sich Elsbeth zu einer Entscheidung durchgerungen hatte. Daraus war nun ein Shortcut geworden, der ihr gewelltes Haar betonte. Durchaus zu ihrem Vorteil. Die Frisur stand ihr. Eine Tönung hatte sich Elsbeth nicht verpassen lassen wollen, obwohl ihr die Friseurin dazu geraten hatte. Vielleicht beim nächsten Mal, hatte Elsbeth die hübsche junge Frau vertröstet und genau gewusst, dass es dieses nächste Mal nicht geben würde. Nicht, weil sie nicht zufrieden gewesen war mit der Betreuung, sondern weil sie von Haarfärbung ganz allgemein nicht besonders viel hielt. Mit einer knackigen Anleitung, was die Modellierung ihrer Haare betraf: »Strenger Seitenscheitel. Einzelne Strähnen gezielt definieren und dadurch die Frisur insgesamt in Form bringen. Etwas Haarwachs hier, etwas Haarwachs da, um für Glanz zu sorgen. Ein bisschen fingerfertiges Gezupfe«, war sie entlassen worden.

Eine Spange als Akzent, die an Bad Hair Days für Glamour sorgen sollte, wäre ihr beinahe aufgeschwatzt worden.

Elsbeth hatte sich vehement gegen derlei Schnick-Schnack gewehrt. Erfolgreich. Trotzdem hatte sie für ihre neue Frisur ordentlich geblecht, ganz abgesehen davon, dass ihr Haar nun mindestens fünfzehn Zentimeter kürzer war.

Unmittelbar nach dem Friseurbesuch bei Haarscharf hatte Elsbeth den Kosmetiksalon aufgesucht, in dem sie Eva vorzufinden hoffte. Sie hatte sich nicht extra angekündigt. Ein Spontanbesuch, fand sie, musste genügen, schließlich ging es ihr nicht um eine Typveränderung, sondern nur um eine Terminvereinbarung. Tatsächlich war Eva im Salon. Zwar war sie gerade mit einer Kundin beschäftigt, nahm sich aber dennoch Zeit für Elsbeth, denn ihre Kundin befand sich während der Gesichtsbehandlung in einer Art Ruhephase. Während die Wirkung der Maske einsetzte, sollte sich die Frau für einige Minuten bei leiser Musik entspannen.

»Dabei brauche ich nicht abwartend danebenstehen. Schon gar nicht muss ich meiner Kundin beim Schnarchen zuhören.«

Elsbeth lachte hellauf zu Evas Erklärung, die noch eins draufsetzte.

»Mein Chef darf das nicht hören, schließlich sollen wir nicht über unsere Kundinnen spötteln, aber du ahnst es nicht, die meisten von ihnen entspannen sich bei uns tatsächlich so gut, dass wir sogar Schnarchkonzerte im Radio übertragen könnten.«

Elsbeth grinste.

»Schnarchkonzert in D-Moll. Heute live übertragen aus der BeautyConcept Nofretete Concert Hall aus Weimar. Wir wünschen unseren Zuhörern gute Unterhaltung.«

Beide Frauen kicherten verhalten, während eine potenzielle Kundin an der Auslage zu 1000schön vorüberschlenderte und augenscheinlich ihre Silhouette bewunderte, denn sie blieb stehen, drehte sich im spiegelnden Glas der großen Schaufensterscheiben und wirkte dabei sehr zufrieden. Elsbeth schüttelte den Kopf. Eva grinste verstohlen.

»Übrigens, deine neue Frisur steht dir hervorragend. Flott.« Eva lächelte. »Komm, ich zeig dir den Schönheitssalon.« Eva nahm Elsbeth bei der Hand und schlenderte mit ihr durch die Räumlichkeiten, die freundlich gestaltet waren. Hier wurde schamlos Südseefeeling vermittelt. Große Pflanzen unterteilten den Raum in kleinere Bereiche.

»Behandlungs- und Massageräume, in denen es absolut still ist und man die Gespräche aus den anderen Räumen nicht mithören kann, stehen unseren Klienten zur Verfügung. Das ist wichtig«, versicherte Eva der beeindruckten Elsbeth, »denn wir Damen möchten nicht, dass unsere Wünsche von anderen gehört werden.«

Elsbeth grinste. »Ich bin völlig deiner Meinung, denn während einer Enthaarung meiner Intimzone möchte ich nicht, dass jemand meine Schreie hört.«

»Genau das ist der Grund.« Eva nickte zustimmend.

Zuerst grinsten sie einander verstohlen an, nur um dann herzlich und laut zu lachen.

»Wenn du dich von mir verwöhnen lassen willst, verspreche ich dir hoch und heilig, dass ich dir nie etwas andrehen werde, was du nicht haben möchtest.«

Elsbeth nickte und sah sich weiter um. Alles wirkte harmonisch. Pastellfarbene Blau- und Grüntöne herrschten vor. Die Kosmetikerinnen trugen weiße Kleidung und waren nicht übertrieben, sondern dezent geschminkt. Nichts wirkte aufdringlich. Keine der Frauen trug einen überheblichen Gesichtsausdruck zur Schau. Elsbeth fühlte sich wohl in dieser Umgebung. Also vereinbarte sie mit Eva einen Termin zur Maniküre. Ein Anfang war gemacht.

Elsbeth befand sich in Hochstimmung. Sie fühlte sich wohl in ihrer Haut. An diesem Tag spielt sie erstmals mit dem Gedanken, sich eine neue Arbeit zu suchen. Nur ihre Beziehung zu Ralf lag ihr schwer im Magen. Ein Neuanfang wäre in mancher Hinsicht gut. Dies galt nicht nur in Bezug auf ihren ungeliebten Beruf.

Am nächsten Morgen sah die Welt schon wieder grauer aus. Schlecht war, dass Elsbeths neue Frisur nicht gelingen wollte. Die Friseurin hatte an ihr herumgezupft und schon war das Styling perfekt gewesen. Es hatte so einfach ausgesehen, und nun Elsbeth kämpfte mit ihren Locken. Die kräuselten sich, wie sie wollten. Sie glich insgesamt eher einem Strohbesen, der zu lange in der Ecke gestanden hatte und dessen einzelne Halme einen intensiven Kampf gegen die Widrigkeiten eines Besenlebens geführt hatten. Ein grantiges Gesicht blickte ihr aus dem Spiegel entgegen. Elsbeth gab sich Mühe, den Kampf gegen das Lockendesaster auf ihrem Haupt zu gewinnen. Sie frisierte. Sie zupfte. Kaum hatte sie die linke Schläfenseite unter Kontrolle, schickte ihr die Opposition von der rechten Schläfenseite her einen widerspenstigen Gruß. Schließlich kramte sie in Ralfs Schublade herum. Er benutzte ab und zu Haargel und Haarcreme. Irgendwo mussten sich die Tuben und Tiegel doch befinden. Sie würde schlicht die Wahl der Waffen ändern. Elsbeth versuchte, ihre Locken mit Haarcreme in Form zu bekommen, und hatte es am Schluss immerhin so weit gebracht, dass sie ihre Haare neuerlich waschen durfte, weil das kosmetische Zeug inzwischen einen klebrigen Film auf ihrem Kopf gebildet hatte.

Kapitel 45

Der Urlaub war wie alle Urlaube zuvor: zu schnell vergangen. Bis zur Wochenmitte war Elsbeth optimistisch und voller Ideen für ihre Zukunft und auch zur möglichen Veränderung ihres Arbeitsplatzes gewesen. Am Sonntagabend hatte sich der allgemeine Frustfaktor wieder vorgedrängt. Ihre Frisur war nicht in den Griff zu bekommen. Zudem hatten sich Stressflecken auf Gesicht und Dekolleté ausgebreitet. Aufgrund der häufigen Haarwäschen litt Elsbeth unter trockener Kopfhaut und ärgerte sich über Schuppen. Allgemein fühlte sie sich scheußlich, was nicht nur an ihrer Beziehungssituation, sondern auch an ihrer desaströsen Optik lag.

In der Nacht vor Arbeitsbeginn schlief Elsbeth kaum und fühlte sich am Morgen entsprechend ausgelaugt, sodass sie ihren Arzt aufsuchte. Der empfahl ihr aufgrund der Beschreibung ihres seelischen Zustands nicht nur eine Woche Ruhe in Form eines Krankenstands, sondern verschrieb ihr kurzfristig ein spezielles Medikament, das sie auf Dauer aber nur bekommen sollte, wenn sie bald einen Termin bei einem Facharzt vereinbaren würde. Der Mediziner schlug ihr einen Spezialisten für Nervenkrankheiten vor. Elsbeth empfand die Empfehlung ihres Arztes als Makel, als unnötige Belehrung, besonders als er ihr nahelegte, umgehend beim erwähnten Arzt anzurufen, da solche Termine schwer zu bekommen seien. Dann hatte er auch noch vorgeschlagenen, sofort und in ihrem Beisein anzurufen, um einen Termin zu vereinbaren. Elsbeth hatte die Eigeninitiative ihres Arztes trotzig abgelehnt. Nein, sie wolle diesen Anruf persönlich tätigen, denn sie sei noch nicht entmündigt.

Kapitel 46

Die zusätzliche Woche Krankenstand hatte geholfen. Elsbeth fühlte sich besser. Vielleicht, so mutmaßte sie, lag es an der regelmäßigen Einnahme des Medikaments, auch wenn ihr Arzt gemeint hatte, dass die Wirkung erst nach drei oder vier Wochen erkennbar sei. Erst danach wäre eine Verbesserung ihrer Stimmung zu erwarten. Eine Regelmäßigkeit in der Einnahme sei enorm wichtig, hatte er mit erhobenem Zeigefinger verkündet, sodass ihn Elsbeth am liebsten in den Finger gebissen hätte. Nur der Anstand bewahrte sie vor diesem Vergehen. Ihr verräterisches Grinsen ließ den Mann rasch seine Hand senken. Er schien erkannt zu haben, dass sie scharf auf seinen Finger war wie ein Hund auf einen Knochen.

Mit einem mulmigen Gefühl, aber deutlich stabiler, startete Elsbeth daher in ihre Arbeitswoche. Und sie hatte Glück, denn Margaux war außer Haus, auf einem mehrtägigen Seminar. Ihr Arbeitsplatz war Margaux-freie Zone, was gleichzusetzen war mit Arschloch-freie Zone. Das war der allgemeinen Stimmung zuträglich.

Am Donnerstag, zum Ende der Arbeitswoche, war Schluss mit freundlicher Stimmung. Die Grande Dame erschien und wirbelte die entspannte Gelöstheit der Anwesenden durcheinander. Neue Aufgaben wurden verteilt. Seminare für Verkaufsgespräche geplant.

Elsbeth hatte eine Aufstellung jener Seminare erhalten, die sie zu absolvieren hatte. Gesondert würden neue Produkte vorgestellt werden, die künftig an den Kunden zu bringen wären. Schulungen sollten in der verkürzten Mittagspause stattfinden, damit ja nur niemand auf den Gedanken käme, sich zu entspannen. Dafür blieb keine Zeit. Schließlich wurde in diesem Bankinstitut einzig und allein für den erfolgreichen Verkauf gelebt.

Einzeln wurden die Kolleginnen und Kollegen zu Gesprächen geladen, um ihre Verkaufsziele zu definieren. Die gnädige Frau empfing nach und nach ihre Untergebenen, so auch Elsbeth, die sich überwinden musste, Margaux mit einem freundlichen Lächeln zu begrüßen. Margaux heftete ihren mitleidigen Blick nicht auf Elsbeth, sondern auf deren Frisur, um unmittelbar nach kritischer Betrachtung missbilligend den Kopf zu schütteln.

Dämpfer Nummer eins, dachte Elsbeth.

Als es um die festzulegenden Verkaufsziele ging, war Elsbeth derart entspannt, dass sie sich entschied, bei der Festlegung ihrer Ziele zu lügen und diese daher deutlich höher angab, als sie jemals zu erreichen im Stande war.

Wieder folgte ein Kopfschütteln, inklusive hochgezogener rechter Augenbraue.

Dämpfer Nummer zwei. Sie traut es mir nicht zu, schoss Elsbeth durch den Kopf.

Margaux runzelte die Stirn.

»Du hast fünf Tage gefehlt. Ich hoffe, das kommt dieses Jahr nicht noch einmal vor. Wenn du zwei Wochen Urlaub brauchst, solltest du der Fairness halber und natürlich jenen Kollegen gegenüber, die während deiner Abwesenheit deine Arbeit übernehmen müssen, zwei Wochen nehmen und nicht eine Woche Urlaub nehmen und eine weitere Woche Krankenstand anhängen.«

Elsbeth blieb die Luft weg. Dämpfer Nummer drei. Wut kochte in ihr hoch. Sie hörte sich schimpfen. Erkannte ihre eigene Stimme kaum.

»Du selbstgefälliges Arschloch. Du hässliches Stück Scheiße. Ersticken sollst du an deiner herablassenden Art, du hochnäsiges, eitles Dreckstück.«

Auf eine zweisekündige Atempause, die Margaux sinnvollerweise dadurch nutzte, dass sie Elsbeth anstarrte, folgte ein »Beißzange!«, das von Elsbeth mit einem Verschränken ihrer Arme unterstrichen wurde.

Margaux' Mund stand offen. Sie rang erkennbar sowohl um Fassung als auch um eine passende Antwort. Die Retourkutsche blieb wider Erwarten aus. Elsbeth erlebte Margaux sprachlos. Eine absolute Premiere in ihrem Berufsleben.

»Mir reicht es!«, herrschte Elsbeth Margaux an, stand abrupt auf, schob den Bürosessel energisch zurück, sodass dieser umkippte und polternd zu Boden fiel. Elsbeth strebte der Ausgangstür zu, wandte sich dann noch einmal zu Margaux um und schnauzte sie erneut an: »Falls du Großkotz die richtigen Worte suchst, auf Wiedersehen sagt man zu denen, die einen Raum verlassen.«

Natürlich blieb dieser Vorfall nicht ohne Folgen. Margaux hatte ihrem Ärger umgehend Direktor Jäger gegenüber Luft gemacht, worauf Elsbeth bereits am darauffolgenden Vormittag in die Chef-Etage zitiert wurde, wo ihr in Beisein des Betriebsrats und des firmeninternen Arztes ein Kuraufenthalt empfohlen wurde. Ein bisschen plötzlich, wenn möglich. Jedenfalls wurde sie vom Firmenarzt in den Krankenstand geschickt und zu einem Arztkollegen verwiesen, der Spezialist auf dem Gebiet der inneren Stabilität sei. So jedenfalls hatte der Arzt den Berufstitel seines Kollegen angegeben. Elsbeth nahm an, dass der Betriebsarzt nicht mutig genug war, um das Kind beim Namen zu nennen, und hatte ihm dies untergejubelt, was für zusätzlichen Ärger gesorgt hatte. Am Schluss der Unterredung, die Elsbeth als völlig unpassend empfunden hatte, war ihr ein Kuvert ausgehändigt worden. Darin befanden sich eine schriftliche Abmahnung und eine Überweisung zu einem in Weimar ansässigen Neurologen und Psychiater, den Elsbeth also aufsuchen sollte.

Weil sie darauf bestanden hatte, war ihr vom Betriebsarzt in einem Vier-Augen-Gespräch mitgeteilt worden, dass ein Attest dieses Spezialisten nötig sei. Er würde ihre Arbeitsfähigkeit bestätigen. Unausgesprochen hing auch ‚oder eben nicht' in der Luft.

Nachdem Elsbeth interessiert nachgefragt hatte, was der Grund dafür sei, dass sie sich in die Obhut des empfohlenen Kollegen begeben solle, hatte der Arzt gemeint: »Ich mache mir Sorgen, was ihr Stimmungsschwankungen betrifft. Ihr aggressives Verhalten ihrer Vorgesetzten gegenüber ist bedenklich. Vertrauen Sie sich bitte meinem Kollegen an. Er ist gut in seinem Fach. Wissen Sie, viele Menschen erkennen nicht, dass es ihnen nicht gut geht, und ich selbst bin leider nicht der richtige Ansprechpartner, wenn es um Depressionen geht.«

Elsbeth war geschockt. Sie hatte die beiläufig hingeworfene Diagnose einer Depression hart getroffen. Als sie sich noch regelmäßig mit Freundinnen verabredet und sich fallweise launisch, verärgert oder zutiefst schweigsam gezeigt hatte, war mehrfach die Sprache auf ihre auffällige Bedrücktheit gekommen. Außerdem hatten sich die Freundinnen wegen ihrer zeitweisen Zurückgezogenheit gesorgt und aufgrund ihrer Gewichtsschwankungen. Elsbeth war damals entsetzt gewesen. Wie konnten die es nur wagen, ihr eine Depression zu unterstellen? Nur weil sie hie und da unter Wehmut litt oder in ein bisschen Weltschmerz verfiel, zu nachdenklich war oder etwas antriebslos, war sie doch nicht krank. Nach und nach hatte sie die Freundinnen nicht mehr treffen wollen, weil sie offenbar nur noch über ihr Gemüt sprechen wollten. Na und! Dann war sie eben launisch. Elsbeth schrieb das den Hormonen zu. Außerdem war sie bestimmt nicht der Typ Mensch, der gänzlich emotionslos durchs Leben ging, war sie doch der Meinung, wenn man sich nach außen hin freuen und lachen durfte, dann durfte man auch in der Öffentlichkeit wütend, traurig oder eben auch mal müde sein. Schließlich hatte sie eine anstrengende Arbeit und musste sich den Launen der Kunden aussetzen. Wenn einem dann das Essen mal nicht schmeckte, war das doch auch kein Wunder. Sie schaffte es halt nicht immer, in sich zu ruhen, wie das andere gut konnten. Und nur weil die Menschen mit Wut oder Trauer nicht gut zurechtkamen, musste man sie doch nicht verbergen.

Aber dann war es noch schlimmer gekommen, als Elsbeth gedacht hatte, denn die allerletzte, ihr liebste Freundin Laura, hatte ihre Familie mit der selbstgestellten Diagnose Depression belästigt. Die Eltern hatten sich hoch besorgt gezeigt und Elsbeth nicht mehr in Ruhe gelassen. Ständig wollten sie wissen, wo und wann sie mit wem unterwegs war. Ob sie sich vernünftig ernähre, nicht bis in die frühen Morgenstunden ausgehe, genug Schlaf bekäme … Am Ende war sich Elsbeth vorgekommen wie ein kleines Kind. Und weil eben keine Ruhe einkehren wollte und sich alle in ihr Leben einmischten, beschloss sie wegzuziehen. Sie wollte Abstand zwischen sich und ihre Familie bringen.

Mit guten Aussichten auf eine unbeschwerte Zukunft hatte sie Leipzig hinter sich gelassen und war nach Weimar gezogen. Keine Riesendistanz. Knappe 130 Kilometer. Man konnte sich treffen, wenn man wollte, allerdings waren die Kontrollmechanismen weggefallen. Elsbeth hatte sich frei gefühlt. Wie schön war dieser Neuanfang gewesen. Damals hatte sie auch Ralf kennen gelernt. Das Leben hätte nicht besser sein können.

Nun ging das ganze Theater also wieder von vorne los und man unterstellte ihr eine Krankheit, unter der sie ganz bestimmt nicht litt.

Und so widersetzte sich Elsbeth den Empfehlungen des Betriebsarztes. Sie wählte eine andere Therapieform, eine eher unkonventionelle. In eigendiagnostischer Anwendung gönnte sich Elsbeth eine großartige Menge an Alkohol und Tabletten, mit deren Hilfe sie ihre wechselnden Stimmungen zu regulieren versuchte. Besonders Alkohol erleichterte Elsbeths Probleme enorm. Sie fühlte sich wie in Watte gepackt. Sie vergaß also den Termin beim Spezialisten und plante, ihr eisern gespartes Geld auszugeben. Wozu sollte sie es aufbewahren? Hieß es nicht ohnehin, man solle mehr in der Gegenwart leben?

Kapitel 47

Eva, die zu diesem Zeitpunkt nichts von Elsbeths brandneuen Schwierigkeiten ahnte, wurde unerwartet Nutznießerin dieses radikalen Elsbeth-Ego-Verwöhnprogramms. Ihre Freundin ließ sich nicht nur Termine für Maniküre, Pediküre und Massagen geben, sondern sogar einen Termin für ein Ganzkörper-Tuningprogramm inklusive Hautaufplusterungen, wie sie es nannte. Die Kasse bei 1000schön sollte klingeln, hatte Elsbeth trotzig verkündet. Sie wolle ihr Leben ab sofort intensiver spüren. Eva kam allerdings nicht nur in die Freude zahlreicher Termine mit ihrer Freundin, sondern zusätzlich in den Genuss, dass Elsbeth jegliche Sorgen bei ihr ablud. Schon bald bemerkte Eva, dass Elsbeth nicht nur ein heftiges Alkoholproblem mit sich herumtrug, sondern tatsächlich im Laufe der vergangenen Monate von Margaux psychisch zerstört worden war. Das kaum vorhandene Selbstbewusstsein ihrer Freundin war von Margaux nach und nach untergraben worden. Das Ergebnis lag nun bei ihr auf der Massageliege und wollte wiederaufgebaut werden. Während Eva zart duftendes Mandelöl auf dem Rücken der Freundin verteilte, wurde ihr Seelsorgeprogramm neuerlich aufgenommen.

»Was könnte dir helfen? Was müsste passieren, damit es dir besser ginge?«

Elsbeth seufzte. »Ich glaube, nur der Tod dieses Trampels löst meine Probleme. Oder ich suche mir eine neue Arbeit, was schwer sein wird, wenn ich erklären muss, dass ich aus psychischen Gründen eine Pause eingelegt habe. Super, oder?«

»Wahrscheinlich solltest du dir eine Arbeit suchen, die nicht durch Verkaufsziele geprägt ist, in der du zur Ruhe kommen kannst. Vielleicht wäre es auch einfach sinnvoll deine Arbeitszeit zu verringern. Was meinst du?«

»Sollte ich wohl«, stöhnte Elsbeth leise. »Oder ich könnte einfach sterben, dann würden sich meine Probleme in Luft auflösen.«

»Elsbeth«, in Evas Stimme schwang Entsetzen mit, »sag so etwas nicht. Du bist jung. Du wirst noch viel Schönes erleben. Lass dir dein Leben nicht von einer selbstgefälligen Frau zerstören.«

Eva betrachtete Elsbeth kritisch. Die Freundin wirkte ruhig und gelassen. Konnte sie den Satz ernst gemeint haben? Oder war dieser Ausbruch nur ein Anflug tiefschwarzen Humors gewesen?

»Eva, das war ein schlechter Scherz von mir. Verzeih mir. Ich darf dich nicht weiter mit meinem Seelenmüll belasten.«

Rasch war die Behandlung vorüber. Nach dem Ankleiden in der Kabine kramte Elsbeth in ihrer Handtasche herum. Dabei flatterte ein Zettel zu Boden. Ein Ausdruck, der ein eng umschlungenes Paar in eindeutig erotischer Stellung zeigte. Eva bückte sich danach, reichte es verlegen Elsbeth, die das Papier traurig betrachtete und dann zerknüllte. Treffsicher warf sie es in den nebenstehenden Papierkorb und murmelte etwas, das Eva nicht verstand.

Die war irritiert. Außerdem fühlte sie sich unwohl beim Gedanken, ihre Freundin einfach so gehen zu lassen. Evas Stimme klang flehentlich, als sie sagte: »Weißt du was, lass uns diese Woche gemeinsam zu Abend essen oder ausgehen, ja? Ich nehme mir gerne Zeit für dich. Und nächste Woche sehen wir uns zum vereinbarten Termin?«

»Eva, es ist in Ordnung. Alles wird gut. Mach dir keine Sorgen um mich.«

Elsbeth küsste Eva auf die Wange und verabschiedete sich winkend. Ihr Gesichtsausdruck, der vor wenigen Minuten angespannt, beinahe starr ausgesehen hatte, wirkte nun gelöst.

Kapitel 48

Das Leben lässt sich nicht aussperren. Besorgungen und Einkäufe erledigen sich nicht von selbst, und so musste Elsbeth, wenn es ihr auch widerstrebte, immer wieder aus dem Haus. Überall traf sie auf fröhliche Menschen und sah in glückliche Gesichter. Mittlerweile war sie der Auffassung, dass sie weltweit der einzige Mensch wäre, der litt. Sie haderte mit ihrem Schicksal. Sie hörte auf innere Stimmen, die sie in ihrem Leid und in ihrer Schwermut bestärkten. Wo waren die Ablenkungsversuche, die ihre Tränen zumindest für kurze Zeit hätten trocknen können? Jetzt bereute Elsbeth es, sich von ihren Freudinnen entfernt zu haben, ärgerte sich aber gleichzeitig über die einstigen Vertrauten, denn keine von denen hatte auch nur ansatzweise versucht, Kontakt zu halten.

»Da siehst du, was du wert bist«, murmelte sie vor sich hin, die Einkaufstasche in den Händen, deren Henkel sie bearbeitete, als wollte sie den Stoff erdrosseln.

»Echte Freundinnen. Pfui Teufel«, Elsbeth spuckte beim Gedanken an diese Mistweiber auf den Gehsteig und wurde dafür von einer Mutter, die einen Kinderwagen an ihr vorüber schob, mit merkwürdigem Blick bedacht.

»Na und, was ist?«, rief sie der Mutter mit bösem Blick zu und setzte ihren Weg fort.

Rasch erledigte sie an solchen Tagen die allernotwendigsten Einkäufe, nur um wieder zurück in ihre Wohnung flüchten zu können. Elsbeth ertrug es nicht, heitere Menschen um sich zu sehen. An einem besonders deprimierenden Nachmittag, Elsbeth hatte sich im nahen Supermarkt mit zwei Flaschen billigem Vodka eingedeckt, hatte sie kaum den Schlüssel im Schloss ihrer Wohnungstür umgedreht und die

Wohnung betreten, als ihr Telefon klingelte. Vielleicht kam der Anruf von Ralf. Den hatte sie seit Ewigkeiten nicht mehr gesehen. Ihr Herz klopfte einen rasenden Takt. Sie stellte die Einkaufstasche mit den Flaschen auf die Ablage ihrer Garderobe und hetzte zum Apparat. Bedauerlich. Elsbeth war nicht schnell genug gewesen, denn im selben Augenblick musste der andere Teilnehmer den Hörer vom Ohr genommen und aufgelegt haben. Die Verbindung war unterbrochen. Kaum hatte sie aufgelegt, läutete es neuerlich. Elsbeth befand sich in Hochstimmung. Das musste ER sein.

Der Anruf kam nicht von Ralf. Es war ein Werbeanruf.

Wenig später, Elsbeth hatte den ersten Schluck Vodka ihre Kehle hinuntergejagt, läutete es an der Wohnungstür. Sie warf einen Blick auf ihre Armbanduhr, murmelte: »Briefträger.« Normalerweise warf der jeweilige Zusteller die Post nur in ihr Fach im Eingangsbereich. Die Boten wechselten ständig, sodass sie kaum ein Gesicht ein zweites Mal sah. Was wollte der also heute von ihr? Zögernd bewegte sich Elsbeth zur Wohnungstür. Es läutete ein weiteres Mal. Dieses Mal energischer als zuvor. Elsbeth seufzte und verdrehte genervt die Augen. Der Zusteller drückte immer mehrfach hintereinander auf den Klingelknopf.

»Ich komme schon, ist ja nervtötend«, schrie Elsbeth wütend und öffnete ruckartig die unverschlossene Wohnungstür. Sie hatte richtig kombiniert.

»Einschreiben für Sie. Bitte hier unterschreiben«, tönte es ihr entgegen. Dafür bekam sie im Gegenzug einen dicken Umschlag ausgehändigt, der Ralfs Namen als Absender trug. Ohne sich beim Postboten zu bedanken oder ihn weiter zu beachten, widmete sie sich hastig dem Brief. Achtlos vergaß Elsbeth darauf, die Tür zu schließen. Zu dringlich war der Inhalt des Kuverts, das sie eilends aufriss. Darin befanden sich Dinge, die sie Ralf einst geschenkt hatte und die von Wert, zumindest aber mit sentimentalen Erinnerungen verbunden waren. Eine Füllfeder von Montblanc, eine DVD mit Fotos aus ihrem letzten Urlaub und ein Messer, das extra für Ralf angefertigt worden war. In die Messerklinge hatte sie seinen Vornamen gravieren lassen. Das schöne Stück war aus Damaszenerstahl gefertigt worden. Ein Einzelstück. Sie hatte es ihm an Weihnachten strahlend überreicht. Ein Geschenk aus fröhlicheren Zeiten. Ein gefalteter Brief befand sich im Umschlag, den Elsbeth hektisch öffnete. Zweimal las sie den Text, weil sie die wenigen Sätze beim ersten Durchlesen nicht erfassen wollte. Ihr Gehirn weigerte sich. Die Worte sollten nicht auf dem Papier stehen. Das durfte nicht sein.

Es tut mir leid. Ich liebe dich schon lange nicht mehr.

Es war ihre Schuld. Alles. Sie ließ den Zettel fallen. Sie hatte die Trennung gefordert, aber in einem kleinen Winkel ihrer Seele hatte Elsbeth tatsächlich gehofft, dass Ralf sie auf Knien bitten würde, ihm zu verzeihen. Dass Ralf die Trennung nun zustimmend vollzog, war ein Schock.

Jetzt war alles aus. So fühlte sich also das tatsächliche Ende einer Beziehung an. Elsbeth empfand Schmerzen wie von Glassplittern, die sie geschluckt hatte, die sich langsam ihre Kehle hinunterbewegten und tief ins Fleisch schnitten, bevor sie ihren zerstörerischen Weg durch ihren Körper fortsetzten.

Sie bückte sich nach dem weißen Blatt mit der lieblos aufgedruckten Zeile. Wenige Worte hatten ihr Leben soeben um einhundertachtzig Grad verdreht. Elsbeth legte den Brief und die zurückerhaltenen Geschenke auf der Garderobenbank ab. Aus dem Spiegel blickte sie eine blasse Frau mit kurzen, gewellten Haaren ernst an.

»Aschfarben«, vielleicht hätte sie sich von der Friseurin doch zu einer neuen Haarfarbe überreden lassen sollen. Zumindest zu einer Tönung. Vielleicht hätten ihr die Haare dann gefallen, aber ein bisschen Farbe hätte auch keinen neuen Menschen aus ihr gemacht. Graue Augen, graue Maus, dachte Elsbeth und wandte den Blick entschlossen ab.

Vielleicht. Vielleicht. Vielleicht.

Schließlich brach sie weinend am Fußboden vor der Garderobe zusammen. Sie wusste nicht, wie lange sie am Boden gesessen hatte. Als sie sich erhob, war es, als ob jemand in ihrem Kopf einen Schalter umgelegt hätte. Der Schmerz war weg. Klar erkannte sie plötzlich, was zu tun blieb.

Beschwingt, viel zu leichten Schrittes, ging sie zurück ins Zimmer, setzte sich an den Schreibtisch und beschloss, dass ihr Leid für ein Leben reichte. Es war genug. Zu viel Grausames war in letzter Zeit geschehen. Mehr als sie insgesamt ertragen konnte. Elsbeth fuhr den Computer hoch und begann zu tippen. Zumindest einen Giftpfeil würde sie abschießen, in der Hoffnung, dass es allen leidtat, sich nicht angemessen um sie gekümmert zu haben. Sie druckte den Zettel aus, warf einen zufriedenen Blick darauf und setzte entschlossen ihren Namen darunter.

Eine Schusswaffe, die ihrem Vater gehört hatte und die sie rein rechtlich nicht hätte besitzen dürfen, lag in ihrem Schreibtisch. Ganz unten in einer Schublade. Aufbewahrt in einer Schachtel. Eingewickelt in ein weiches Baumwolltuch. Sogar eine kleine Schachtel Patronen besaß sie. Der Revolver mit dem drehbaren Patronenlager hatte ihr immer gefallen. Die Waffe wirkte altmodisch, fast schon Vintage und dadurch irgendwie harmlos. Der Revolver erinnerte Elsbeth an alte Filme in schwarz-weiß. An Western, bei denen am Schluss das Gute immer siegte.

Elsbeth schüttelte den Kopf, durchsuchte den Schreibtisch und fand, was sie gesucht hatte. Behutsam, fast liebevoll, nahm sie die Waffe in ihre rechte Hand. Der Griff fühlte sich kühl an. Sie erinnerte sich plötzlich an ihre Kindheit. Als kleines Mädchen hatte ihr der Vater regelmäßig gestattet, Schussübungen mit dem Revolver durchführen. Natürlich nur unter seiner strengen Aufsicht. Tatsächlich war sie einst recht geübt gewesen und traf die jeweiligen Ziele gut, die ihr der Vater in Form unterschiedlicher Zielscheiben aufgestellt hatte. Regelmäßig lagen Dosen und Flaschen durchlöchert und zerschmettert am Boden. Elsbeth fühlte sich danach immer lebendig. Befreit.

Irgendwann hatte sie keine Lust mehr gehabt, auf Gegenstände zu schießen. Und nun? Viele Jahre später war die Waffe zu einem Überbleibsel geworden, das sie beinahe vergessen hätte.

Kapitel 49

Der Postbote hatte alle Parteien im Mietshaus mit Post versorgt. Werbung. Zeitschriften. Briefe. Eine letzte, eingeschriebene Briefsendung war noch auszuhändigen. Als der Schuss fiel, war die Empfängerin gerade dabei, die Annahme zu unterschreiben. Sie zuckte heftig zusammen, stieß einen lauten Schrei aus und ließ ihre Postsendung vor Schreck fallen. Briefträger und Kundin sahen einander wortlos an und rannten die Stufen hinunter, wo sie die Wohnungstür, hinter der sie den Schuss vermuteten, nur angelehnt vorfanden.

»Gehen wir hinein?«, fragte die Dame und betrachtete den Mann unsicher.

»Ich gehe vor. Haben Sie ein Handy, für den Fall, dass wir gleich eines brauchen?«

Sie schob ihre Hand in die Tasche ihrer Strickjacke und hielt ein Smartphone hoch.

Er nickte ihr zu und atmete tief ein: »Gut. Halten Sie Abstand. Bleiben Sie einige Schritte hinter mir.«

Der Briefträger ging zaghaft voran. Hinter ihm betrat die Mieterin zögernd die Wohnung. Der beißende Geruch von Rauch hing in der Luft, nur wenig zwar, aber wahrnehmbar. In einem Raum, der aussah wie ein Mix aus Büro, Mini-Bibliothek und Bügelzimmer, lag eine Frau am Boden. Es war jene Frau, die gerade vom Briefträger eine Briefsendung erhalten hatte. Blut trat aus einer Wunde in ihrer Brust, und hatte die weiße Bluse bereits entsprechend verfärbt. Blutrot bildete sich ein immer größer werdender Fleck. Frisches Blut bahnte sich seinen Weg seitlich ihrer Rippen hinunter und tropfte schließlich, in der Stille deutlich hörbar, auf den Parkettboden. Die Frau selbst betrachtete mit weit geöffneten, aber leeren Augen die Decke über ihr, was unheimlich wirkte.

»Polizei anrufen!«, keuchte der Briefträger, der zurückgestolpert war und sich mit abgewandtem Blick am Türstock festhielt.

Die Mieterin, nicht brennend neugierig, aber dennoch am Geschehen interessiert, wollte einen Blick ins Zimmer werfen, wurde jedoch vom Briefboten bestimmt in Richtung Wohnungsausgang geschoben. Hinter sich vernahm sie sein Würgen. Als die beiden die Ablage der Garderobe passierten, fiel ihnen ein Zettel auf. Keiner hatte dem Blatt beim Betreten der Wohnung Aufmerksamkeit geschenkt. Während die Frau die Nummer der Polizei wählte, warf der Mann einen raschen Blick darauf. War das womöglich ein Abschiedsbrief? Er hatte noch nie zuvor einen gefunden. Und schon gar keinen gelesen, wobei es durchaus möglich war, dass er schon den einen oder anderen ohne sein Wissen zugestellt hatte. Interessiert beugte sich der Briefträger vor. Was wohl darin stand? Eine nicht mehr zügelbare Neugier bewog den Mann, den Text zu lesen:

Machtgeile,
arrogante,
rachsüchtige,
gierige,
arschkriechende,
unheilbringende
Xenophobikerin.

Margaux Kreuzer, du hast mein Leben zerstört. Du hast in den letzten Monaten intensiv daran gearbeitet, mich in der Firma schlecht zu machen, mich diskreditiert und verleumdet. Nun hast du es auch noch geschafft, dass sich durch meine daraus entstandene Depression mein Verlobter und ich völlig entfremdet haben. Hoffentlich bist du zufrieden mit allem, was du verursacht hast. Ich bin überzeugt davon, dass dich die gerechte Strafe für deine Vergehen eher früher als später einholen wird. Irgendwann stehst du dem falschen Menschen gegenüber. Dann bekommst du deine Rechnung präsentiert. Wir sehen uns in der Hölle wieder, du Hure.

»Nicht schlecht ...«, murmelte der Mann, während seine Begleiterin ein hektisches Telefonat führte, das immerhin mit der Angabe einer Adresse, eines Namens und dem möglichen Geschehen endete, »... nur was ist eine Xenophobikerin?«

»Keine Ahnung«, antwortete die im Treppenhaus wartende Frau, die sich erkennbar unwohl fühlte. »Es muss aber irgendetwas mit Angst zu tun haben.«

»Angst vor einem Musikinstrument?«

»Warum vor einem Musikinstrument?« Die Frau blickte den Postboten verwirrt an.

»Ich meine dieses hölzerne Ding zum Krawallmachen, das nennt sich Xenophon, oder etwa nicht?«

»Nein, Xenophon war ein griechischer Politiker. Sie meinen ein Xylophon, das Ding mit den Klangstäben, auf dem Musik gemacht wird.«

»Ach? Aber was ist dann eine Xenophobikerin?«

Die Frau seufzte und wurde einer weiteren Antwort enthoben. In der Ferne hörte man bereits die Tonfolge des Martinshorns eines Polizeifahrzeugs. Das Signal näherte sich zügig, dicht gefolgt von einem anderen, das von einem Rettungswagen stammen musste.

Kapitel 50

Für Elsbeth wäre jede Hilfe zu spät gekommen. Sogar wenn ein Notarzt vor Ort gewesen wäre und ein Helikopter am Dach bereitgestanden hätte, so hätte es dennoch für ihr gebrochenes und zerfetztes Herz keine Rettung mehr gegeben. Sie hatte den Revolver perfekt angesetzt und abgedrückt. Von ihrem Herz blieb nichts übrig. Der gesamte Muskel war zerfetzt worden, und wo Blut nicht ausgiebig durch den Körper gepumpt werden kann, existiert Leben nicht länger. Was übrig blieb, war ihr Abschiedsschreiben, das der Briefträger gelesen hatte. Weil er ein Schreiben dieser Art, derart intensiv formuliert, noch nie zuvor zu Gesicht bekommen hatte, konnte er die Zeilen nicht vergessen. Zuerst erfuhren seine Arbeitskollegen vom brisanten Inhalt. Schließlich berichtete er seiner Frau vom Geschehen. Am Ende bekam ein Journalist Wind davon. Der Mann machte sich am nächsten Morgen sofort auf den Weg, um ein Interview mit dem Erstleser der Abschiedsnachricht zu führen.

Der Reporter hatte die Adresse der Toten in Erfahrung gebracht. ‚Am Schießhaus' lautete die. Ironisch betrachtet, fand der Mann dies überaus passend. Und exakt am Ort der dramatischen Ereignisse wollte er dem Briefträger nun auflauern: unmittelbar vor der Wohnungstür der Toten.

Gerade noch stand er ratlos vor der Tür und fand, dass es sinnlos wäre, eine Eingangstür und eine Klingel zu fotografieren (auch wenn es Tür und Klingel zur Wohnung einer Selbstmörderin waren), und sich im Anschluss daran den Text zum Selbstmord aus den Fingern zu saugen. Daher tat der Schreiberling, was getan werden musste und läutete. Prompt wurde ihm geöffnet, was ihn tatsächlich überraschte. Ein großer, schlanker Mann betrachtete ihn von oben herab mit zusammengekniffenen Augen. Dem Reporter fiel sofort auf, dass die Augen, die ihn betont kühl ansahen, überhaupt nicht gerötet waren. Keinesfalls sahen so die Augen eines Menschen aus, der um seine tote Verlobte trauerte. Seine Annahme dem Verlobten gegenüberzustehen, war in dieser Sekunde noch eine Vermutung, die sich bereits im nächsten Moment bestätigte, was dem Journalisten beinahe ein unpassendes Lächeln auf die Lippen gezaubert hätte. Bevor der Journalist seinen Mund öffnen konnte, durfte er sich bereits einen Vorwurf gefallen lassen.

»Sie sind der fünfte Kerl, der mich zu meiner verstorbenen Verlobten befragen will, und auch Ihnen sage ich nichts.«

Der Journalist nickte. Er wunderte sich nicht wenig darüber, dass der Mann die Wohnungstür überhaupt geöffnet hatte. Was war das denn für einer?

Zeitgleich geschah das, was sonst nur im Film vorkommt. Ein Briefträger kam eilig die Treppe herunter. Was der Journalist nicht wusste, der Postzusteller hatte sich mit der Mieterin aus dem Obergeschoß über den Freitod der jungen Frau unterhalten. Den beiden unfreiwilligen Fast-Augenzeugen des Selbstmordes war es ein Bedürfnis gewesen, darüber zu sprechen. Zusammen hatten sie versucht, die traumatisierenden Geschehnisse vom vergangenen Tag zu verarbeiten. Die Frau hatte Schnaps ausgeschenkt. Dem Briefträger hatte das Trinken geholfen. Etliche Gläser waren gemeinsam geleert worden. Als sie sich voneinander verabschiedeten, fühlten sich beide besser.

Die Mieterin gab dem Briefträger noch eine wichtige Information mit auf den Weg: »Seit Kurzem, können Sie sich das vorstellen, ist der Mann der Toten, der Ex-Verlobte wieder da«, hatte die Mieterin spöttisch angemerkt. Danach hatte sie ihrem Leidensgefährten an der Wohnungstür noch einen letzten Schnaps zur Bewältigung des vor ihm liegenden Arbeitstages eingeschenkt, bevor sie den inzwischen bereits schwankenden Briefträger in die Freiheit entließ. Die Schnapsfahne, die der Mann hinter sich herzog, war nicht unbeträchtlich.

»Wie geht'sch Ihnen?«, lallte der Briefträger daher Ralf an, der die Wohnungstür gerade wieder hinter sich schließen wollte. Gespannt blickten Journalist und Postbote den Rücken des Mannes an, der sich daraufhin zum Fragesteller umwandte.

»Wie soll es mir schon gehen? Meine Verlobte hat sich erschossen. Eine Arbeitskollegin trug vermutlich zu ihrem verzweifelten Seelenzustand bei, sodass sie sich zu dieser Tat veranlasst fühlte. Im Abschiedsbrief ist kein einziges Wort an mich gerichtet. Und die Reporter«, er warf dem Journalisten einen bösen Blick zu, »lauern mir auch vor der Tür auf. Ich fühle mich schlecht. Lassen Sie mich in Ruhe!«

Kapitel 51

Mit diesen Worten schloss Ralf energisch die Tür hinter sich und schaffte es, am Büro-Bibliotheks-Bügelzimmer vorbeizugehen, ohne einen Blick auf den rostbraunen Fleck zu werfen, der den Holzboden getränkt hatte.

Nachdem gestern am späten Abend alle Tatortaktionisten wieder abzogen waren, hatte er einen Müllsack und alte Tücher genommen und sich daran gemacht, den Boden vom Blut zu reinigen. Er hatte aufgewischt, sich auf die Toilette gerettet und übergeben, weitergewischt, sich noch einmal übergeben und war, mit einem metallischen Geruch in der Nase, vorm Fernseher eingeschlafen. Mehrere Flaschen Bier hatten dazu beigetragen, dass er wenigstens ein paar Stunden traumlosen Schlaf bekommen hatte, bevor der erste Medienberichterstatter an der Tür läutete.

Ja, er war traurig über die Art, wie Elsbeth ihrem Leben ein Ende gesetzt hatte. Ja, ein wenig befiel ihn ein schlechtes Gewissen, denn er hatte sich in den letzten Tagen nicht um sie gesorgt, sondern war bei einem Freund untergeschlüpft. Aber am meisten fürchtete er die Berichterstattung, die sicherlich nicht charmant mit ihm umgehen würde. Mit ihm, dem Ex-Verlobten, der wohl seinen Teil dazu beigetragen hatte, dass …

Ralf wusste, dass er verweint hätte aussehen sollen. Er hätte Rotz und Wasser heulen sollen. Ihm war bewusst, dass er Tränen und Anteilnahme zeigen sollte. Seine Augen waren nicht gerötet. Es fiel ihm schwer, Emotionen zuzulassen. Wenn die Journalistentruppe am Schluss erfahren sollte, dass er sich bereits mit einer Neuen tröstete, würde er die Hölle auf Erden erleiden.

Kapitel 52

Briefträger und Journalist standen draußen vor der Tür und betrachteten einander abschätzend.

»Isch abe gestern die tote Frau g'funden«, nuschelte der Briefbote und wartete auf die Reaktion des anderen.

»Sie haben die Frau gefunden? Haben Sie Zeit für mich? Ich bin von der örtlichen Presse. Darf ich mich mit Ihnen unterhalten?«

Durch den Schnaps in Plauderlaune gekommen, nickte der Briefträger, sah auf die Uhr und beschloss, dass er sich heute ausnahmsweise, denn es war nicht jeden Tag üblich, dass man interviewt wurde, eine Vormittagspause gönnen könnte. Er nickte dem Journalisten zu, wankte ins Freie, wandte sich der Fahrbahn zu und beugte sich über eine Vespa in knalligem Postgelb. Er zerrte am klappbaren Sitz, strahlte und holte eine Thermoskanne aus seinem Versteck. Eine zerknautschte, fettgetränkte Bäckertüte folgte.

»Croaa …, nein, croiss …, naaa, Hörnchen«, sagte er, hielt dem Journalisten einen Alubecher hin, und setzte sich auf die Stufen des Zugangs zum Mietshaus.

Ralf stand am Fenster und sah den beiden Männern zu, wie sie sich Kaffee und Gebäck teilten. Er würde in der Berichterstattung nicht gut wegkommen.

Ein Wohnungswechsel würde ihm guttun. Gleichzeitig würde auch Elsbeths Kollegin Margaux ihren Anteil an der Misere ausbaden müssen. Dafür hatte er mit seiner Aussage dem Journalisten gegenüber gesorgt. Wenn der hellhörig genug war, würde alles seinen Weg nehmen und die Frau ihren Anteil an Häme einstecken.

Nach einem ausgiebigen Frühstück, währenddessen sich der Journalist mit der Befragung zurückgehalten hatte, war der Postzusteller nüchtern geworden. Der Mann hatte sich nun verbal wieder besser unter Kontrolle, was seinem Interviewer mehr als recht war. Wollte er sich doch später nicht vorwerfen lassen, er hätte einem Besoffenen die Worte in den Mund gelegt.

»Ich habe mir das meiste davon gemerkt, denn der Abschiedstext auf dem Zettel war ziemlich heftig. Machtgeile, arrogante, rachsüchtige, gierige, arschkriechende, unheilbringende Xenophobikerin, stand darauf. Die Anfangsbuchstaben ergeben den Namen Margaux«, fügte der Briefträger – zufrieden mit seiner Erklärung – hinzu. »Und ein paar Sätze über eine Margaux Kreuzer, die als Hure tituliert wurde und der armen Frau das Leben zur Hölle gemacht haben muss. Etwas über Verleumdung, und dass diese Margaux schuld daran sei, dass die Verlobung zwischen der Toten und ihrem Freund aufgelöst wurde. Dann etwas über die Hölle und einem Wiedersehen dort.«

Während der Briefträger auf seinem Croissant herumkaute, hatte der Journalist alles auf seinem Handy aufgenommen.

»Wo hat die Tote gearbeitet?«, fragte der Reporter und betrachtete den Briefträger interessiert.

»Irgendwo bei einer Bank. In welcher, weiß ich nicht. Wissen Sie, mir tut die tote Frau leid. Sie war immer freundlich zu mir, nie besonders mitteilsam, eher ein ruhiger Typ. Ich war der letzte Mensch, der sie lebend gesehen hat. Sekunden darauf war ihr Leben zu Ende. Und ihr Typ sieht wie ein ganz kalter Fisch aus, als ob ihn das alles gar nicht zu berühren scheint. Übrigens ist er seit Kurzem nur der Ex-Verlobte«, der Briefträger zuckte mit den Schultern, »und vermutlich nicht ganz unschuldig am Tod seiner Ex. Schlimm. Nebenbei …«, der Briefträger legte eine Pause ein und lächelte verzagt, »was ist eigentlich eine Xenophobikerin?«

»Ein rassistisches Arschloch in weiblicher Form«, erwiderte der Journalist.

Das peinlich berührte »Aaaah« des Briefträgers wurde durch einen Schluck Kaffee gedämpft.

Das Wichtigste hatte der Journalist erfahren. In Kürze würde er eine ordentliche Story daraus basteln können. Aber zuerst wollte er sich Zugang zu Margaux Kreuzer verschaffen.

Kapitel 53

Tina hatte mit Ralf telefoniert und ihm ihre Hilfe beim Auszug aus Elsbeths Wohnung angeboten. Er sollte bei ihr einziehen. Ihre Großzügigkeit war nicht ohne Eigennutz, hatte sie doch den Plan, Ralf an ihrer saftigen Miete zu beteiligen. Seine finanzielle Unterstützung, getarnt als Mietzuschuss, sollte den Minus-Saldo auf ihrem Konto entlasten. Ralf jedenfalls hatte ihren Vorschlag kurzentschlossen angenommen.

Er seufzte und sah sich zufrieden in der Wohnung um, die er bald gegen Tinas hübsches Appartement tauschen würde. Es war ohnehin höchste Zeit gewesen, dass ihr das eingefallen war. Elsbeths Wohnung war immer Elsbeths Wohnung gewesen. Sie hatte zuerst hier gewohnt. Er war zu ihr gezogen. Zwar hatte er sich an der Miete beteiligt und auch seinen Anteil an den Betriebskosten übernommen. Rein rechtlich war es aber immer Elsbeths Wohnung gewesen, denn ihr Name stand im Mietvertrag.

Ralf legte eine alte Zeitung auf den Entsorgungsstapel zu den anderen. Die Nachricht über Elsbeths Selbstmord würde in jeder regionalen Zeitung stehen und ausführlich breitgetreten werden. Er wollte Ruhe haben, um sich vor kommenden Angriffen zu wappnen. Und die würden kommen. Bestimmt. Bei derartigen Dramen wurde immer auch der Partner schief angesehen. Noch mehr, wenn man erfuhr, dass sie sich gerade getrennt hatten. Hätte er sich sensibler gezeigt, verständnisvoller, vor allem für ihre beruflichen Sorgen, wäre Elsbeth vermutlich noch am Leben. Abgesehen davon, dass sein Seitensprung nicht gerade zur seelischen Stabilität seiner toten Verlobten beigetragen hatte. Dass sie sich deswegen gleich das Leben nehmen würde, hatte er allerdings wirklich nicht ahnen können. Für derart labil hatte er Elsbeth nicht gehalten. Zornig, ja, das war sie gewesen. Absolut verständlich, wenn auch kindisch, fand Ralf. Schließlich waren sie nicht das erste Paar, das eine Krise erlebte, weitermachte oder einen Schlussstrich unter die Beziehung zog. Er seufzte und packte einen Stapel Bastel- und Nähzeitschriften auf den Garderobenschrank, die er beim nächsten Verlassen der Wohnung in den Papiercontainer werfen wollte. Genauso schnell, wie er moralische Skrupel entwickelt hatte, schob er seinen Anfall von schlechtem Gewissen beiseite und dachte an die bevorstehenden Aufgaben. Er musste wohl in den sauren Apfel beißen und flott seine Habseligkeiten zusammensuchen. Nur widerwillig erinnerte sich Ralf an den letzten Kontakt mit Elsbeths Eltern. Gott sei Dank war ihm ein persönliches Aufeinandertreffen erspart geblieben. Elsbeths Vater hatte angerufen und angekündigt, ihn in vier Wochen nicht mehr in der Wohnung haben zu wollen. Er solle sie räumen, seine Sachen packen und verschwinden.

»Wenn möglich«, dieser Satz von Elsbeths Vater hatte sich in Ralfs Gehirnwindungen verfangen, »bleibst du Elsbeths Begräbnis überhaupt fern. Die Familie will dich nicht dabeihaben.«

Die energische Mitteilung hatte nicht wie eine Bitte geklungen. Eher wie eine Anweisung. Die Sache mit dem Abschiedsbrief war in Windeseile bis zu ihren Eltern durchgesickert und hatte eine zornige und äußerst aufgebrachte Familie hinterlassen, die niemals mehr ein Wort mit ihm wechseln würde. Genauso, wie ihre Tochter gestorben war, war er für Elsbeths Familie gestorben.

Abends hatte Ralf bereits einen Großteil seiner Besitztümer sortiert. Es gab einen Haufen mit Dingen, die er nicht mehr brauchte und demnächst entweder spenden oder entsorgen würde. Schuhe. Shirts, die er in den Kleidercontainer werfen wollte. Ein Karton mit Büchern und Videokassetten. Die Videokassetten hatte er irgendwann einmal digitalisieren wollen, allerdings nie Zeit dafür gefunden. Jetzt fragte er sich, warum er das alte Zeug überhaupt aufbewahrt hatte. Eine zertrümmerte Festplatte hatte er im hinteren Bereich seiner Kleiderschrankhälfte gefunden, von der Welt vergessen und nun endlich zur Entsorgung bereit. Ralf wusste nicht einmal mehr, aus welchem seiner vielen Computer das Ding ursprünglich stammte. Er ging systematisch Zimmer für Zimmer durch und wunderte sich, was sich angesammelt hatte, wobei der Anteil seines Eigentums, im Verhältnis zu Elsbeths, gering war. Der Abstellraum war an Fundstücken kaum zu übertreffen. Darin befanden sich einige wertvolle, geradezu antike Besitztümer. Ralf schmunzelte über einen zerfledderten Sonnenschirm. Der stand seit Ewigkeiten ungenutzt herum, denn die Wohnung besaß keinen Balkon, auf den er gepflanzt werden konnte. Dann war da noch das zu einer vollkommenen Acht verbogene Vorderrad eines Rennrades, dessen Reste er längst entsorgt und gegen ein Mountainbike getauscht hatte. Er fand seinen uralten, rostbraunen Hartschalenkoffer, dessen harte Schale sich anlässlich irgendeiner Reise als zu weich erwiesen hatte. Viel weicher, als es gut für ihn war, denn ein Riss zog sich über die gesamte Außenfront. Anstelle von vier Rollen besaß er nur noch zwei. Ein Tennisschläger ohne Bespannung. Ein Staubsaugerschlauch, zu dem es den Staubsauger längst nicht mehr gab. Ralf befand sich im Entsorgungsrausch, der Haufen wurde umfangreicher. Das absolute Highlight, sein alter Röhrenbildschirm, der gewichtsmäßig ungefähr gleich schwer war wie er selbst, wurde von Ralf ignoriert. Das Ding sollte Elsbeths Familie entsorgen. Die hatten ohnehin keine Ahnung, dass der Fernseher mit seinem Einzug in die Wohnung gelangt war. Den bescheidenen Rest seiner Habe würde er nach und nach in Taschen und Kartons verstauen. Kleidung, Schuhe, sein Laptop, ein paar Bücher, die Dokumentenmappe, DVDs, Zahnbürste, Rasierer und Duschgel. Sein großartigstes Hobby war sein Mountainbike, das im Keller stand und teuer gewesen war.

Der Entsorgungshaufen stapelte sich im Eingangsbereich der Wohnung. Tina hatte versprochen, ihm beim Abtransport zu helfen. Sie würde innerhalb der nächsten Tage vorbeikommen. Gemeinsam würden sie sein Zeug zur Entsorgung karren. Die Lebensmittel aus dem Kühlschrank wollte er zuletzt in einen Kunststoffbehälter verpacken und mitnehmen. Die würden sonst nur vergammeln. Das musste nicht sein.

Ralf hatte nicht vor, sich Zeit mit seinem Auszug zu lassen, aber überstürzen brauchte er auch nichts. In der Zwischenzeit wollte er einige Nächte bei Tina verbringen, schließlich galt es, Bedürfnisse auf beiden Seiten zu befriedigen. Zufrieden sah sich Ralf um und fischte sich eine Flasche Bier aus dem Kühlschrank. Schließlich ließ er sich am Boden vor dem Kühlschrank nieder, öffnete die Flasche und trank sie in beinahe einem Zug aus. Er fühlte sich erschöpft, interessanterweise weinerlich, jedenfalls aber ausgelaugt.

Später am Abend, als Tina anrief, um sich zu vergewissern, dass es ihrer neuen Einnahmequelle einigermaßen gut ging, erkannte sie an Ralfs Stimme, dass er sich in einer Krise befand. Sie stieg umgehend in ihr Auto und machte sich auf den Weg.

»In der Wohnung«, sie sah sich um und runzelte die Stirn, »wirst du nicht zur Ruhe kommen. Demnächst steht vielleicht plötzlich ein Immobilienmakler vor der Tür und will die Wohnung besichtigen. Bei mir kannst du dich entspannen«, meinte sie und griff angeekelt nach einem durchsichtigen Müllsack, in dem sich Ralfs abgetragene Kleidungsstücke befanden. Fragend sah sie ihn an: »Teile für die Altkleidersammlung?«

Ralf nickte nur. Die getragenen Teile waren längst nicht perfekt, aber wertvoll genug, um als Spende dienen zu können. Ralf fühlte sich wohl beim Gedanken, Gutes zu tun. Es fühlte sich für ihn an, als ob er damit ein bisschen seiner Schuld Elsbeth gegenüber abtragen konnte. Prompt verringerten sich seine Schuldgefühle. Natürlich wusste er, dass er sich etwas vormachte, aber das war doch der Sinn der Sache: sich selbst zu betrügen, sein schlechtes Gewissen durch eine gute Tat zu überdecken.

Kaum waren sie in Tinas Wohnung angekommen und hatten es sich bei einem Glas Wein bequem gemacht, läutete es an der Tür. Ein Bote überbrachte eine Schachtel. Fröhliches Gelächter drang an Ralfs Ohren. Erstaunt sah er einer ausgelassenen Tina zu, wie sie freudestrahlend durch ihre Wohnung tanzte.

»Die Gucci-Tasche. Sie hat die Abmachung nicht vergessen«, strahlte Tina, während sich Ralf wunderte, dass eine dermaßen hässliche Tasche Begeisterungsstürme auslösen konnte. Tina hüpfte vor ihm auf und ab. Die der Schachtel entnommene Tasche hing von ihrer hübsch gebräunten Schulter. Sie schien sich tatsächlich über dieses Unding zu freuen. Ein Brief war zu Boden geflattert, was Tina in ihrer Begeisterung über ihr Geschenk nicht bemerkt hatte. Ralf hob das Kuvert auf und überreichte es wortlos.

»Wie schön! Wir haben eine Einladung für kommenden Freitag erhalten. Zu einer Ausstellung zeitgenössischer Kunst in dem neu eröffneten Wellnesspalast, der sich hochtrabend«, Tina grinste breit und imitierte einen Trommelwirbel, »BeautyConcept Nofretete nennt. Meine Freundin möchte uns als ihre Gäste mitnehmen.« Tina betrachtete Ralf fragend. »Ich weiß, du fühlst dich nicht gut und möchtest deine Ruhe haben, aber meinst du nicht, dass dir Ablenkung guttun würde?«

Ralf setzte zu einer Antwort an. Er hatte absolut keine Lust, sich bei einer Kosmetik- und Farbkleckserei-Veranstaltung sehen zu lassen. Schon wollte er ablehnen.

»Stopp! Sag nichts. Denk darüber nach. Vielleicht wirst du in wenigen Tagen feststellen, dass dir Ablenkung lieb ist, dann gehen wir gemeinsam zu dieser Ausstellung. Schlag meinen Vorschlag bitte nicht gleich aus.«

Flehentlich verfing sich ihr Blick in seinem, bevor sie liebevoll die neue Tasche betrachtete, sich seufzend neben Ralf auf der Couch niederließ und das hässliche Stück zärtlich streichelte. Ralf nickte ergeben, als ihm Tina einen Seitenblick gönnte. Er war nicht in Stimmung für ein lächerliches Spektakel, wollte seine Ruhe haben, außerdem wollte er Tina nicht enttäuschen. Ralf knurrte den Wein in seinem Weinglas an, trank in großen Schlucken aus, entschuldigte sich und schlich ins Bad, wo er die verschwitzte Kleidung abstreifte und sich eine ausgiebige Dusche gönnte. Schließlich ging er zu Bett, im Bewusstsein, dass er schlecht schlafen würde. Aber auch über diese leidige Geschichte würde Gras wachsen. Alles nur eine Frage der Zeit.

Tina saß in der Küche und überlegte, ob sie sich wegen des Todes der Ex ihres neuen Spielgefährten schlecht fühlen sollte. Wie groß war ihr Anteil an dieser blutigen Angelegenheit tatsächlich gewesen? Hatte ihr Verhalten Elsbeths Selbstmord verursacht oder wäre es auch ohne ihr Zutun dazu gekommen? Hätte Elsbeths Selbstmord verhindert werden können oder war das Paar bereits so unglücklich gewesen, dass ihr Selbstmord ohnehin unvermeidlich gewesen war? Sie kam zum Schluss, dass Getanes nicht mehr rückgängig gemacht werden konnte. Schließlich hatte Elsbeth die Waffe selbst angesetzt und abgefeuert, und niemand sonst. Tina verbot sich ein schlechtes Gewissen und hoffte inständig, dass niemand herausfände, dass sie sich bereits mit Ralf getroffen hatte, bevor der mit Elsbeth Schluss gemacht hatte. Das konnte nur für wilde Spekulationen sorgen.

Sie warf einen liebevollen Blick auf ihre neue Tasche. Ihre Stimmung hob sich umgehend. Ob Margaux vom kommenden Debakel wusste? Sie würde vermutlich heftig daran zu knabbern haben.

»Was soll's«, flüsterte sie ihrer Gucci-Tasche zu. In den kommenden Tagen würde sie Ralf dazu bewegen, seine Sachen aus der Wohnung abzuholen. Sie hatte das Gefühl, dass es besser war, diesen Auszug zügig voranzutreiben. Sie streichelte das weiche Leder ihrer neuen Freundin, stand auf und folgte Ralf ins Bett.

Kapitel 54

Der Zeitungsbericht über Elsbeths Selbstmord stand nicht auf Seite drei oder fünf. Die örtliche Presse hatte den Selbstmord bereits am nächsten Morgen zur reißerischen Schlagzeile gemacht. Der Aufmacher schrie die Leser auf Seite eins an:

Tragischer Selbstmord einer 33jährigen.
Abschiedsbrief beschuldigt eine Vorgesetzte.

Vor zwei Tagen nahm sich die 33jährige Elsbeth R. mit einem Schuss durch ihr Herz das Leben. In einer Nachricht, die in der Wohnung der Frau von einem zufällig anwesenden Briefträger gefunden wurde, begründete sie ihre Verzweiflungstat mit Mobbing am Arbeitsplatz. Die junge Frau, deren Verlobung erst vor Kurzem gelöst worden war, wird als ruhig und gewissenhaft beschrieben. Der ehemalige Verlobte wollte keine Erklärung zum Selbstmord von Elsbeth R. abgeben. Die im Abschiedsbrief heftig angegriffene Vorgesetzte von Elsbeth R. war für eine Stellungnahme nicht erreichbar. Der Arbeitgeber der Verstorbenen, eine bekannte Investmentbank, dementiert jegliche Hinweise auf Mobbing am Arbeitsplatz. Die Tote sei beliebt gewesen, man sei bestürzt und wisse nicht, was die Ursache für diese Verzweiflungstat gewesen sei, so der Geschäftsführer. Man bitte – auch aus Rücksicht auf die Angehörigen – um die nötige Behutsamkeit in dieser traurigen Angelegenheit.

Tina verbarg die Zeitung vor Ralf. Er würde sie früh genug zu Gesicht bekommen. Völlig unnötig, diese unangenehmen Schlagzeilen bereits am Frühstückstisch serviert zu bekommen. Außerdem hatte sie keine Lust auf Dramen. Sollte sich seine Laune schlagartig ins Negative kehren, war dies nicht unbedingt in ihrer Anwesenheit nötig. Natürlich wäre es gut, wenn er vorgewarnt würde, aber sie konnte sich nicht um alles kümmern und wollte nicht seine Trösterin spielen müssen. Er war ein Mann. Mit dieser unguten Situation musste er im Alleingang fertig werden. Lauter als sonst schoss Tina durch ihre Wohnung, duschte, bereitete Kaffee zu und presste Orangen für ein vitaminreiches Frühstücksgetränk aus. Alles mit Krawall, damit Ralf wach wurde und zur Arbeit gehen konnte. Sie wollte noch relaxen, bevor sie mit Margaux Kontakt aufnahm. Zweifellos hatte Margaux' Arbeitgeber dafür gesorgt, dass sie aus dem Schussfeld kam. Nach dieser Zeitungsnachricht, die ihr Mobbing einer Untergebenen unterstellte, waren Margaux' Handlungsmöglichkeiten ohnehin stark eingeschränkt. Außerdem warf der ungute Vorfall kein gutes Licht auf die Bank als Arbeitgeber. Margaux würde sich sicherlich ein paar freie Tage nehmen, damit sich die Situation währenddessen beruhigen konnte. Heutzutage wuchs schnell Gras über derlei unangenehmen Angelegenheiten, denn schon morgen gab es einen neuen Skandal, eine andere Aufregung, und das eine skandalöse Thema wurde von einem anderen aufsehenerregenden Thema überholt. Das Interesse der Menschen wurde rasch durch ein neues Spektakel abgelenkt. Bereits in einer Woche würde kein Hahn mehr nach dieser Schlagzeile krähen.

Ralf taumelte übermüdet aus dem Schlafzimmer ins Bad. Tina hörte, wie er seine Zähne putzte. Sie hörte ihn die WC-Spülung betätigen. Sie hörte den Duschstrahl. Nach weniger als fünfzehn Minuten war er fertig, sah vorzeigbar aus und setzte sich mit unsicher wirkendem Lächeln an den Frühstückstisch.

»Was wird mich wohl heute erwarten?«, fragte er Tina, die nun doch die Zeitung präsentierte. Er las, wurde blass, lehnte sich im Sessel zurück und stöhnte auf.

»Weißt du, ich habe nicht damit gerechnet, dass sie mich verschonen werden, und tatsächlich ist der mich erwähnende Satz zwar herzlos, aber relativ harmlos. Viel schlechter kommt diese Margaux weg. Die wird sich vermutlich in nächster Zeit nicht an ihrem Arbeitsplatz sehen lassen dürfen. Vielleicht bedeutet es für diese Frau sogar, dass sie ihren Arbeitsplatz verlieren oder an eine andere Stelle versetzt wird. Auf jeden Fall wird sie sich unangenehmen Fragen stellen müssen. Ganz fraglos wird der Makel der Gehässigkeit an ihr haften bleiben. So gesehen, habe ich noch Glück gehabt und muss mich einfach der Meute stellen. Wahrscheinlich werden die aber hauptsächlich vor der Bank herumlungern und nicht vor dem Büro meines Arbeitgebers. Was meinst du?«

Sein verzweifelter Blick wartete auf Bestätigung, die ihm Tina nicht vorenthalten wollte. Sie nickte.

»Vermutlich liegst du mit deiner Annahme völlig richtig, denn du bist weniger interessant als die böse Vorgesetzte in der Bank. Vielleicht solltest du aber trotzdem zuvor im Büro anrufen und nachfragen, was dort los ist. Wenn es einen Hintereingang gibt, könnte der sich als äußerst nützlich erweisen.«

Tina verabschiedete sich von Ralf, der es heute nicht leicht haben würde. In einem Telefonat mit einem Kollegen hatte er sich versichern lassen, dass vor der Bürotür keine Ungeheuer lauerten. Ralf hoffte, dass er die Situation in fünfzehn Minuten unverändert vorfinden würde. Der Fahrt ins Büro stand derzeit nur sein eigener Unwille im Weg. Kaum hatte sich die Wohnungstür hinter Ralf geschlossen, wählte Tina Margaux' Nummer.

»Ja?«, kam es scharf durch die Leitung. »Entschuldigung, du bist es, Tina. Mich nerven seit gestern spätabends eine Menge Leute, die mich überwiegend beschimpfen. Einer hat sogar ins Handy gestöhnt und die restlichen Anrufer wollten Fakten, Fakten, Fakten und natürlich von mir bestätigt haben, dass ich ein herzloses Biest bin.«

Tina hatte erwartet, dass Margaux grob behandelt werden würde. Ihr Vorschlag wollte die Freundin daher aus der Schusslinie befördern.

»Komm zu mir auf ein Glas Sekt und wir reden. Du brauchst Ablenkung. Soll ich dich mit dem Auto abholen, damit du den Medien-Stalkern entkommst?«

Schlagartig hellte sich Margaux' Stimmung auf.

»Danke, es geht schon. Ich bin in zwanzig Minuten bei dir. Noch wissen die Journalisten-Kanaillen nicht, wo ich wohne. In der Bank hat bisher offensichtlich niemand einen Geheimtipp diesbezüglich abgegeben. Wir sehen uns.«

»Bis gleich«, rief Tina durch die Leitung und begann sofort damit, Leckereien, Knabberzeug und Sekt bereitzustellen. Dankesworte hinsichtlich der überreichten Gucci-Handtasche waren noch ausständig, und auch die Einladung zur BeautyConcept-Ausstellung galt es unbedingt und ausgiebig zu besprechen.

Kapitel 55

Tina hatte ihre Wohnungstür vorsorglich einen schmalen Spalt geöffnet, sodass Margaux nur die Tür aufdrücken musste und die Wohnung im Sturm erobern konnte. Das knarrende Geräusch des alten Lifts, der sich die Stockwerke hocharbeitete, kündigte Tinas Gast an. Dem leisen Signalton, der das Stockwerk signalisierte, folgte das kratzende Scharren der sich öffnenden Aufzugtür. Tina grinste. Niemand sonst nutzte den Lift in das erste Obergeschoß, nur Margaux liebte diese Art von Auftritt. Tina positionierte sich mit einem Glas Sekt an der Wohnungstür. Mit einem überschwänglichen »Voilá, ma chère und herzlich willkommen« begrüßte sie Margaux, die grinsend und sichtlich um Würde bemüht das hingehaltene Glas in Empfang nahm. Noch bevor Margaux die Couch erreicht hatte, war es mit ihrer Würde dahin und das Glas leer.

»Nachfüllen. Bitte. Bis an den Rand.« Margaux seufzte theatralisch. »Du kannst dir nicht vorstellen, was das für eine Hetze ist, die gegen mich betrieben wird. Gestern hat mir mein Arbeitgeber die Stange gehalten und mir volle Unterstützung zugesagt. Und heute? Heute ist ein neuer Tag, und es sieht danach aus, als ob ich nicht mehr lange in der Bank arbeiten werde. Denen mach ich Feuer unterm Arsch, wenn sie es wagen, mich aufgrund eines Zeitungsberichts zu entlassen.«

»Was sagt dein Verlobter zu dem ganzen Theater?«

Tina füllte Margaux' Glas großzügig nach und setzte sich ihr gegenüber hin.

»Philipp wird mich unterstützen. Einer seiner Kollegen ist Spezialist für Arbeitsrecht. Sollte es nur annähernd so weit kommen, dass ich Nachteile aus einer Zeitungsschmiererei habe, wird er sich mit Freude auf eine Klage stürzen, hat Philipp gemeint. Sein Kollege überlegt sogar schon, ob nicht der unansehnliche Artikel bereits an Verleumdung grenzt. Aber Philipp ist super. Er steht hinter mir und was solls, bald bin ich verheiratet. Philipp hat gute Verbindungen. Zur Not komme ich mit seiner Hilfe in einem anderen Unternehmen unter.«

Tina schwieg und schenkte Margaux nach, die auch das zweite Glas Sekt wie einen Durstlöscher hinunterstürzte. Der erste Ausbruch war vorüber. Margaux nippte nun langsamer an ihrem neuerlich befüllten Glas und blickte in die Ferne, was aus Tinas Wohnung in Wahrheit nicht möglich war, denn der Ausblick aus dem Wohnzimmer im ersten Stock war durch einen großen, uralten Kastanienbaum verstellt, dessen Krone einen üppigen Schutzschirm vor unerwünschten Einblicken bot. Gäbe es diesen Baum nicht, hätte Tina direkt in die Nachbarwohnung des Mietshauses blicken können, das sich nur knapp zwanzig Meter gegenüber befand.

»Danke für die Tasche und für die Einladung zur Nofretete-Ausstellungseröffnung.« Tina nutzte die Stille. »Bei der Gelegenheit möchte ich dir Ralf vorstellen. Zugesagt hat er zwar nicht, er steht unter ähnlichem Druck wie du, aber er wird mir wohl den Gefallen tun und mitkommen.«

Margaux nickte. »Philipp wird mich begleiten. Wer weiß? Vielleicht verstehen sich die beiden unerwartet gut, und wir haben ihnen sogar einen Gefallen getan, wenn wir sie mitschleppen und einander vorstellen.«

Tina hörte den gedämpften Signalton der Lifttür, die anzeigte, dass jemand in ihrem Stockwerk ausgestiegen war. Nur Sekunden später klingelte es an der Wohnungstür. Das Geräusch unterbrach unangenehm schrill ihr ruhiges Zusammensein. Tina und Margaux sahen einander fragend an. Margaux' Blick wirkte hektisch.

»Erwartest du jemanden? Ich hoffe nicht, dass mich diese Zeitungsfritzen hierher verfolgt haben.«

Margaux, sonst die Ruhe in Person, war eindeutig von Angst erfüllt.

»Keine Panik, die Tür werden sie nicht eintreten und der Türspion hilft mir bei der Entscheidung nach dem begehrten Einlass.«

Tina lächelte, schenkte Margaux einen Beruhigungsschluck ein und machte sich mit der inzwischen leeren Sektflasche auf zur Tür. Eine Waffe konnte nie schaden, und eine Sektflasche konnte durchaus gefährlich werden.

Kapitel 56

Eine junge Frau stand vor der Tür und winkte mit einem Flyer, als sie bemerkte, dass sie durch den Türspion beobachtet wurde. Sie trat einen Schritt zurück und hielt den Flyer so an das Guckloch, dass er einigermaßen lesbar war.

Bonusaktion stand in großen, blutroten Buchstaben darauf.

Tina öffnete und sah die Frau fragend an.

»Guten Tag, mein Name ist Eva. Ganz in ihrer Nähe findet demnächst eine Vernissage bei BeautyConcept Nofretete statt.«

»Weiß ich«, antwortete Tina mit einem Stirnrunzeln, »ich wurde bereits eingeladen.«

»Oh, das freut mich für Sie, denn persönliche Einladungen wurden von der Geschäftsführung des Beauty-Centers streng limitiert. Sie gehören also zu den Glücklichen, die am VIP-Tag alle Vorzüge und Sonderprogramme genießen dürfen. Ich kann Ihnen jetzt schon sagen, dass speziell auf Sie Bonusaktionen und Geschenke warten. Darf ich Ihnen unseren Flyer geben, in dem die Aktionen der nachfolgenden Tage und Wochen aufgelistet sind?«

Tina strahlte die junge Frau an. »Natürlich dürfen Sie.«

Sie betrachtete ihre Fingernägel, die augenscheinlich eine Maniküre nötig hatten. Ihr nächster Blick fiel auf Evas gepflegte Nägel, was Eva zum Anlass nahm, nachzuhaken.

»Vielleicht sehen wir uns? Ich habe ihren Blick auf meine Nägel bemerkt. Wenn Sie Ihnen gefallen, sollten Sie wissen, dass ich bei BeautyConcept Nofretete im Salon 1000schön arbeite. Es würde mich freuen, Sie als Kundin zu begrüßen.«

»Eva, nicht wahr? Gut möglich, dass wir uns demnächst sehen. Lassen Sie sich überraschen.«

Tina war der Satz hochmütiger als nötig über die Lippen gerutscht. Ihr war das sachte Stirnrunzeln der Kosmetikerin durchaus aufgefallen, die nicht nur Tinas Fingernägel, sondern auch ihre Zehennägel einem prüfenden Blick unterzogen hatte. Wie es aussah, war Tinas Hand- und Fußpflege durchgefallen und sie musste leider zugeben, dass es um die Betreuung ihrer Nägel tatsächlich nicht gut bestellt war. Dadurch wurde ein Besuch dieser Eröffnung nur noch dringlicher, wollte Tina doch unbedingt in den Genuss einer Behandlung zu Vorzugspreisen kommen. Eva unterbrach Tinas Gedankengänge, reichte ihr das Werbeprospekt und wünschte ihr einen schönen Tag. Der Flyer fand sofort den Weg zu Margaux, die ihn ausführlich studierte.

Kapitel 57

Wenn ihr eure Augen nicht gebraucht, um zu sehen,
werdet ihr sie brauchen, um zu weinen.
Jean Paul Sartre

Hätte ich es nur geahnt. Aber ich war blind und dumm. Es war Bestimmung, dass ich Elsbeth nie mehr wiedersehen sollte, denn schon anlässlich unseres letzten Treffens war die Zukunft für eine von uns nur noch eine blasse Ahnung.

Als ich die Stufen hinunterstieg und aus dem Mietshaus verschwand, fragte ich mich, ob mein Plan aufgehen würde. Die Gier, die in den Augen der jungen Frau aufgeflackert war, gab Anlass zur Hoffnung. Flott spazierte ich zum nächsten Hochhaus. Ich hatte genügend Flyer bei mir und steckte sie vor allem in Postfächer, die Frauennamen trugen. Die Mühe einer persönlichen Vorsprache ersparte ich mir. Dieser Vorzug hatte ausschließlich Tina gegolten.

Schließlich wusste ich, wer die Frau war, die mir die Tür geöffnet hatte. Ich wusste, dass sie Anlass für Elsbeths und Ralfs Trennung gewesen war. Dadurch war Tina in weiterer Folge auch für Elsbeths Tod mitverantwortlich. Nicht im Alleingang zwar, denn es gab weitere Täter, die Elsbeths Tod zu verantworten hatten, dennoch war dies in meinen Augen eine unumstößliche Tatsache: Elsbeth war regelrecht in den Selbstmord getrieben worden.

Kurz davor hatte sie mir eine Art von Vermächtnis hinterlassen, auf das ich zu wenig sensibel reagiert hatte. Das mache ich mir nun zum Vorwurf. Dieser eigenartige Vorfall anlässlich Elsbeths Besuch im Schönheitssalon, als ihr ein Blatt Papier aus der Handtasche flatterte, ist mir in Erinnerung geblieben. Elsbeth hatte es aufgehoben, angesehen, zerknüllt und weggeworfen.

Kaum, dass sie gegangen war, fischte ich den Zettel aus dem Papierkorb. Es hatte keine großartige Geistesleistung gebraucht, um zu erkennen, warum sie darüber traurig gewesen war. Ihr Ralf befand sich darauf. In kompromittierender Pose mit einer anderen Frau.

Ich habe es an mich genommen und jemanden mit Nachforschungen betraut. Hätte ich stattdessen doch lieber Elsbeth aufgesucht.

Einer meiner Brüder hatte das Bild von mir erhalten und es grinsend konfisziert. Zwei Stunden später wurden mir Name und Adresse der Frau zugespielt. Tina Pichler war eine von mehreren Delinquenten, die sich zu verantworten hatten. Herzlose Taten blieben nicht folgenlos, schon gar nicht ungestraft.

Ein Flyer, ausgeteilt an die richtige Empfängerin, war der erste Schritt dazu gewesen.

Der heutige Tag ist der Startschuss zu einer speziellen Sonderbehandlung. Ein jeder der Beteiligten würde für Elsbeths Tod zur Verantwortung gezogen werden. Einer nach dem anderen. Ihre Vorgesetzte. Der untreue Verlobte. Dessen neue Freundin. Die Reihenfolge ist noch nicht festgelegt, allerdings sollte keiner die geplanten Sonderbehandlungen überleben. Ich will zum Rachegeist werden.

Kapitel 58

»Phil, Schätzchen, kannst du mir bitte den Reißverschluss meines Kleides schließen?«, säuselte Margaux und präsentierte Philipp ihren Rücken.

»Müssen wir wirklich zu dieser Vernissage oder was immer das heute ist?«, antwortete Philipp, während er den Reißverschluss hochzog.

»Du musst, mein Schatz. Weil du mir damit eine Freude machen willst. Das weißt du doch. Wir werden nicht ewig bleiben, bloß ein bisschen plaudern und etwas essen. Ich werde vielleicht den einen oder anderen Termin vereinbaren und die Skulpturen oder was immer ausgestellt sein wird, werde ich natürlich außerordentlich intensiv bestaunen, den Künstler ausgiebig loben, und schon sind wir wieder zuhause.«

Er nickte resignierend. Margaux drehte sich einmal um die eigene Achse. Ihr fragender Blick verriet ihre Erwartungen.

»Du siehst gut aus«, stellte Philipp prompt fest.

»Du auch«, antwortete sie reflexartig. Er sah immer gut aus. Sogar wenn er in Gummistiefeln stecken würde, was allerdings während ihrer Beziehung noch nie der Fall gewesen war, fände sie ihn zum Anbeißen. Margaux küsste Philipp. Als sie sich umdrehte, schlug er ihr beherzt auf den Hintern und zog grinsend die Augenbrauen hoch.

»Übertreib es nicht!« Margaux schwebte an ihm vorüber und hauchte einen Kuss in seine Richtung. Gemeinsam verließen sie die Villa.

Kapitel 59

Eva war nervös. BeautyConcept Nofretete war vor knapp drei Wochen inoffiziell eröffnet worden. Dieses Wochenende fand die offizielle Eröffnung statt. Zuerst waren die Promis an der Reihe. VIPs und Pseudo-VIPs waren eingeladen worden. Alles sollte mit Pomp und Trara über die Bühne gehen.

Anstelle – wie sonst üblich – in weißer Kleidung zur Arbeit zu erscheinen, war die 1000schön-Belegschaft gebeten worden, elegantes Schwarz zu tragen und dazu natürlich die obligatorischen Namensschilder. Schließlich war es wichtig, dass Kundinnen und Kunden wussten, mit wem sie sprachen. Die Gäste sollten auf den ersten Blick erkennen, wer zum Inventar gehörte.

Heute Abend sollten sich alle perfekt präsentieren, hatte der Geschäftsführer des Centers in einer knappen Mitteilung erinnert. Nicht persönlich, sondern per Mail. Eva hätte sich allerdings auch nicht gewundert, wäre diese Mitteilung über die hausinterne Mikrofonanlage verbreitet worden.

Nun lag es also an den Besitzern der verschiedenen Geschäfte, ihre Mitarbeiter auf den heutigen Abend, vor allem auf eine gute Zusammenarbeit einzuschwören, damit das Gesamtkonzept ins Laufen kam. Eva fühlte sich eher ermahnt denn motiviert. Ihr Chef hatte es sich nicht nehmen lassen, alle seine Frauen in Augenschein zu nehmen. Letzte Änderungen an Frisur, Makeup und der jeweiligen Schuhhöhe waren vorgenommen worden, bis er schlussendlich grünes Licht gegeben hatte, denn heute sollte sich das Who's Who im Wellnesstempel treffen, geladene Gäste und deren Begleitung: der Oberbürgermeister, der Bürgermeister, eine Abordnung der Stadträte, Künstler und Pseudokünstler sowie deren

Groupies, manche Promis und andere, die meinten, prominent zu sein, Schauspieler und solche, die schauspielerten, ohne dafür bezahlt zu werden, Gewerbetreibende, die sich ansehen wollten, wie es abseits des eigenen Geschäfts lief, Anwälte und Ärzte. Reich und Schön würden erscheinen.

Das Team von 1000schön würde sein Bestes geben, um jegliche Klientel zufrieden zu stellen. Das gesamte Center mit all seinen Geschäften glänzte. Schwarzgekleidete Angestellte würden gleich um die Gäste scharwenzeln. Studierende würden sich Taschengeld verdienen, indem sie Getränke ausschenkten. Die Buffets waren befüllt, denn in jedem Geschäft gab es appetitliche Happen, um die Mägen während der Plaudereien zu füllen und die Wartezeit auf die angebotenen Aktionen zu verkürzen. Außerdem sollte heute das Geld locker in den Geldtaschen sitzen. Das war schließlich der Hauptgrund, der sich hinter dem gesamten Aufwand verbarg.

Eva und ihre Kolleginnen aus der Riege der tausend Schönen standen in Reih und Glied. Ihr Chef warf einen letzten Kontrollblick auf seine Damen und schien zufrieden.

»Wer heute den dicksten Fisch an Land zieht, bekommt zwei Tage Extraurlaub und einen Bonus von eintausend Euro«, verkündete er.

Seine Frau lachte: »Chef, wie bestimmst du, ob wir einen dicken Fisch an Land gezogen haben?«

»Süße, das machen wir so«, er drückte seiner Frau einen Kuss auf die Wange, »folgende Berufe gelten als dicke Fische: Ärzte, Anwälte, Unternehmer, die mehr als zehn Mal im letzten Jahr in der Zeitung standen, und zwar nicht mit ihrem Konkurs. Alle Minister, der Herr Bundespräsident und seine Frau, ebenso Bundeskanzler und Gattin. Von mir aus auch die oberen Zehntausend der Kirche, egal welcher Religionsangehörigkeit.« Er legte eine Nachdenkpause ein: »Mein Schätzchen«, wieder warf er seiner Frau einen liebevollen Blick zu, »lass mich das individuell entscheiden. Ich werde großzügig sein. Meine Damen, das verspreche ich euch hoch und heilig.«

Gelöstes Gelächter brach aus, und mit der Empfehlung sich perfekt zu präsentieren, wurden sie an ihre zugewiesenen Plätze entlassen. Eva hatte die Aufgabe zugeschrieben bekommen, die Gäste am Eingang zu 1000schön in Empfang zu nehmen. Nach einer vorgegebenen Zeit würde sie ausgewechselt werden. Ehre und Aufgabe, dachte Eva, während sie eine Frau beobachtete, die auf sie zukam. Eine Frau mit Locken. Ihre Atmung stockte. Die Frau erinnerte sie an Elsbeth. Verzweifelt unterdrückte Eva aufsteigende Tränen und bemerkte, dass die Frau, die Elsbeth tatsächlich ein wenig ähnlichsah, merkwürdige Blick in ihre Richtung warf, bevor sie im gegenüberliegenden Eingang eines Ladens verschwand, der sich Schokoladenparadies nannte.

Kapitel 60

20 Uhr: Die große Eingangstür öffnete sich. Die Gäste strömten in den Glaspalast. Gleich würde der Geschäftsführer des Centers seine Rede halten und die Vernissage des zeitgenössischen Künstlers eröffnen. Sie hatte sich seine Werke bereits vorab angesehen und konnte ganz und gar nichts damit anfangen.

Eva konzentrierte sich auf die beginnende Rede. Im Anschluss daran würde volle Professionalität von ihr verlangt werden. Sie setzte ihr Herzlich-willkommen-Lächeln auf und verdrängte trübe Gedanken.

Schon bald schwirrten Besucher durch das Center. Es wurde gelacht, getrunken, gegessen und gekauft. Ältere Männer mit jungen und blutjungen, beinahe kindlich wirkenden Frauen zückten ihre Kreditkarten. Chauffeure durften üppig befüllte Taschen in die Tiefgarage schleppen. Der Juwelier wurde geplündert.

Innerhalb der ersten Stunde gelangten kaum Gäste ins Obergeschoß, in dem sich der Salon 1000schön befand. Letztlich gab es aber kein Halten mehr. Etwas wie ein Kaufrausch schien auszubrechen, der sich augenscheinlich ansteckend verhielt. 1000schön wurde regelrecht gestürmt.

Unmittelbar nach der Eröffnungsrede des Geschäftsführers von BeautyConcept Nofretete hatten Studierende handliche Geschenkpakete ausgeteilt, die Gutscheine für den Friseur, das Café und für verschiedene Schönheitsbehandlungen enthielten. Es war eine bunte Mischung aus Bonusprogramm und Kaufanreiz. Kaum waren die reizvollen Angebote einer strengen Analyse unterzogen worden, hetzten die ersten weiblichen Gäste ins 1000schön, um sich ihre Nägel zum Vorzugspreis maniküren zu lassen oder eine professionelle Analyse ihres aktuellen Hautzustands einzufordern.

Anna, eine hübsche Ungarin aus Evas Kolleginnenkreis, hatte kurz vor dem Eintreffen einer bereits hauteng gelifteten Kundin angemerkt, dass es womöglich dem Geschäft nicht zuträglich wäre, wenn eine Hautzustandsanalyse absolut der Wahrheit entspräche. Denn vor allem unter den älteren Frauen wollte sicher keine hören, dass ihre Falten nur mehr mit Würde getragen werden konnten.

»Ich werde heute die teuersten Schönheitscremen verkaufen«, ließ Anna mit rollenden Augen und feurig rollenden Rs hören, bevor sie sich einer gelifteten Mumie annahm, die ihr von Eva zugeführt worden war.

Eva begrüßte, dirigierte die helfenden Hände in die richtige Richtung, damit sie flott die gewünschten Getränke reichen konnten, und teilte die bisher ausschließlich weibliche Kundschaft nach ihren Wünschen auf. Alles lief rund, bis plötzlich eine Frau vor ihr stand, die sie zwar erwartet hatte, aber in Wahrheit nicht hatte sehen wollen: Margaux Kreuzer. In Evas Ohren summte es unangenehm. Sie hatte die Frau vor sich, die zwar nicht direkt für Elsbeths Tod verantwortlich war, zumindest aber eine tragende Rolle dabei gespielt hatte. Natürlich wollte Margaux eine Maniküre. Exakt in diesem Augenblick wurde Eva von einer Kollegin abgelöst und hatte daher das zweifelhafte Vergnügen, sich Margaux' Nägel annehmen zu müssen.

»Folgen Sie mir bitte«, bat Eva und setzte hinzu: »Darf ich Ihnen etwas abnehmen?« Sie streckte die Hände nach Margaux' zahlreichen Einkaufstaschen aus, um ihrer Kundin behilflich zu sein.

»Na endlich fragen Sie. Ich dachte schon, das kommt nie.« Margaux lud ihre Einkaufstaschen, eine Leinenjacke und beinahe auch ihre Handtasche auf Evas Arm ab, bevor sie sich umentschied und die Handtasche wieder zurückholte, wodurch sie den ohnehin instabilen Taschenberg in Evas Armen bedenklich ins Wanken brachte. Eine hilfsbereite Kollegin öffnete Eva die Tür zum Behandlungszimmer und ließ die beiden Frauen hinein. Eva stellte die Taschen an der schmalen Garderobe ab, bat die Kundin, sich zu setzen, und hängte deren Jacke an einen Kleiderhaken.

»Darf ich Ihnen etwas zu Essen oder zu Trinken anbieten?«

»Lassen Sie das, fangen Sie mit der Maniküre an. Ich hab's eilig«, schnaubte Margaux unfreundlich.

Obwohl Margaux keine einfache Kundin war, kamen sie langsam ins Gespräch. Der Knackpunkt war vermutlich ein Kompliment, das Eva einstreute.

»Sie haben sehr schöne Fingernägel, bitte lassen Sie nie zu, dass Ihnen jemand künstliche Nägel aufschwatzt. Es wäre ewig schade um ihre Hände.«

Plötzlich strahlte Margaux.

»Um meine Fingernägel wurde ich schon dann und wann beneidet.«

Eva lächelte Margaux an.

»Auch ich beneide Sie darum, denn kaum jemand hat eine natürlich schöne Nagelform und ich vermute, dass ihre Nägel kaum splittern, nicht wahr?«

»Sie haben recht«, erwiderte Margaux.

»Schlecht für mich. Sie machen mir kaum Arbeit. Was machen Sie beruflich?«

Eva versuchte das Gespräch im Fluss zu halten, und Margaux erzählte und erzählte. Über ihre Banktätigkeit, ihre besonderen Leistungen als Vorgesetzte. Über ihre interessanten Kunden, natürlich ohne Namen zu nennen, über ihre Freude, dass ihre Abteilung in den Verkaufszahlen ganz oben stand. Über Sorgen und Nöte. Ganz am Schluss ließ sie eine Bemerkung fallen, dass sich zuletzt ein langjähriges Problem endlich erledigt habe. Ein Problem mit einer Mitarbeiterin, deren Verhalten ihr schon eine Weile auf dem Magen gelegen sei. In unerwarteter Form zwar, allerdings nicht unerwünscht. An diesem Punkt angelangt, besaß Margaux Kreuzer prompt Evas volle Aufmerksamkeit.

»Ich stelle es mir schwierig vor, die Untergebenen und deren unterschiedliche Charaktere aus leitender Position heraus gerecht zu führen. Sicher gibt es immer wieder Menschen, die einem die Arbeit schwermachen.«

Eva betrachtete Margaux fragend, die den Faden willig aufnahm und weitererzählte.

»Wissen Sie, es ist häufig wirklich mühsam. Vielleicht haben Sie von dem Vorfall in den Medien gehört? Erst kürzlich hat eine meiner Angestellten Selbstmord begangen. Sie hat sich erschossen. Das ist furchtbar. Sie lässt ihre Familie in Trauer zurück, zudem einen Verlobten. Gott sei Dank hatte das Paar keine Kinder. Ihrem Freitod gingen vielerlei Anlässe voraus, die am Schluss in jenem Gipfelpunkt endeten, der zu ihrem Selbstmord führte. Wir hatten keine Ahnung von ihrer Krise. Allerdings«, Margaux zögerte, schien um Worte bemüht, wirkte unsicher, ob und wie sie fortfahren sollte, und war schließlich doch nicht zu bremsen, »gleichzeitig beging meine Untergebene den Fehler, die Schuld für ihre berufliche Misere bei allen anderen zu suchen, anstelle sich selbst kritisch zu betrachten. Seit Monaten hatte sie uns die Arbeit schwergemacht. Ach, was sag ich, eigentlich schon seit Jahren. Sie war unzuverlässig, unfreundlich, unkollegial, ging in Krankenstand, ohne wirklich krank zu sein, war gehässig, vergriff sich mir gegenüber völlig im Ton und, wenn es nicht menschlich tragisch wäre, könnte man fast froh sein, dass dieses Theater ein Ende gefunden hat.«

Margaux atmete tief ein. Eindeutig, sie hatte sich ihren Frust von der Seele geredet.

»Beinahe habe ich ein schlechtes Gewissen, wenn ich an den Tod der Frau denke. Sie war ein anstrengender Mensch. Ich denke, wir werden es leichter haben ohne sie.«

Eva war froh, dass sie sich über die Nägel der Frau beugen musste, sodass Margaux nicht beobachten konnte, wie es in ihrem Innersten zuging. Vermutlich hätte sie ihr unruhiges Minenspiel verraten, denn Margaux war eine üble Verleumderin. Sie konnte sich vorstellen, wie Elsbeth unter ihr gelitten hatte. Elsbeth, die eine sensible Natur gewesen war. Eine andere Frau hätte sich die Attacken von Margaux sicher nicht gefallen lassen. Hier waren der perfekte Täter und das perfekte Opfer aneinandergeraten.

»Es gibt eben wertvolle Menschen«, sprach Margaux weiter, »und weniger nützliche Menschen.«

Eva war kurz davor einen Wutschrei auszustoßen. Am liebsten hätte sie Margaux die Nagelfeile in die Brust gerammt. In diesem Augenblick, als sie vor Wut regelrecht rotsah, sich nur mehr schwer unter Kontrolle hatte, klopfte es an der Tür. Gutes Timing, dachte Eva, sehr gutes, bevor hier noch Blut fließt. Sie entschuldigte sich höflich und fügte hinzu: »Ich bin gleich wieder bei Ihnen. Darf ich Ihnen Wimpern und Augenbrauen kostenlos färben? Ihre Fingernägel waren bereits so gepflegt, dass ich damit kaum Arbeit hatte, und damit ist am Schluss der Preis gerechtfertigt.«

Margaux strahlte, während Eva zur Tür ging, um sie einen Spalt weit zu öffnen. Vor der Tür stand eine ihrer Kolleginnen mit einem Mann. Dieses Profil kannte sie. Evas Augen weiteten sich. Ihr stockte der Atem. Hitze stieg in ihrem Gesicht auf.

»Frau Kreuzer wird gesucht«, verkündete ihre Kollegin mit einem verwunderten Blick auf Eva, deren Gesichtsfarbe knallrot war, was zu deren blonder Haarfarbe nicht besonders vorteilhaft aussah. Philipp, der bisher in die andere Richtung geblickt hatte, wandte sich zur Tür um, sah Eva an, worauf seine Gesichtszüge zwischen Freude und Überraschung schwankten, während Eva aussah, als würde sie gleich umfallen.

»Atmen«, flüsterte ihr die Kollegin zu, was immerhin ein guter Anfang war, um die ungute Situation zu überbrücken. Eva atmete. Ihr Herz tat einen holprigen Sprung, bevor es wieder in seinen gewohnten Rhythmus zurückfand. Natürlich hatte sie mit einem Wiedersehen gerechnet, allerdings nicht heute, eher irgendwann. Zufällig. Sie wusste, dass Margaux und er ein Paar waren. Freilich hatte sie nicht damit gerechnet, dass er nach Margaux suchen würde, um sie bis in den Behandlungsraum zu verfolgen. Während Eva noch starrte, ihren Herzschlag zu beruhigen versuchte und von Philipp fragend angesehen wurde, hörte sie bereits Margaux' Stimme: »Komm ruhig herein, mein Lieber. Du kannst es dir bequem machen, während ich hier verwöhnt werde.«

Eva öffnete die Tür zur Gänze. Philipp grüßte, stellte sich offiziell als Philipp Seydtnach vor, worauf Eva schlicht ihren Vornamen nannte, bevor sie ihn befangen bat, sich zu setzen.

Während Eva tiefschwarze Farbe für Margaux' Augenbrauen und Wimpern auswählte, wurde sie intensiv beobachtet. Behutsam strich sie die Augenbrauen ihrer Kundin mit Farbe ein, die bereits nach weniger als fünf Minuten ihre maximale Wirkung erreicht haben würde, und entfernte schließlich die überschüssige Farbe. Sie zupfte die Augenbrauen in Form, legte Wimpernblättchen unter Margaux' Augen und pinselte Farbe auf. Der Färbevorgang für die Wimpern würde etwa zehn Minuten dauern und gab Philipp genug Zeit, um Eva in Ruhe zu beobachten, was ihr wiederum unangenehm war. Sie bat Margaux die Augen geschlossen zu halten, damit die aufgetragene Farbe nicht in ihre Augen gelangen konnte, was meist schmerzhaft war.

»Soll ich Sie beide allein lassen?«, fragte Eva. »Vielleicht möchten Sie in Ruhe etwas besprechen und ich störe nur.«

»Mich stören Sie nicht«, antwortete Philipp ruhig, »aber einem Glas Sekt und einer anschließenden Maniküre wäre ich nicht abgeneigt. Ihre Kollegin hat mich dazu überredet. Vermutlich hat sie der Schlag getroffen, als sie meine Nägel gesehen hat.«

Eva bat um seine Hand, die er ihr, wie ein braver Junge, entgegenstreckte. Plötzlich fasste er mit seiner zweiten Hand zu und nahm ihre Hand gefangen. Eine lautlose Rangelei entwickelte sich. Nach wenigen Sekunden ließ er mit breitem Grinsen ihre Hand wieder los, worauf sie ihm die Zunge zeigte.

»Es besteht Hoffnung. Ich werde Ihre Nägel in Form bekommen«, meinte Eva lauter als nötig, und zeigte ihm drohend ihren Zeigefinger.

Zehn Minuten vergingen rascher, als Eva befürchtet hatte. Sie hatte sich um zwei frische Gläser Sekt bemüht. Philipp nahm einen Schluck und folgte jeder ihrer Bewegungen, was Eva unangenehm war. Dabei setzte er ein infames Lächeln auf, das aussah wie eine Mischung aus Na warte! und Wenn ich dich in die Finger bekomme!

»Ich nehme Ihnen die Wimpernfarbe ab. Nicht erschrecken.«

Eva entfernte Farbe und Wimpernblättchen, kühlte Margaux' Augen mit feuchten Pads und bat sie, ihre Augen noch eine Minute geschlossen zu halten.

»Ist schön geworden«, bestätigte Philipp, blickte seiner Verlobten in die Augen und strich wie zufällig über Evas Arm. Nachdem Margaux ihre Augen ausgiebig im bereitgehaltenen Spiegel bewundert hatte, drängte Philipp auf einen Platzwechsel.

»Lass uns Platz tauschen. Jetzt bin ich an der Reihe.«

»Weißt du was Liebling, ich drehe eine Einkaufsrunde, während du versorgt wirst. Bringst du die gekauften Sachen später ins Auto, bitte?« Margaux klimperte mit ihren frisch gefärbten Wimpern. Philipp nickte. Seine Zustimmung, fand Eva, war für ihren Geschmack etwas zu euphorisch ausgefallen. Eva war tatsächlich verwundert, dass Margaux nicht misstrauisch wurde.

»Lassen Sie sich bitte von mir hinausbegleiten«, bat Eva und flüchtete regelrecht aus dem Behandlungszimmer. Ob sich wohl jemand fand, der ihr die nachfolgenden Peinlichkeiten ersparen und Philipps Nagelpflege übernehmen würde? Ein Blick rundum genügte. Alle Kolleginnen waren beschäftigt. Eva begleitete Margaux zur Kasse. Immerhin kaufte sie Handcreme, hinterließ jedoch kein Trinkgeld in die bereitgestellten Spardosen, und versprach, demnächst einen neuen Termin zu vereinbaren. Vermutlich würden sie Margaux nie wieder bei 1000schön begrüßen, denn täglich gab es eben keine Sonderaktionen und außerdem, dachte Eva lächelnd, wirst du nicht lange genug leben, um einen nächsten Termin einhalten zu können. Zumindest nicht, wenn es nach mir geht. Sie sah Margaux kritisch nach, bevor sie sich auf den Weg zurück in den Behandlungsraum machte. Ihr Magen flatterte unruhig.

Kapitel 61

»So eine Überraschung, du bist nicht geflohen, sondern tatsächlich zurückgekommen. Mutig, mutig. Was willst du mit mir anstellen?«

Eva wechselte bereits zum dritten Mal an diesem Tag die Gesichtsfarbe und gewöhnte sich langsam daran. Sie setzte sich ihm gegenüber hin und stellte den mitgebrachten Teller mit den Brötchen zwischen sich und Philipp ab.

»Hungrig?«, fragte Eva, worauf prompt ihr eigener Magen knurrte. Er beugte sich vor und schüttelte den Kopf.

»Appetit habe ich, aber nicht auf die Brötchen. Eigentlich wollte ich nur in Ruhe ein Glas Sekt trinken und bin pseudomäßig zu Margaux' Maniküre geflüchtet. Jetzt freue ich mich sehr über meine gelungene Flucht. Allerdings solltest du nun tatsächlich etwas mit mir anstellen, sonst fällt es auf, wenn ich nach dreißig Minuten nicht attraktiver wirke.«

Wieder wurde Eva rot.

Margaux hatte sich Richtung Juwelier verabschiedet und war unterwegs prompt auf Tina und deren männlichen Begleiter gestoßen. Sie beobachtete, wie Tina eine Münze über ihre Schulter warf, die zielgenau in einem Brunnen landete, der inmitten der großen Halle installiert worden war und wohl eine Art Miniaturausgabe des Trevi-Brunnens darstellen sollte. Furchtbar sah das Ding aus. Tina hielt ihre Augen geschlossen und die Lippen gespitzt. Der Mann an ihrer Seite verstand diese Aufforderung als das, was sie war, und nutzte seine Chance zu einem stürmischen Kuss. Margaux, die das kitschige Theater mitansehen musste, verzog das Gesicht.

»Herrje! Immer diese Knutscherei. Frisch Verliebte sind ein echtes Übel.«

Die beiden fuhren erschrocken auseinander. Besonders der schlaksige Typ wirkte, als ob er dem leibhaftigen Tod gegenüberstünde.

»Tut mir leid, ich wollte euch nicht erschrecken.« Sie wandte sich dem Mann an Tinas Seite zu. »Wir kennen uns nicht. Tina und ich sind befreundet. Margaux Kreuzer, angenehm.«

Ralf nickte, brachte ein zögerndes: »Hallo. Lorenz, Ralf Lorenz« heraus, worauf Tina die Gesprächsführung übernahm.

»Was hast du bisher alles gemacht?«

»Ich war bei 1000schön. Die sind nicht billig, kann ich dir sagen, aber die Maniküre ist spitze und meine Augenbrauen und Wimpern sehen sehr gepflegt aus. Den Gutschein kannst du dir ruhig abholen, das zahlt sich aus. Regulär wird es aber empfindlich teuer.« Margaux seufzte und wandte sich dann an Ralf. »Ich weiß nicht, wie ich es sagen soll, aber Sie sind, Entschuldigung, Sie waren Elsbeths Verlobter, nicht wahr?«

Ralf nickte. Ein beklemmendes Gefühl machte sich in seiner Magengegend breit.

»Mein Name ist Margaux. Ich war Elsbeths Vorgesetzte«, ergänzte sie.

Ralf räusperte sich und dachte an den Tag des mysteriösen Telefongesprächs mit jener Margaux zurück, deren Stimme ihn fasziniert hatte. Jäh war ihm komisch zumute. War es möglich, dass die beiden Frauen etwas inszeniert hatten? Die kannten sich doch schon länger. Ralf fühlte sich schlagartig unbeschreiblich vorgeführt. Er würde Tina später ausquetschen. Wenn Margaux eine Furie war, wie von Elsbeth beschrieben, hatte sie womöglich Genuss darin gefunden, dass er Elsbeth betrogen hatte. War das Ganze ein abgekartetes Spiel gewesen, das zu Lasten eines Menschenlebens gespielt worden war? War alles inszeniert worden in der Absicht, dass sie sich trennten, dass Elsbeth darunter litt und sich Margaux darüber freuen konnte? Aber sie hatten doch nicht wissen können, dass Elsbeth sich das Leben nehmen würde. Oder hatte Margaux seine tote Verlobte besser gekannt als er? Schlimme Ahnungen befielen Ralf. Ihm wurde übel.

»Ich verstehe, dass Sie nicht über den Tod Ihrer Verlobten reden wollen. Lassen Sie mich einfach sagen, dass mir das, was geschehen ist, leidtut.«

Ralf drängte sich der Eindruck auf, dass ihn die Frau gleich mitleidvoll umarmen wollte. Er trat einen Schritt zurück, prallte gegen den Brunnenrand und wäre, hätte ihn Tina nicht rechtzeitig am Arm zurückgezogen, tatsächlich in den Brunnen gefallen.

»Er ist noch nicht darüber hinweg, obwohl ich mich wirklich bemühe«, flüsterte Tina Margaux zu und betrachtete Ralf skeptisch.

»Geht's? Oder sollen wir nach Hause gehen?«

Ralf schüttelte den Kopf. Er gönnte dieser Margaux einen mürrischen Blick. Sollte sie ruhig bemerken, dass ihm ihre Anwesenheit nicht gefiel.

»Ablenkung ist mir lieber. Lass uns weiterbummeln.«

»Was hast du vor?« Tinas Aufmerksamkeit wandte sich Margaux zu, die auf die Auslage des Juweliergeschäfts zeigte und fröhlich erwiderte: »Eheringe.«

»Wie schön, aber so weit sind wir beide noch nicht.« Tina lachte und zog den verdutzten Ralf mit sich. Ihre Abschiedsgrüße verklangen in der weitläufigen Halle des Einkaufstempels.

Margaux warf den beiden einen interessierten Blick hinterher, schüttelte ihren Kopf und seufzte. Wie lange würde das Duo wohl den gleichen Weg gehen? Dieser Ralf war zwar attraktiv, aber Tina brauchte jemanden mit deutlich mehr Feuer unterm Arsch. Der Typ schien Ralf nicht zu sein. Allerdings hatte Tina von seinen Qualitäten berichtet, ganz beachtlichen Qualitäten. Kichernd und sehr ausführlich hatte ihre Freundin ausgeplaudert. Margaux wandte sich ab, stemmte sich gegen die gläserne Tür und betrat das Geschäft des Juweliers.

Es war das letzte Mal, dass sich Tina und Margaux lebend sahen.

Ralf dämmerte, dass seine Schuld am Selbstmord seiner Verlobten größer war, als er angenommen hatte. Er hätte sich sensibler verhalten sollen, aber wer hatte schon wissen können, dass sie ihrem Leben auf diese Art ein Ende setzen würde? Normalerweise betrinkt man sich, stopft Essen in sich hinein oder wird, was Nahrungsaufnahme betrifft, völlig lustlos. Vielleicht geht man zum Friseur, lässt sich die Haare schneiden oder verlängern. Heutzutage war alles möglich. Ralf stutzte. Elsbeth hatte sich die Haare schneiden lassen, nicht dramatisch kürzer, das wäre ohnehin nicht möglich gewesen, aber immerhin hatte sie sich bei einem anderen Friseur als üblich einen Termin geben lassen. War dies ein Zeichen gewesen, das er als Hilfeschrei hätte erkennen können?

Tina schleppte Ralf wie ein unwilliges Kleinkind hinter sich her. Schließlich verschwand sie in eine Boutique und lud ihm unter den verzweifelten Blicken einer entnervten Verkäuferin alle Kleidungsstücke auf, die sie anzuprobieren, aber nicht zu kaufen gedachte. Die Stücke im Laden waren hinreißend schön, allerdings absolut überteuert. Aber vielleicht wollte Ralf aus purer Verliebtheit in ihre neue Herbstgarderobe investieren.

Ralf wurde vor der Umkleidekabine, die beinahe so groß wie Tinas Bad war, abgestellt. Nach und nach reichte er ihr die Kleidungsstücke durch den blickdichten roten Vorhang. Gelegentlich durfte er einen Blick auf seine Freundin werfen. Sie schob ihm den Berg Wäsche wieder hinaus, den sie nicht mehr benötigte. Ralf überreichte der Verkäuferin unter gemurmelten Entschuldigungsworten den Stapel. Ein enges grünes Kleid hatte Tina anbehalten, stolzierte damit vor dem Spiegel auf und ab, und Ralf wusste, dass von ihm nicht nur tosender Applaus, sondern vor allem das Zücken seiner Kreditkarte erwartet wurde.

Und er zückte.

Tina hingegen war verzückt.

Die Verkäuferin durfte das Kleid einpacken, das Tina zwischen den Vorhangbahnen weiterreichte. Kaum hatte sich die Verkäuferin auf den Weg zur Kasse gemacht, wurde Ralf stürmisch durch den halboffenen Vorhang gezogen und eine fast nackte Tina schlang ein Bein und die Arme um seinen Körper. Sie rieb sich an ihm, zerrte an seiner Hose und seinem Gürtel und er fand, dass das grüne Kleid diese Art der Belohnung durchaus wert gewesen war. Gut war, dass zur gleichen Zeit spendenfreudige Damen die Boutique enterten und die Verkäuferin mit den Frauen erst einmal ausgiebig beschäftigt war. Inzwischen durfte Ralf zum Höhepunkt kommen. Das Ganze ging so schnell, dass er selbst davon überrascht wurde. Er hatte gerade noch Zeit sie heftig zu umarmen, seine Hände unter ihren Hintern zu schieben, Tinas Körper anzuheben, sich hineinzuschieben, dorthin, wo es schön war und einen eigenartig unterdrückten Laut von sich zu geben. Schon war alles vorüber.

Tina grinste, glitt von ihm herunter, wackelte mit ihrem entzückenden Hintern und teilte Ralf mit, dass sie gleich den Gutschein für die Maniküre einlösen würde. Als sich Ralf wieder einigermaßen unter Kontrolle hatte, verschwendete er keinen weiteren Gedanken mehr an Elsbeth. Dieses Häschen war frech und aufregend. Gleichgültig, wie lang die Beziehung dauern würde, sie war jede Sekunde wert. Sollten Margaux und Tina doch hinter seinem Rücken ausgemacht haben, was sie wollten. Derzeit befand er sich eindeutig nicht auf der Verliererseite.

»Komm bezahlen«, hörte er sie rufen. Als er an einem Spiegel vorbeiging, sah er, dass ihm ein dümmlich grinsender Trottel daraus entgegenstrahlte.

Kapitel 62

Philipp hatte zuvor ergeben seine Finger in warmes, nach Zitrone duftendes Wasser gelegt. Nun bearbeitet Eva die Fingernägel seiner linken Hand, während er ihren Scheitel betrachtete.

»Du hast da was«, murmelte er und hob seine freie Hand.

»Was?« Eva hob den Kopf, und er nützte die Gelegenheit. Willig ließ sie sich von ihm küssen und seufzte wohlig, als er sich von ihr löste. Sie betrachtete ihn sinnlich. Der Gesichtsausdruck war ihm beim letzten Kuss in der Finsternis vor dem Lokal natürlich gänzlich entgangen. Philipp stellte überrascht fest, dass sie wie ein braves Mädchen aussah, aber vermutlich keines war. Schließlich beugte er sich vor: »Ich glaube, das mit den Fingernägeln lassen wir. Ich werde dich weitere dreißig Minuten küssen. Davon haben wir beide mehr als von meinen sauberen Fingernägeln.«

Rasch warf er einen Blick zur Tür hin, stellte fest, dass diese absperrbar war und der Schlüssel innen steckte. Schwungvoll stand Philipp von der Liege auf und verschloss die Tür.

Eva schnappte nach Luft und fand sich eine Sekunde später in einer intensiven Umarmung wieder. Nach einem kurzen Handgemenge, weggeschobenen Fingern, die sich erneut fordernd ihren Weg suchten, und beherzt geraubten Küssen, litt Eva nicht nur unter wildem Herzklopfen, sondern fühlte sich reizvoll atemlos. Philipp grinste, lehnte sich in der Behandlungsliege zurecht und zog Eva mit sich, sodass sie auf seinen Schoß landete. Ein Fingerdruck auf einen seitlich angebrachten Knopf ließ die Liege nach hinten absinken, sodass sie sich einander in angenehmer Position widmen konnten. Er schob ihr Kleid hoch, das sowieso nicht besonders lang war und widmete sich ihren Rundungen. Wäre es nach Eva gegangen, hätte er unendlich weitermachen können, doch ein leises Klopfen an der Tür riss beide aus ihrer Umarmung.

»Fünf Minuten«, rief sie erschrocken, zerrte ihr Kleid in Position und strich es glatt.

»Nasenhaare.« Evas Augen funkelten schelmisch. »Etwas müssen wir getan haben.«

Philipp grinste. »Natürlich haben wir etwas getan.«

»Nasenhaare«, nickte Eva und schloss die Tür auf, nachdem sich beide vergewissert hatten, dass sie repräsentativ aussahen.

Bevor Eva die Tür öffnete, flüsterte Philipp: »Ich möchte dich wiedersehen. Willst du meine Geliebte werden? Es würde dir an nichts fehlen.«

Eva brauchte Sekunden, um sich zu fassen.

»Ich denke«, sagte sie beherrscht, »ich bin keine gute Geliebte. Den Mann, den ich will, liebe ich ganz oder gar nicht. Und ich teile nicht.«

Philipp nickte, hob ihre Hand an seinen Mund und küsste ihre Handinnenfläche.

»Wir sehen uns.«

Er öffnete die Tür und verschwand. Evas nächste Kundin wartete bereits.

Kapitel 63

Wer mit Ungeheuern kämpft, mag zusehen, dass er nicht dabei zum Ungeheuer wird. Und wenn du lange in einen Abgrund blickst, blickt der Abgrund auch in dich hinein.
Friedrich Nietzsche

Ich roch sein Aftershave, als er an mir vorbeiging, und atmete seinen Duft gierig ein. In diesem Augenblick entschied ich, dass Margaux bald beseitigt werden musste. Diese Frau musste sterben.

Kapitel 64

Eva bat die Frau herein und musterte Philipp, der sich noch einmal nach ihr umwandte.

»Ich sorge rasch für Frischluft«, erklärte sie und öffnete das Fenster. »Es war schon viel los heute, der Abend vergeht rasend schnell. Also, was kann ich für Sie tun?«

Der obligate Gutschein für eine Maniküre wechselte die Besitzerin.

Einer Schönheitsbehandlung folgte die andere. Wimpern. Augenbrauen. Fingernägel. Fußnägel. Hautbestimmung. Gesichtspeeling. Makeup-Auffrischung. Stunde um Stunde verflog. Der Abend ging in die Nacht über, die dieses Mal kurz sein würde. Zumindest für die Angestellten des 1000schön. Irgendwann vor Mitternacht stand die letzte Verschönerungsaktion des heutigen Abends an, und Eva seufzte beim Gedanken daran, endlich Schluss machen zu dürfen. Die letzte Kundin.

»Versprochen«, hatte ihr Chef geflüstert und ihr eine angetrunkene Frau zugeführt, die Eva nur zu gut bekannt war. Der Mann an der Seite der Betrunkenen hatte keine Ahnung, dass Eva von Elsbeths Foto her wusste, wer er war. Ralf schob Tina in den Behandlungsraum. Mit seiner Unterstützung wurde die junge Frau auf der Liege abgelegt. Zu selbständigem Gehen war sie kaum mehr in der Lage, denn Tina – deren Kommen Eva erwartet hatte - war allerlei Verlockungen erlegen, was man deutlich roch, denn Alkoholdunst umwehte die junge Frau.

»Tina, Schätzchen, ich hole dich danach ab«, hatte der Mann geflüstert und seiner Freundin einen raschen Kuss auf die Stirn gedrückt, bevor er grußlos mit einem Kopfnicken verschwunden war. Sein hektischer Abgang hatte auf Eva den Eindruck von Flucht gemacht.

»Tina.« Eva lächelte die Frau freundlich an, die sie nicht wiederzuerkennen schien. Nun lag diese hinterhältige Herzensbrecherin genau dort, wo Eva sie haben wollte. Der Tag hätte schlechter enden können.

»Manikürte Hände sind wirklich hübsch«, seufzte ihre Kundin wohlig, während sich Eva ihren Fingernägeln widmete. Als Finish hatte Tina – Evas Erwartungshaltung war nicht enttäuscht worden – knallpinken Nagellack ausgesucht. Die Farbe passte wie die Faust aufs Auge zum aufdringlich-schwülstigen Geschmack ihrer Kundin.

»Tina, Sie sind eine auffällige Erscheinung von den Fingerspitzen bis zu den Zehen. Eigentlich heißt es von den Haarspitzen bis zu den Zehen, aber Fingerspitzen passt in Ihrem Fall besser zu meiner Arbeit.«

Eva betrachtete die junge Frau, die sich im Kompliment sonnte. Sie steckte in einem hautengen Kleid in einem zur Haut passenden Nude-Ton. Diese Farbe ließ sie auf den ersten Blick nackt wirken. Die schwindelerregend hohen Absätze ihrer High Heels, mindestens zwölf Zentimeter, hätten Heidi Klum Begeisterungsrufe ausstoßen lassen. Inzwischen waren die Schuhe jedoch längst von den Füßen gestreift worden, und Tina streckte ihre gertenschlanken Beine bequem auf der Liege aus. Eine protzige Kette in Neonpink zierte ihren schlanken Hals und lenkte die Aufmerksamkeit auf das zur Schau gestellte, zugegeben sehr hübsche Dekolleté. Der rote Farbton ihrer Haare schlug sich energisch mit dem Pink der Kette. Dies schien Tina nicht weiter zu stören. Sie schnurrte zufrieden und erzählte von ihren heutigen Einkäufen, während Evas Gedanken wieder zurückglitten zu Philipps unverschämtem Angebot.

Wollte sie tatsächlich seine Geliebte werden?

Noch war er nicht verheiratet. Aber ob ein Mann wie Philipp tatsächlich ein Doppelleben führen wollte? Ein Leben mit einer Ehefrau und einer Geliebten? In einer Kleinstadt wie Weimar blieb ein Geheimnis nicht geheim. Einer kannte den anderen. Die Gerüchteküche würde sofort zu brodeln beginnen, sollten sie und Philipp gemeinsam mehr als dreimal am selben Ort gesehen werden. Wenn sie seine Heirat verhindern könnte oder ihn zum Witwer machen würde, wäre der Schritt von der Geliebten zur Ehefrau allerdings nur ein kleiner. Aber warum sollte sich Philipp Seydtnach für eine mittellose Kosmetikerin entscheiden? Eva zweifelte daran, denn Eheschließungen in Familien mit traditionellen Namen waren häufig Ehen mit gesellschaftlichem Status, wenn Eva auch nicht nachvollziehen konnte, welchen Status Margaux besaß. Und Seydtnach war ein bekannter Name. Immer wieder las man diesen Namen in der Zeitung, in Bezug auf brisante Gerichtsfälle. Sie wusste wohl, dass die Seydtnachs eine Dynastie hervorragender Anwälte hervorgebracht hatte. Einer wie Philipp hielt sich eine wie sie höchstens als Geliebte. Aber eine Kosmetikerin heiraten? Eva bemerkte, dass sich ihr Kiefer während ihrer Überlegungen verspannt hatte. Sie lockerte ihn, bevor sie mit den Zähnen zu knirschen begann. Sie hatte nicht weiter den Ergüssen ihrer Kundin zugehört, vermutlich war ihr aber nichts Wichtiges entgangen. Zufrieden blickte sie auf Tinas Hände, die wohlgeformt waren, und lächelte die junge Frau an. Evas freundliches Lächeln wurde von Tina als Aufforderung zum Weitersprechen aufgefasst.

»... und deswegen bin ich jetzt Besitzerin einer Gucci-Tasche, weil ich meiner Freundin einen Gefallen erwiesen habe. Männer sind leicht zu überzeugen, wenn man die richtigen Mittel einsetzt.«

Tina betrachtete zufrieden die Farbe ihrer Fingernägel, die mit der Farbe ihrer neuen Kette hervorragend harmonierte.

»Ralf hat mir das auffällige Stück gekauft.« Sie zeigte vorsichtig auf die Kette, um den noch feuchten Nagellack nicht zu beschädigen.

Eva ließ ein kundenfreundliches »hübsch« hören, und beschäftigte sich mit der anderen Hand ihrer Kundin.

Kapitel 65

Diese blonde Kosmetikerin war eine nette Person: Sie hörte ihr interessiert zu. Und dennoch hatte sie schon wieder ihren Namen vergessen. Dabei trug sie ein Schild am Ausschnitt, das darüber Auskunft gab.

Tina hätte bereits dringend eine Brille oder zumindest Kontaktlinsen benötigt, war aber zu eitel, sich ihren körperlichen Mangel einzugestehen. Außerdem konnte sie gut mit ihrer Fehlsichtigkeit umgehen. Weil sie aber vergessen hatte, wie die Kosmetikerin hieß, beugte sie sich vor und kniff ihre Augen zu schmalen Schlitzen zusammen, um den Namen der jungen Frau zu lesen. Die interpretierte die Bewegung richtig und stellte sich ein weiteres Mal vor.

Und schon plauderte Tina weiter: »Eva, es war unglaublich, typisch Mann eben. Natürlich hat er mir zuerst ins Gesicht gesehen, bevor er sich meinen Ausschnitt gegönnt hat. Erst danach folgten meine gepflegten Hände. Wissen Sie, ich habe schon gelegentlich als Handmodell für Hersteller verschiedener Hautcremes gearbeitet. Hände sind eine wichtige Visitenkarte, nicht nur im Berufsalltag, sondern auch im Privatleben. Wie oft streicheln wir mit unseren Händen jemanden, greifen nach schönen Dingen und geben uns die Hand. Da ist es doch wichtig, gepflegt zu sein, nicht wahr?«

Eva nickte zustimmend, während sie ihrer Arbeit nachging.

Erst als Tinas Monolog weiterging und sie erwähnte, dass ihr derzeitiger Lebensgefährte seine Verlobte auf tragische Weise verloren hatte, besaß Tina plötzlich Evas volle Aufmerksamkeit.

Kapitel 66

Die Menschen sind nicht immer, was sie scheinen,
aber selten etwas Besseres.
Gotthold Ephraim Lessing

»Oh, mein Gott«, entfuhr es mir, worauf mich meine Kundin entgeistert betrachtete. Schnell setzte ich nach: »Gut, dass Sie ihm in dieser schwierigen Zeit eine Stütze sind und ihn trösten.« Sie bemerkte den Sarkasmus in meiner Stimme nicht, was mich nicht wunderte, und fuhr mit ihren Erzählungen fort.

»Natürlich war die Art, wie die Verlobung gelöst wurde, einigermaßen unglücklich, aber Trennungen kommen tagtäglich vor. Deswegen schießt man sich keine Kugel ins Herz«, setzte Tina nüchtern fort.

»Nein, deswegen wohl nicht«, stimmte ich ihr zu.

Manchmal ist das Leben besser als jeder Film, denn recht bald kannte ich beinahe jede Einzelheit aus Tinas Beziehung zu Ralf. Meine seelsorgerische Tätigkeit hatte sich erstmals als sinnvoll herausgestellt. Tina hatte tatsächlich Elsbeths Verlobten übernommen. Diese Erkenntnis entlockte mir einen lauten Seufzer. Prompt wurde ich von Tina darauf hingewiesen, dass ich mir keine Gedanken über die Tote machen solle, es sei ohnehin schon zu spät dafür, worauf ich nur nickte und ihr die Hände sorgfältig eincremte.

»Fertig.« Zufrieden blickte ich auf mein Werk.

»Möchten Sie einen nächsten Termin bei mir vereinbaren?«

Tina bestätigte mir, dass ich meine Arbeit gut gemacht hatte und ließ sich, anders als Margaux, tatsächlich auf ein

Wiedersehen mit mir ein. Sie erhielt von mir eine Bonuskarte mit Datum und Uhrzeit des nächsten Termins und den Hinweis darauf, die Karte bitte mitzubringen.

»Es ist wegen der firmeninternen Abrechnung der Vergütung, die Sie unbedingt erhalten sollen«, machte ich ihr klar, während sich in meinem Geiste bereits ein Plan formte.

An der Kasse wurde Tina von ihrem Ralf erwartet, der sie und ihre Fingernägel ausgiebig bestaunen durfte. Mir fiel auf, dass er an ihren Lippen hing. Er war ihr offenbar mit Haut und Haaren verfallen, was ich grundsätzlich schön fand, nur eben nicht im Zusammenhang mit Elsbeths Tod.

Beide Frauen, Tina und Margaux, hatten Elsbeths Leben auf dem Gewissen, und dieser Ralf war wohl genauso herzlos wie die beiden Schlampen. Sie waren ein boshaftes Dreier-Team, das den Tod eines Menschen verursacht hatte.

Kapitel 67

Philipp war während der gesamten Fahrt nach Hause stiller als üblich.

»Alles ok bei dir?« Margaux sah ihn kritisch an. Nicht, dass sie besonders interessiert an seinem Verhalten war, er würde schon seine Gründe für sein Schweigen haben. Aber es gehörte eben zu einer halbwegs funktionierenden Beziehung, Interesse am Partner zu zeigen.

»Alles ok bei mir«, kam seine Antwort, »war nur ein langer Tag.«

Er dachte über das unerwartete Treffen mit Eva nach und hatte das unumstößliche Gefühl, dass er bei ihr mit der Geliebten-Nummer nicht würde punkten können. Selbst wenn er sich finanziell großzügig zeigen würde, wäre es damit wohl nicht getan. Eva schien ein anderes Kaliber zu sein als Philipps frühere Partnerinnen. Nur einmal hatte er Margaux betrogen. Während einer vereinbarten Auszeit. Also war das im eigentlichen Sinn kein Betrug gewesen, denn Margaux wollte damals über ihre Gefühle ihm gegenüber nachdenken und hatte diese Auszeit verordnet. Philipp war der Grund für die Nachdenkpause unklar gewesen. Er hatte keinen Sinn darin finden können. Vielleicht hatte sie provozieren wollen, was nicht notwendig gewesen wäre, denn vor fünf Jahren hatte sie ihn körperlich und intellektuell noch gereizt. Heute empfand er ihre Beziehung als die eines mittelalten Ehepaars, das sich kannte und schätzte. Gewohnheitsbeziehung. Man vertraute sich gegenseitig, was er für eine vernünftige Basis einer Partnerschaft hielt. Prompt kam ihm wieder Eva in den Sinn, die mit Wärme auf seine offensiven Annäherungen reagiert hatte. Mit einer Energie, die ihn mitriss. Im letzten Augenblick unterdrückte er einen wohligen Seufzer. An einer Ampel betrachtet er Margaux, die ihre Augen geschlossen hielt, und dachte mit plötzlich auftretender Beklemmung an die kommende Hochzeit. Ein Dreivierteljahr blieb ihm noch, um seine Freiheit zu genießen. Obwohl man bereits nicht mehr von Freiheit sprechen konnte. Zu lange lebten sie schon zusammen. Überwiegend in der Stadtvilla, deren Renovierung rechtzeitig vor der Hochzeit abgeschlossen sein würde. Allein die Frist von weniger als zehn Monaten versetzte Philipp in Panik. Flucht, war der erste Gedanke, der ihm beim Farbwechsel der Ampel von Rot auf Grün durch den Kopf schoss.

Kapitel 68

Während der Heimfahrt dachte Margaux an ihre Hochzeit. Sie hatte es sich leichtgemacht und eine Hochzeitsplanerin mit Organisation und Timing beauftragt. Philipp war damit einverstanden gewesen. Die Termine auf dem Standesamt und in der Kirche waren fixiert. Das Catering war auf den Tag bestellt. Die Dekoration war ausgesucht, Essen und Torte verkostet worden. Ihre Brautkleider waren in Arbeit, die Einladungen gedruckt. Sie würden im Spätherbst in den Briefkästen landen. Philipp hatte versprochen, sich um seinen Anzug zu kümmern, für den sie ihm Farbmuster gegeben hatte, ihm in der Optik aber freie Wahl ließ. Er hatte Geschmack und einen guten Schneider. Sie wusste ihn in besten Händen. Philipps Schwestern hatten ihre Kinder als Blumenmädchen zur Verfügung gestellt.

Die zwei älteren Mädchen sollten Margaux' Gefolge darstellen und ihre Schleppe tragen. Sie waren groß genug, würden nicht durch Dummheiten auffallen, etwa auf ihr Brautkleid steigen oder über ihre eigenen Füße stolpern. Margaux wusste, die Kinder würden den Gästen gefallen. Sie selbst musste nur beim Einzug in die Kirche geduldig sein, dann würden die Kinder von ihren Müttern in die Sitzreihen aufgeteilt werden und alles war gut. Was die Ungeschicklichkeit der Allerkleinsten betraf, die vorangehen und Blütenblätter streuen durften, sorgte sie sich kaum, denn rote Rosenblütenblätter zu streuen, war wirklich keine schwierige Aufgabe. Sie würde eben gute Miene zum kindischen Getue machen und das tun, was eine Braut gut können sollte: strahlen und sich freuen, dass sie einen dicken Fisch an der Angel hatte, der ihr ein bequemes Leben bieten konnte.

Ab dem Zeitpunkt der Hochzeit würde sie ohnehin nur noch aus Spaß arbeiten und nicht, weil sie sich wirtschaftliche Gedanken über ihre Zukunft machen musste.

»Freust du dich auf unsere Hochzeit?« Margaux' unerwartete Frage riss Philipp aus seinen Gedanken.

»Nächste Woche habe ich einen Termin beim Schneider, du wirst über meinen Anzug staunen«, gab er ausweichend zur Antwort und hoffte, dass Margaux darauf hereinfiel.

Sofort begann sie damit, ihm von ihrem Kleid vorzuschwärmen, während seine Gedanken wieder zurück zu Eva wanderten. Ob sich Eva auch von einer ausweichenden Antwort hätte ablenken lassen? Gleich demnächst würde er einen neuen Nasenhaare-Entfernungs-Termin bei 1000schön vereinbaren. Bei Eva. Er würde nicht lockerlassen, bis er ans Ziel gelangte.

Als sie die Zufahrt zur Villa nahmen, sprach Margaux immer noch über ihr Kleid. Philipp hatte das Gefühl der Flucht bereits das zweite Mal am heutigen Tag.

»Ob das Haus für den Morgenempfang vor der Trauung rechtzeitig fertig renoviert sein wird?«, fragte Margaux mit Zweifel in der Stimme.

»Es wird!«, bestätigte Philipp knapp. Sein Gedanke an Flucht wurde präsenter. Er fühlte sich im Augenblick schrecklich unwohl. Dabei eilte ihm der Ruf voraus, Nerven aus Stahl zu haben und seine Kontrahenten, natürlich im Rahmen der Gesetze, eiskalt abzuservieren. Zumindest als Anwalt vor Gericht. Gut, dass seine Konkurrenten nicht sehen konnten, wie erbärmlich er vor dem Gedanken, Margaux zu heiraten, einknickte.

Kapitel 69

Rache ist mein Gewerbe.
Friedrich Schiller

Über die verborgenen Werte einer Damenhandtasche war schon viel geschrieben worden. Tatsächlich sind ihre Tiefen sagenhaft. Seit Kurzem trage ich ein Feuerzeug mit mir herum, obwohl ich Nichtraucherin bin. Feuchttücher und Latexhandschuhe gehören ohnehin in jede anständige Damenhandtasche. Oder täusche ich mich in meiner Annahme? Außerdem habe ich immer zwei Fünferpackungen dieser dünnen Baumwolltücher in der Tasche, die sich ältere Frauen über ihre Haare legen, wenn sie gerade Lockenwickler eingedreht haben. Warum sie das machen? Ich weiß es nicht. Vermutlich damit man die Lockenwickler darunter nur erahnen, aber nicht sehen kann. Für den unwahrscheinlichen Fall, dass sie, wenn die Liebe ihres Lebens an der Haustür läutet, beim Öffnen der Tür vorzeigbar wirken. Nein, ich weiß es wirklich nicht, aber diese Tücher sind praktisch, lassen sich nur schwer zerreißen und werden einem bestimmten Zweck dienen. Dazu trage ich eine Flasche Brandbeschleuniger mit mir herum. Eigentlich ist es Brennflüssigkeit, die wir im Kosmetiksalon mit Duftölen verfeinern und in dekorativen Ölschalen zur Verstärkung der positiven Grundstimmung verwenden. Sicherheitshalber besitze ich eine Packung Grillanzünder, eine Packung starker Schmerzmittel sowie jede Menge Schlaftabletten. Die Tabletten, tatsächlich im Eigenversuch geprüft, sind geschmack- und geruchlos und lassen sich hervorragend in Kaffee, Orangensaft, sogar in Sekt tarnen. Fügt man dem Sekt etwas Sirup hinzu, bleibt die Optik absolut einwandfrei. Natürlich habe ich nicht jedes Getränk in rauen Mengen hinuntergespült, nur gekostet. Dennoch war mein nächtlicher Schlaf an den Testtagen ein traumloser. All diese Utensilien befinden sich griffbereit in meiner Kosmetiktasche. Diese verleiht meiner Handtasche mehr Gewicht. Doch dieses Opfer in Form von einem zusätzlichen Kilo nehme ich gerne auf mich. Notfalltropfen, um mich und meine Nerven im Zaum zu halten, befinden sich ohnehin immer in meiner Handtasche.

Kapitel 70

Die Tage vergingen. Im Atrium brummte es. Der Schönheitschirurg, der in seiner klinisch sauber wirkenden Praxis unter anderem Botox-to-Go-Behandlungen anbot, strahlte zufrieden, was man mehr erahnen als sehen konnte, denn auch er war leidenschaftlicher Botox-Fan.

Einkaufstempel werden natürlich nicht nur von jenen besucht, die ihr Geld mit beiden Händen ausgeben wollen, sondern auch von Menschen, die schlicht die Schaufenster entlangbummeln oder sich in ein Café oder eine Bar setzen wollen. Sehen und gesehen werden, steigerte den eigenen Marktwert und auch den des Centers. Schon bald munkelte man, dass dort ältere und wohlhabende Männer auf willige, junge und schöne Frauen treffen konnten, indem sie vor der Auslage des Juweliers den Sitz ihrer Krawatte prüften.

Philipp prüfte ebenfalls, und zwar mit Hilfe einer Dame bei 1000schön eine Terminmöglichkeit bei Eva. Schon am ersten Abend hatte er sich in die Kundendatei eintragen lassen und war offenbar in der geheimen Hitliste der begehrten Kunden ganz nach oben gerutscht, denn die Dame am Empfang, die ihm wunschgemäß einen Termin bei Eva vermitteln sollte, wollte ihn nicht mehr gehen lassen. Schließlich sei sie gerade frei und könne ihn ebenso gut betreuen. Philipp schmunzelte innerlich, stellte fest, dass sein Marktwert vermutlich interessanter war als der aktuelle Wert des gesamten Centers und beharrte dennoch auf einem Termin bei Eva. Hartnäckig und äußerst höflich hielt er an seinen Wünschen fest. Nasen- und Ohrhaarentfernung, Maniküre, Pediküre und eine Massage. Dauer: zwei Stunden. Er war zufrieden mit dem Termin, der kommenden Woche am frühen Abend stattfinden sollte.

Eva überprüfte ihre 1000schön-Termine regelmäßig und stellte mit Magengrummeln fest, dass sich P. Seydtnach für kommenden Mittwoch um 17 Uhr hatte eintragen lassen. Obwohl sich Eva auf den Termin mit Philipp freute und es ihr gefiel, das Ziel seines Begehrens zu sein, war sie andererseits froh, dass am Mittwoch nach seinem Termin noch eine weitere Kundin eingetragen war. Philipp konnte sie also nicht über Gebühr beanspruchen.

Bereits am Tag nach der Eröffnung war im Kreis der Kolleginnen festgestellt worden, dass Nadine, die Frau des Chefs, eine Millionärsgattin von einem weiteren Termin hatte überzeugen können. Die Millionärsgattin im Alter von fünfunddreißig Jahren hatte sich einen knapp Achtzigjährigen angelacht, war schwanger geworden und hatte sich gnädigerweise heiraten lassen, als das Geschlecht des ungeborenen Kindes als männlich festgestellt worden war. Der Mann, bisher nur durch weibliche Nachkommenschaft gesegnet, hatte dem Buben unbedingt seinen ehrenwerten Namen verpassen wollen, was ihm schlussendlich gelungen war. Nutznießerin war die frischgekrönte Ehefrau, die allerdings bereits nach kurzer Ehe genug von ihrem alten Mann zu haben schien. Jedenfalls wurden die gemeinsamen Aktivitäten des Ehepaares laut Nadines Erzählungen auf ein Minimum beschränkt. Nachdem der reiche Alte nicht viel von Kosmetik hielt, was seine Ehefrau während einer Gesichtsbehandlung entsprechend verkündete, waren die Besuche im Beautysalon eine der vielen Möglichkeiten, sich ihren Mann vom Hals zu halten. Die Frau hatte sich beschwert, dass ihr Mann ungebührlichen Gefallen an ihr fand, im Bett zu altersuntypischer Höchstform auflief, was Nadine mit ernster Miene, einem verhaltenen Grinsen, jedoch nicht ohne Verwunderung quittierte. Die halb so alte Schönheit war umwerfend gut in Form und würde vermutlich jeden Mann vom Hocker hauen, zumindest aber schien sie ihrem eigenen Mann als Verjüngungskur für kurzweiliges Vergnügen zu dienen.

Kurz und gut: Nadine tat sich als Siegerin im Gewinnspiel um Prämie und Urlaubstage hervor. Wie vorteilhaft, dachte Eva und ärgerte sich insgeheim, dass eigene Angehörige nicht automatisch von Bonusaktionen ausgeschlossen wurden. Bei jedem Gewinnspiel war dies üblich. Bei 1000schön nicht. Dieses Vorgehen war Grund genug, um für Unmut unter den Kolleginnen zu sorgen. Der Nachsatz: »Auf diese Weise bleibt das Geld in der Familie!«, grinsend vom Chef verkündet, hatte die Situation noch verschlechtert. Dennoch war die weitere Reihung bekanntgegeben worden.

»Etliche Sternchen, leider keine Stars, waren bei uns zu Gast.«

Nadine zwinkerte verschwörerisch in die Runde.

»Zur Erfüllung ihrer Wünsche brauchen die Frauen allerdings ihre jeweiligen Sugar Daddys, was uns nicht stört, denn süße Goldgräberinnen bleiben treue Kundinnen.«

Eva wusste, was Nadine damit ansprach, denn mit entsprechend finanziellem Background war es für junge Frauen möglich, sich exklusive Behandlungen zu leisten. Abhängig von deren Aufstieg und Fall. Wurde der Sugar Daddy seines Sternchens überdrüssig, war das nicht weiter schlimm für ihn, denn der einen folgte die andere nach. Unmittelbar nach dem Sternchen-und-Sugar-Daddy-Klientel reihte sich Rechtsanwalt Seydtnach ein, der zwar keine Ganzkörperenthaarungsprogramme mit sich veranstalten lassen würde, aber dennoch zu einer guten Geldquelle werden konnte. Herren, wenn sie einmal zu Kunden wurden, erwiesen sich stets als treue Anhänger der hübschen 1000schön-Damen. Zumindest ließen sie sich nach einer Behandlung gerne zu einem teuren Fläschchen Rasierwasser überreden oder brachten ihrer Liebsten Geschenke oder Gutscheine mit, worauf auch diese zu Kundinnen wurden.

Philipp Seydtnach wurde also rühmlich erwähnt, wenn auch nicht mit einer Prämie dotiert.

Kapitel 71

Die stillsten Worte sind es, welche den Sturm bringen.
Friedrich Nietzsche

Einige Tage nach der Auftaktveranstaltung im BeautyConcept Nofretete wurde ich mit Erledigungen zur Bank geschickt. Während ich von einer Angestellten bedient wurde, blickte ich mich im Kundenbereich um und seufzte. Die Frau hob den Blick, nachdem sie die von mir erhaltenen Geldscheine gezählt und die Summe dem 1000schön-Konto zugebucht hatte. Sie übergab mir den Einzahlungsbeleg und fragte, ob ich noch einen Wunsch hätte. Ja, ich hatte noch einen Wunsch, wusste aber nicht, wie ich ihn formulieren sollte, daher entschied ich mich für Direktheit.

»Ich habe Elsbeth Rüster gekannt. Wir sind gemeinsam aufgewachsen, haben uns aber zwischendurch aus den Augen verloren. Elsbeths Familie weiß sicher nicht, wie sie mich kontaktieren kann, daher wurde ich auch nicht über Tag und Ort von Elsbeths Begräbnis informiert. Da Sie Kolleginnen waren«, ich warf der Frau einen bittenden Blick zu, »wissen Sie, wann und wo Elsbeth beerdigt wird?«

Die Angestellte bekam wässrige Augen, öffnete eine Lade und holte ein Blatt daraus hervor, das sie mir reichte.

»Die Todesanzeige«, sagte sie leise. »Die Bestattung findet in kleinem Kreis am kommenden Montag statt. Elsbeth wird im alten Teil des Friedhofs beigesetzt. Im Familiengrab. Es ist nicht erwünscht, dass jemand von der Bank an der Beerdigung teilnimmt. Trotzdem gehe ich hin. Allerdings werde ich mich abseits halten, um dem Wunsch der Familie zumindest einigermaßen nachzukommen.«

Kapitel 72

Evas Kollegin übernahm einen Teil ihrer Termine am Montagnachmittag, damit sie zur Beerdigung gehen konnte. Tatsächlich waren nur wenige Trauergäste am Friedhof anwesend. Vereinzelt befanden sich bemüht unauffällig wirkende Friedhofsbesucher nahe des frisch für Elsbeth ausgehobenen Grabes. Vermutlich Arbeitskollegen oder Bekannte.

Eva hatte sich eine steinerne Bank gesucht, die im Schatten eines Baumes stand. Aus kurzer Distanz hörte sie Stimmengemurmel und das Weinen einer Frau. Eva wollte ihre mitgebrachten Blumen später niederlegen, nachdem die Trauergäste Begräbnisstätte und Friedhof verlassen hatten.

Plötzlich nahm sie neben sich eine Bewegung wahr. Aus den Augenwinkeln beobachtete Eva, wie ein Mann betont lässig auf sie zukam. Wie ein guter Bekannter setzte er sich zu ihr auf die Bank. Zumindest hielt er sich an die Abstandsregeln zwischen Fremden. Rückte nicht zu knapp auf. Eva verbarg ihr Gesicht erschrocken hinter einem Taschentuch, schnäuzte sich. Sie hatte nicht mit ihm gerechnet. Ralf, Elsbeths ehemalige Verlobter, war tatsächlich zur Beerdigung erschienen, hatte es aber nicht gewagt, sich unter die Trauergäste zu mischen. Eva sah ihn an. Er nickte ihr grüßend zu.

»Ralf, erinnere ich mich richtig?« Eva betrachtete ihn aufmerksam.

»Woher kennen wir uns?« Verlegenheit lag in seinem Blick.

»Ihre Freundin Tina war kürzlich bei mir zur Maniküre. Sie hat mir Ihre tragische Vorgeschichte erzählt. Dass Sie Ihre Freundin durch Selbstmord verloren haben. Können Sie sich nicht an mich erinnern? Sie haben Tina im Anschluss an die Behandlung bei 1000schön abgeholt. Ich heiße Eva und bin Kosmetikerin.«

Eva tupfte sich unsichtbare Tränen von den Wagen, während Ralf sie anstarrte.

»Natürlich kann ich mich an Sie erinnern. Sie sind hübsch. Eine wie Sie sollte ein Mann nicht vergessen.«

Eva reagierte nicht auf dieses Kompliment.

»Woher kannten Sie Elsbeth?« Ralf betrachtete Eva intensiver, als ihr lieb war. Überhaupt hatte Eva den Eindruck, dass er sie mit Blicken auszog, was ihr gehörig auf die Nerven ging.

»Elsbeth hat in der Bank gearbeitet, in der mein Arbeitgeber sein Firmenkonto hat. Ich erledige regelmäßig Banksachen für meinen Chef. Dadurch hat sich eine lose Bekanntschaft zu Elsbeth ergeben.«

Eva zögerte, bevor sie weitersprach. Schließlich brauchte Ralf nicht wissen, dass zwischen Elsbeth und ihr eine Kindheitsfreundschaft bestanden hatte.

»Elsbeth wollte vor wenigen Tagen mein Konto verlegen. Dazu ist es allerdings nicht mehr gekommen.«

Nun war es um Evas Beherrschung geschehen. Sie schluchzte los, worauf Ralf den Zwischenraum auf der Bank verringerte, einen Arm um ihre Schulter legte und tröstend »na, na, na, na« murmelte. Seine Handfläche brannte unangenehm auf Evas Haut. Sie erstarrte, drückte ihren Rücken durch und richtete sich auf.

»Entschuldigung. Elsbeth und ich kannten uns kaum, aber sie war nett zu mir.«

Evas Handbewegung in Richtung Trauergesellschaft lenkte Ralfs Aufmerksamkeit auf das aktuelle Geschehen. Inzwischen war der Sarg in die Tiefe gelassen worden. Der Geistliche hatte letzte Worte hinterhergeschickt, die von ihrem Platz aus gut zu hören waren: »Unsere Wege trennen sich endgültig. Für Elsbeth beginnt ein Übergang in Gottes Reich. Für uns Lebende erfolgt die Rückkehr in den Alltag.«

Die Endgültigkeit dieser Worte ließ Eva erschauern. Das Leben war endlich und Elsbeth zu jung gestorben. Ralf, der Eva mittlerweile aus seiner unbeholfenen Teilumarmung wieder freigegeben hatte, flüsterte: »Der Herr hat's gegeben, der

Herr hat's genommen«, was Eva als Heuchelei empfand, hatte er doch mehr mit Elsbeths Tod zu tun, als ihm lieb sein konnte.

Die wenigen Anwesenden hatten der Familie inzwischen ein letztes Mal ihr Beileid ausgedrückt, Blumen und Erde auf den Sarg geworfen und sich vom Friedhofsgelände entfernt. Eva stand auf, nahm den Strauß mit Sonnenblumen, den sie neben sich auf die Bank gelegt hatte, und ging zum Grab.

Kapitel 73

Ralf hatte ursprünglich nicht zum Begräbnis gehen wollen. Vorm Kirchgang hatte er sich sowieso gedrückt. Hätte ihn jemand aus der Familie zu Gesicht bekommen, hätten sie ihn aus der Kirche komplimentiert. Vielleicht wäre er sogar gewaltsam entfernt worden. Einen Skandal wollte er nicht riskieren. Er gratulierte sich insgeheim zur Entscheidung am Friedhof erschienen zu sein. Wenn an einem Begräbnis etwas wie Freude zu empfinden war, war der Grund dafür die Blonde. Erst kürzlich hatte er Tina von der Maniküre abgeholt. Dabei hatte er der Frau, die Tina bedient hatte, nur wenig Beachtung geschenkt. Tina und ihre frisch lackierten Fingernägel hatten jegliche Aufmerksamkeit gefordert. Allerdings war diese Eva ein echtes Appetithäppchen. Wenn seine Beziehung zu Tina irgendwann nicht mehr laufen sollte, wie er es sich vorstellte, war es gut ein weiteres Eisen im Feuer zu haben. Die Gelegenheit hatte sich gerade geboten. Er hatte Evas Trauer genutzt, und sie mit einem liebevollen Versuch der Tröstung von sich einnehmen wollen. Mit traurigen Augen hatte sie ihn angesehen, offensichtlich dankbar für die Umarmung.

Bevor der Totengräber mit seinen Gerätschaften anrückte, wollte Eva die Blumen ins Grab legen. Ralf schlenderte hinter ihr her zum offenen Grab und bewunderte ihre Rundungen, die weicher und ausgeprägter als bei seiner kantigen Tina waren. Er stellte sich vor, wie er sie berühren würde. Ein Kribbeln stellte sich ein und er grinste, denn auf einem Friedhof war sein Schwanz noch nie hart geworden. Es gab für alles ein erstes Mal, dachte er bei sich, als er schließlich an Elsbeths Grab angelangt war. Ralf vermied den Blick ins Grab. Er wollte den Sarg nicht sehen, sich nicht vorstellen, wie Elsbeth in der Holzkiste lag, auch nicht, wie ihr toter Köper aussehen mochte. Mit gebotenem Abstand wartete er, bis Eva den Strauß in die Grube hatte fallen lassen, dem vermutlich ein stilles Gebet gefolgt war. Für einen kurzen Augenblick hatte er den Eindruck, dass es ihr gefiel, ihn an ihrer Seite zu wissen. Es musste dieser verstohlene Seitenblick gewesen sein, der ihn dazu ermutigte, die Süße im Anschluss an ihr Gebet zum Kaffee einzuladen. Oder auf was immer sie Lust hatte.

Kapitel 74

»Nein, es tut mir leid, ich kann die Einladung auf ein Getränk nicht annehmen. Meine Kollegin hat meine Termine übernommen. Ich muss zurück zur Arbeit.«

»Gut« erwiderte Ralf, »oder eigentlich nicht gut, denn ich könnte Ablenkung brauchen. Wann ist der nächste Termin bei Ihnen frei?«

Eva lachte.

Er fand ihr Lachen himmlisch.

Sie kramte in ihrer Handtasche, zückte einen Kalender und schlug ihn auf.

Schließlich strahlte sie ihn an »Donnerstagnachmittag, 16 Uhr, Totalenthaarung.«

»Oh mein Gott, nein, niemals«, entfuhr es ihm entsetzt. »Wie wär's mit etwas Liebevollerem zum Anfang?«

»Gesichtsreinigung und Faltenminimierung. Obwohl«, sie verkürzte die Distanz, taxierte seine Gesichtshaut aufregend intensiv, sodass er ihren Körperduft deutlich wahrnahm und der Platz in seiner Hose noch enger wurde, »perfekt schöne Männerhaut, sinnlos, bei dir Creme zu verschwenden.«

Sie war zum vertraulichen Du übergegangen. Ralf interpretierte dies als gutes Zeichen.

»Dann vielleicht eine Nackenmassage, und womöglich nehme ich deinen Rücken dazu, wenn ich Verspannungen fühle. Was meinst du? Einverstanden?«

»Einverstanden!« bekräftigte er und bekam von Eva eine Terminkarte in die Hand gedrückt. Ralf beugte sich vor, küsste sanft Evas Wange, die zu verblüfft war, um sich ihm rechtzeitig zu entziehen.

Schließlich trennten sich ihre Wege.

Eva lächelte. Wie der Zufall spielt. Ihr Plan war unerwartet ins Rollen gekommen und würde hoffentlich weiterlaufen wie gewünscht.

Kapitel 75

Mittwochvormittag war Eva noch entspannt. Ihre Gelassenheit hielt jedoch nur bis mittags an. Ab dem frühen Nachmittag war ihre Konzentration beim Teufel. In einer Stunde würde Philipp seinen Termin nutzen und Eva hoffte insgeheim, dass er ihn wirklich nutzen würde. Keine Nasenhaare, keine Ohrenhaare würde sie entfernen, dafür lieber furchtbar unanständig sein.

Philipp dagegen überlegte, welche Blumen angemessen waren. Zu riesig sollte der Strauß nicht werden. Zu klein stank nach Geiz. Rote Rosen? Eindeutig zu viel des Guten. Weiße Rosen wollte er keinesfalls schenken, denn unschuldig wie weiße Blüten wirkte Eva auf ihn nun wirklich nicht. Nichts mitbringen. Allerschlechteste Idee.

Die Floristin schenkte ihm ein herzliches Lächeln und fragte nach dem Anlass.

»Ich mag jemanden sehr, will es aber nicht übertreiben.« Philipp zuckte hilflos mit den Schultern und bat um einen Vorschlag.

»Rot nicht. Rosa mit cremefarbenen Blüten und dazwischen viel Grün. Unbedingt helles Grün, nur wenige dunkelgrüne Blätter als Rahmen.« Die Floristin zupfte Blumen aus Vasen, deren Namen Philipp nicht kannte, formte geschickt einen Strauß und präsentierte ihren ersten Entwurf.

»Ich verlasse mich auf Sie«, nickte Philipp und hielt bald darauf einen Strauß in der Hand, der nicht zu klein, nicht zu groß, sondern genau recht war.

Philipp zahlte und machte sich auf den Weg zum wichtigsten Termin des Tages.

Kapitel 76

Versuchungen sollte man nachgeben.
Wer weiß, ob sie wiederkommen!
Oscar Wilde

Nachmittag. Zehn vor fünf. Mein Herz klopfte heftig. Ich war aufgeregt, freute mich, tänzelte unruhig herum, kontrollierte zum wiederholten Mal meine Atemluft, auch die Frischluft im Kosmetikraum und überhaupt meine gesamte Optik. Ich hatte mit Parfum nicht übertrieben, zupfte an meinen Haaren herum und am Kleid. Dann öffnete ich die Tür und schwebte zum Empfang. Zumindest versuchte ich es.

Gerade als ich zur Frage nach dem nächsten Kunden ansetzen wollte, klingelte die Glocke der Geschäftstür und Philipp trat ein. Hinter seinem Rücken hielt er etwas verborgen. Erst als der Hals meiner Kollegin immer länger wurde, grüßte er höflich, lächelte, überreichte ihr eine Schachtel Pralinen und mir die Blumen.

Raffiniert, dachte ich, bedankte mich und führte ihn zum Behandlungsraum. Noch nie war es mir so schwer gefallen, ungezwungen vor einem Mann herzugehen. Ob er ahnte, dass er meinen Körper in Flammen setzte?

Ich öffnete die Tür zum Behandlungszimmer und ließ Philipp vorangehen, worauf ich im Gegenzug einen ausgiebigen Blick auf sein Gesäß werfen konnte, das in der maßgeschneiderten Hose wirklich gut betont wurde.

Während ich nach einer Vase suchte, in die ich die Blumen stellen konnte, wusste ich, dass ich von ihm beobachtet wurde. Er ließ mir keine Zeit für Fragen, sondern ...

Kapitel 77

Margaux hatte mehrfach versucht, Philipp im Büro zu erreichen. Herr Seydtnach habe einen Geschäftstermin außer Haus, wurde ihr mitgeteilt. Herr Seydtnach habe zugesagt, noch einmal zurück ins Büro zu kommen und natürlich, gerne würde man ihre Nachricht notieren.

Margaux war sauer. Philipps Sekretärin war eine überaus korrekte Person. Viel zu korrekt. Niemals ließ sie sich zu einem Seufzer hinreißen, der sie nur menschlicher hätte wirken lassen. Sie war die Reserviertheit in Person und außerdem ein antiquiertes Erbstück, das sie flott abschaffen wollte, sobald sie mit Philipp verheiratet war. Die Frau erwies ihr nicht den nötigen Respekt, war andererseits niemals grantig und war ihr daher tatsächlich unheimlich. Wie konnte Philipp mit diesem Besen auskommen? Wieso hatte er die Sekretärin nicht längst angewiesen, ihr, seiner Verlobten, vollumfänglich über seinen Kalender Auskunft zu erteilen. Schließlich war sie seine zukünftige Frau. Warum durfte sie nicht wissen, wo er sich gerade aufhielt?

Niederschmetternd, sie war an einem unterkühlt ergebenen Drachen gescheitert. Margaux hatte kein Wort aus der Sekretärin herausbekommen.

»Blödes Weib«, wisperte Margaux und schnaubte grantig ins Telefon, bevor sie den Hörer auf den Apparat knallte.

Kapitel 78

Am liebsten erinnern sich die Frauen an die Männer,
mit denen sie lachen konnten.
Anton Tschechow

Philipp zog mich in seine Arme. Ich hatte kaum Zeit gehabt, die Blumenvase abzustellen und mich für die Blumen zu bedanken.

»Ich denke an dich beim Autofahren. Im Aufzug zum Büro. Im Büro. Während meiner Meetings. Gestern sogar im Gericht, sodass mich die Richterin mehrmals ermahnen musste, um mich zu einer Reaktion zu bewegen. Das gab's noch nie«, seufzte Philipp. »Ich liebe deine Lippen. Ich mag es, wie deine Hände sich mit meinem Körper beschäftigen. Ich liebe dein Lachen.« Spitzbübisch betrachtete mich Philipp. »Willst du wirklich daran schuld sein, wenn es mit meiner Kanzlei bergab geht?« Er setzte einen verzweifelten Hundeblick auf, worauf ich herzlich lachte.

»Du bist mir einer. Also wirklich. Vielleicht kannst du hier als Kosmetiker anfangen, wenn du als Rechtsanwalt scheiterst. Obwohl ich mir in dieser Hinsicht keine Sorgen mache. Ich habe gelesen, dass die Kanzlei Seydtnach zu den renommiertesten Anwaltskanzleien weit und breit gehört und ein florierendes Unternehmen ist.«

»Ach, du hast dich über mich erkundigt. Wie interessant.«

Philipp kontrollierte, ob die Eingangstür verschlossen war, und setzte sich auf die Liege. Ich lächelte. Hatte ich mich doch tatsächlich von ihm hereinlegen lassen.

»Was soll ich heute mit dir machen? Wie viel Geld willst du ausgeben? In zwei Stunden kannst du einige Goldstücke bei mir lassen.«

»Haarentfernung auf der Brust, eventuell danach eine Ganzkörpermassage, wenn ich ersteres überlebe«, bestellte er. »Nasen- und Ohrenhaare ein anderes Mal, sind noch nicht lang genug.« Er stemmte sich von der Liege hoch und entkleidete sich. Grinsend sah er mich an, steckte einen Finger in den Bund seiner Shorts und machte Anstalten die Unterhose abzustreifen. Flehentlich streckte ich die Hand nach ihm aus und befahl: »Stopp. Zuerst die Massage. Leg dich auf den Bauch. Bitte.«

Beschwörend klangen meine Worte.

Philipp lächelte, trat einen Schritt auf mich zu, streichelte meine Wange und küsste mich zärtlich auf den Mund.

Seufzend schob ich ihn weg.

»Uns bleiben zwei Stunden«, flüsterte er mir ins Ohr und machte es sich auf der Liege bequem.

Kapitel 79

Margaux kochte. Philipp war seit dem späten Nachmittag unerreichbar, und es sollte mindestens zwei, eher drei Stunden dauern, bis er wieder im Büro erwartet wurde, teilte ihr seine Sekretärin nun bereits zum wiederholten Male mit.

Es hatte ihr nichts genützt, dass sie persönlich im Büro erschienen war. Ihr zukünftiger Mann war unerreichbar. Die Sekretärin würde sie eine Weile mit Kaffee, Tee, Wasser, Keksen und Gebäck versorgen, bis entweder Philipp zurück ins Büro käme, sie platzen, sich übergeben oder bis sie aufgeben würde. Je nachdem, was zuerst geschah.

Margaux wartete. Sie wartete im Vorraum, nicht im Büro. Der Zugang zum Allerheiligsten war ihr verwehrt worden. Als sie versucht hatte, Philipps Büro zu entern, hatte sie feststellen müssen, dass es versperrt war. Die Sekretärin hatte sich gelassen ihrem Computer zugewandt und stoisch die Dampfwolken ignoriert, die aus Margaux' Nase kamen.

Kapitel 80

Ralf hatte Tina gebeten, ihm am Wochenende beim Umzug zu helfen, worauf sie ihm tief zerknirscht gestand, dass sie ihr Auto für die Anreise zum gebuchten Frühjahrs- und Bademodenshooting bräuchte. Ihre Rückkehr war nicht vor Montagmittag zu erwarten, danach würde sie gerne hilfreich zur Verfügung stehen. Er sollte inzwischen seine Sachen bereitstellen, dann ginge alles blitzschnell.

Ralf wusste in diesem Augenblick, wen er am Wochenende in die Wohnung bitten würde. Elsbeths Wohnung war der passende Ort für eine Verführung. Außerdem konnte er den Termin spätabends legen, damit kein Aufruhr entstand oder jemand Zeit hatte, sich zu wundern, wen er so kurz nach dem Tod von Elsbeth abschleppte. Die älteren Leute im Wohnblock schliefen ohnehin bereits gegen neun Uhr abends. Aber die Spötter, Voyeure und moralischen Langweiler mussten nichts von seinem Tun mitbekommen. Eva würde er schon irgendwie ködern. Ralf ging optimistisch davon aus, dass seine Überredungskünste genauso klappen würden, wie er sich das ausmalte.

Kapitel 81

Eva ölte Philipps Rücken ein und fing an, ihn mit kräftigen Bewegungen zu massieren. So viel Kraft hätte er ihr nicht zugetraut. Er liebte diese Streicheleinheiten. Der Duft des Öls wirkte beruhigend auf sein Gemüt. Sie knetete, zupfte und drückte, bis er vor Genuss und Entspannung fast eingeschlafen war. Als sie ihn leise bat, sich auf den Rücken zu legen, gehorchte er wie in Trance und ließ sich weiter verwöhnen.

»Hast du gut geschlafen?« Eva lehnte sich halb auf seine Brust und küsste ihn zart auf die Nasenspitze. Ihre Brüste drückten gegen seinen Oberkörper. Er blinzelte, umarmte sie und zog sie an sich, sodass sie schließlich auf ihm zu liegen kam.

»Hast du das absichtlich gemacht? Mich hier schlafen lassen, während ich viel aufregendere Sachen mit dir hätte anstellen könnten.«

»Du warst müde, Philipp, sonst wärst du während der Massage nicht derart schnell eingeschlafen. Wir haben fünfzehn Minuten, die du für ein rasches Aufwachen nutzen könntest, wenn du willst.«

Eva strich mit ihren Lippen über seine. Er stöhnte. Schließlich gelang es ihm das Tuch, das sie über seinen Körper gelegt hatte, wegzuziehen. Er zerrte an ihrem weißen Kleid, zog es über ihren Kopf und nahm ihre Brüste in seine Hände. Sie waren sehr reizvoll in einen hübschen BH verpackt, dessen halbtransparenter Spitzenbesatz mehr offenbarte als verdeckte. Seine Hände glitten weiter zu ihren Hüften. Ungeduldige Finger zupften und zerrten an ihrem String. Schließlich hatte er es geschafft. Sie lag nackt auf ihm. Nur seine Shorts waren im Weg. Gerade hob Eva ihr Becken an, als plötzlicher Krawall beide innehalten ließ: die Sirene des hausinternen

Feuermelders. Ein Feueralarm, der nicht unwillkommener hätte sein können.

Eva glitt zur Seite, griff nach ihrer Unterwäsche, zog ihr Kleid über, steckte die Unterwäsche in eine der Seitentaschen und half Philipp beim Anziehen. Der Alarm war laut und penetrant und vermutlich nur ein Fehlalarm. Aber das wusste man erst im Nachhinein.

Sie küssten sich stürmisch. Eva entsperrte die Tür des Behandlungsraums. Beide liefen zum Ausgang.

Manche 1000schön-Kundinnen sahen ein wenig grün im Gesicht aus, was nicht an Panik lag, die das Sirenengeheul verursacht hatte, sondern an den Gesichtsmasken, die in diesem Augenblick nur wenig würdevoll wirkten.

Das Warnsignal stellte sich im Handumdrehen als Fehlalarm heraus, verursacht durch eine Reinigungsfrau, die unbedingt eine Zigarette auf einer Toilette hatte rauchen müssen. Schon nach fünf Minuten war der Spuk vorüber und die Kundinnen lagen wieder auf ihren Liegen in den jeweiligen Behandlungsräumen. Der Spuk war allerdings auch für Philipp vorüber, denn die nächste Kundin wartete bereits auf Eva, die sich höflich bei ihr entschuldigte und um Rücksicht bezüglich des Durcheinanders wegen des Feueralarms bat. Sie möge ihr bitte einen Augenblick Zeit geben den Behandlungsraum in Ordnung zu bringen. Der vorherige Kunde solle die Chance haben, sich ordentlich anzuziehen, was in der Eile des Alarmfalls nicht möglich gewesen war.

Philipp steckte sich sein Hemd in die Hose und prüfte vor dem Spiegel den Sitz von Anzug und Krawatte. Provokant lehnte er sich dann gegen die Tür und versperrte Eva den Fluchtweg, die sich daraufhin bereitwillig in seine Arme begab. Sie küssten sich ausgiebig, bis er sie schließlich ungern von sich schob.

»Wann und wo?«

Sein Blick bettelte um ein weiteres Treffen.

Eva zögerte.

»Darf ich deine Nummer haben, damit ich dich anrufen kann? Ich verspreche dir, mich zu melden. Gib mir ein paar Tage Zeit, um über dein Angebot nachzudenken.«

Philipp nickte, überreichte ihr eine Visitenkarte, auf deren Rückseite er seine Privatnummer notierte, und verabschiedete sich von Eva. Zügig wurde die nächste Kundin in den Behandlungsraum gebeten.

Kapitel 82

Margaux hatte die Geduld verloren. Sie wollte nicht länger im Vorraum von Philipps Kanzlei auf ihn warten. Nur noch einer von Philipps Partnern war anwesend, und auch der würde nicht ewig im Büro bleiben. Philipps Sekretärin war längst nach Hause gegangen, denn ihr Mann warte mit dem Essen auf sie. Margaux war der fein-ironische Unterton keineswegs entgangen. Ihr zukünftiger Mann wartete nicht mit dem Essen auf sie, das hatte er noch nie getan. Umgekehrt hatte Margaux auch noch nie für ihn gekocht. Das übernahm ohnehin Philipps Hausangestellte Dora. Derzeit nur für ihn. Später würde sie Margaux' Anweisungen entgegennehmen müssen. Dora, die Haushälterin, war schon seit Ewigkeiten bei den Seydtnachs beschäftigt.

Heute hatten Philipp und Margaux einen gemeinsamen Abend in der Villa verbringen wollen. Die Verspätung, die er sich nun erlaubte, verärgerte sie, andererseits konnte sie sich heute unbeschwert an den Tisch sitzen und durfte Doras Kochkünste genießen. Margaux verließ die Kanzlei und machte sich auf den Weg in die Villa, wo sie ein feiner Teiggeruch empfing. Es duftete himmlisch nach Fleischstrudel.

Dennoch blieb ein bitterer Beigeschmack. Das Abendessen, das ihr von Dora vorgesetzt wurde, war köstlich, doch Margaux saß allein am Esszimmertisch. Philipp hatte eine Nachricht an die Hausangestellte weitergegeben, in der er sich für seine Verspätung entschuldigte. Er würde sich das Essen später einfach aufwärmen. Dora könne ruhig zu ihrer Familie heimkehren. Kein Wort an Margaux.

Unmittelbar, bevor sich Margaux zu Bett begeben wollte, war der Anruf gekommen. Spätabends hatte ihr Philipp schließlich mitgeteilt, dass er in der Kanzlei übernachten würde. Er wäre mit einem neuen Klienten unterwegs. Die beiden wollten sich ein gemeinsames Abendessen im Elephant gönnen und danach die weitere Vorgehensweise im Fall besprechen.

Margaux unterdrückte ihre aufsteigende Wut nur mühsam. Leise vor sich hin schimpfend, bemühte sie sich um Verständnis für Philipps Verhalten, schließlich lag der Wohlstand im Hause Seydtnach daran, dass die Klientel hofiert wurde. Abgesehen davon hatte die Familiendynastie viele angesehen Anwälte hervorgebracht. Die hatten es vorzüglich verstanden, das Familienerbe zu vermehren. Familienreichtum würde sie Philipp auf keinen Fall vorwerfen. Wenn es also Teil des Spiels, war mit einem wichtigen Kunden Essen zu gehen (insgeheim vermutete Margaux, dass die Möglichkeit bestand, dass es kein Kunde, sondern eine wichtige Kundin war, die Philipp zum Essen ausführte), blieb ihr nichts übrig, als sein Tun zu tolerieren. Leider befand sie sich in dieser Hinsicht eindeutig im Nachteil und musste Verständnis für seine Situation aufbringen, was sie zum Weinkühlschrank pilgern ließ, um nachzusehen, ob sich darin nicht zumindest ein gehaltvoller Seelentröster befand.

Margaux sank mit einem Glas Rotwein auf die Ledercouch im Salon und dachte über ihre Zukunft nach. Philipps unnahbare Sekretärin würde sie zuerst durch eine angenehmere Angestellte ersetzen. Attraktiv sollte diese Frau nicht sein. Dass sie dagegen seriös aussehen sollte, war wichtig. Keinesfalls jedoch anziehend. Ein optischer Reiz war seine aktuelle Vorzimmerdame zwar auch nicht, aber störrisch. Die neue sollte zumindest auf Margaux hören. Das war das wichtigste Kriterium. Außerdem brauchte sie eine Verbündete in Philipps Büro. Womöglich wollte Philipp sogar, dass sie selbst in der Kanzlei tätig wurde. Nicht am Empfang, sondern in einem Bereich, der sie interessierte. Anstrengend konnte die Arbeit bei einem Rechtsanwalt nicht sein. Sie würde Kurse belegen. Am liebsten wäre ihr die Buchhaltung. Ein guter Platz. Auf diese Weise würde sie nie den Überblick über seine Finanzen und die wirtschaftliche Situation der Kanzlei verlieren. Die Zukunft einer Frau sollte entsprechend klug abgesichert werden.

Zufrieden lehnte sich Margaux in der Couch zurück, trank einen großen Schluck von ihrem wirklich hervorragenden Rotwein und freute sich über ihr angenehmes Leben. Sie freute sich darauf, schon bald respektvoll Frau Seydtnach genannt zu werden. Mit Philipp war ein attraktiver und wohlhabender Junggeselle weniger am Heiratsmarkt verfügbar, und sie hatte ihn sich gekrallt.

Kapitel 83

Prüfungen erwarte bis zuletzt.
Johann Wolfgang von Goethe

Dieses Mal hielt sich meine Aufgeregtheit in Grenzen. Ralf übte keinen Reiz auf mich aus. In Erinnerung daran, dass er außerdem Elsbeths Verlobter gewesen war, der sich bereits vor ihrem Tod eine neue Freundin gesucht hatte, wurde er noch ein Stückchen unattraktiver. Er mochte ein vorzeigbares Exemplar sein, sein Charakter jedoch ließ zu wünschen übrig.

Natürlich ist mir bewusst, dass es um meinen eigenen Charakter ebenso mangelhaft bestellt ist. Aber wer sonst sollte Elsbeth rächen? Lieber wollte ich diejenige sein, die Schuld auf sich nahm.

Also wartete ich unruhig auf Ralf, der bereits ein klitzekleines Minütchen unpünktlich war, sodass ich mich schon sorgte, ob er überhaupt kommen würde. Schließlich hatte ich mir Mühe gemacht und den Köder für ihn appetitlich angerichtet. Ralf wiederum hatte als auserkorenes Opfer die unbedingte Pflicht, den Köder zu schlucken.

Kapitel 84

Ralf dachte bereits frühmorgens an seinen bevorstehenden, äußerst interessanten Nachmittagstermin. Am späten Nachmittag würde er es sich gut gehen lassen. Die beste Unterhose war bereitgelegt. Außerdem hatte er beschlossen, Mut zu beweisen. Er würde sich die Brusthaare entfernen lassen. Nacken- und Rückenmassagen waren eine feine Angelegenheit, aber eher etwas für ältere Männer. Er würde keinen Mucks tun, wenn sie ihm die Haare entfernte. Sicherheitshalber hatte er sich entsprechende Videos im Internet angesehen. Er wusste, was auf ihn zukam. Er fand es in diesem Zusammenhang praktisch, dass er nicht derart stark behaart war wie manche Typen in den Kurzfilmen.

Absichtlich erschien er zehn Minuten zu spät zum Termin. Eva sollte ruhig auf die Folter gespannt werden. Er wollte ihr in die Augen blicken und ihre Reaktion sehen, wenn er endlich auftauchte. Und ihre Reaktion war hervorragend. Sie lächelte und atmete erleichtert auf. Ralf erkannte nichts anderes darin als Evas Sehnsucht.

Kapitel 85

Es ist etwas in den Augen eines Menschen,
was der geübteste Schurke nicht in seiner Gewalt hat. Dieses Etwas verrät ihn.
Ludwig Börne

»Mir ist es ernst mit einer Brustenthaarung.« Ralf machte es sich auf der Liege bequem.

»Du willst das wirklich durchziehen? Meinst du nicht, dass unsere Beziehung nicht mit heftigen Schmerzen beginnen sollte?«

Ich runzelte die Stirn, worauf Ralf herzhaft lachte und umgehend darauf bestand, dass ich ihm die Brusthaare wegmachen sollte.

»Du wirst wahrscheinlich sechs Wochen haarlos sein. Beim ersten Mal wirkt eine Enthaarung immer wie ein Schock für alle Beteiligten, nämlich für dich und deine Haare. Ich habe echt manchmal den Eindruck, dass Haare wissen, dass man ihnen erneut an den Kragen will und ihr Wachstum dann erst einmal einstellen.«

Höflich bat ich ihn, sein Hemd auszuziehen, ebenso das Shirt, und machte mich im Anschluss daran, seinen Oberkörper zu begutachten.

»Wird gut aussehen. Du hast schöne Haut. Es wird danach kaum Rötungen geben. Nur heute solltest du dich nicht sonnen, damit kein zusätzlicher Reiz auf deine Haut ausgeübt wird. Sonst sehe ich keinen Grund, warum die Folter nicht beginnen sollte.«

Ralf schluckte und bat um Gnade, während ich die Vorbereitungen traf.

»Wir verwenden eine Paste, die dir die Enthaarung versüßen wird. Darin befinden sich Zucker, Zitrone, Wasser und eine kleine Menge Honig. Dieses bittersüße Gemisch werde ich jetzt auf deiner Brust verteilen.«

Ich rieb seine Haut mit einer Lotion ein, stäubte Puder auf die Stelle mit den meisten Haaren, erwärmte die Enthaarungsmasse mit den Fingern und strich sie mit schnellen Bewegungen auf, nur um sie gleich darauf ruckartig abzuziehen. Danach presste ich die Handfläche fest auf seine Brust, um den Schmerz zu lindern, was Ralf mit einem unterdrücktem »Hmpfff« kommentierte.

Wieder beugte ich mich vor und begann die Prozedur von neuem. Da Ralf nicht mit einer übermäßigen Anzahl an Haaren gesegnet war, würde das Verfahren nicht lange dauern. »Hältst du das eine halbe Stunde durch, oder sollen wir bei der Hälfte eine Pause machen?«

»Pause, bitte.« Ralf verdrehte die Augen und simulierte Bewusstlosigkeit, worauf ich laut über eine Mund-zu-Mund-Beatmung nachdachte.

Der angeblich Bewusstlose reagierte umgehend positiv: »Ja, bitte. Ich bekomme keine Luft.« Er zögerte. »Weißt du, es wäre in deinem Interesse, mich als deinen Kunden nicht zu verlieren. Was würde das für einen Eindruck machen? Am Schluss bleiben euch noch die Leute weg. Zumindest die Männer.« Er gab röchelnde Laute von sich.

Ich küsste Ralf auf die Wange, worauf der grinsend einen Arm um mich legen wollte. Ich drehte mich geschickt von ihm weg und runzelte die Stirn: »Ach, dann geht es dir also wieder gut. Das freut mich. Können wir jetzt weitermachen?«

Während ich flott an der zweiten Hälfte seiner Brust weiterarbeitete, erzählte mir Ralf, unterbrochen von unterdrückten Schmerzenslauten, vom bevorstehenden Auszug aus der Wohnung seiner verstorbenen Ex. Eigentlich hätte er am Wochenende umsiedeln wollen, es sei ihm aber etwas dazwischengekommen und er würde seinen Auszug um einige Tage verschieben müssen.

»Ich habe festgestellt, dass ich nicht besonders viel Hab und Gut besitze. Die Wohnung hat Elsbeth gehört. Als ich damals eingezogen bin, hatte ich keine Möbel, nur ein paar technische Geräte sowie Kleidung und Bücher. Und natürlich meine Whiskeysammlung, aber sonst.« Scharfes Einatmen bedingt durch den Verlust weitere Brusthaare, beendete seine Aufzählung.

»Oh, du sammelst Whiskey? Wie interessant.«

Daraufhin entspann sich eine rege Unterhaltung, die darin gipfelte, dass Ralf eine Einladung aussprach: »Wenn du magst, kommst du am Samstag gegen zehn Uhr abends bei mir vorbei. Ich veranstalte eine exklusive Whiskeyverkostung nur für dich.«

Er lächelte mich scheinbar gelassen an. Dennoch sah ich die Anspannung in seinem Gesicht und erkannte, dass ihm dringend an meiner Zusage lag. Sekundenlang dachte ich über Ralfs Einladung nach, während ich noch an ihm herumzupfte. Mein Zögern ließ seine Ungeduld weiter steigen.

»Wer kommt noch?«

Ralf sah mir tief in die Augen. Keine Antwort. Ich erwiderte den Blick mit zur Seite geneigtem Kopf.

»Nur du und ich also.«

Um Zeit zu gewinnen, griff ich nach einem Cremetiegel im Kosmetikregal und schwieg weiter, während ich eine dünne Schicht Aloe Vera zu Beruhigung der Haut auf Ralfs Brust gab. Im gleichen Atemzug verbat ich ihm jegliche Verwendung von Cremes für die nächsten vierundzwanzig Stunden und fuhr dann fort: »Ich komme am Samstagabend zur Hauskontrolle. Mal sehen, ob du alles richtiggemacht hast. Wenn sich nur der Hauch einer Hautreizung auf deiner Brust blicken lässt, hast du nicht gehorcht, und ich werde dich furchtbar bestrafen.«

Ralf grinste, kleidete sich an, bat um einen Zettel, um mir darauf seine Adresse und die Handynummer zu notieren. Siegessicher ließ er sich von mir zur Tür begleiten.

»Wenn du im Hinausgehen so frech weitergrinst, werde ich dich am Samstag nicht besuchen. Die Kolleginnen sollen nicht denken, dass in der vergangenen Stunde etwas Unanständiges passiert ist.« Ich drohte ihm mit dem Zeigefinger.

»Ich reiß mich zusammen«, versprach Ralf. »Wir sehen uns am Samstag. Ich freue mich. Meine Whiskeysammlung wartet auf dich.«

Ich begleitete ihn zur Kasse. Während Ralf zahlte, bat ich ihn noch einmal eindringlich, Cremes und Sonne zu meiden, um Hautreizungen zu verhindern.

Als ob es noch eine Rolle spielen würde, ob er nach dem Wochenende eine Hautirritation hätte. Ginge mein Plan auf, würde seine Haut nie wieder gereizt auf irgendetwas oder irgendjemanden reagieren. Sinnlich lächelnd entließ ich ihn in die Freiheit.

Kapitel 86

Ralf fühlte sich siegessicher, als er 1000schön verließ. Am Wochenende würde es hoch hergehen. Die Katze, in diesem Fall Tina, war aus dem Haus, und er hatte sich eine tolle Frau aufgerissen, die er in seiner zukünftigen Ex-Wohnung betrunken und gefügig machen wollte. Ralf rechnete mit einem heißen Wochenende. Jetzt bräuchte er nur noch Wohn- und Schlafzimmer aufräumen, damit die Räumlichkeiten nicht an Elsbeth erinnerten, dann stand angenehmen Erlebnissen nichts im Weg.

Kapitel 87

Übung verschafft Kunstfertigkeit.
Publius Cornelius Tacitus

Liebevoll streichelte ich das Kunststoffhaupt der Übungspuppe, das eine der Frauen ins Kosmetikstudio mitgebracht hatte. Eine Weile hatte das hässliche Ding in der Gemeinschaftsküche herumgestanden.

»Geschmacklos«, hatte Nadine angemerkt, eine Grimasse geschnitten und angedroht, wenn der grausliche Kopf nicht bald von hier verschwinden sollte, würde sie höchstselbst zur Entsorgung schreiten.

»Irgendwo muss doch der Rest der Frau sein. Die Arme ist völlig kopflos. Bringt ihr das Teil zurück«, hatte Anna, die Ungarin, todernst hinzugefügt.

Und nun? Nun stand die Enthauptete in einem Fach in meinem Behandlungsraum. Das Ding sah aus wie jene Puppen, die kleine Mädchen geschenkt bekommen, um damit erste Makeup-Kunststücke zu üben. Nur dass dieser Kopf Erwachsenengröße aufwies und außerdem haarlos war, was ihn nicht attraktiver machte. Allerdings war Schönheit nicht gefragt, wenn es um jene Fingerübungen ging, die ich am Puppenkopf trainierte. Zudem war der Kopf nur Anhängsel. In erster Linie war ich am Hals interessiert.

Ich lernte hinter verschlossener Tür. Nicht, wie man geschickt künstliche Wimpern anbrachte. Nicht, wie tränenfreies Abschminken korrekt vorgenommen wurde. Fast zärtlich legte ich meine Finger um den schlanken Puppenhals und übte Handgriffe, die demnächst sitzen mussten.

Kapitel 88

Ich kann nicht begreifen, wie eine Frau das Haus verlassen kann, ohne sich hübsch gemacht zu haben.
Sie könnte gerade an diesem Tag ihrem Schicksal begegnen.
Coco Chanel

Ein Temperatursturz im Sommer. Ich warf meinen Plan von Freizügigkeit über den Haufen. Zugegeben nicht völlig, aber zumindest musste ich meine Optik den Wetterbedingungen anpassen, wollte ich nicht auffallen. Das zuvor gewählte, freizügige Sommerkleid wich einem schwarzen hautengen Strickkleid. Knielang. Um die Züchtigkeit des Kleides zu entschärfen, war es mit einem tiefen Rückenausschnitt versehen, der sich allerdings erst zeigen würde, wenn ich meine Stola elegant von den Schultern gleiten ließ. Darüber, was blieb mir heute anderes übrig, trug ich einen khakifarbenen Regenmantel. Wind und Regen zwangen mich zu diesem Kleidungsstück. Hinzu kamen hauchdünne Strümpfe, halterlos natürlich, sowie schwarze, optisch völlig unspektakuläre Pumps, deren Schlichtheit nur durch unanständig hohe Absätze vervollständigt wurden. Mein anrüchiges Blendwerk musste für eine Verführung genügen.

Zusätzlich hatte ich für rauchiges Augenmakeup und tiefrote Lippen gesorgt. Zu viel des Guten zwar, allerdings sollte meine Optik regelrecht nach Verführung schreien. Jeder weitere Schnickschnack wie Ketten, Ohrringe, Gürtel wäre pure Übertreibung und fiel daher weg. Wichtiger war der Inhalt meiner Handtasche. Deren Tiefe verbarg jene wenigen, jedoch interessanten Teile, die ich heute Abend benötigen würde.

Die Distanz von meiner zu Ralfs Wohnung betrug weniger als zwei Kilometer. Ich wollte zu Fuß gehen. Ein Taxi kam nicht in Frage. Unauffälligkeit war das Gebot der Stunde. Gut war, dass bei dem Sauwetter kaum Leute auf den Straßen unterwegs waren. Trotzdem würde mein Spaziergang kein angenehmer werden. Auch im halben Laufschritt wäre ich mindestens fünfundzwanzig Minuten unterwegs. Mit hohen Absätzen womöglich sogar vierzig. Wenn ich mir nicht zwischendurch die Beine brechen wollte, musste ich bequeme Schuhe tragen. Rasch steckte ich meine Pumps in einen Plastiksack und machte mich auf den Weg. Immerhin würde mich der Regenschirm vor unerwünschten Blicken schützen.

Kapitel 89

Das Wetter war heute unfreundlich zu allen, die gerade unterwegs waren. Ralf hatte überlegt, Eva abzuholen. In Ermangelung eines eigenen Autos hatte er dieses Vorhaben verworfen Im Anschluss war ihm durch den Kopf gegangen, dass er ihr ein Taxi schicken könnte. Das würde sicher einen hervorragenden Eindruck bei ihr hinterlassen. Ein Blick in seine Geldtasche würgte auch dieses Vorhaben ab. Nachdem er bereits letzte Woche Elsbeths Münzvorrat geplündert hatte, wusste er, dass er in der Wohnung nicht mehr nach Geld suchen brauchte. Es gab nichts mehr zu holen. Ralf blieb nur, auf Eva zu warten und mit gespieltem Entsetzen festzustellen, dass das Wetter wirklich hundsmiserabel war. Am Schluss würde er ihr ein Handtuch anbieten oder einen Bademantel, je nach Evas Nässezustand oder demjenigen ihrer Kleidung.

Das war immerhin ein sehr reizvoller Gedanke.

Kapitel 90

Frisch also! Mutig ans Werk!
Friedrich Schiller

Ich suchte im Licht der Außenlampe nach dem von Ralf angegebenen Klingelschild. Die meisten Bewohner hatten sich gegen die Beschriftung der Schilder mit ihren Familiennamen entschieden, was die Postzusteller in den Wahnsinn treiben musste. Auch auf dem Klingelschild zu Ralfs Wohnung ließen sich nur entsprechende Initialen finden. Die Großbuchstaben ER auf einem der Schilder wiesen auf die richtige Wohnung hin. ER, Elsbeth Rüster. In geschwungener Schrift wirkten die beiden Buchstaben beinahe wie die Initialen der einstigen englischen Königin. Ich atmete tief durch und drückte dann entschlossen den Klingelknopf.

Ralf musste an der Tür gewartet haben. Vielleicht hatte er sogar meine Ankunft beobachtet. Jedenfalls kam das Summen des Türöffners nur Millisekunden, nachdem ich den Knopf gedrückt hatte. Meinen Schirm ausschüttelnd, betrat ich den Vorraum zum Treppenhaus. Ab nun musste ich vorsichtig sein, mir genau überlegen, welche Gegenstände ich berührte. Fingerabdrücke wollte ich unbedingt vermeiden.

»Zweiter Stock, die Tür ist offen«, hörte ich Ralf rufen.

»Bin schon unterwegs«, antwortete ich verhalten und wechselte im letzten Augenblick die bequemen Sneakers gegen meine Pumps.

Mit klackernden Absätzen schritt ich die Stufen hinauf.

Kapitel 91

Ralf warf einen prüfenden Blick in den Garderobenspiegel. Er sah gut aus. Auf jeden Fall vorzeigbar. Jeans, dunkelgraues Shirt, Gürtel, barfuß. Ein cooler Typ, dachte er über sich selbst.

Mit einem unverfänglichen Kuss auf die linke und rechte Wange begrüßte er Eva. Eilfertig stand er bereit, um ihr den Schirm abzunehmen, warf einen verwunderten Blick auf die Plastiktasche, die ihm Eva mit einem Schulterzucken und dem Kommentar »Scheißwetter« überreichte, nahm ihren Mantel entgegen und hätte am liebsten gleich weitergemacht, nämlich mit der Abnahme ihrer restlichen Kleidung. Sie sah einfach zum Anbeißen aus.

Schließlich führte er sie ins Wohnzimmer, das er penibel aufgeräumt hatte. Mit all dem Deko-Zeug und den Pflanzen, die Elsbeth gemocht hatte, hatte er nichts am Hut. Er hatte strikt reduziert und Überflüssiges in die Abstellkammer im Keller geschafft, auch die Pflanzen. Sollten sich doch Elsbeths Angehörige um deren Fortbestand oder die spätere Entsorgung kümmern. Ralf war zufrieden mit seinem Werk. Die Wohnung wirkte wesentlich ansprechender als noch Stunden zuvor.

Kapitel 92

Man muss die Zukunft abwarten und
die Gegenwart genießen oder ertragen.
Wilhelm von Humboldt

Beim Betreten des Wohnzimmers erkannte ich sofort, dass alle Trinkopfer bereitstanden. Generell machte der Raum einen spartanischen Eindruck auf mich. Keine Pflanzen. Kaum Dekoration. Eine große und bequem wirkende Ledercouch in knalligem Rot dominierte das Zimmer, dazu zwei rote Retro-Look-Fernsehsessel. Ein geschmiedeter Sessel, dessen hölzerne Sitzfläche eine ungewöhnliche Form aufwies, stand dekorativ in einer Ecke. In einer anderen Ecke befand sich ein Rattan-Sessel, der sehr Vintage aussah, aber äußerst bequem schien. Einer der beiden Stühle sollte sich für mein Vorhaben als passend erweisen. Auf etwas in der Art hatte ich gehofft.

Das Fernsehregal war nackt. Keine Bilder. Nichts Persönliches. Der Raum wirkte zu einhundert Prozent männlich. Vermutlich hatte Ralf Dekorationsstücke entfernt, die Rückschlüsse auf Elsbeth zuließen. Verständlich, wenn er eine neue Frau zu sich einlud.

Ich sah mich um und ließ meine Stola von den Schultern gleiten, damit Ralf Zeit hatte, sich auf meinen nackten Rücken zu konzentrieren. Wenn er sich hauteng hinter mich stellte, was ich mit meinem Verhalten provozieren wollte, würde er die Farbe meiner Unterwäsche bestimmen können.

In Wahrheit war die Bezeichnung Unterwäsche eine deutliche Übertreibung, denn ich trug ohnehin nur einen String. Auf einen BH hatte ich verzichten müssen. Es hatte sich kein passender in meinem Sortiment befunden, der zum tiefen Rückenausschnitt des Kleides gepasst hätte.

Das Fallenlassen meiner Stola bewirkte exakt das, was ich beabsichtigt hatte. Ralf nutzte die Chance schamlos und trat näher an mich heran. Ich spürte seinen Atem in meinem Nacken. Schließlich bückte er sich, hob die Stola auf und gab sie mir zurück, was mich zu einem Lächeln veranlasste. Das Tuch ließ ich erneut fallen. Ralf grinste.

Inzwischen hatte er einen prüfenden Blick auf meinen Rücken riskiert. Vermutlich kannte er die Farbe meines Strings nun. Blutrot war er.

Ralf reichte mir ein Glas Whiskey und bat mich auf die Couch, während er sich links von mir auf einem der Fernsehsessel niederließ. Ich seufzte wohlig, ließ meine hohen Schuhe von den bestrumpften Beinen gleiten und platzierte meinen Körper elegant auf dem Möbel.

Wie oft hatte ich diese Art des Hinsetzens schon geübt, um damit maximale Wirkung zu erzielen. Ich zog die Beine an und lehnte mich lässig in die Kissen, die das Möbelstück dekorativ verzierten.

»Schön hast du es hier. Zeitlos eingerichtet. Für einen Mann eine echte Meisterleistung«, lächelte ich ihm aufmunternd zu.

»Wenn du wüsstest, was ich alles wegräumen musste, damit es aussieht, wie es jetzt aussieht. Gestern hätte dich noch der Schlag getroffen.« Er schmunzelte, und wir prosteten einander zu.

Ralf hatte in Glasgefäßen stehende Kerzen angezündet. Die Situation wirkte stimmig, nicht aufdringlich oder kitschig. Die Vorhänge waren zugezogen. Kein neugieriger Blick sollte in den Raum gelangen. Ich musste ihm zugestehen, dass er sich Gedanken gemacht hatte, wie er mich wirkungsvoll herumkriegen konnte. Sogar das Licht einer Stehlampe leuchtete nur gedimmt.

Schon bald entwickelte sich eine anregende Unterhaltung. Zumindest bemühte ich mich um Leichtigkeit im Gespräch, wenn auch mein Innerstes heftig angespannt war und ich mich fragte, ob ich das wirklich durchziehen wollte. Mich ekelte es vor Ralf. Aber auch vor mir selbst.

Während ich Begeisterung vortäuschte, wurden mir immer neue Whiskeysorten von einem enthusiastischen Ralf vorgestellt. Und es gab genug zu testen, denn Flasche an Flasche reihte sich in einem Regal der Wohnwand, in der sich neben wenigen DVDs eine auffällig freie Fläche befand, die ich dem Fernseher zusprach.

Bereits bei der Ankunft in der Wohnung war mir eine angelehnte Tür aufgefallen. Diese Handbreit offene Tür hatte einen flüchtigen Blick auf den Inhalt des Zimmers zugelassen. Darin hatte ich die schlanke Form eines großen Bildschirms wahrgenommen. Ralf sortierte also sein Eigentum. Bestimmt wollte er bald auf und davon sein. Der Zeitpunkt für mein Vorhaben war also perfekt gewählt.

Nun fiel mein Blick wieder auf die vielen Flaschen hochprozentigen Alkohols. Dankbar dachte ich an die fallweise stattfindenden, sehr heftigen Vodka-Whiskey-Gin-Schnaps-Festivitäten meiner Brüder, die mich geeicht hatten. Außerdem hatte ich heute ausgiebig gegessen, um dem Alkohol die Chance zu geben, auf eine vernünftige Unterlage zu treffen. Dennoch fühlte ich mich eigenartig beschwipst, sogar einen Hauch zu sehr. Das war nicht mein Plan gewesen, aber nach dem fünften Glas Whiskey war das vermutlich kein Wunder mehr.

Ich kicherte, scherzte, strich mir die Haare aus dem Gesicht, warf Ralf verführerische Blicke zu und bat ihn dann, mir den Weg ins Bad zu zeigen. Mit meiner Tasche überm Unterarm machte ich mich demonstrativ schwankend auf den Weg, wobei ich mich an seinen helfenden Armen festhielt und ihn bezaubernd anlächelte.

»Nicht ohne mich weitertrink⌧n«, verkündete ich, »keine Angssst, bin gleich sssurück.«

Natürlich hatte ich übertrieben. Sollte er doch ruhig glauben, ich sei leichte Beute, denn der Höhepunkt des heutigen Abends stand unmittelbar bevor.

Im Bad erledigte ich, was zu erledigen war und prüfte meine mitgebrachten Werkzeuge. Schwarze Tücher. Tiefroter Lippenstift, den ich gleich noch einmal nachmalen wollte. Eine Reinigungsrolle mit Klebefolie. So ein Ding, das man zur Säuberung von Kleidung benutzt. Eine Einkaufstasche aus dickem Kunststoff sowie ein scharfes Skalpell in einem Schnittschutzetui. Und dann waren da noch meine langen schwarzen Samthandschuhe und als nützliches Extra: Latexhandschuhe.

Die Samthandschuhe hinterließen bestimmt Fasern, doch diese billigen Dinger gab es in tausendfacher Ausführung. Sie würden keine Rückschlüsse auf mich zulassen.

Ich überlegte weiter: Womöglich würden sich meine Haare in der Wohnung finden lassen, was sich durchaus mit einem Besuch bei meiner wiedergefundenen Freundin Elsbeth erklären ließe. Vor deren Freitod nämlich. Schließlich ging ich in Gedanken noch einmal durch, wo ich bisher Fingerabdrücke hinterlassen hatte: auf dem Trinkglas, auf der Klinke der Badezimmertür, ansonsten höchstens auf Ralf. Allerdings würde mich seine Haut in dieser Hinsicht nicht verraten. Wenn ich ihn mit Samthandschuhen anfasste, schon gar nicht.

Mit Samthandschuhen anfassen, ich kicherte, das würde sich am Ende des Abends als Widerspruch herausstellen. Ich zog die Latexhandschuhe an. Darüber streifte ich die schwarzen ellenbogenlangen Handschuhe, um erst danach die Toilettenspülung zu betätigen. Im Anschluss wischte ich mit einem Handtuch die Klinke der Badezimmertür sauber, öffnete die Tür behutsam, warf einen Blick in Richtung Wohnzimmer und reinigte schließlich die äußere Türklinke der Badezimmertür. Das Handtuch kam zurück auf den Haken.

Nun war alles bereit für meinen Auftritt.

Kapitel 93

Ralf hatte den Vorhang zur Seite gezogen und blickte auf die verregnete Straße. Er hörte, wie Eva den Raum betrat und sprach mehr zu sich selbst als zu ihr: »Grauschwarz da draußen. Grauslich. Es sieht aus, als ob der Herbst dieses Jahr schneller Einzug hält.«

Seine belanglose Bemerkung blieb unkommentiert.

Ein Geräusch veranlasste Ralf dazu, sich umzudrehen. Eva hatte ihre Handtasche auf der Couch abgelegt. Ralfs Augen weiteten sich überrascht, als er die schwarzen Handschuhe bemerkte. Er fixierte Eva und sah ihr fasziniert dabei zu, wie ihr Kleid in einer fließenden Bewegung von den Schultern auf ihre Hüften glitt. Sie lächelte ihn aufreizend an, streifte mit ihren behandschuhten Händen das Kleid von den Hüften, stieg aus dem Kleiderhäufchen und trat einen schwankenden Schritt auf Ralf zu.

»Schließ die Vorhänge. Nicht mehr jugendfrei. Zuschauer werden ab jetzt ausgeschlossen.«

Dann streckte sie ihre Arme nach ihm aus.

Kapitel 94

Ralf blieb die Luft weg. Er zog die Vorhänge nicht nur zu, er riss sie zu. Eine derartige Menge an Frivolität war für ihn eine Überraschung. Da stand sie nun. Ein transparenter, tiefroter String war beinahe alles, was Eva am Körper trug, dazu hauchdünne halterlose Strümpfe und tiefschwarze Handschuhe. Sie stieg leicht schwankend in die hohen Pumps, die zuvor noch vor der Couch gelegen hatten. Ihre langen Beine wirkten dadurch nur noch länger.

Evas blondes Haar glänzte im Kerzenlicht. Ihre perfekt geschminkten Augen forderten ihn verführerisch dazu auf, sie zu berühren. Ihr tiefroter Mund schrie regelrecht danach, geküsst zu werden.

Ralf nahm einen Schluck Whiskey, hustete, blickte nach unten und betrachtete seinen Schritt. Der Stoff seiner Hose wölbte sich. Er trat einen Schritt auf Eva zu, stellte sein Trinkglas auf dem niedrigen Couchtisch ab, bemüht, die Situation in all ihrer Schönheit zu erfassen. Immer noch hielt sie die Arme nach ihm ausgestreckt. Es dauerte weniger als zwei Atemzüge und er hatte einen derart harten Ständer, dass er das Gefühl hatte, gleich zu platzen.

»Luder«, flüsterte er derb, leckte sich die Lippen und rieb sich im Schritt.

Eva wartete mit ausgetreckten Armen, bis Ralf die kurze Distanz zwischen ihnen zurückgelegt hatte. Mit einer Hand zog er sie in eine heftige Umarmung, die andere hatte es sich bereits auf ihrer nackten Brust bequem gemacht. Er rieb und knetete. Ralf fühlte den Puls ihres schnell schlagenden Herzens unter seiner Handfläche. Er presste seinen Unterleib fester an Evas.

»Warte«, hauchte Eva, »nicht so stürmisch. Ich habe noch Besonderes mit dir vor. Du solltest nicht vorschnell die Beherrschung verlieren. Das wäre schade.«

Eva wandte sich rasch von ihm ab, bückte sich, was er prompt nutzte, um sich stöhnend an ihren Pobacken zu reiben. Sie ließ ihm einige Sekunden Zeit sich zu vergnügen, bis sie sich schließlich abrupt aufrichtete und ihm sein Whiskeyglas reichte. Danach griff sie zu ihrem eigenen Glas, blickte ihn kokett an und prostete ihm zu. Anstatt die Flüssigkeit in einem Zug auszutrinken, nippte sie nur daran, hob schließlich das Glas und ließ den restlichen Inhalt langsam über Ralfs Shirt laufen. Mit aufgerissenen Augen legte sie ihre behandschuhte Hand an ihre rotbemalten Lippen und säuselte: »Oje, wie ungeschickt von mir.«

Ralf schluckte aufgeregt und kippte den Inhalt seines Glases in einem Zug hinunter, nur um es dann rasch auf dem Couchtisch abzustellen.

»Sieh nur, was du gemacht hast. Jetzt bin ich nass und schmutzig.«

Seine Stimme, die vorwurfsvoll hatte klingen sollen, war heiser und krächzend. Er räusperte sich und wartete ungeduldig auf Evas Reaktion.

Langsam streifte ihm Eva das Shirt ab, presste sich an ihn und rieb ihre Brüste an seinem nackten Oberkörper. Ralf umarmte sie fest und forderte einen Kuss, den sie mit energischem »Nein, nein!« verweigerte. »Nicht so heißblütig, mein Liebster. Du willst doch unser erstes Mal bestimmt nicht überstürzen.«

Langsam öffnete sie Ralfs Gürtel, zog ihn dann mit Schwung aus den Schlaufen und befahl: »Lass sie runter, sofort!«

Ralf gehorchte willig. Als er auch seine Shorts abstreifen wollte, wurde er mit einen »Stopp!« gebremst. »Nicht so eilig. Ich verspreche dir, wenn du mir die Führung überlässt, wirst du es nicht bereuen.«

Eva umrundete Ralf, holte sich den Stuhl mit der ungewöhnlich geformten, hölzernen Sitzfläche aus der Ecke und stellte ihn direkt vor dem Couchtisch ab.

»Setz dich auf den Stuhl, mach es dir bequem.«

Ralf saß in Sekundenschnelle. Keinesfalls würde er ihr widersprechen. Der Abend hatte extrem geil begonnen und würde, wenn es nach seinen Wünschen ging, unbedingt so fortgesetzt werden.

Eva angelte sich die schwarzen Tücher aus ihrer Handtasche. Im selben Moment öffnete sie das Schnittschutzetui, in dem sich ihr Skalpell befand. Ralf durfte währenddessen ausgiebig ihren Hintern begutachten. Sie hob ihre Handtasche hoch und flüsterte: »Geheimnisse!« Eva stellte die Tasche in Griffnähe auf dem Couchtisch ab.

Kurzentschlossen setzte sich Eva rittlings auf Ralfs Schoß zurecht, worauf er die Chance schamlos nutzte, um mit seinen Händen ihre Brüste zu begrapschen.

»Böser Junge«, raunte sie, während er ihre Schultern, Hals und Nacken küsste. »Ganz böser Junge.«

Seine Hände bewegten sich hinunter in ihren Schritt und schoben den String zur Seite. Übermütige Finger wollte sich auf den Weg in ihre vermeintlich feuchte Nässe vorwagen.

»Pscht!« Eva bestrafte Ralf mit einem Schlag auf seine vorwitzige Hand. »Gib mir deine Hand, du bist mir zu voreilig«, befahl sie. Eva nahm ein Baumwolltuch und band sein rechtes Handgelenk an der Armlehne des Sessels fest. Ralfs linke Hand nutzte die Chance eine Brust zu drücken, worauf sich Eva ihm entwand und den übermütigen Arm an der anderen Lehne fixierte. Eva erhob sich, beugte sich vor und küsste Ralf auf die Stirn, dem das eindeutig zu harmlos war. Lachend wischte sie den Abdruck ihrer roten Lippen von seiner Stirn, füllte die Whiskeygläser auf, schwenkte das goldfarbene Getränk in den Gläsern und nippte an ihrem eigenen Glas.

»Bitte, gib mir einen Schluck«, flehte er, damit beschäftigt, nicht zu explodieren. Sie nahm einen großen Schluck und küsste ihn. Eine dünne Alkoholspur rann sein Kinn hinunter. Behutsam tupfte sie ihm die Reste mit einem Baumwolltuch ab.

»Nichts übereilen, Süßer. Lassen wir uns doch Zeit.«

Mit beiden Händen strich sie über seine Oberschenkel und griff beherzt in seine Unterhose. Die geschmeidige Zartheit ihrer Finger, die Weichheit der Samthandschuhe an ihren

Händen brachten ihn fast um den Verstand. Sein Stöhnen und ein »nicht aufhören« bewiesen ihr, dass er ihr bereits gänzlich verfallen war.

Kapitel 95

Sei dir sicher, dass deine Sünde dich finden wird.
Agatha Christie

Ich nahm wieder auf seinem Schoß Platz, beugte mich zurück zum Couchtisch und angelte nach den Gläsern. Bedacht wandte ich mich meinem Opfer zu und gab ihm einen Schluck zu trinken, während auch ich an meinem Glas nippte. Elegant stellte ich das Glas ab, hob seines hoch und spritzte ihm tropfenweise Whisky auf die frisch enthaarte Brust. Interessiert sah ich zu, wie goldfarbene Tropfen über seine Haut liefen und eine Gänsehaut verursachten, nur um im nächsten Augenblick den gesamten restlichen Inhalt über seiner Brust auszuleeren. Dann riss ich meine Augen erschrocken auf, nur um eine Sekunde später frivol zu ergänzen: »So was, ich bin heute wirklich ungeschickt. Wie konnte mir das nur passieren?«

Kaum hatte ich mein Glas abgestellt, drehte ich mich wieder zu Ralf hin, um ihm mit samtweichen Fingern die Brust zu streicheln. Ich pustete kühlen Atem über seine Brustwarzen und sah ihn frech an: »Gefällt dir das?«

Seine Stimme war rau. Er musste sich erst räuspern, um sprechen zu können.

»Hör nicht auf, mach bitte weiter«, keuchte Ralf.

»Natürlich mache ich weiter. Ich werde bestimmt nicht aufhören, das verspreche ich.«

Ich drückte mich an ihn. »Du möchtest mich gern berühren, nicht wahr?«, flüsterte ich in sein Ohr, worauf er hörig nickte. Angewidert bedeckte ich seine Augen mit meinen samtigen Händen.

»Ich denke, wir können deine Geilheit noch steigern.« Wieder griff ich nach hinten, angelte mir ein weiteres Tuch vom Tisch, faltete es und verband ihm die Augen.

»Nachher darfst du dafür mit mir machen, was du willst, aber jetzt bin ich am Zug«, flüsterte ich.

Wieder nickte er gehorsam.

Ich glitt von Ralfs Schoß, legte meine Hand auf seine Unterhose und berührte einen Augenblick lang sein hart angeschwollenes Glied, bevor ich ihm die Shorts von den Hüften zog. Mangelnde Hilfsbereitschaft hätte man Ralf nicht unterstellen können. Er hob sein Becken hilfsbereit an. Rasch griff ich nach hinten in meine Tasche und legte mir das Skalpell zurecht. Noch einmal nahm ich einen Schluck Whiskey und küsste Ralf. Seine Zunge schob sich fordernd in meinen Mund, worauf ich mich ihm angeekelt entzog und »Warte!« wisperte.

Sorgsam band ich Ralfs Knöchel an den Stuhlbeinen fest. Sein schmutziges Grinsen würde ihm gleich vergehen. Er würde alles bereuen, aber für Buße blieb keine Zeit mehr. Ich erhob mich, glitt mit den Fingerspitzen über seine Oberschenkel, verharrte kurz über seinem aufgerichteten Penis, überwand meine Abneigung und rieb fest über dessen Spitze. Heftiges Stöhnen war die Antwort.

Ralfs Versuch sein Gesäß anzuheben, wurde dadurch verhindert, dass ich mich neuerlich auf seinen Schoß setzte. Noch einmal gab ich ihm reichlich Alkohol zu trinken, nötigte ihn regelrecht den Rest seines Getränks in einem Zug auszutrinken.

»Möchtest du noch weiter verwöhnt werden?«

»Nicht aufhören, bitte.« Ralfs Stimme brach. Er keuchte.

»Dieser Aufforderung komme ich doch sofort nach«, flüsterte ich, glitt von seinem Schoß, griff nach dem Skalpell in meiner Tasche und stellte mich direkt hinter Ralf in Position. Ich drückte meinen Mund an Ralfs Ohr und stöhnte, während meine Finger über seinen Nacken strichen. Meine Hand glitt weiter, berührte seinen Hals und massierte seine Brust. Meine Finger umspielten seinen Bauchnabel und machten sich auf den Weg, um ihm eine Unterleibsmassage vorzutäuschen, die er bestimmt nicht mehr erhalten sollte.

Ralf jammerte flehentlich, ballte seine Hände zu Fäusten und zerrte an den Tüchern. Lang würde er nicht mehr durchhalten, obwohl das nebensächlich war, denn die Knoten, die ich gemacht hatte, hielten wirkungsvoll. Simpel waren die Fesselungen ausgeführt. Wie Achter sahen sie aus. Ralf würde sich nicht daraus befreien können. Zumindest nicht schnell genug, um sein Leben zu retten. Alles war nur noch eine Angelegenheit von wenigen Atemzügen.

Ich zog meinen Arm zurück, hielt das Skalpell bereit, strich mit den Fingern meiner linken Hand über seine Wange, Nase und Stirn. Ich überstreckte Ralfs Kopf mit wohldosiertem Druck nach hinten über die Rücklehne des Sessels, beugte mich über ihn und flüsterte: »Küss mich!«

In Erwartung eines Kusses öffneten sich seine Lippen. Er stöhnte laut auf.

Entschlossen, mit festem Druck und ohne einen Augenblick zu zögern, setzte ich das Skalpell an. In einem kräftigen Zug schnitt ich halbmondförmig über seine Kehle. Beginnend an Ralfs linkem Ohr, endend unter seinem rechten. Blut schoss stoßweise aus den durchtrennten Halsschlagadern. Blut ergoss sich über Ralfs Brust und spritzte auf meinen behandschuhten rechten Arm. Ich bemerkte, dass Ralf, ohne einen Ton von sich zu geben, in sich zusammensackte. Er hatte tatsächlich kaum ein Geräusch von sich gegeben, nicht mehr als ein Gurgeln. Darüber war ich überrascht. Ob er vom schnellen Blutverlust sofort bewusstlos geworden war?

Eines war jedenfalls sicher: Bald würde der Tod durch Ausbluten eingetreten sein. Nichts und niemand konnte Ralf retten.

Ich hatte Ralf, ohne es zu ahnen, einen letzten Wunsch erfüllt. Sekunden vor dem todbringenden Kehlschnitt hatte ein außerordentlicher Orgasmus seinen Körper durchflutet.

Kapitel 96

Cast a cold eye on life, on death. Horseman, pass by!
William Butler Yeats

Ich trat zurück, blickte auf das Skalpell in meiner Hand und ekelte mich. Rasch verbat ich mir schuldbewusste Gedanken. Im gleichen Moment begannen meine Hände zu zittern und meine Knie wurden weich.

»Jetzt nur nicht die Nerven verlieren«, flüsterte ich halblaut. »Kontrolliert vorgehen! Keine Zeit verschwenden! Nur nichts übersehen!« Befehlsartig zischte ich mich an.

Peinlichst darum bemüht, jeden Blick auf Ralfs ausblutenden Körper zu vermeiden, wurde mir dennoch übel. Mein Herz hämmerte, und meine Atmung ging stoßweise. Außerdem war da dieses unangenehme Summen in meinen Ohren und mein Gesichtsfeld verengte sich, was auf eine drohende Ohnmacht hinwies.

Angestrengt konzentrierte ich mich auf die Kerzenarrangements. Ich richtete meinen Blick auf die Flammen und spannte alle Muskeln fest an. Unterschenkel, Oberschenkel, Hintern, Bauch, die Arm- und Schultermuskulatur. Sogar meine Zähne knirschten, weil ich meine Kiefer heftig aufeinanderpresste. Diese Vorgehensweise übte schließlich beruhigende Wirkung auf mich aus, sodass das flaue Gefühl in meinen Magen nachließ und sich mein Kreislauf wieder stabilisierte.

»Reiß dich zusammen, lass dich jetzt nicht gehen«, flüsterte ich mir energisch zu.

Nur nicht übergeben, schoss mir durch den Kopf, denn gewiss war es inzwischen möglich, aus Erbrochenem DNA zu isolieren. Das letzte, was ich mir erlauben konnte, war also meine DNA in Form von Kotze auf Ralfs Wohnzimmerboden zurückzulassen.

Ich fischte die Kunststofftasche und das Sicherheitsetui für das Skalpell aus der Handtasche und verstaute das blutige Messer in seiner Hülle. Das benutzte Whiskeyglas verschwand in meiner Handtasche. Nur widerwillig stellte ich mich ein letztes Mal hinter den toten Ralf, um seine Augenbinde zu entknoten. Auch das Tuch landete im Plastiksack, ebenso wie die blutfeuchten Handgelenksfesseln, deren Knoten nicht einfach zu lösen waren. Darauf bedacht, nicht in die Blutlache zu treten, die sich unter dem Sessel ausgebreitet hatte, ging ich in die Hocke und entknotete die Tücher an Ralfs Knöcheln. Auch die ließ ich in der Kunststofftasche verschwinden. Danach richtete ich mich auf und trat einen Schritt zurück.

Eigentlich hatte ich erwartet, dass Ralfs Leichnam nur vornüberkippen würde, doch der Tote saß weiterhin mit gesenktem Kopf im Sessel. Rundum roch es intensiv nach Blut, denn Ralfs Blut hatte sich schwallartig aus seiner Halswunde ergossen.

Ich umrundete den Couchtisch, tränkte ein frisches Baumwolltuch mit reichlich Whiskey und wischte den Tisch damit ab. Für den Fall irrtümlich hinterlassener Fingerabdrücke.

Gut, dass Ralf kein Essen bereitgestellt hatte. Das Knabberzeug hatte ich ohnehin nicht angefasst, also würde es auf den Schalen keine Spuren von mir geben. Im Anschluss säuberte ich die Oberfläche der Whiskeyflasche, aus der ich Ralfs letzten Drink in sein Glas gefüllt hatte. Die anderen Verkostungsflaschen hatte ich nicht angerührt, denn er hatte mir immer wieder aus eigenem Antrieb nachgeschenkt.

Anschließend ging ich mit dem Kleberoller ans Werk, um Haare aufzusammeln. Auch Couch und Kissen rieb ich damit ab, bevor ich das wertvolle Utensil in meiner Tasche verstaute.

Zügig verließ ich das Wohnzimmer, legte ein sauberes Baumwolltuch auf den Flurboden und stieg direkt aus meinen Pumps aufs Tuch. Naserümpfend zerrte ich die halterlosen Strümpfe von meinen Beinen, die Ralfs Blut abbekommen hatten. Mit einem whiskeygetränkten Tuch rieb ich meine

Haut ab, bevor ich zurück in mein Kleid schlüpfte. Auch die Stola stopfte ich in die Handtasche. Am Schluss galt es noch, den einen Samthandschuh und den darunter befindlichen Latexhandschuh abzustreifen. Zu passender Gelegenheit, schoss mir durch den Kopf, muss ich mich um die nicht rückverfolgbare Entsorgung der Beweismittel kümmern.

»Du bist echt praktisch«, flüsterte ich meiner Handtasche zu, »da drin ist mehr Platz, als man glauben möchte.«

Prüfend warf ich einen letzten Blick in den Raum, ohne den Toten zu genau in Augenschein zu nehmen. Der erste Eindruck vermittelte, dass er allein und nackt gesoffen hatte. Die Kerzen wiesen allerdings in eine andere Richtung. Verräterisch ließen sie Damenbesuch erahnen. Bestimmt würden auch Spuren von rotem Lippenstift an Ralf gefunden werden.

Farbe und Marke würde ich nie wieder benutzen. Sicherlich würde man nach der Besucherin fahnden, denn womöglich war sie die Täterin.

»Ruhe sanft, Elsbeth«, flüsterte ich und wandte mich ab.

Mit zitternden Fingern fischte ich eine Packung Feuchttücher aus meiner Tasche und rieb meinen freien Arm mit einigen Vlieslappen sauber, bevor ich in den Regenmantel schlüpfte. Rasch streckte ich mich nach der Plastiktasche, die noch an der Garderobe hing und holte daraus die Sneaker hervor. Ich zog sie an und verstaute im Gegenzug die Pumps im Sack.

»Regenschirm«, flüsterte ich und atmete tief durch. Das Fassungsvermögen meiner Handtasche war beinahe ausgeschöpft. Vorsichtig lauschte ich in die Stille der Nacht und warf dann einen zaghaften Blick durch den Türspion hinaus auf den Gang ins Treppenhaus. Es war dunkel. Alles wirkte ruhig. Behutsam öffnete ich die Tür einen Spalt weit und lauschte erneut. Nichts zu hören. Ich zerrte die Kapuze des Regenmantels über meinen Kopf und schlüpfte zur Tür hinaus. Nun war es an der Zeit, den Samt- und Latexhandschuh an meiner rechten Hand loszuwerden. Den blutbespritzten Arm würde ich später reinigen, wenn ich aus dem Haus und in Sicherheit war.

Und in exakt diesem Augenblick ging das Licht im Treppenhaus an. Ich hörte das laute Klackern von Absätzen im Eingangsbereich des Erdgeschosses. Panik stieg in mir auf. Ich hatte doch ungesehen verschwinden wollen. Nur wohin jetzt?

Kapitel 97

Tina hatte alles gegeben. Und weil Tina alles gegeben hatte, war das Fotoshooting bereits vorüber gewesen, bevor es richtig begonnen hatte. Tatsache war, dass sie zwar versucht hatte, dem Fotografen zu gefallen, der hatte sich aber von ihr, von ihren Haaren, von ihrem Körper, von ihrem Lachen, von ihrer aufdringlichen Art und überhaupt von ihrer gesamten Erscheinung genervt gefühlt und sie bereits nach nur einem Aufnahmetag wieder nach Hause geschickt. Das alles war ihr an den Kopf geworfen worden. Sie hatte für ein paar gute Fotos Modell gestanden. Dafür würde sie bezahlt werden. Aber die restlichen Tage hatte der Typ sie nicht dabeihaben wollen. Er könne Tina einfach nicht riechen, hatte er am Schluss verkündet. Jedenfalls hatte sie sich am Boden zerstört ins Auto gesetzt und war heimgefahren. Zuerst in ihre Wohnung, um sich frisch zu machen und Kleidung und Kosmetik auszuladen. Eigentlich hatte sie erwartet, dass sie Ralf in ihrer Wohnung vorfinden würde. Das war nicht so gewesen. Blitzschnell hatte sie kombiniert, dass er vermutlich die letzten Habseligkeiten mit Hilfe eines Freundes aus Elsbeths Wohnung ausräumen würde. Er hatte etwas in der Richtung angekündigt, sie hatte nicht genau hingehört. Geduldig hatte Tina also auf sein Eintreffen gewartet. Kurz nach Mitternacht jedoch war sie unruhig geworden.

Im Fernsehen lief nur Schrott, und sie hatte nicht schlafen können. Mehrfach hatte sie versucht, ihn telefonisch zu erreichen. Ralf hatte auf keinen ihrer Anrufe reagiert. Daher hatte sie sich schlussendlich aus dem Bett gestemmt, um sich ins Auto zu setzen und zu ihm zu fahren. Sie war fest entschlossen, ihn zu überraschen.

Nun stand sie nachts vor Ralfs Wohnungstür und stellte fest, dass seine Tür nur angelehnt war. Hatte er etwa eine Party gefeiert? Und das ohne sie. War er etwa betrunken nach Hause gekommen und hatte vergessen abzusperren? Was war los mit dem Kerl?

Kapitel 98

Über das Kommen mancher Leute tröstet uns nichts als die Hoffnung auf ihr Gehen.
Marie von Ebner-Eschenbach

Das Geräusch der Absätze war unterwegs zur Treppe. Vorsichtig warf ich einen bangen Blick über das Geländer, worauf ich entsetzt feststellen musste, dass ich den knallroten Haarschopf, der sich zügig näherte, nur zu gut kannte. Was machte Tina hier? Die sollte doch eigentlich das gesamte Wochenende über bei einem Fotoshooting sein.

Tina hatte den ersten Treppenabsatz erreicht, setzte ihren Fuß auf die nächste Stufe. Etwa zwanzig Stufen trennten uns noch vom unerwarteten Wiedersehen. Ich weiß nicht, wie es mir gelang, aber ich wandte mich um und hastete, leise wie eine Katze, die Stufen hinauf in den zweiten Stock, wo ich gespannt den Atem anhielt. Das Licht im Treppenhaus erlosch. Ich hörte Tinas Fluchen, während sie nach dem Lichtknopf suchte, dessen Schalter in der Finsternis nur durch ein mattoranges Leuchten erkennbar war. Eine Hitzewelle schoss durch meinen Körper, denn mit Entsetzen stellte ich fest, dass ich vergessen hatte, die Tür zu Elsbeths und Ralfs Wohnung zu schließen. Tina würde sich gleich furchtbar wundern, warum die Eingangstür nur angelehnt war und hoffentlich gleichzeitig enorm neugierig werden, damit ich schleunigst durch das Treppenhaus hinunter und aus dem Haus verschwinden konnte.

Mein Herz drohte mir aus der Brust zu hüpfen.

Kapitel 99

Tina schüttelte den Kopf. Mit einem ungewöhnlich furchtsamen Gefühl im Magen drückte sie die Tür auf. Als sie den Vorraum betrat, nahm sie diesen eigenartigen Geruch sofort wahr. Es roch komisch. Nach Rost. Behutsam drückte sie die Tür hinter sich ins Schloss.

Betrieb Ralf irgendeine abartige Freizeitbeschäftigung, von der sie nichts wusste? Fertigte er in der Wohnung seiner Ex vielleicht Kunstgegenstände aus rostigen Teilen an? Unwillkürlich musste Tina grinsen.

»Männer, wenn man die allein lässt«, flüsterte sie.

Sie schlüpfte aus ihrer Jacke, hängte sie an der Garderobe auf und betrat den verdunkelten Wohnraum. Tina sah aus dem Augenwinkel, dass er auf einem der Sessel im Wohnzimmer saß. Ralf war in sich zusammengesunken. Vermutlich betrunken eingeschlafen. Im gedimmten Licht sah sie die auf dem Couchtisch herumstehenden Flaschen. War es möglich, dass ihm der Tod seiner Ex mehr zu Herzen ging, als er ihr gegenüber zugab? Tina tastete nach dem Lichtschalter. Das Licht war einfach zu schummrig, um Genaueres zu sehen. Sie drehte das Licht auf und wandte sich zu Ralf um.

Ihr von Angst erfüllter, gellender Schrei hallte durch die gesamte Wohnanlage.

Kapitel 100

Wer nicht läuft, gelangt nie ans Ziel.
Johann Gottfried Herder

Zwanzig Sekunden. Mehr Zeit würde mir nicht bleiben. Ich wartete einen Herzschlag lang. Kaum, dass Tina die Eingangstür geschlossen hatte, rannte ich los. Jetzt nur nicht stolpern und nichts wie weg von hier, schoss es mir durch den Kopf.

Sekunden später ertönte Tinas markerschütternder Schrei, der die Bewohner des Mietshauses aus den Betten katapultieren musste. Ihr Schrei erreichte sogar noch meine Ohren.

Panisch rannte ich weiter. Immer die Straße entlang. Es galt nur wenige hundert Meter bis zum Goethe- und Schiller-Archiv hinter mich zu bringen, danach würde ich mich in den Park schlagen. Ich bin sicher, dass ich einen neuen Rekord für den 100-Meter-Lauf aufgestellt hatte. Der Regen strömte in Sturzbächen vom Himmel. Dafür war ich dankbar, denn das unwirtliche Mistwetter hielt die Leute von überflüssigen nächtlichen Aktivitäten ab. Beispielsweise eine spätnachts joggende Frau mit gut befüllter Handtasche und Regenschirm zu beobachten, die rannte, als wäre der Teufel hinter ihr her. Die Wahrscheinlichkeit, dass meine Flucht beobachtet worden war, hielt sich in Grenzen.

Im halben Blindflug ließ ich die Leutraquelle links liegen, trabte weiter zur Naturbrücke und ärgerte mich über mein beginnendes Seitenstechen. Doch ein Stehenbleiben war keine Option. Das Rauschen der Ilm beruhigte mich minimal. Nur Sekunden später wurde das Wasserrauschen übertönt von den Tarzanschrei-artigen Tönen des Martinshorns, das durch die Nacht schallte. Polizei. Das war schnell gegangen. Welchen

Weg die Einsatzfahrzeuge nehmen würden, war mir nur zu deutlich bewusst. Ich wurde langsamer, mein Herzschlag normalisierte sich. Auch das hämmernde Dröhnen des Pulses in meinem Kopf ließ endlich nach. Mein Seitenstechen würde mich noch eine Weile begleiten, genauso wie die frisch entstandenen Blasen an meinen Fersen. Meine völlig durchnässten Freizeitschuhe waren hübsch, auch bequem, aber absolut nicht lauftauglich. Ich seufzte und stellte nach wenigen Schritten fest, dass die Schmerzen an den Fersen unerträglich wurden. Die Blasen hatten sich geöffnet und brannten höllisch. Leise schalt ich mich »Mimose« und zog die Schuhe schließlich aus. Das Gefühl? Unsagbare Erleichterung. Freiheit für meine Füße, wenn auch der Boden unangenehm kalt war. Weil ich sowieso schon überladen war, steckte ich einfach je einen Schuh in die linke und rechte Tasche meines Regenmantels. Würde mich jetzt jemand sehen, musste der mich für eine hoffnungslose Trinkerin halten, die sich den Weg nach Hause erkämpfte. Handtasche quer über die Schulter, Regenschirm in den krallenartig verkrampften Fingern. Pudelnass. Angeklatschte Haare. Augen, die vermutlich wie die eines Waschbären aussehen, weil mein Makeup nicht wasserfest war, zudem barfuß unterwegs. Steine stachen schmerzhaft in meine Fußsohlen, wodurch ich einen eigenartigen, betrunken-unsicheren Gang hinlegte. Ich wirkte sicherlich wie eine Pennerin, die dem Alkohol gehuldigt hatte. Jeder Entgegenkommende hätte einen respektvollen Bogen um mich geschlagen.

Shakespeare auf seinem Sockel schenkte mir ein eigenwilliges Grinsen, als er sich nach mir umwandte und mir lange nachsah. Ich kürzte über eine Wiese ab und betrat beim Liszt-Haus die Allee, die mich im nächtlichen Schatten der Bäume in die Berkaer Straße bringen sollte.

Ob mich jemand hätte beschreiben können?

Ich weiß es nicht. Ich vermute jedoch, dass die Beschreibung einer über die Straße hetzenden Person nur schwer möglich war, denn die Straßenbeleuchtung war nicht die hellste, und ich war zu schnell in dunkler Nacht verschwunden. Trotzdem war Tinas Schrei deutlich hörbar gewesen, und ihre Hilfe-Rufe hatten bereits für Aufregung gesorgt. Wie der Anlass zur Flucht nicht überaus hektisch gewesen und die Nacht nicht derart unwirtlich, wäre meine Wegstrecke durchaus als fabelhafte Sightseeing-Tour zu werten. Auf den Nebenstraßen war es deutlich ruhiger als auf den Hauptdurchzugsstraßen der Stadt. Ich kam zügig voran. Barfuß klatschen meine Fußsohlen über den Asphalt der Berkaer Straße, die mich zum Friedhof bringen würde. Von dort war es nur noch ein kleiner Hüpfer nach Hause. Ich stützte mich am Stamm eines mächtigen Alleebaumes ab. Luftmangel aufgrund jahrelanger Faulheit was körperliche Ertüchtigung betraf, machte sich deutlich bemerkbar. Inzwischen plagte mich wieder heftiges Seitenstechen. Aber lieber Seitenstechen als Hafturlaub.

Ich keuchte leise vor mich hin. Noch fünf Minuten bis zur häuslichen Erstversorgung. Ein Brummen und das Scheinwerferlicht eines herannahenden Autos lenkten mich von meinen lautlosen Klagen ab. Panikartig versteckte ich mich hinter großen Müllcontainern, wobei ich gepeinigt feststellte, dass dies keine gute Idee gewesen war, denn ein falscher Tritt bescherte mir eine Glasscherbe, die sich schmerzhaft in den Fußballen unterhalb meiner kleinen Zehe bohrte. Hinter zusammengebissenen Zähnen unterdrückt aufheulend, begleitete ich das Vorbeifahren des Autos. Gut, es war nur eine kleine Scherbe, dennoch war der geborgte Sichtschutz teuer erkauft, denn ab diesem Zeitpunkt humpelte ich, eine Spur aus Blutströpfchen hinterlassend, nach Hause. Sollte doch der heftige Regen die Reinigung der Straße übernehmen. Den gequälten Schrei, den ich unmittelbar während des Unfallgeschehens nur mühsam unterdrückt hatte, ergänzte ich nun mit wahrhaft eleganten Flüchen, zu denen Ozzy Osborne freudig applaudiert hätte. Er könnte heute dazulernen, denn sein Repertoire ist, im Gegensatz zu meinem, recht eintönig. Standardmäßig begann ich mit »Himmel, Arsch und Zwirn«, was ich nur halblaut knurrte, obwohl mir nach lautem Gezeter war. Dazwischen kamen mir deftige Anglizismen aus dem Mund, gepaart mit einer Inflation von Schimpfwörtern, die Heilige und den Unterleib mit einbezogen. Zuletzt stöhnte ich »Drecksau elendige« und meinte damit natürlich die Glasscherbe.

Dieser letzte Fluch begleitete jenen Augenblick, in dem ich die Glasscherbe aus meinem Fußballen zog. Inzwischen befand ich mich unmittelbar am Friedhof. Ich saß auf den Stufen der Fürstengruft und betrachtete im schwachen Licht eines Grablichts, das hier jemand zu Ehren der Verstorbenen hingestellt hatte, das hinterhältige Stückchen Scherbe, das kaum der Rede wert war. Froschgrün. Nur einen halben Zentimeter lang, hatte es etwa denselben Durchmesser. Mein wunder Fuß blutete freudig vor sich hin. Die Blutstropfen bildeten zum Grau der Stufen einen schönen Farbkontrast. Ich starrte das rote Tupfenmuster an, lauschte auf das leise Platschen des Regens, der das blutige Rinnsal wässerte und fortwusch. Die teure Stola, die erst vor kurzem in Ralfs Wohnzimmer elegant von meiner Schulter gleiten durfte, erniedrigte ich zum notdürftigen Wundverband.

Minutenlang saß ich und lauschte. Der Regen war in ein Nieseln übergegangen. Es war still geworden. Die Nacht war, wie sie sein sollte. Dunstig. Vor allem aber friedlich. Entferntes Wasserrauschen hatte einschläfernde Wirkung auf mich. Nicht jedoch auf meinen Magen. Der knurrte. Der unersättliche Hunger nach begangener Untat. Gab es so etwas wirklich?

Ich wickelte die Stola fester um meinen beschädigten Fuß, stemmte mich hoch und querte mehr hüpfend als gehend den Friedhof. Zweihundert Meter noch. Zuhause angekommen, hangelte ich mich die Eingangsstufen zur Haustür hoch und fand das hässliche Geländer erstmals praktisch. Ich hopste hin zur Eingangstür und drückte meinen Körper gegen die große, schwergängige Haustür. Mit dem Regenschirm stützte ich mich, so gut es ging ab, und dachte dabei sehnsüchtig an Herrn Franz, meinen Wohnungsnachbarn, der immer irgendwo einen Gehstock herumlehnen hatte. So ein Ding wäre jetzt praktisch, denn der Regenschirm war nicht stabil genug, um mich, meinen frierenden Körper und den wehleidigen Fuß zu stützen. Die große Handtasche pendelte lästig gegen meinen Rücken.

Bis vor wenigen Tagen hätte man diese Eingangstür nicht lautlos öffnen können. Ein Quietschkonzert, das jedem Horrorfilm Ehre gemacht hätte, hatte jedes Öffnen und Schließen begleitet. Schmierspray WD-40 hatte für Abhilfe gesorgt, und so betrat ich geräuschlos das Hausinnere. Abgesehen von meinen klatschenden Füßen auf den Fliesen, blieb es still. Die Mieter lagen im Tiefschlaf. Vermutete ich jedenfalls.

Es roch modrig und nach abgestandener Luft. Das Treppenhaus, von dem in jeder Etage links und rechts zwei kleine Wohnungen abgingen, lag in tiefe Finsternis gehüllt da. So würde es vermutlich die nächste Zeit bleiben, denn die Beleuchtung funktionierte ohnehin nur selten, sodass ich gelernt hatte, den Weg blind in meine Obergeschoßwohnung zu finden. Günstige fünfundvierzig Quadratmeter und vier Fenster erwarteten mich sehnsüchtig. Obwohl inzwischen todmüde, beschloss ich mir und meinen Füßen ein entspannendes Bad zu gönnen.

Während das Wasser die zu kurz geratene Badewanne füllte, beheizte ich meinen Wohnzimmerofen. Die restfeuchten Baumwolltücher, Anzünder und meine Samthandschuhe dienten mir als Brandbeschleuniger für das vorsorglich aufgeschichtete Holz. Das Skalpell und dessen Hartkunststoffetui würden eine saubere Runde in Desinfektionslösung schwimmen, bevor ich meine besonderen Hilfsmittel wieder gut verstecken wollte. Frau weiß schließlich nie, wann wieder Einsatzbedarf für ein scharfes Messer ist. Das Whiskeyglas hatte ich in jenem Glascontainer entsorgt, dessen Umgebung meine Fußsohle zutiefst beleidigt hatte. Ich hoffe, dass mir zumindest dieses Scherbenopfer Glück bringen wird, wenn schon mein Fuß unter nachlässig zurückgelassenen Scherben hatte leiden müssen. Die Kleidungsbürste war im nebenstehenden Kunststoffcontainer gelandet. Meine Waschmaschine würde sich gleich um meine verschmutzte, blutige Kleidung kümmern. Mit der Säuberung meiner Schuhe würde ich mich noch beschäftigen müssen, während die Plastiktasche den Weg in die lodernden Flammen meines Wohnzimmerofens fand, ebenso wie Latexhandschuhe und Feuchttücher. Natürlich weiß ich, dass dies keine umweltgerechte Entsorgung ist, aber das war der Mord an Ralf schließlich auch nicht.

Erst im warmen Wasser meiner Badewanne liegend, begriff ich, welches Glück ich heute Abend gehabt hatte. Der Lauf der Dinge, vor allem der Lauf der Zeit, waren auf meiner Seite gewesen. Eine kleine Verschiebung hätte ungeahnte Auswirkungen gehabt.

Vermutlich würde meine unsterbliche Seele in der Hölle schmoren. Spätestens dort würde Ralf Gelegenheit zur Rache erhalten. Blöd nur, dass ich nicht an den Himmel glaubte, daher galt für mich die Drohung mit der Hölle nicht als Einschüchterung. Außerdem war es eine enorm glückliche Fügung gewesen, dass Tina nur wenige Minuten zu spät bei Ralf aufgetaucht war. Wäre sie zu früh in der Wohnung angekommen, hätte ich mir in aller Eile eine tödliche Lösung für sie einfallen lassen müssen. Das würde ich zwar ohnedies in Angriff nehmen, allerdings schätzte ich keine Überraschungen. Ihr unerwartetes Auftauchen wäre beinahe zu einer geworden.

Und Ralf?

Niemals hätte mir Ralf die Tür öffnen sollen.

Niemals die Hand, die ich ihm gereicht hatte, annehmen dürfen.

Sein Fehler.

Kapitel 101

Tinas Abend war weniger geruhsam und zufriedenstellend ausgeklungen als Evas. Nachdem Tina festgestellt hatte, dass Ralf nicht wegen des Konsums einer großen Menge Alkohols im Wohnzimmersessel eingeschlafen war und dass er kein neues rotes Shirt trug, wie sie auf den ersten Blick vermutet hatte, sondern dass die eigenwillige Frontfärbung seiner Brust einfach an einer großen Menge Blut lag, die aus Ralf ausgetreten war, brauchte sie weitere zwei Sekunden, um mit brutaler Realität zu erfassen, was hier geschehen war. Mit ihren gellenden Schreien weckte sie schließlich alle Mieter aus ihrem nachmitternächtlichen Schlaf.

Tina war hysterisch heulend, durchaus verständlich in Anbetracht der blutigen Umstände, aus der Wohnung gerannt und einem Mieter, der gerade erst von einer Zechtour mit Freunden nach Hause gekommen war, in die Arme. Auch in dieser Hinsicht hatte eine glückliche Fügung Eva vor dem erwischt werden bewahrt.

Jener Mieter, dem Tina in die Arme rannte, verhielt sich abgebrühter, was die Auffindung von Toten betraf. Immerhin war er Polizist und schon berufsbedingt an derart eigenartige und oft grauenhafte Funde gewöhnt. Man könnte fast sagen, dass er schreiende Frauen meist mit einem grässlichen Vorfall, zumindest aber mit einem Blutbad in Verbindung brachte, das über einen unvorsichtigen Schnitt mit dem Wurstmesser hinausging. Seine sachliche Reaktion war also einer gewissen Abgebrühtheit zu verdanken. Er wählte die Notrufnummer der Polizei, nachdem Tina »Blut« und »tot« gestammelt hatte, und brachte die inzwischen teilnahmslos wirkende Frau in seine Wohnung, die sich im Stockwerk darüber befand. Dort versorgte er sie mit einem Glas hochprozentigen Alkohols und seiner älteren Nachbarin, die im Schlafmantel und mit Lockenwicklern im Haar im Treppenhaus gestanden und ihn fragend angesehen hatte.

»Bitte, geben Sie ein paar Minuten auf sie acht«, hatte er seine Nachbarin gebeten und beide Frauen auf seine Couch verfrachtet, wo Tina mit großen Augen wie paralysiert in ihr inzwischen leeres Glas starrte.

Unverzüglich lief der Polizist wieder nach unten, um die betreffende Wohnung vor allzu wissbegierigen Mitmietern zu bewahren. Seine Vermutung war nicht unberechtigt, denn der erste Neugierige hatte sich bereits unerlaubt vorgewagt, bevor er heftig vom Gesetzeshüter angeblafft wurde und sich aus dem Staub machte. Schließlich wandte er sich an die Umstehenden, die ihn erwartungsvoll anstarrten. Die Erregung über das ungewisse Geschehen stand ihnen unverhohlen ins Gesicht geschrieben. Augen glänzten und brennende Neugier wollte befriedigt werden. Auch der Polizist selbst war von Forschungsdrang beseelt. Unbedingt wollte er Bestätigung erfahren, was denn nun in dieser Wohnung tatsächlich geschehen war. Aus Gewohnheit gab er knurrend seinen Standardsatz zum Besten, der nicht immer, aber meist hilfreich war: »Ich bin von der Polizei. Bitte gehen Sie in Ihre Wohnungen zurück und halten Sie sich zur Verfügung. Meine Kollegen werden sofort eintreffen.«

Seinem Gesichtsausdruck war zu entnehmen, dass er keinesfalls weichen würde.

»Sinnlos, hier zu warten«, tuschelte einer der Mieter seinem Stehnachbarn zu, der in fleckigem Rippshirt und im Schritt bequem durchgehangener Pyjamahose im Flur stand und auf eine Bestätigung des Gerüchts wartete, wonach es einen Toten zu bestaunen gab. Der strenge Blick des Polizisten und seine untadelige Bewachungsmaßnahme der Wohnungstür, die er bis zur Ankunft seiner Kollegen aufrechterhalten würde, wurden schließlich ernst genommen. Die neugierigen Mieter begaben sich gemächlich zurück in ihre warmen Betten, zumindest aber schlossen sie die Wohnungstüren und legten sich hinter den Türspionen auf die Lauer.

»Endlich« seufzte der Polizist und betrat hastig die Wohnung. Die Zeit, bis seine Kollegen vor Ort eintrafen, wollte er nutzen, um seine Neugier zu befriedigen. Der Geruch von Blut war ihm geläufig und in dieser Wohnung massiv vorhanden. Er wusste, dass hier jemand jede Menge Blut gespendet hatte, bevor er die Leiche zu Gesicht bekam. Das Licht im Wohnzimmer brannte und beleuchtete eine Szene wie aus einem Horrorfilm. Durchschnittene Kehle, wie es schien. Zumindest nahm er das an, denn der Blutschwall im Brustbereich wies darauf hin. Der Mann war tot. Allerdings musste sein Tod letztlich von einem Mediziner bestätigt werden. Er blickte sich um und wusste aus jahrelanger Erfahrung, dass das Geschehen erst kurze Zeit zurücklag. Sehr kurze Zeit sogar. Der Tatort wirkte frisch. Das Blut war hell, nicht eingetrocknet. Vielleicht war der Täter noch im Haus. Aber darum sollten sich seine Kollegen kümmern, die gerade deutlich hörbar vorfuhren.

Sekunden später, auch etwas blasser als zuvor, stand der Wächter wieder im Gang vor der Tür und kam seiner Aufsichtspflicht nach. Während er auf die Kollegen wartete, dachte er darüber nach, ob ihm etwas aufgefallen war, bevor er das Haus betreten hatte. Das Wetter war übel. Es hatte heftig geregnet, das tat es immer noch. Er hatte den Kopf eingezogen und war, ohne sich umzusehen, aus dem Auto gestiegen und ins Haus gelaufen. Er konnte sich an keine Auffälligkeiten erinnern. Nur das Klatschen von Sohlen auf nassem Asphalt war ihm in Erinnerung. Dem hatte er allerdings keine Bedeutung zugemessen. Da hatte eben eine andere Person auch versucht, dem Regen zu entkommen. Jetzt allerdings ärgerte er sich, nicht hingesehen zu haben. War es möglich, dass dies der Täter auf der Flucht gewesen war?

Kapitel 102

Tina saß auf einer fremden Couch in einer fremden Wohnung und hatte bereits das zweite Glas Alkohol intus. Ihr Promillepegel stieg rapide an. Ab dem Zeitpunkt, als der Mann, der sich als Polizist vorgestellt und sie der Fürsorge der Nachbarin übergeben hatte, die Wohnung verlassen hatte, wurde sie umsorgt. Die arme Nachbarin, gänzlich mit der Situation überfordert, hatte bereits das dritte Glas großzügig mit Gin befüllt und es weitergereicht. Tina wiederum hatte brav getrunken. Wie eine Verdurstende rettendes Wasser.

Das vierte Glas verursachte ein warmes Gefühl in Tinas Magen und führte in weiterer Folge zu Schläfrigkeit. Am fünften Glas nippte sie nur noch zaghaft. Die Frau in Morgenmantel und Lockenwicklern tätschelte Tinas Hand. Sie bemühte sich um sie, indem sie über Gott und die Welt sprach. Tina hörte nichts davon, denn vor ihrem inneren Auge sah sie den zusammengesunkenen, blutüberströmten Ralf auf dem Sessel sitzen. Sie rutschte in der Couch tiefer, schloss die Augen und döste betrunken ein, worauf die Lockenwicklerfrau nach dem Glas griff, es austrank und ihr Tun mit »Ewig schad d'rum!« kommentierte.

Vermutlich konnte Tina froh sein, dass ihr der Anblick von Ralfs klaffender Halswunde erspart geblieben war, das wusste sie aber zu dem Zeitpunkt noch nicht, denn erst später, als sie wieder einigermaßen nüchtern war, wurde ihr die Todesursache mitgeteilt.

Während Einsatzkräfte das Haus durchsuchten, immerhin war es möglich, dass sich der Täter auf dem Dachboden oder im Keller versteckt hielt, machten sich zwei Polizisten auf, um die Frau, die den Toten gefunden hatte, zu verhören. Die Überraschung, die sie vorfanden, war unangenehm. Den ermittelnden Beamten blieb nichts übrig, als die Augen zu verdrehen. Sie waren dem Mann, der sich als Kollege herausstellte, gefolgt. Der hatte ihnen seine nichtgemachten Beobachtungen bereits als solche mitgeteilt. Nun hieß es, die beiden Frauen zu befragen. Allerdings fanden sie die wichtigste Zeugin oder womöglich die Täterin, man wusste schließlich nie, schnarchend vor. Die neben der Betrunkenen sitzende Frau in Lockenwicklern hatte nichts von den Vorkommnissen bemerkt, da sie bis zum gellenden Schrei gut geschlafen hatte.

»Hervorragend«, seufzte der eine, »so werden wir den Fall richtig schnell lösen können«, fügte er grantig hinzu.

Ein Versuch Tina aufzuwecken, brachte nichts, denn auch in annäherndem Wachzustand war die Frau nicht in der Verfassung, nur ein ordentliches Wort zu formulieren.

»Ich war kurz auf der Toilette, vielleicht hat sie ein zweites Glas oder mehr«, die Nachbarin machte eine typische Handbewegung zum Mund, ließ den Satz unvollendet und zuckte mit den Schultern.

Einer der Ermittler nickte.

»Danke fürs Aufpassen. Sie können jetzt in ihre Wohnung zurückgehen. Wir melden uns bei Ihnen, wenn wir noch etwas wissen wollen.«

Die Rettungskräfte wurden gerufen und durften sich um Tina kümmern. Sie würde irgendwann in einem Krankenhauszimmer aufwachen, vor dessen Tür ein Polizist stünde. Ihr sicherlich heftig schmerzender Kopf würde sich am nächsten Tag zusätzlich mit Fragen quälen lassen müssen. Während ein Polizist die Handtasche der weggetretenen Tina nach ihrem Ausweis durchsuchte, tatsächlich den Führerschein fand und die Daten notierte, unterhielt sich der andere Ermittler mit jenem Kollegen, der hervorragende Absicherungsarbeit geleistet hatte

»Ich habe die Frau hier noch nie gesehen, vermutlich die Neue vom Toten, der erst vor kurzem seine Verlobte durch Selbstmord verloren hat. Hat sich schnell getröstet. Eigenartige Sache.«

»Danke für die Aktivierung der Einsatzkette und die Absicherung des Tatorts bis zu unserem Eintreffen. Schlaf gut, Kollege«, erwiderte der Hauptermittler knapp und verabschiedete sich mit einem Nicken.

Kapitel 103

Ralfs Familie erfuhr am frühen Morgen von der grauenvollen Tat. Gleichzeitig erfuhren sie, dass der tote Ralf eine Weile in der Gerichtsmedizin bleiben musste, denn die Untersuchungen waren längst nicht abgeschlossen. Die Familie konnte daher nur trauern und auf die Freigabe des Leichnams warten, was durchaus mehrere Wochen dauern würde, wie man ihnen so feinfühlig, wie es in einem derartigen Fall möglich war, beizubringen versuchte.

Tina wurde befragt und befragt und befragt und hatte absolut nichts gesehen und keine Ahnung, wer für Ralfs Tod verantwortlich sein konnte.

Ob er Feinde hatte?

Sie wusste es nicht, dazu hatten sie einander nicht lange genug gekannt. Natürlich, Elsbeths Familie hatte kein gutes Haar an ihm gelassen, denn schließlich machten sie ihn für den Selbstmord Elsbeths verantwortlich.

Befragungen in der Familie der Ex-Verlobten blieben jedoch ohne Erfolg. Die Familienmitglieder hatten ein Alibi vorzuweisen. Eine abendliche Gedenkveranstaltung für Elsbeth, abgehalten an jenem für Ralf verhängnisvollen Tag, die noch dazu sehr lange gedauert und mit einigen intensiv Betrunkenen geendet hatte, bot vielen Familienmitglieder ein perfektes Alibi. Hauptverdächtige, die gut ins System gepasst hätten, schieden damit aus.

Ralfs Freundeskreis war überschaubar. Die Arbeitskollegen zuckten mit den Schultern. Sie hatten in der kargen Freizeit zuletzt kaum Kontakt zueinander gehabt. Ralf war nicht der mitteilsame Typ gewesen, wie die Wenigsten aus der kollegialen Runde. Auch jener Freund, der Ralf für kurze Zeit

Unterschlupf geboten hatte, war ratlos. Er hätte ihm seine Wohnung für die Dauer seines eigenen Auslandaufenthaltes überlassen, da Ralf dringend aus der Schusslinie musste. Seine Ex hatte den armen Kerl terrorisiert. Aber wer Ralf derart gehasst haben könnte, dass er dafür zum Mörder wurde? Der Mann hatte keine Ahnung.

Befragungen fanden in umliegenden Häusern statt, doch das schlechte Wetter und die späte Stunde hatten dazu beigetragen, dass sich kaum Menschen auf der Straße herumgetrieben hatten, die hilfreiche Beobachtungen hätten machen können.

DNA war gefunden worden. Die größten Mengen stammten vermutlich von der toten Verlobten und natürlich vom Toten selbst. Der Rest würde sich weisen. Die DNA-Analysen und die nachfolgenden Abgleiche würden insgesamt Wochen dauern. Und gefundene DNA bedeutete noch lange nicht, dass es in der Täterdatenbank eine passende Übereinstimmung gab. Der Fall roch übel nach zähem alten Leder.

Kapitel 104

Margaux erfuhr von einer schluchzenden Tina vom grausamen Todesfall und war erstmals in ihrem Leben direkt betroffen. Zumindest so direkt, wie man betroffen sein konnte, wenn die intimste Freundin die Leidtragende war.

»Sie geben den Leichnam nicht zur Beerdigung frei«, schluchzte Tina an Margaux' Schulter, die sich prompt Sorgen um ihre neue grüne Seidenbluse machte.

Margaux schob Tina von sich weg, sah ihr, wie sie meinte, mütterlich verständnisvoll in die Augen und fragte: »Wer ist SIE?«

»Die Gerichtsmedizin.«

Tina wurde von einem neuerlichen Weinkrampf geschüttelt und Margaux, die der Situation einigermaßen hilflos gegenüberstand, nahm Tina in die Arme und bat sie ins Wohnzimmer. Tina ließ sich mit einem Plumps auf die Ledercouch fallen. Margaux nahm eine Decke und wickelte diese um die zitternde Tina.

»Danke«, stammelte Tina unter Schluchzern. Margaux goss Rotwein in ein Glas und reichte Tina den Wein, bevor sie sich ebenso großzügig einschenkte. Beide nahmen einen Schluck. Eine Pause entstand. Margaux setzte sich neben Tina, nahm ihr das Glas wieder aus der Hand und stellte es auf dem Tisch ab.

»Was soll ich jetzt tun?«, wandte sich Tina mit rotverweinten Augen an Margaux.

»Liebes, gar nichts kannst du tun. Du kannst dich ablenken, zumindest es versuchen. Es wird dir nichts weiter übrigbleiben, als auf die Beerdigung zu warten, damit du Abschied nehmen kannst.«

Wieder entstand eine Pause.

»Hattest du die Möglichkeit, mit seiner Familie zu sprechen?« Margaux sah Tina abwartend an.

Tina nickt.

»Ich habe den Eindruck, die glauben nicht, dass ich Ralfs Freundin war. Für sie war Ralf mit Elsbeth liiert, und selbst nach ihrem Tod ist sie immer noch seine Lebensgefährtin und nicht ich.«

Wieder wurde Tina von Schluchzern geschüttelt.

»Ich solle seine persönlichen Sachen, die in meiner Wohnung sind, zusammenpacken und zurück in Elsbeths Wohnung bringen«, fuhr Tina entrüstet zwischen einzelnen Klagelauten fort.

»Die betroffenen Familien wollen die Güteraufteilung untereinander regeln, wurde mir gnadenhalber mitgeteilt.«

Tina griff nach einem Taschentuch, das ihr Margaux gereicht hatte, schnäuzte sich ausgiebig und fuhr mit weinerlicher Stimme fort.

»Nie wieder gehe ich in diese Wohnung. Keine zehn Pferde bringen mich dahin zurück. Die sollen seine Sachen eben bei mir abholen. Viel ist es ohnehin nicht.«

»Völlig richtig. Wenn du willst, helfe ich dir beim Packen und rufe gerne für dich bei seiner Familie an. Du musst niemanden von denen treffen. Von der Beerdigung erfahren wir auch so. Wenn du magst, begleite ich dich, dann kannst du dich von Ralf verabschieden.«

Tina zog undamenhaft Rotz die Nase hoch und hauchte ein feierliches: »Danke.«

Wieder herrschte eine Weile Ruhe. Plötzlich würgte sich aus Tinas Hals ein Kichern hoch, und sie verfiel – benebelt durch den Wein – in Plauderstimmung.

»Du bist die Beste. Weißt du, eigentlich habe ich es anfangs mit Ralf nicht ernst gemeint. War ein Spaß ihn dieser Elsbeth auszuspannen. Aber er war ein feiner Kerl. Bisher hatten wir kaum Gelegenheit zum Streit, sodass unsere Beziehung eine richtig geile war. Die Zeit mit ihm war schön und ich kann mir nicht vorstellen, wer ihn derart hasste, dass sein Leben auf diese Weise enden musste.«

»Wenn wir das wüssten, säße der Täter bereits im Gefängnis«, erwiderte Margaux trocken.

»Du wirst sehen, die finden den Mörder. Der befindet sich sicher im engen Umkreis. Das ist doch meistens so.«

Wie um ihre Worte zu bestätigen, nahmen Tina und Margaux einen weiteren Schluck vom Wein, und bald drehten sich die Gespräche um andere Dinge, unter anderem um die Herbstmode und die kommenden Winterfarben. Fast wäre Margaux ein Fauxpas passiert, denn die Plauderei hätte sich beiläufig ihrer Hochzeit zugewandt. Es war besser, über Belanglosigkeiten zu sprechen, um Tina abzulenken, dazu waren die Vorbereitungen auf ihre Eheschließung nur wenig geeignet. Tina würde nur wieder in Tränen ausbrechen. Also hieß es, die Gefahrenzone zu meiden, um jeden Preis, und bei Tina wirkten Kosmetikfragen, Modethemen und die Frage, welcher Prominente mit welcher Prominenten ein Verhältnis hatte, Wunder.

Als Philipp von der Arbeit nach Hause kam, fand er zwei betrunkene und kichernde Frauen in seinem Wohnzimmer vor. Natürlich hatte er von Margaux bereits erfahren, dass Ralf ermordet worden war. Außerdem war es beinahe nicht möglich, an diesem Mord vorbeizukommen, denn die Medien berichteten ausgiebig darüber, verbunden mit der Bitte an die Bevölkerung, jedwede Auffälligkeiten, die am fraglichen Abend in diesem Stadtteil beobachtet worden waren, an die Polizei zu melden. Trotzdem war Philipp verwundert, wie unterschiedlich Trauerarbeit bewältigt wurde. Vermutlich hätte auch er sich zu diesem Anlass einen ordentlichen Rausch angetrunken, aber ob er tatsächlich kichernd im Kreis seiner Freunde vorzufinden gewesen wäre, wagte Philipp zu bezweifeln.

Er schüttelte den Kopf, fragte die Damen, ob er etwas für sie tun könne, worauf sie in helles Gelächter ausbrachen. An der Wohnzimmertür angelangt, nachdem er sich bereits verabschiedet hatte, meinte er von Tina ein »Bitte strippen!« gehört zu haben. Nun musste er doch schmunzeln, denn Margaux' Freundin schien sich bereits auf dem Weg der Besserung zu befinden. Die Trauerarbeit machte offenbar gute Fortschritte.

Philipp stellte sich unter die Dusche und machte es sich im Anschluss daran in der Bibliothek mit einem Glas Grappa gemütlich. Die alte Bibliothek war ein Raum, den er als seinen Freiraum betrachtete. Hierhin wurde er nur sehr selten von Margaux verfolgt, denn ihr gefielen die raumhohen Bücherregale nicht, die überwiegend mit uralten Schmökern vollgestellt waren. Sie empfand die Bibliothek als erdrückend, die schweren Ledermöbel als zu wuchtig und überhaupt alles als zu sperrig und altmodisch. Um ihr die Luft aus den Segeln zu nehmen, hatte er ein Erbstück seines Vaters, einen schweren, hölzernen Schreibtisch in die Bibliothek bringen lassen und beschlossen, dass sich Bibliothek und Büro perfekt kombinieren ließen. Durch diese Vorgehensweise wollte Philipp Margaux' Übereifer bremsen, was eine mögliche Komplettumgestaltung des Raums betraf. In dieser Hinsicht war ihr alles zuzutrauen. Der Schreibtisch war ein echtes Meisterstück eines hervorragenden, längst verstorbenen Tischlers, war natürlich mit einem Geheimfach versehen worden und überhaupt ein Prunkstück seiner Art. Wenn er dahinter saß und arbeitete, fühlte er sich stark. Bereits sein Vater hatte diesen Schreibtisch von seinem Vater geerbt, und bisher hatte es nicht einmal ein Holzwurm gewagt, sich daran zu vergreifen. Margaux würde das ebenso wenig wagen.

Wenn sie verheiratet waren, würde er sie großzügig gewähren lassen, nur sein Bibliotheksbüro würde er vor ihren dekowütigen Korrekturmaßnahmen verteidigen. Wenn nötig, bis zum bitteren Ende.

Philipp warf einen Blick auf sein Handy. Kein Anruf von Eva. Sie machte ihm das Leben schwer. Üblicherweise warfen sich ihm die Frauen an den Hals. Zumindest versuchten sie es. Besonders wenn Margaux nicht in seiner Nähe war. Er hatte tatsächlich angenommen, dass er bald Evas Anruf auf seinem Handy haben würde. Die jedoch ließ ihn eiskalt warten. Das war neu. So war ihm das noch nie passiert. Das Sprichwort mit dem Berg und dem Propheten kam ihm in den Sinn. Er deponierte sein Handy auf dem Schreibtisch, legte seine Füße hoch, trank einen Schluck Grappa und dachte über Margaux nach.

Nächstes Jahr im Mai würde er heiraten und die Familiendynastie würde sich vielleicht bald erweitern. Philipp dachte an Margaux' üppige Hochzeitsvorbereitungen und nahm noch einen Schluck. Wie um ihn aus seinen Gedanken zu reißen, meldete sich sein Handy. Ein Blick auf das Display zeigte ihm eine unbekannte Nummer an. Erwartungsvoll nahm Philipp das Gespräch an.

Kapitel 105

»Guten Abend Philipp.«

»Guten Abend Eva«, vibrierte sich Philipps tiefe Stimme in ihren Gehörgang und versetzte ihren Unterleib in Schwingungen.

»Wenn du mir auf diese Weise Guten Abend wünschst, wollte ich, du wärst bei mir. Du hast eine herrliche Telefonstimme, weißt du das? Perfekt für eine Sexhotline.«

Philipps Lachen perlte durch Evas Körper und verursachte Glücksgefühle.

Damit war der perfekte Einstieg in eine zwanglose Unterhaltung geschaffen worden. Eva war verlegen gewesen und hatte nicht gewusst, wie sie ihn am Telefon unterhalten konnte. Aber scheinbar hatte sie den richtigen Ton getroffen, denn das Gespräch mit Philipp verlief locker und entspannt, ohne unangenehme Pausen.

Sein Arbeitstag hatte bis jetzt gedauert. Er wäre erst jetzt nach Hause gekommen und erkundigte sich im selben Atemzug höflich nach Evas Arbeitstag. Sie plauderten über Zeitungsmeldungen, sogar über den schrecklichen Mord, der ihn zwar nicht direkt betraf, aber immerhin eine Freundin seiner Verlobten, wie er ihr erzählte. Daraufhin verlief das Gespräch kurzfristig stockend. Es kam erst wieder in Schwung, als Eva ihn bat zu beschreiben, in welchem Raum seines Hauses er sich gerade aufhielt.

»Ich sitze mit einem Glas Grappa in der Hand am Schreibtisch in meiner Bibliothek und habe die Füße hochgelegt«, antwortete Philipp. »Ist bequemer, als es klingt.«

»Wäre es in einem anderen Möbel in diesem Raum angenehmer für dich?«, kam als nächste Frage und Philipp sah sich um. Die Couch war komfortabel, keine Frage. Der hohe Ohrensessel mit der Fußbank, der so hingestellt worden war, dass man tagsüber einen schönen Blick auf den Garten hatte, war aber eindeutig das absolute Highlight im Raum. Schade nur, dass die fortgeschrittene Stunde keinen Blick mehr in den Garten gewährte, dazu war es bereits zu dunkel. Philipp war inzwischen aufgestanden und blickte aus dem Fenster. Die Straßenbeleuchtung, die in der Entfernung durch ein paar Bäume blinzelte, schaffte es nicht einmal ansatzweise in den weiträumigen Garten. Als er sich wieder seinem Bibliotheks-Büro zuwandte, stellte er fest, dass der gesamte Raum sehr gemütlich wirkte. Das gedämpfte Licht der Schreibtischleuchte brachte einen Lichtpunkt in den Raum und ließ die restliche Bibliothek in milder Dämmerung versinken.

»Hier sind einige Möbel, die ich sehr schätze, weil sie gemütlich sind«, antwortete Philipp.

»Such dir eines aus und mach es dir darauf bequem. Du kannst deinen Grappa gerne mitnehmen, wenn er mitgenommen werden mag.«

Evas Stimme klang hell durchs Telefon.

»Ich sitze. Was machst du?«

»Ich liege in der Badewanne.«

Philipp hörte das Plätschern von Wasser und stellte sich ihren Körper im warmen Wasser vor. Sein Glied reagierte auf diese Vorstellung sofort.

»Du bist ein Satansbraten, weißt du das? Mein Freund und ich, wir sind härter, als du ahnst.«

»Oh mein Gott. Wie konnte das passieren? Ist mir echt peinlich. Soll ich lieber aufhören?« Sogar ihr Grinsen war durchs Handy hörbar.

»Auf keinen Fall«, kam es von Philipp schneller, als er von sich erwartet hätte. »Was machst du gerade?«

»Ich streichle mich, was hast du gedacht? Und jetzt nehme ich meinen Schwamm, der übrigens sehr teuer war und …« Philipp hörte ihr Seufzen, öffnete den Reißverschluss seiner Hose und legte sein Glied frei.

»Es ist nicht einfach, sich zu befriedigen und gleichzeitig zu sprechen«, raunte sie ins Handy. »Wenn meine Finger mit meinen intimsten Körperstellen beschäftigt sind, setzt mein Hirn aus, und wenn mein Hirn weggeschaltet ist, setzt meine Lust ein, aber ich mag dann nicht darüber sprechen«, kam es leise. »Reibst du dich?«, fragte Eva und wartete.

»Ich reibe nicht nur, ich stelle mir vor, wie ich in dich eindringe und deinen Arsch spüre und deine Brust knete, und ich höre dich stöhnen und will jetzt endlich abspritzen«, was schneller geschah, als er vorgehabt hatte. Er stöhne und lachte befreit auf. »Es tut mir leid, ich glaube, ich war schneller.«

»Exakt dieser Eindruck drängt sich mir auf, während ich dir zuhöre, und ich bin jetzt verwirrt, weil du mich unbefriedigt zurücklässt.« Als keine Antwort kam, lachte sie ins Handy und meinte: »Nimm nicht alles todernst, was ich sage. Ich werde mir meine Befriedigung verschaffen, spätestens, wenn du aufgelegt hast und ich beide Hände zur Verfügung habe.«

Philipp suchte nach einem Tuch, kapitulierte, als er nichts in Reichweite fand, zog einfach seine Unterhose wieder hoch und schloss den Reißverschluss seiner Hose. Er hörte immer noch das Plätschern des Wassers und wünschte sich, bei ihr zu sein. Gleichzeitig war Philipp unschlüssig, wie das Gespräch nun weitergehen sollte. Er fühlte sich befangen, was ihm sonst nur selten passierte. Eigentlich nie. Als Anwalt durfte er sich Befangenheit nicht leisten.

»Hast du wochentags mal frei?«, fragte er Eva und freute sich, als sie ihm erklärte, dass ihr freier Tag zwar immer flexibel und in Absprache mit den Kolleginnen vereinbart würde, aber kommende Woche hätte sie am Donnerstag frei.

»Würde es dir gefallen, wenn wir etwas gemeinsam unternehmen?« Philipp wartete gespannt auf ihre Antwort, die augenblicklich folgte.

»Gerne. Mach mir einen Vorschlag und ruf mich an.« Eva hielt den Atem an.

»Ok, so mache ich's. Ich melde mich bei dir.«

Es folgte eine kurze Pause, in der Eva geistig langsam bis zehn zählte und mit dem Wasser plätscherte. Sie wollte nichts sagen, sollte doch er den Abschluss des Gesprächs bestimmen.

»Willst du es nicht sagen?«, fragte er schlussendlich.

»Was sagen?« Eva wartete wieder.

»Nun, was jede Frau am Schluss eines Telefongesprächs sagt und im Anschluss die passende Antwort darauf hören will«, raunte Philipps tiefe Stimme an ihrem Ohr.

»Ach, du meinst so etwas wie: Vermisst du mich?«

»Genau das meine ich.«

»Also natürlich vermisst du mich. Heute und morgen und überhaupt.« Eva lachte heiser und fügte hinzu: »Aber es freut mich, dass du daran denkst und mich rechtzeitig erinnerst, dass ich dich danach fragen soll. Schlaf gut.«

»Gute Nacht«, sagte er, legte auf und lächelte.

Er dachte ernsthaft darüber nach, sich ins Auto zu setzen und zu ihr zu fahren. Inzwischen hatte er längst in Erfahrung bringen können, wo sie wohnte. Er lehnte sich in der Couch zurück und überlegte, was sie am Donnerstag machen konnten. Er würde ihr Rendezvous vom Wetter abhängig machen. Bis Donnerstag würde ihm schon etwas Schönes einfallen. Philipp trank seinen Grappa aus und ging zu Bett.

Eva hatte in Wahrheit nicht in der Badewanne gelegen, sie war mit Nagelpflege beschäftigt gewesen, hatte die Gelegenheit für einen Anruf als passend empfunden, und als er sie fragte, was sie gerade tat, hatte sie einfach mit dem warmen Wasser in ihrer Fußbadeschale geplätschert. Der Zweck heiligte die Mittel, und sie würde auf seinen Vorschlag für kommenden Donnerstag warten. Ein Anfang war getan.

Kapitel 106

Der Wein war offenbar berauschend gut gewesen. Margaux und Tina hatten eindeutig zu viel davon getrunken, waren schließlich zu Vodka-Orange übergegangen und hatten bei Gin Tonic mehr oder minder das Bewusstsein verloren, sodass beide am nächsten Tag völlig verkatert aufgewacht waren, natürlich immer noch dort, wo sie gemeinsam gelitten hatten, nämlich auf der Wohnzimmercouch liegend. Rund um die beiden Trinkerinnen lagen und standen Flaschen, Gläser, Korken und Kapseln, vereinzelt sogar Flaschen antialkoholischen Inhalts, wobei eindeutig der Anteil alkoholischer Substanzen überwog. Es sah aus wie nach einer Schlacht, deren Sinn augenscheinlich in der Vernichtung jeglichen Alkohols bestanden hatte.

Tina war heftigere Umtrünke gewohnt als diesen, allerdings nicht in Kombination mit Tabletten, die ihre Stimmung unter Kontrolle halten sollten. Irgendeine ihrer schönen Model-Arbeitskolleginnen hatte ihr vor Wochen eine Packung Antidepressiva überlassen, deren Inhalt sie nach Ralfs Tod der Verwendung zugeführt hatte, für die sie bestimmt war. Sie hatte eine davon geschluckt, danach festgestellt, dass sie sich wolkig fühlte und dass, obwohl die Haltbarkeit der Pillen schon abgelaufen war, diese ganz offensichtlich immer noch wirkten. Zumindest waren jene hysterischen Weinkrämpfe ausgeblieben, die sich sonst einstellten, wenn sie einen gut dotierten Job nicht erhielt. Jetzt, nach dem grausamen Tod von Ralf, halfen ihr die Pillen dabei, Gelassenheit und Stabilität wiederzufinden. Den Beipacktext hatte sie nicht gelesen, wusste doch ohnehin jeder, dass sich Alkohol und Antidepressiva nicht vertrugen, die Wirkung des Medikaments verstärkt wurde und bla bla bla. Was sie nicht las, konnte sie nicht beunruhigen. Beipacktexte waren dazu da, um ignoriert zu werden. Genau diesen Satz hatte sie schon einmal von einem Arzt gehört.

Margaux steckte den Tagesanfang nicht so locker weg wie Tina. Eigentlich hätte sie heute zur Arbeit gehen sollen, war dazu aber nicht in der Lage und außerdem ohnehin schon deutlich zu spät dran. Also telefonierte sie zuerst mit ihrem Chef und spielte die schwer Leidende, was nicht schwierig war, denn ihr Kopf dröhnte, ihr Magen war in heller Aufregung und der Kreislauf lief absolut nicht im Kreis. Margaux entschuldigte sich mit schweren Kopfschmerzen, vermutlich Migräne. Sie könne die Augen kaum öffnen, ihr wäre furchtbar übel und alles drehe sich, sie könne nur liegen und Schmerztabletten schlucken. Ihr Chef zeigte Verständnis. Vermutlich kamen ihm die Symptome bekannt vor, aber niemals hätte er die Mutmaßung angestellt, dass einer seiner vorbildlichsten Untergebenen, ein staubtrockener Typ wie Margaux, einen Kater haben könnte.

Philipp, der sehr gut geschlafen und sich nur wenig gewundert hatte, dass Margaux morgens nicht neben ihm lag, nahm bereits sein Frühstück zu sich. Seine Haushälterin wusste, was er morgens mochte. Gelegentlich saßen sie sogar gemeinsam am Frühstückstisch und gähnten einander an. Allerdings nur, wenn Margaux nicht anwesend war, denn die konnte es nicht leiden, mit dem Personal zu frühstücken.

Heute also saßen sich Philipp und Dora gegenüber. Seine Haushälterin trank Kaffee und aß dazu belegte Brötchen.

»Sollten Sie Ihre Verlobte suchen, die liegt mit ihrer Freundin im Wohnzimmer. Die beiden haben die Nacht offenbar gemeinsam verbracht. Ich hoffe, Sie haben nichts dagegen?« Dabei grinste sie Philipp breit an.

Philipp blickte von der Morgenzeitung auf, erhob sich und ging ins Wohnzimmer, wo es nicht nur stark nach Alkohol und abgestandener Luft roch, sondern die zwei betrunkenen Frauen tatsächlich halbtot in der Couch hingen.

Margaux blickte ihn schwer leidend an, legte ihr Handy aus der Hand, maulte: »Heute keine Lust auf Arbeit,« und bat um Ruhe, nur um gleich darauf stöhnend in die Couchkissen zurückzusinken.

»Hast du deinem Boss mitgeteilt, dass du noch betrunken bist und daher nicht zur Arbeit kommen kannst, mein Schatz?«, dröhnte Philipps Stimme laut durch den Raum. Er schlenderte zu ihr hin und beugte sich über Margaux. Sie stank nach Alkohol. Ihre Ausdünstungen raubten ihm beinah den Atem.

»Bitte nicht so laut, Phil. Nie wieder werde ich einen Tropfen Alkohol anrühren. Ich schwöre. Wasser, bitte«, jammerte Margaux mit krächzender Stimme.

»Natürlich, Wasser kommt sofort.« Philipp reduzierte seine Stimmlautstärke nicht wesentlich, öffnete mit einem Druck auf die Fernbedienung die automatischen Jalousien, um für Tageslicht zu sorgen und nahm zwei Gläser mit Wasser von Dora entgegen, die ihm diese mit dem Hinweis »Kopfschmerztabletten sind bereits darin aufgelöst« reichte.

Ein Glas bekam Margaux, deren Augen das Tageslicht schlecht vertrugen und die, nachdem sie das Glas Wasser ausgetrunken hatte, sogar noch weißer im Gesicht wirkte als zuvor. Fast mit einem Stich ins Blaue, dachte Philipp. Vermutlich kam daher der Ausdruck total blau sein, mutmaßte er, während er das zweite Glas auf den Couchtisch neben die schlafende Tina stellte. Sie war offensichtlich härtere Feiern gewöhnt als Margaux und verschlief ihren Rausch einfach.

»Wenn eine von euch sich irgendwohin übergibt, es nicht mehr aufs WC schafft, putzt ihr euren Dreck selbst weg. Dora werdet ihr mit dem Entfernen eurer unkontrollierten Ausscheidungen sicher nicht beschäftigen. Ist das klar?«, sagte er scharf und sah Margaux mit gerunzelter Stirn an.

»Klar« kam es schwach zurück.

Philipp wandte sich um, bedeutete Dora mitzukommen. Beide setzen sich wieder an den Frühstückstisch.

»Sie haben es gehört, Dora. Keine Putztätigkeiten in Verbindung mit Mageninhalt. Die zwei sind keine kleinen Kinder. In diesem Fall ist Hinterherputzen nicht Ihre Aufgabe.«

Dora nickte, bat Philipp um den Kultur- und Unterhaltungsteil der Tageszeitung und aß ihr Brot auf. Sie war schon lange hier im Haushalt beschäftigt, bereits seit mehr als zwei Jahrzehnten und gerade nur ein gutes Jahrzehnt älter als ihr Chef. Sie hatte Seydtnach Junior immer geschätzt. Er war als Jugendlicher ruhig gewesen, eher unauffällig, ein guter Beobachter, hatte einen starken Willen und ließ sich nur schwer durchschauen. Außerdem war er konsequent, manchmal sogar zu hart, vor allem zu sich. Dora konnte absolut nicht nachvollziehen, was er an dieser Margaux fand, die eher wie ein kalter, toter Fisch wirkte als eine Frau mit Herzenswärme. Vermutlich konnte sie gut Rückenschwimmen, vermutlich vor allem im Bett, aber sonst war ihr die Frau absolut unsympathisch. Sie hatte den Verdacht, dass Margaux vor allem den gesellschaftlichen Aufstieg suchte, den sie über eine Ehe mit Philipp zu erreichen hoffte.

Bereits Philipps Eltern waren immer gut zu Dora gewesen und hatten sie nie spüren lassen, dass sie nur Haushälterin war. Als alleinerziehende Mutter zweier Kinder, die inzwischen erwachsen und aus dem Haus waren, hatte sie es häufig nicht leicht gehabt. Dora konnte sich an Zeiten erinnern, in denen sie Sonderzahlungen erhalten hatte oder plötzlich Rechnungen bezahlt worden waren, ohne dass sie ihr Erspartes hatte angreifen müssen. Sie schätzte die Familie und überlegte nun krampfhaft, wie sie ihren Chef davon abbringen konnte, diese Frau zu heiraten.

»Herr Seydtnach?« Philipp sah wieder von der Zeitung auf.

»Dora, wie oft habe ich schon gesagt, dass Sie Philipp zu mir sagen sollen, das ist nicht schwer und beeinträchtigt unser Verhältnis in keiner Weise.«

Dora nickte und seufzte.

»Philipp, Sie wissen, dass ich Sie sehr mag, nicht nur als Arbeitgeber, sondern vor allem als Mensch. Ich bitte Sie daher, überlegen Sie Ihre«, sie zögerte hinsichtlich der Formulierung, »private Zukunftsgestaltung gut. Ich mache mir Sorgen um Sie.«

Philipp lächelte Dora an, der in diesem Augenblick ein Stein vom Herzen fiel, denn sie wusste, dass er es hasste, wenn man sich in seine Privatangelegenheiten mischte. Sein Lächeln bedeutete ihr viel, und Dora sah, dass sie einen Nerv getroffen hatte.

»Danke Dora, ich weiß Ihre Sorge zu schätzen, und Sie können mir glauben, dass ich nicht nur gut überlegen, sondern mehr noch gut vorsorgen werde.«

Er trank seinen Kaffee aus und blickte auf die Uhr. Das war für Dora das Zeichen für seinen Aufbruch.

»Lassen Sie sich von den beiden nicht herumkommandieren. Ich wünsche Ihnen einen möglichst angenehmen Arbeitstag.«

Kapitel 107

Als Philipp das Haus verlassen hatte, befand Dora, dass heute ein perfekter Tag war, um wieder einmal ausgiebig Staub zu saugen. Sie würde im Flur vor dem Wohnzimmer damit beginnen. Im Anschluss würde sie den Gärtner bitten, den Rasenmäher zu starten. Was für ein herrlicher Arbeitstag.

Philipp dagegen dachte über Doras Ansprache nach. Sie hatte ihm in wenigen Sätzen dargelegt, dass sie Margaux nicht schätzte, ohne auch nur ihren Namen zu nennen oder spezielle Kritik zu üben. Dora werkte schon lange in seinem eigenen und davor bereits eine Weile in seiner Eltern Haushalt herum und war sicherlich eine gute Beobachterin. Die Frau hatte Menschenkenntnis, dazu hatte sie schon zu viel gesehen und gehört. Was sie wohl über Eva sagen würde?

Eva war morgens aufgewacht und wusste, dass der Tag perfekt werden würde. Ihr Terminkalender in der Arbeit war voll. Ihr Arbeitstag würde wie im Flug vergehen. Eva mochte es, wenn die Arbeitszeit niemals langweilig wurde. Ihre Kunden waren überraschend unterschiedlich und deren Wünsche ebenso. Eva stellte erstaunt fest, dass sie sich an ihrem Arbeitsplatz und in ihrer Haut gerade besonders wohlfühlte. Doch auch ein bisschen schlechtes Gewissen nagte an ihr. Schließlich hatte sie das Leben eines Menschen gewaltsam beendet. Sie war eine Mörderin, wobei sie die Bezeichnung Mörderin als zu hart tituliert fand. Racheengel, nein, besser Rachegöttin, ... das gefiel ihr. Außerdem musste unbedingt berücksichtigt werden, dass der Ermordete kein guter Mensch gewesen war. Sie hatte eben die Rechtsprechung direkt übernommen, dadurch zwar das Recht gebeugt, aber immerhin für Gerechtigkeit gesorgt. Natürlich hätte kein Gericht auf diese Weise geurteilt, und Elsbeth wurde durch diese Tat auch nicht mehr lebendig, aber Eva wollte sich vorstellen, dass Elsbeths Eltern zufriedener durchs Leben gingen. Freilich würden sie niemals zugegeben, dass sie es richtig fanden, dass Ralf auf blutige Art und Weise für die Grausamkeiten ihrer Tochter gegenüber gebüßt hatte, aber innerlich würden sie seinen Tod für gut befinden. Eva war sich sicher, dass es so war, und daher mit sich und der Welt sehr zufrieden.

Die Polizei stand vor einem Rätsel. In direkter Umgebung des getöteten Ralf Lorenz fand sich kein Hinweis auf einen Täter. Die Freundin, die das Opfer gefunden hatte, war intensiv befragt worden. Allerdings schien sie keine Ahnung zu haben, wen man für den Mord an ihrem Freund ins Auge hätte fassen können. Sie gestand den ermittelnden Beamten, dass sie Ralf erst kurz gekannt hatte und er ihr daher noch fremd gewesen wäre. Und: Tina Pichler hatte Zweifel geäußert: »Vielleicht war Ralfs Tod ein Irrtum? Vielleicht hätte jemand anders daran glauben sollen?«

Auch die Ermittler befassten sich mit diesem Gedanken. Ein irrtümlicher Mord, ... war dies denkbar?

Nur der eine Polizist, der unmittelbar nach der schreienden Tina am Tatort gewesen war, äußerte Bedenken, denn immer noch waren ihm die auf den nassen Asphalt klatschenden Sohlen in Erinnerung.

Margaux litt immerhin zwei Tage. Sie litt derart ausgiebig an den Nachwehen des Alkoholkonsums, dass sich Tina bereits Sorgen machte. Nur Philipp begegnete dem Alkoholunfall seiner Verlobten distanziert. Er fand es schwierig, Mitleid mit jemandem zu haben, der sich freiwillig in eine unangenehme Situation gebracht hatte. In ein paar Tagen würde ihr Magen wieder in Ordnung sein, ihr Kopf ebenso. Was sollte das Theater?

Trotzdem fand Margaux, dass Philipp seine Haushälterin durchaus hätte anweisen können, leiser im Haus zu arbeiten. Margaux hasste den Gärtner seit zwei Tagen intensiv, denn

der Krawall des Rasenmähers hatte sie fast in den Wahnsinn getrieben, und überhaupt hätte Philipp mehr Verständnis für ihre Lage haben können. Schließlich war der Freund ihrer Freundin ermordet worden. Da konnte es schon passieren, dass man an fremdem Leid zu sehr Anteil nahm und die Situation etwas außer Kontrolle geriet.
»Ist dir das noch nie passiert?«, fragte Margaux ihren Verlobten daher, der daraufhin mit den Schultern zuckte.

»Natürlich ist mir das auch schon passiert, aber ich mache keine Operette daraus. Vor allem aber bin ich mein eigener Chef, müsste mir also keine verlogene Rechtfertigung einfallen lassen. Die Geschäfte und damit das Geld, das ich an so einem Tag verlöre, an dem ich ‹krank bin‘, wie du es nennst, wären mein eigener Verlust. Du hast einfach nicht rechtzeitig zu schlucken aufgehört, also ertrage deine Kopfschmerzen mit Würde und jammere nicht herum.«

Margaux war entsetzt. Das war das erste Mal, dass Philipp auf diese Weise mit ihr gesprochen hatte. Er hatte kein Mitleid gezeigt und war ihr über den Mund gefahren. Sie argwöhnte, dass dahinter mehr steckte als nur Ärger über ihren Alkoholkonsum.

War sein Verhalten nur eine Laune oder auf Überarbeitung zurückzuführen? Oder konnte es sein, dass er ihrer überdrüssig wurde?

Margaux machte sich erstmals Sorgen, dass es nicht zur Hochzeit kommen würde. War vielleicht eine andere Frau im Spiel? Ihr wurde übel und sie beschloss, sobald sie wieder auf den Beinen war, aufmerksamer zu sein. Zur Not würde sie Philipp eine Weile von einem Detektiv beobachten lassen.

Plötzlich war sie misstrauisch geworden. Sehr misstrauisch.

Kapitel 108

Wer Geduld sagt, sagt Mut, Ausdauer, Kraft.
Marie von Ebner-Eschenbach

Donnerstag rückte näher. Der Wetterbericht versprach mildes und sonniges Wetter, und ich wartete auf Philipps Anruf. Ich saß auf Nadeln, denn er ließ sich Zeit. Erst Mittwochabend meldete er sich und bat mich, morgen Mittag im Elephant auf ihn zu warten. Er würde mich abholen. Ich solle mich überraschen lassen, denn er habe allerlei mit mir vor. Die Doppeldeutigkeit seiner Aussage entging mir nicht. Ich überlegte, wie viel oder wie wenig ich zum Rendezvous anziehen sollte. Lächelnd entschied ich mich für Seriosität mit einem Hauch Verruchtheit. Es musste genügen, wenn ich keine Unterwäsche trug und ihn dies bei passender Gelegenheit wissen ließ.

Kapitel 109

Wer nicht mehr liebt und nicht mehr irrt,
der lasse sich begraben.
Johann Wolfgang von Goethe

Ich hatte mich tatsächlich verliebt. Das hatte ich nicht gewollt, auch nicht geplant, aber als Philipp den Elephant betrat, um mich abzuholen, fing ich automatisch zu strahlen an. Die Servierkraft lächelte mich an und nickte mir verschwörerisch zu. Bestimmt hatte sie das Aufleuchten in unseren Gesichtern wahrgenommen. Rasch riss ich mich zusammen, bemüht um eine neutrale Mimik.

Philipp beugte sich zu mir herunter und küsste mich auf die Wange. Dann setzte er sich neben mich.

»Hast du schon eine Kleinigkeit gegessen? Bist du sehr hungrig oder kannst du so lange aushalten, bis wir am Picknick-Platz angelangt sind?«

Ich nickte und versicherte ihm, dass ich durchhalten würde.

Philipp lächelte mich an, bat um einen Moment Geduld, stand auf und führte ein leises Gespräch mit der Angestellten, die ihm daraufhin einen Korb überreichte, der offensichtlich vorbereitet worden war. Philipp zahlte, bedankte sich und nickte mir zu, worauf ich mich zu ihm gesellte.

»Darf ich vorstellen, unser Mittagessen.« Er hob den Korb hoch, lüftete den Deckel einen Spaltbreit, grinste und legte mir die Hand um die Taille, um mich aus dem Lokal zu schieben.

»Komm, wir machen uns auf den Weg.« Er stutzte: »Warum humpelst du?«

»Ach«, ich zuckte mit den Schultern, »Glasscherbe. Blöd gelaufen, aber das wird schon wieder.«

»Soll ich dich tragen?«

Lachend winkte ich ab: »Du trägst ja schon den Korb. Damit hast du genug zu tun.«

Fürsorglich legte er seinen Arm um mich und geleitete mich zu seinem Auto, das ich beim ersten Blick für einen schwarzlackierten Mercedes gehalten hatte. Erst beim Näherkommen erkannte ich, dass dieses Auto ein echtes Sammlerstück war. Außerdem nicht schwarz, sondern dunkelblau. Ein himmelalter Mercedes Benz. Ein wunderschöner Oldtimer.

»Mein Gott, ist der Mercedes schön«, entfuhr mir.

»Sechziger Jahre, 220s W111.« Philipp öffnete die Tür und ließ mich auf dem Beifahrersitz Platz nehmen. Der Korb mit den Appetithäppchen wurde in den Kofferraum gestellt. Die Fahrt konnte losgehen.

Kapitel 110

Margaux war nach Philipps frühmorgendlichem Abgang in seine Kanzlei wütend aus der Villa gestürmt. Grund dafür war nicht nur die ignorante Haltung ihres Verlobten, sondern auch die unerwünschte Aufmerksamkeit eines Bauarbeiters gewesen, der sich der Fassade im Obergeschoß der Villa gewidmet und sich blöderweise genau ihr Schlafzimmerfenster für den Start in den heutigen Arbeitstag ausgesucht hatte. Dabei konnte sie dem Mann nicht einmal Unhöflichkeit vorwerfen, denn der Arbeiter, der am Gerüst stand, hatte freundlich ins Schlafzimmer gegrüßt, dessen Fenster weit offen gestanden hatte. Es war Margaux furchtbar peinlich gewesen, dass er sie halb nackt im Bett vorgefunden hatte, worauf sie panikartig ins Bad geflüchtet war und sich rasch geduscht hatte. Eine halbe Stunde später war sie schlecht gelaunt aus der Villa gerannt.

Dora grinste Margaux hinterher. Sie hatte es geschafft und Margaux aus dem Haus gescheucht. Ursprünglich hatte Margaux sich einen weiteren Tag Erholung in Philipps Villa gönnen wollen. Glücklicherweise wurden seit Anfang der Woche die letzten Sanierungsarbeiten an der Außenfassade durchgeführt. Zuletzt am rückwärtigen Teil des Hauses und nun an der Vorderseite.
Dora hatte die Arbeiter davon überzeugt, dass die Arbeiten im Bereich des Schlafzimmers begonnen werden sollten. Als also morgens einer der Arbeiter das fahrbare Gerüst in Richtung Schlafzimmerfenster verschoben hatte, hatte es Margaux offenbar gereicht, denn sie war plötzlich und unerwartet genesen und in die Arbeit geflüchtet.

Dazu beigetragen hatte auch das Geldkuvert, das Philipp der Haushälterin morgens über den Tisch geschoben hatte. Darin hatte sich ein Bonus für besondere Leistungen befunden. Und Dora war klar geworden, dass Margaux heute aus dem Haus sollte. Die im Umschlag befindliche Nachricht ‚M muss heute wieder arbeiten!' hatte genügt. Dora tat, was getan werden musste. An Ideen hatte es ihr noch nie gemangelt.

Kapitel 111

In der Zwischenzeit war Philipp mit Eva herumgefahren. Sein Ziel lag näher, als er vorgab. Der Ausflug begann mit einer Fahrt vorüber am Platz der Demokratie. Beiläufig erwähnte Philipp den Blick auf den wunderbaren Ginkgobaum gegenüber der Herzogin Anna Amalia Bibliothek.

»Gerade passieren wir das Haus der Frau von Stein«, ergänzte Eva mit elegantem Fingerzeig, »hier logierte Goethes innig geliebte Freundin, Charlotte von Stein. Wusstest du eigentlich, dass Marlene Dietrich auch mal hier gewohnt hat?«

Philipp schüttelte den Kopf: »Nächste Station Goethebrunnen«, erwiderte er und zeigte auf den gusseisernen Brunnen am Frauenplan. »Und hier gleich links das Wohnhaus des Herrn Johann Wolfi, nicht weit von dem seiner Freundin entfernt.«

»Liszt-Haus, hübsch, aber unscheinbar«, bemerkte Eva wenige Meter später.

Philipp hupte, was Eva einen kritischen Blick entlockte. Er grinste: »Madame, hier links von uns befindet sich der Park an der Ilm. Vollgestopft mit besonderen Brücken, Statuen und ungewöhnlichen Monumenten. Immer einen Besuch wert.«

»Und weiter geht's in die Neuzeit. Universitätssporthalle, Bienenmuseum und ein Wohngebiet. Wir befinden uns fast schon in Oberweimar, aber nur beinahe.« Eva warf einen verstohlenen Blick auf die Uhr. Sie waren seit etwa acht Minuten unterwegs. »Philipp, du umrundest dasselbe Wohnviertel nun bereits zum zweiten Mal.«

»Rundreise«, teilte er Eva mit, der endlich dämmerte, dass die Fahrt nur ein Ablenkungsmanöver war.

Den fragenden Blick, den ihm Eva zuwarf, beantwortete Philipp mit einem Schmunzeln. Daraufhin lehnte sie sich bequem im Sitz zurück, ließ Landschaft und Wohnhäuser vorübergleiten und entschied, dass sie einfach abwarten würde. Was blieb ihr auch anderes übrig?

Nach weiteren fünf Fahrtminuten hatte Eva klare Vermutungen zum Endziel der heutigen Rundreise. Inzwischen befanden sie sich auf direktem Weg zur Villa Seydtnach, nahmen jedoch nicht den großen Vordereingang, sondern einen, der etwas abseits lag: eine von grünen Efeuranken bewachsene Zufahrt, die von einem hohen Tor bewacht wurde.

»Wir schleichen uns heute ausnahmsweise von hinten an«, lächelte Philipp und drückte auf einen Funksensor, der am Armaturenbrett des Mercedes befestigt war, worauf sich das Tor langsam öffnete.

Als sie die Einfahrt passiert hatten, warf Eva einen Blick in den Außenspiegel und stellte fest, dass sich das Tor automatisch wieder schloss. Bereits nach wenigen Metern war die ferne Rückseite der Villa Seydtnach zu sehen. Natürlich hatte sie sich längst zu Philipps Wohnort schlau gemacht. Zumindest war ihr die Außenfassade geläufig, die gerade restauriert wurde.

Eva lächelte verstohlen. Sie würde Philipp nicht auf die Nase binden, dass sie von Neugier getrieben Nachforschungen angestellt hatte. Bereits vor Wochen hatte sie einen lauen Abend zu einem ausgiebigen Abendspaziergang genützt und das Gebiet ausgekundschaftet. Sie hatte in Herrschermanier die Außengrenzen der Besitztümer der Familie abgeschritten. Es hatte eine Weile gedauert die Villa zu umrunden. Das Haus und die Parkanlage waren beinahe Perfektion pur. Überhaupt erschien ihr die Villa wie ein Kuchen, eigentlich wie eine Torte. Sie hatte etwa Feines, etwa Hexenhäuschenmäßiges, allerdings in größerem Stil. Die Villa erinnerte sie an eine Hochzeitstorte, nur dass deren Zuckerverzierungen aus Giebeln, Nischen, geschwungenen Balustraden und schnecken- und diamantartigen Verzierungen an der Fassade bestanden. Die Villa war also da und dort schnörkelig, wies aber dennoch viele gerade Linien auf, sodass das Gebäude insgesamt nicht überladen wirkte. Das Bauwerk war jedenfalls ein bildschönes Schmuckstück.

Damals hatte Eva eine Weile vor dem Gebäude verharrt und forschende Blicke zur Front der Villa geworfen. Als sie sich wieder unauffällig beim großen Eingangstor hinausdrücken wollte, hatte sich ein Auto genähert. Weil es ihr peinlich gewesen wäre, beim Schnüffeln erwischt zu werden, hatte sie sich rasch in einen der zahlreichen Spazierwege verdrückt. Fest an einen mit einer üppigen Jungfernrebe bewachsenen Felsen gedrückt, hatte sie von dort aus die Ankunft des Wagens beobachtet und später festgestellt, dass sich in ihrem Rücken eine versteckte Grotte befand. Unglücklicherweise war ihr hektisch gewähltes Versteck nicht nur der Standort einer Jungfernrebe, sondern beherbergte auch eine Wildrose. Die hatte zwar optimale Deckung geboten, ihre Stacheln hatten jedoch zahlreiche blutige Kratzer an Evas Armen und Beinen hinterlassen.

Gespannt hatte Eva dem Auto hinterherspioniert, das direkt auf die Villa zugefahren war. Sie hatte beschlossen zu warten, auch wenn die Zudringlichkeit der Wildrose nur schlecht auszuhalten war, denn die riss währenddessen eifrig an ihren Haaren. Das Auto war bald aus ihrem Sichtbereich verschwunden. Würde der Fahrer nur jemanden abliefern und gleich wieder umkehren? Sie war in ihrem unbequemen Versteck geblieben, denn wenn der Chauffeur wieder zurückkam, musste er nicht beobachten, wie eine Frau hinter einem Strauch hervortaumelte und Stacheln, Blätter und Rosenranken aus Körper und Kleidung entfernte. Nachdem einige Zeit vergangen war und Eva den Eindruck gewonnen hatte, dass eine Rückkehr des Autos nicht mehr zu erwarten war, hatte sie ihren Weg fortgesetzt. Sie hatte sich dafür nur aus dem energischen Klammergriff der Rose befreien und etwas Blut spenden müssen. Unauffällig war sie verschlungene Wege entlanggebummelt und dabei über ein Schild gestolpert, das die Geschichte der Villa thematisierte und einen Übersichtsplan über das Grundstücks enthielt. 1885 für einen Rechtsanwalt gebaut, stand da. Und seitdem von Generation zu Generation weitergegeben. Ein Foto zeigte die Villa von oben. Hinter dem geschlossenen, schmiedeeisernen Tor am, umgeben von einer Mauer, stand sie prächtig in einer parkähnlich gestalteten Landschaft.

Nahe der Zufahrt hatte Eva eine Überwachungskamera bemerkt, die, sollte sie wirklich jede Bewegung aufnehmen, nun ein scharfes Bild von ihr in die Villa senden würde. Ein Kopfeinziehen war ihr zu diesem Zeitpunkt nicht mehr sinnvoll erschienen. Das goldfarbene Eingangsschild trug den Namen Seydtnach in elegant geschwungenen Buchstaben. Ungehindert hatte sie weiter spioniert. Die Dämmerung war inzwischen gut vorangeschritten. In einem Raum der Villa war Licht angegangen. Eine der Türen des Wintergartens hatte offen gestanden und Stimmen über die Wiese getragen. Es hatte nach dem Streitgespräch zwischen einem Mann und einer Frau geklungen. Flüchtig hatte Eva den Eindruck gehabt, Philipps Stimme zu hören, sich dann aber doch nicht weiter herangewagt. Sie hatte beschlossen, dass ihr Spaziergang nun zu Ende war und hatte sich auf den Weg nach Hause gemacht.

Und jetzt war Philipp nur eine Armlänge entfernt, und sie saß genau in jenem dunklen Mercedes, den sie damals beobachtet hatte.

Philipp nahm nicht den direkten Weg zur Villa, sondern bog auf dem gekiesten Weg ab. Er fuhr auf einen erstaunlich großen Teich zu, in dessen Mitte ein Lusthaus stand.

»Geschmackvoll angelegt«, kommentierte Eva die schöne Gartenanlage, während Philipp den Mercedes unter einer Linde abstellte. Er stieg aus, holte den Korb aus dem Kofferraum, öffnete die Fahrzeugtür für Eva und reichte ihr die Hand, um sie aus seinem Auto direkt an seine Seite zu ziehen.

»Herzlich willkommen. Wir sind am Ziel. Den Tag werden wir heute in einem kleinen, alten, vor allem aber echten Lustschloss verbringen. Ich hoffe, es gefällt dir?«

Eva nickte beeindruckt.

»Es ist wunderschön hier. Du hast mich herumkutschiert, nur um mich wieder zurückzufahren und mir eine wundervolle Landschaft inmitten der Stadt zu zeigen. Ich finde es bezaubernd und komme mir vor wie, ach, ich weiß nicht, wie eine vornehme Lady.«

Philipp führte Eva zu einem Steg. Von dort aus schlenderten sie gemeinsam weiter zum Lusthaus.

»Wenn ich je heiraten würde, dann in diesem Ambiente«, entfuhr es Eva.

Philipp lachte.

»Du hast recht. Vermutlich ist das ein toller Platz für eine Hochzeit. Aber warte ab, bis du von drinnen einen Blick auf den Teich wirfst. Überhaupt ist auch das Innere dieses Minischlosses ziemlich beeindruckend. Du wirst schon noch sehen.«

Er hatte recht gehabt, der Blick vom Inneren ins Freie war einzigartig. Es wirkte, als ob das Haus auf dem Wasser schwebte. Die beinahe raumhohen Türen ließen das Gebäude leicht und luftig erscheinen. Der Kamin war keine Täuschung, sondern konnte tatsächlich beheizt werden, was bei den heutigen Temperaturen unnötig war. Das Mauerwerk des Lusthauses war dick. Die Tageshitze wurde dadurch nach draußen verbannt, während das Licht durch die hohen Türen ungehindert den Raum fluten konnte. In Raummitte stand ein großer gusseiserner Tisch mit einer schön gemaserten Holzplatte. Er war von Stühlen umringt, die der Bequemlichkeit halber mit Kissen ausgestattet worden waren. Zwischen den Fenstern an den Wänden standen mit dicken Matratzen gepolsterte Ruhebetten aus Holz, die an Chaiselongues erinnerten. Kissen unterschiedlicher Größe und Optik waren großzügig auf den Liegen verteilt worden. Hauchdünne Gardinen waren an den Vorhangstangen befestigt und bewegten sich sanft im Wind. Fensterläden aus Holz waren nicht nur dazu angebracht worden, um die sommerliche Hitze abzuhalten, sondern auch, um Einblicke zu verwehren. Wirklich perfekt durchdacht.

Dieses Lustschloss war wunderbar eingerichtet. Sehr gemütlich, sehr verführerisch und etwas abgelegen vom Haupthaus. Ein Rückzugsgebiet.

Strolch, dachte Eva. Hier auf seinem Terrain kann ich ihm nur schwer entkommen.

Philipp hatte inzwischen den Weidenkorb auf den Tisch gestellt und begann, alles Essbare und das Geschirr auszuräumen.

»Hättest du mir gesagt, dass wir hier an einem Teich sind, hätte ich meine Badesachen mitgebracht.«

Eva wandte sich um und beobachtete Philipp, der prompt auf ihre Bemerkung reagierte.

»Wozu brauchst du Badesachen? Handtücher habe ich und sehen kann uns keiner. Außer du mich und ich dich.«

Philipp hatte längst seine Anzugjacke abgelegt und die Krawatte abgenommen. Gerade öffnete er eine Flasche Sekt.

»Du machst mich nicht etwa betrunken und fällst im Anschluss über mich her?«

Eva schob sich an Philipp heran, lehnte sich an seinen Rücken und streichelte seinen Nacken. Er hielt still, genoss die Streicheleinheiten und reichte ihr dann ein Glas über seine Schulter. Langsam drehte er sich zu ihr um und stieß mit ihr an. Seine Hand lag in ihrem Rücken. Er hielt Eva an sich gedrückt, nahm einen Schluck, stellte das Glas dann zur Seite und murmelte: »So ungefähr habe ich mir das vorgestellt. Du hast mich durchschaut.« Dann lächelte er spitzbübisch, umarmte und küsste sie.

»Ich hoffe, deine Verlobte biegt nicht gleich um die Ecke, weil sie auf die Idee kommt, einen Sprung hier vorbeizuschauen?«

Dieser Satz gefiel Philipp nicht. Eva spürte, wie er sich versteifte und ein kleines Stück von ihr abrückte.

»Woher sollte sie wissen, wo wir sind?«

Sie lächelte ihn an, flüsterte »Gauner«, stellte ihr Glas ab und schlenderte in Richtung Ausgang. Vom Steg führten Stufen in den Teich. Rasch stieg sie aus ihrem Kleid, drehte sich über die Schulter zu Philipp um, der sie fasziniert beobachtete, während er an seinem Getränk nippte. Eva stieg gelassen die Stufen hinab, glitt ins angenehm warme Wasser und zählte langsam bis zehn.

Dieses Bis-zehn-zählen wurde inzwischen zu einem ihrer Hobbys. Eva spitzte die Ohren. Wie lange würde er brauchen, um ihr zu folgen? Bei sechs staunte sie über den Wasserfall, der plötzlich zu rauschen begann, bei sieben wurde ein Springbrunnen aktiviert, bei neun hörte sie hinter sich das Geräusch von aufgewühltem Wasser. Als sie sich umdrehte, schwamm Philipp bereits auf sie zu.

Kapitel 112

»Trägst du nie Unterwäsche?«, flüsterte er ihr ins Ohr.

»Ach, gelegentlich vergesse ich, welche anzuziehen«, prustete Eva, die gerade unfreiwillig einen Schluck Teichwasser genommen hatte. »Liegt wohl am Stress.«

Philipp lächelte. »Na hoffentlich passiert mir das nicht auch einmal.«

Er schwamm neben ihr her, griff dann nach ihrem Fuß und zog daran. Ihr lautes Lachen und ihr Strampeln ignorierte Philipp.

»Ich eile zu Hilfe«, hörte sie ihn rufen. Dann bat er sie, sich auf den Rücken zu drehen, er werde sie jetzt sofort retten, worauf sie ihm ewig dankbar sein und ihm natürlich ihre Dankbarkeit beweisen müsse. Eva lächelte und kam Philipps Befehl nach. Philipp durfte zum erfolgreichen Rettungsschwimmer aufsteigen, griff sie unter den Achseln und zog seine nackte Fracht erfolgreich über den Teich zu einer künstlich angelegten Halbinsel, auf der Liegen und Handtüchern auf sie warteten.

Wer die Möglichkeit gehabt hätte, genau hinzuhören, vielleicht sogar hinzusehen, hätte bemerkt, dass hier zwei Menschen enormes Vergnügen aneinander fanden. Hätte Philipp Seydtnach nur ansatzweise geahnt, dass er gerade Sex mit einer Mörderin hatte, hätte dies vermutlich dazu geführt, dass keiner der beiden zum Höhepunkt gekommen wäre. So jedoch blieben keine Wünsche offen.

Kapitel 113

Nach langen fünf Wochen wurde Ralfs Leichnam zur Beerdigung freigegeben. Die Todesursache war mehr als offensichtlich. Blutverlust nach massiver Schnittverletzung im Halsbereich. Einwandfrei durchschnittene Kehle.

Der Todeszeitpunkt war vom untersuchenden Gerichtsmediziner genau definiert worden, aber selbst diese Tatsache war schon von Beginn an sehr gut eingrenzbar gewesen.

DNA war gefunden worden, sowohl von Elsbeth als auch von Ralf und von weiteren Personen, die weder der Familie noch Tina zugeordnet werden konnten. Vielleicht waren sie vom Mörder, vielleicht von einem Servicetechniker, der die Gastherme kontrolliert hatte, vom Briefträger oder von weiß Gott wem. Hierzu liefen noch Nachforschungen. Da es aktuell keine passenden Treffer in den Datenbanken gab, kamen die Ermittlungen der Polizei keinen Schritt voran. Es gab keine neuen Erkenntnisse, auch nicht, was das Motiv für die Tat betraf. Ein baldiger Abschluss des Tötungsdeliktes lag derzeit außer Reichweite.

Kapitel 114

Margaux hatte richtig vermutet, denn Tina war auf Ralfs Beerdigung nicht willkommen. Sie war nur eine Randnotiz in Ralfs Leben gewesen, und als diese Randnotiz war sie von seinen Eltern und seinem Bruder nicht einmal ansatzweise wahrgenommen worden.

Trotzdem hatten sich die beiden Frauen am Tag der Beerdigung von Ralf verabschiedet. Pietätvoll, wie man es fast nicht hätte glauben können, hatten sie in einer der letzten Reihen Platz genommen und der kirchlichen Abschiedszeremonie gelauscht. Auch am Friedhof hatten sie in einigem Abstand zum Grab den letzten Ritualen zugesehen. Unmittelbar bevor Ralfs Angehörige den Friedhof verlassen hatten, waren sie hinausgestöckelt, hatten sich ein Restaurant gesucht und gepflegt auf Ralf angestoßen, während sie ein gemeinsames Mahl genossen.

Tina berichtete Margaux von einem ihrer letzten Modeljobs und von einem Typen, den sie kennengelernt hatte. Sie hatte diesem Kerl von ihrem überaus schmerzhaften Verlust erzählt, und er hatte sie tatsächlich getröstet.

»Weit über das hinaus, was man gemeinhin als passenden Trost verstehen würde.«

Tina kicherte. Sie hatte mehr als nötig getrunken und war daher in bester Stimmung. »Natürlich war sein Tod tragisch, aber trotzdem, mein Leben geht weiter und die Toten reiten schnell«, flüsterte sie leise. »Ist das nicht von irgendeinem Poeten? Wie schön das klingt. Die Toten reiten schnell.«

Margaux fand den Spruch nur wenig tröstlich, konnte sich aber nicht zurückhalten: »Lenore, Gottfried August Bürger« fügte sie daher trocken hinzu.

»Wer? Kenne ich beide nicht«, antwortete Tina verdutzt. »Können nicht besonders bekannt sein«, gluckste sie und nippte an ihrem Glas Wein.

Margaux wunderte sich über ihre Freundin und bewunderte sie gleichzeitig. Wie gelang es ihr nur, dramatische Geschehnisse derart auf die leichte Schulter zu nehmen? Es wirkte, als habe sie sich längst vom Verlust Ralfs erholt.

Hätte Margaux geahnt, dass Antidepressiva und Alkohol eine gefährliche Mischung waren, die seit einiger Zeit Tinas schönen, aber zerbrechlichen Körper verseuchten, hätte sie sich noch mehr gewundert, vielleicht sogar gesorgt. Mangels besseren Wissens bestellte Margaux Nachschub. Sie ließen die Gläser auf Ralf erklingen, und die Freundin durfte ihrer Trauer freien Lauf lassen.

Zwischen zweitem und drittem Glas Rotwein zerdrückte Tina Tränen. Rechtzeitig vorm vierten Glas läutete ihr Handy. Right Said Fred erklärte, dass sie zu sexy für ihr Shirt wäre. Tina nahm das Gespräch mit einem verklärten Ausdruck im Gesicht an und schon schien die Trauer vergessen, denn offenbar war der Typ vom letzten Job am Apparat. Für Margaux ergab sich diese Erkenntnis aus den liebevoll ins Telefon gesäuselten Worten Tinas, die nach einer Weile sogar vom Tisch aufstand und ihre küssenden Abschiedsworte halb versteckt in der nahen Garderobe von sich gab, eingetaucht zwischen vergessenen Jacken und Regenmänteln. Margaux hatte halbe Sätze gehört wie »du wirst Schreien vor Lust« und »von oben bis unten ablecken«, worauf sie angewidert ihre Ohren angelegt und anstelle eines weiteren Glases Rotwein lieber Kaffee bestellte. Und eine Karaffe Wasser. Viel Wasser.

Kapitel 115

Der Sommer verging. Es wurde Herbst. Eva und Philipp trafen sich, so oft es ihnen möglich war. Sie bedrängte Philipp nicht, im Gegenteil hoffte Eva doch geduldig, dass er sich bald zu ihr bekennen würde.

Meist vergingen Tage, bevor sie sich wiedersahen. Meist blieben nur wenige Stunden, um sich zu lieben. Dafür schossen ihre Telefongesprächszeiten in die Höhe.

Philipp war häufig unkonzentriert. Anstelle an seine Arbeit dachte er an Eva. Sie gefiel ihm. Immer wenn er Margaux vor Augen hatte, mit ihr zusammen war oder über ihre gemeinsame Zukunft nachsann, wusste er, dass er eine Entscheidung treffen musste. Umgekehrt war es vielleicht gut, grübelte Philipp, dass er sich nicht häufiger mit Eva treffen konnte. Vielleicht hätten sie einander längst satt? Verstohlene Heimlichkeiten, schnelle und lustvolle Begegnungen, geflüsterte Schwüre, dies alles war die Würze ihrer verbotenen Beziehung.

Margaux hatte Philipps Stimmungsänderung durchaus bemerkt. Er hatte sich in den letzten Wochen verändert, war unzugänglich, hatte keine Lust mehr auf sie. Häufig kam er spät von der Arbeit nach Hause. Zuerst schrieb sie dies einem aufsehenerregenden Fall zu, der aktuell in der Kanzlei Seydtnach bearbeitet wurde. Das mediale Interesse daran war groß. Was konnte man erwarten, wenn eine Multimillionärin ihren Mann loswerden wollte? Der Fall wurde überraschend positiv für die Anwaltskanzlei und natürlich die betroffene Multimillionärin abgeschlossen, deren Mann hartnäckig bis zum Schluss an ihr klebte. Philipps Anspannung ließ trotz allem nicht nach.

Als Margaux' Hochzeitsplanerin wenige Wochen vor Weihnachten meinte, dass es nun an der Zeit sei, einen Text für die Ehegelöbnisse aufzusetzen und ob sie sich nicht demnächst einmal treffen könnten, um darüber zu sprechen, schüttelte Philipp nur desinteressiert den Kopf. Margaux solle bitte ihre beiden Gelöbnisse aufsetzen, er würde sich im Anschluss seinen Text ansehen und eventuelle Anpassungen vornehmen. Ob man nicht normal und ohne großes Theater heiraten könne. Er habe für so einen Blödsinn jetzt gerade keine Zeit.

Margaux war schockiert über seinen ungewöhnlich groben Ausbruch. Das war nicht jener Philipp, den sie kannte.

»Willst du mich denn überhaupt heiraten?«, fragte Margaux daher eines Abends, als Philipp wieder einmal spät nach Hause kam und ihrer Meinung nach Müdigkeit vortäuschte, nur um nicht mehr mit ihr sprechen zu müssen.

Philipp hatte eigentlich nur an Margaux vorbei wollen, sich unter die Dusche stellen und den Tag vergessen. Obwohl, ganz vergessen wollte er den Tag nicht, denn die gerade genossenen Stunden mit Eva waren perfekt gewesen. Sie hatten sich gut unterhalten. Eva hatte gekocht. Sie hatten gegessen und gemeinsam gelacht. Philipp hatte gestohlene Stunden in ihrer winzigen, aber hübsch eingerichteten Wohnung verbracht. Als sie ihm erstmals ihre Adresse genannt hatte, war Philipp schockiert gewesen. Ihre Mietwohnung lag nett, allerdings sah das Haus von außen nicht aus, wie er es gewohnt war. Die Fassade hätte längst eine Sanierung und auch das Hausinnere dringende Zuwendung benötigt. Schon im Treppenhaus hatte ihn der Geruch nach schmutzig-nassem Hund empfangen. Ein ihm verhasst modriger Geruch hatte sich in seine Nase geschlichen, bis er schließlich widerwillig an ihrer Wohnungstür gestanden und die Klingel gedrückt hatte.

Anlässlich seines ersten Besuchs hatte er sich tatsächlich vorm Anblick ihrer Wohnung gefürchtet. Im schlimmsten Fall würde auch der mitgebrachte, bunte Blumenstrauß nichts mehr an der Optik der Räumlichkeiten verbessern können. Krampfhaft hatte er sich am Strauß festgehalten und darauf gewartet, dass sie ihm die Tür öffnete. Er hatte sich getäuscht und durfte eine winzig kleine, überaus saubere Wohnung bewundern, in der es kaum überflüssige Möbel gab, weil die einfach keinen Platz gehabt hätten. Eine schmale Küchenzeile auf nicht mehr als neun Quadratmetern mit einem ebenso schmalen Esstisch, umzingelt von nur drei Stühlen. Mehr Platz stand nicht zur Verfügung. Ein Wohnzimmer von etwa zwanzig Quadratmetern, das gleichzeitig Schlafzimmer war. Ein schlauchartiger Vorraum und ein Mini-Bad mit viel zu kurzer Badewanne und blitzblanker Toilette. Der Kontrast zur Außenfassade und zum erbärmlich stinkenden Eingangsbereich war beinahe fantastisch erschütternd. Immerhin auf angenehme Weise.

So leidenschaftlich er das Treppenhaus hasste, so sehr mochte er Evas Wohnung und war am Schluss völlig entspannt nach Hause gefahren, wobei er sich nach seinem allerersten Besuch gewundert hatte, dass sein Oldtimer-Mercedes immer noch an derselben Stelle stand, an der er ihn zurückgelassen hatte. Eva hatte hinsichtlich seiner Sorgen gelacht und ihm bestätigt, dass hier nicht Sin City wäre.

So unwohl er sich also in Margaux' Wohnung gefühlt und deren Beengtheit häufig bemängelt hatte, so wohl fühlte er sich in Evas Wohnung. Eine Diskrepanz, die nicht ungewöhnlicher hätte sein können.

Insgeheim hatte Philipp also gehofft, dass er Margaux heute nicht in der Villa antreffen würde. Er hatte ihr über seine Sekretärin mitteilen lassen, dass es spät würde. Margaux hatte sich nicht abwimmeln lassen. Sie war verlässlich eingetroffen, unmittelbar bevor er nach Hause gekommen war. Dora hatte ihn bereits am Hauseingang empfangen. Sie hatte ihn warnend begrüßt: »Guten Abend Philipp, ihre Verlobte ist gerade angekommen.« Von Dora rechtzeitig ins Bild gesetzt, ahnte Philipp, dass er heute keine Ruhe finden würde. Er ärgerte sich bereits über Margaux, bevor er sie gesehen hatte. Anstelle daher eine langatmige, anstrengende Ausrede zu formulieren, nahm er seinen Mut zusammen und fiel auf ihre Frage, wo er denn solange gewesen sei, mit der Tür ins Haus.

»Margaux, wir sollten unsere Hochzeit noch einmal überdenken. Hast du den Eindruck, dass wir glücklich miteinander sind?«

Margaux blieb die Luft weg. Hatte er das tatsächlich gesagt? Was war in letzter Zeit passiert, dass er ihr überdrüssig geworden war?

»Du willst die Hochzeit absagen?«, entfuhr es Margaux.

»Ja«, antwortete Philipp schlicht.

Es war vermutlich nicht der beste Zeitpunkt, um seine Entscheidung bekanntzugeben. Aber wann war der perfekte Zeitpunkt, um sich von einer langjährigen Partnerin zu trennen?

Margaux war blass geworden. Philipp hatte mit einem hysterischen Anfall gerechnet, den er ihr durchaus zugebilligt hätte. Schließlich hatte sie mit den Worten »das wirst du bereuen« den Raum verlassen. Kurze Zeit später fiel die Haustür ins Schloss. Als er einen Blick aus dem Fenster warf, sah er sie in ihrem Auto wegfahren. So hatte er sich eine Trennung nicht vorgestellt. Wenn es nun schon so weit gekommen war, wäre es zumindest vernünftig gewesen, miteinander zu sprechen, aber vermutlich durfte er ihr die überstürzte Flucht nicht zum Vorwurf machen. Das, was er seinen Klienten insgeheim häufig vorwarf, hatte auch er getan. Er hatte unverhältnismäßig lange gewartet, anstelle rechtzeitig Mut zu fassen und zu handeln.

Kapitel 116

Margaux wusste, dass es besser gewesen wäre, sie hätte sich mit einem Taxi nach Hause fahren lassen. Ihr aktueller Fahrstil war weit davon entfernt, als sicher zu gelten. Gut, dass es bereits später Abend war. Nur noch wenige Verkehrsteilnehmer befanden sich auf den Straßen. Eine rote Ampel war von ihr bereits ignoriert worden.

»Glück gehabt«, seufzte sie, als sie den Kreuzungsbereich unversehrt verließ. Ihr Herz schlug heftig, sie war fuchsteufelswild. Philipp hatte sie verarscht. Er hatte sie hingehalten, vielleicht nicht nur Wochen, sondern sogar Monate. Schlussendlich würde sie auch noch den Spott ertragen müssen, dass sich Rechtsanwalt Dr. Seydtnach von ihr getrennt hatte. Sie konnte sich vorstellen, dass es Menschen gab, vor allem Frauen, die ihr dieses Unglück gönnten. Schadenfroh lächelnde Gesichter tauchten vor ihrem inneren Auge auf.

Genau jene Frauen, die sie verspotteten, würden sich im Anschluss an die Bekanntgabe der Auflösung ihrer Verlobung an Philipps Hals werfen. Vielleicht hatte er ohnehin schon irgendwo eine Neue an der Hand, von der alle wussten, nur sie, die naive und ahnungslose Verlobte, ahnte nichts davon. Tränen schossen Margaux in die Augen. Ein lauter Schrei durchbrach die Stille im Auto.

»Dir werde ich's zeigen, mich auf diese Weise abzuservieren. Auf keinen Fall werde ich klein beigeben!«, fauchte sie ihr Lenkrad an und trat das Gaspedal durch, nur um Augenblicke später scharf abzubremsen, um nicht die Einfahrt in ihre Wohnstraße zu verpassen.

Bereits am nächsten Morgen, nach einer schlaflosen Nacht und hasserfüllten Gedanken, beschloss Margaux, einen Privatdetektiv zu engagieren. Sie kannte die Geschichten zur Genüge: Wenn ein Mann sein Interesse verlor, war meist eine andere Frau im Spiel. Daher wollte sie einen dieser privaten Schnüffler auf Philipp loslassen, was nicht billig sein würde, aber möglicherweise ein Weg, um noch ans Ziel zu gelangen.

Kapitel 117

Es hat keinen Sinn, Sorgen in Alkohol ertränken zu wollen,
denn Sorgen sind gute Schwimmer.
Robert Musil

»Brandeilig. Tina will Maniküre.«

Ein Anruf mit exakt dieser Ansage erreichte mich nachts um zwei. Natürlich wusste ich sofort, wer Tina war, aber scheinbar wusste Tina nicht, wie spät es war, oder hatte zumindest einen derart ordentlichen Rausch, dass sie Tag und Nacht nicht mehr auseinanderdividieren konnte. Jedenfalls war Tinas Stimme eine deutliche Schlagseite anzuhören.

Ich drückte die Anruferin weg und machte mir eine geistige Notiz, meine Kundin am kommenden Arbeitstag zurückzurufen. Ich wollte den Termin zur geforderten Maniküre zu angenehmer Stunde klären.

Nachdem noch mindestens drei Anrufe dieser Art folgten, rupfte ich das Handy vom Nachttisch, stellte es auf lautlos, kletterte benommen aus meinem warmen Bett und verstaute das Mobiltelefon in meiner Handtasche, von wo ich es frühestens am herannahenden Arbeitstag wieder herausfischen wollte.

Kapitel 118

Verschweige, was du tun willst,
so kommt dir niemand dazwischen.
Deutsches Sprichwort

»Wirklich, es ist dringend! Ich bin für Mittwoch zu einer Weihnachtsfeier eingeladen. Dort treffen sich nicht nur Models, auch namhafte Agenten und Fotografen werden mit von der Partie sein. Ich muss perfekt aussehen. Ich und meine Nägel brauchen deine Betreuung. Bitte Eva, es ist wichtig. Bitte, bitte, bitte gib mir einen Sondertermin. Ich komme aber erst am Dienstagsabend von einem Shooting nach Hause und ach, bitte.«

Dermaßen nachdrücklich angefleht worden, war ich schon lange nicht mehr. Schon gar nicht in einer Abfolge stakkatoartig auf mein Trommelfell einprasselnder Sätze. Gut, Philipp bettelt manchmal auf besonders intensive Art, vor allem, wenn ich rittlings auf ihm sitze und seine Befriedigung hinauszögere. Von einer Frau jedoch war ich bisher noch nie derart nachdrücklich um einen Gefallen gebeten worden. Zudem drängte sich mir der Eindruck auf, dass Tina unter Sprachschwierigkeiten litt, denn ihre Antworten kamen langsam und verzögert, aber wenn sie mal loslegte, war sie nicht mehr zu bremsen.

Und Tina ließ sich nicht stoppen und erzählte weiter.

»Weißt du, seit Ralf nicht mehr lebt, habe ich mich gehen lassen. Das muss jetzt ein Ende haben. Es sind immerhin schon drei Monate vergangen und unsere Beziehung währte ohnehin nur flüchtig. Zu kurz, um noch weiter um ihn zu trauern.«

Ein Schluchzen begleitete das Ende ihres Satzes. Ich seufzte und wartete auf Fortsetzung der Tirade, denn gerade hatte Tina wieder Luft geholt.

»Übrigens, aber das bleibt unter uns, so umwerfend war Ralf auch wieder nicht im Bett. Mich wundert es nicht, dass sich seine Ex-Verlobte den Kopf weggeblasen hat, denn ein Sexgott war er keiner.«

Unmittelbar nach Vollendung ihres Wortschwalls drang Tinas hysterisches Lachen an mein wundes Ohr. Ich bemerkte, wie meine Wut auf Tina frisch aufloderte. Immerhin war sie nicht unerheblich an Elsbeths Ableben beteiligt gewesen. Außerdem hatte sich Elsbeth nicht den Kopf weggeblasen, was ich an dieser Stelle gern verächtlich angemerkt hätte, sondern ihr zerbrochenes Herz durchschossen. Das war doch ein eindeutiges Symbol für schweres Herzweh. Ich riss mich jedoch zusammen und konzentrierte mich wieder auf das Gespräch mit Tina.

»In Ordnung. Keine Sorge, das mit deiner Verschönerung klappt schon. Wie sieht es bei dir morgen Abend aus? Normalerweise arbeitet um diese Zeit niemand mehr im Salon, aber für dich mache ich eine Ausnahme. Meine letzte Kundschaft habe ich um 19:30 Uhr. Wenn du um 21:15 Uhr ins 1000schön kommst, mach ich dir die Nägel.«

»Du bist ein Schatz. Ich bin pünktlich. Wir sehen uns.« Tina beendete das Gespräch, bevor ich auch nur »Auf Wiedersehen!« sagen konnte.

Dass es keine letzte Kundschaft um 19:30 Uhr gab, brauchte Tina nicht wissen. Wichtig war, dass sie ungesehen und vor allem spät in den Salon kam. In meinem Kopf begann sich eine Idee zu formen. Der Plan nahm rasch Gestalt an.

Kapitel 119

Die Handtasche einer Frau ist der natürliche Lebensraum für viele tolle Sachen.
Bruce Darnell

Nützliche Hilfsmittel für dringliche Angelegenheiten: eine geräumige Handtasche. Handschuhe. Die sind in der kalten Jahreszeit ein absolutes Must-have, vielleicht nicht gerade welche aus Latex, aber das ergab sich eben. Ein Holzkeil und ein Feuerzeug. Eine Packung Zigaretten. Aus Rücksicht auf Tina natürlich ihre Lieblingsmarke. Die sind zwar nur noch als Antibrandschutzzigaretten erhältlich, werden aber dennoch für Feuer sorgen. Außerdem Baumwolltücher, Farbe unwichtig, sowie eine Flasche Brandbeschleuniger. In dieser Hinsicht bevorzuge ich Nagellackentferner mit einer gehörigen Portion Aceton und der entzückenden Aufschrift ‚von Zündquellen fernhalten, darf nicht in die Hände von Kindern gelangen'. Hinzu kommen Grillanzünder. Des Weiteren eine Packung Schlaftabletten und eine Packung Schmerzmittel extrastark, für den Fall, dass die Schlaftabletten nicht wirken.

Vorbereitung ist alles.

Kapitel 120

Selbstvertrauen ist das beste Mode-Accessoire.
Vivienne Westwood

Ich war sprachlos. Man konnte sagen, was man wollte, man konnte urteilen, wie man wollte, aber Tina sah in ihrem neuen Kleid hinreißend aus. Rote Haare, der Farbton des fuchsroten Kleides unterstrich ihre Haarfarbe perfekt. Gebräunte Haut, eine tolle Figur. Sie war ein einziger, wahnsinnig verführerischer Männertraum. Tina war der lebendig gewordene Albtraum jeder Frau auf jeder Feier, auch auf einer Weihnachtsfeier. Mit ihrem Auftritt waren automatisch alle anderen Frauen Luft.

Meine These gilt jedoch nur für Weihnachtsfeiern der Variante Standard, also für Feiern, bestehend aus Bürohengsten & Co. Allerdings hat dieser Lehrsatz keinerlei Bedeutung für die Teilnahme an einer Feier, an der die geladenen Gäste hauptsächlich durch auserlesene Jugend und Schönheit bestechen. Dort würde sich eine Frau gehüllt in Sack und Asche von der Unisono-Masse abheben und deutlicher auffallen als jede vollkommene Venus. Schönheit glänzt eben nur dort, wo wenig Glanz zu finden ist.

Ergo: Tina sah optisch nahezu perfekt aus, würde allerdings bei der von ihr als das Event des Jahres titulierten Weihnachtsfeier kaum aus der Masse der Makellosen herausstechen. Um die dringend notwendige Perfektion abzurunden, fehlten Tina nur noch tadellos manikürte Hände. Warum sie ihr Weihnachtsfeierkleid heute schon angezogen hatte, wo doch die Feier erst morgen stattfinden sollte, war mir ein Rätsel. Dieses Rätsel wurde von Tina prompt gelöst.

»Heute gekauft, hab's nicht mehr ausziehen wollen. Sieht toll aus, oder?«

Dazu trug sie Schuhe, die nicht zum Kleid passten. Pelzstiefel.

»Welche Tasche und welche Schuhe wirst du tragen?« Ich warf einen kritischen Blick auf die warmen Stiefel.

»Genial, nicht?« Tina ließ sich auf die Liege fallen und reckte ihre Füße in die Luft.

»Zumindest ungewöhnlich. Du würdest mit diesen Schuhen auf der Weihnachtsfeier noch mehr auffallen, als du es in diesem Kleid tun wirst. Also, was trägst du dazu?«

»Gold. Handtasche und Schuhe werden glänzen.« Tina lächelte. »Pailletten, Nieten, Perlen. Bei der Farbe meiner Fingernägel schwanke ich. Rot? Gold? Ich weiß es nicht.«

Ich nickte.

»Wir werden uns im Anschluss gemeinsam die Rottöne der Nagellacke ansehen. Der muss perfekt zu deinem Kleid passen. Wenn wir nicht zufrieden sind, lieber kein Rot. Dann wählen wir Gold und Glitter. Möchtest du ein Glas Sekt Orange oder vielleicht lieber Sekt mit Erdbeergeschmack?«

Tinas breites Grinsen bestätigte meinen Vorschlag.

»Bitte Sekt Orange. Ich bin mit dem Auto gekommen, aber ein Gläschen kann nicht schaden.«

In meinem Gesicht ein Standardlächeln, holte ich eine Flasche Sekt. Vorher vergewisserte ich mich, dass die Eingangstür zum Salon verschlossen war. Die Kolleginnen waren längst zuhause, saßen vielleicht in der Badewanne, sahen sich einen Film an oder lagen im Bett neben ihren Partnern. Ich jedoch hatte heute Wichtigeres vor.

Als ich mit der Flasche Sekt und dem gut befüllten Glas Sekt Orange zurückkam, um es Tina zu reichen, befand sich bereits eine Schlaftablette im Getränk. Meine Kundin sollte in Kürze schläfrig werden.

Das Center war abends ein verlassener Ort. Nur wenige Schritte entfernt befand sich eine Polizeiinspektion. Das angrenzende Parkdeck lag um diese Zeit still da. Umzingelt war das Atrium von der Thüringer Landesverwaltung und vom

Studentenwohnhaus am Jakobsplan beziehungsweise von deren aufmerksamen Bewohnern. Die wiederum könnten wohl für Ärger sorgen. Allerdings war der Abend unwirtlich. Im dämmrigen Licht der Parkplatzbeleuchtung und aufgrund aufkommenden Nebels war die Sicht stark vermindert. Außerdem würde gegen zehn Uhr abends das Parkplatzlicht abgeschaltet werden. Stromsparmaßnahmen. Bereits vor dem Bau des Centers hatte sich eine Bürgerinitiative gebildet, die das Recht auf Dunkelheit lautstark eingefordert hatte. Am Schluss, um des lieben Friedens willen, war also mit der Centerleitung vereinbart worden, dass ‚Licht aus!' ein Gebot der Stunde zu sein habe. Diese Aktion war werbewirksam in Szene gesetzt worden und als gute Tat für Mensch, Nacht und natürlich im Kampf gegen die Energieverschwendung in die Medien gelangt.

Sehr sinnvoll, dachte ich zufrieden, besonders in Hinblick auf mein weiteres Vorgehen.

Tina hatte ihr erstes Glas Sekt geleert und sich inzwischen über das Regal mit den Nagellackfarben hergemacht.

»Ein schönes Rot soll es werden. Satanisches Rot vielleicht«, verkündete Tina kichernd.

Mein Veto, wonach die Farbe nicht zu ihrem fuchsroten Kleid passen würde, war mit einem unwilligen Handwinken weggewischt worden. Also kapitulierte ich und machte mich ans Werk. Währenddessen blickte Tina verträumt aus dem Fenster des Schönheitssalons in die dunkle Nacht. Das Gläschen Sekt schien zu wirken. Ein plötzlicher Schrei unterbrach meine Bemühungen um Tinas Fingernägel.

»Schau, es schneit!«

Ich erschrak heftig, denn gerade hatte ich zu einem Farbstrich ansetzen wollen, der bestimmt schief gegangen wäre. Leise seufzend richtete ich mich auf, dehnte meine Schultern und beschloss, dass eine kurze Entspannungsphase mir und meinem Nacken wohltun würde.

»Schnee.« Ich warf einen Blick aus dem Fenster. »Tatsächlich!«

Eine dünne weiße Decke hatte sich als feine Schicht über Straßen, Häuser und die Landschaft gelegt.

»Die Straßen werden glatt sein, du solltest besonders vorsichtig fahren.« Ich wandte mich wieder Tina zu, die sich inzwischen ein weiteres Glas Sekt eingeschenkt hatte. Dieses Mal pur. Mit kräftigem Schluck leerte sie ihr Glas und schenkte sich hemmungslos nach.

»Kannst du mich nicht heimbringen? Bitte! Mein schwarzer Schießer steht unten auf dem Kundenparkplatz.« Tina schwenkte die beinah leere Sektflasche in Richtung Fenster. »Ich bin müde. Mir fallen die Augen zu. Außerdem hab ich jetzt echt zu viel getrunken.«

Neugierig betrachtete ich den spärlich erleuchteten Parkplatz. Das Auto nahe dem rückwärtigen Eingang musste Tinas Wagen sein. Wie hätte es auch anders sein können, die restlichen Stellflächen waren längst frei, abgesehen von einem Transportfahrzeug des Centers, das seit einer Panne hier stand und auf seine Mobilmachung wartete. Ich nickte. Mein Plan würde heute Nacht tatsächlich aufgehen. Die Idee würde noch viel besser funktionieren, wenn ich am Steuer saß und Tina auf dem Beifahrersitz. Das machte mein Vorhaben um einiges leichter.

»Natürlich. Ich fahr dich nach Hause. Du kannst dir noch ein Gläschen gönnen. Deine Nägel sind in wenigen Minuten perfekt.«

»Flasch is' leer«, stellte Tina zwanzig Minuten später kichernd fest. Sie litt bereits unter auffälligen Sprachschwierigkeiten.

»Warte, ich habe Besseres in meinem privaten Vorrat. Ich denke, jetzt, da Weihnachten näherkommt, ist es durchaus angebracht, sich etwas Feines zu gönnen.«

Rasch griff ich in einen Schrank, in dem sich ein besonders edler Tropfen befand. Zwar nur eine kleine Flasche, aber immerhin. Guter Cognac, den mir eine Kundin mitgebracht hatte. Selbst hatte ich mir davon erst ein kleines Gläschen gegönnt. Eine Extraportion Weinbrand würde Tinas Schlaf sicher förderlich sein, besonders, wenn sich darin eine weitere Schlaftablette befand.

»Trinkscht du nischt mit?«, lallte Tina.

»Wo denkst du hin? Erstens sollen deine Fingernägel perfekt aussehen, was sicher nicht der Fall sein wird, wenn ich jetzt eifrig mittrinke. Und zweitens soll ich dich und deine Fingernägel gut nach Hause bringen.«

»Allesch klar«, seufzte Tina und legte sich in der Liege bequem zurecht. Bereits fünf Minuten später schnarchte sie leise vor sich hin.

Kapitel 121

Ich habe keine Angst vor Stürmen.
Ich lerne, wie ich mein Schiff steuern muss.
Louisa May-Alcott

Unglaubliche fünfundfünfzig Kilo, die sich nicht bewegen wollen, sind eine echte Herausforderung. Ich schwitzte nicht nur vor Aufregung, sondern vor allem vor Anstrengung. Dabei hatte ich Tina gar nicht erst in ihren Mantel gezwängt, im Auto würde der Frau ohnehin warm werden.

Zuerst hatte ich versucht, Tina dazu zu bewegen, ihre Beine zu benutzen, was ein Ding der Unmöglichkeit gewesen war, denn sie war motorisch nicht mehr in der Lage, einen entsprechenden Beitrag zu leisten. Daher kleidete ich mich zuerst selbst an. Danach wollte ich Tinas Mantel und Handtasche in ihrem Auto zu verstauen, das praktisch nah am Zugang geparkt war. Am Schluss würde ich Tina holen.

Flott schlüpfte ich in meine Jacke und setzte eine gestrickte Schirmmütze auf, die meine Haare vollständig bedeckte. Auch ein Großteil meines Gesichts wurde von der Kopfbedeckung beschattet. Ich streifte die bewährten Latexhandschuhe über und erledigte den ersten Teil meines Vorhabens. Gut, dass es auf dem Parkplatz keine Überwachungskameras gab. Die auf den Laternen montierten Apparate waren billige Attrappen. Dem Betreiber war die Anschaffung echter Geräte zu teuer gewesen, was sich nun als praktisch erwies.

Die unbeliebte Hintertreppe, die dem Personal vorbehalten war, kam meinem heutigen Zweck zugute. Leider gab es in diesem Bereich des Gebäudes keinen Lift, sodass ich Tina später mit viel Kraftaufwand und dennoch so behutsam die

Treppe hinunterschaffen musste, ohne dass die Betäubte wach wurde oder durch Schmerzensschreie Aufmerksamkeit erregte.

Alles, was nun kam, hatte ich mir gut überlegt. Für jede kurzfristig auftretende Widrigkeit musste eine Lösung gefunden werden.

Ich trat ins Freie und schob den mitgebrachten Holzkeil unter den Türspalt, um zu verhindern, dass die Hintertür zufiel. Ein gläsernes Vordach schützte mich vor Schneefall. Ich suchte auf Tinas Autoschlüssel nach dem Knopf für die Zentralverriegelung. Mit einem leisen Plopp öffnete sich diese. Tinas Mantel und ihre Handtasche verfrachtete ich auf den Rücksitz und nahm dann auf dem Fahrersitz Platz. Der Schnee war leicht und pulvrig, sodass er beim geringsten Windhauch wegflog. Das war praktisch. Ich hatte die Scheibe nicht erst freikratzen müssen. Schließlich startete ich den Wagen und stellte ihn unmittelbar am Eingang ab. Tinas Transportweg sollte kurz sein.

Zurück im Behandlungsraum holte ich meine Handtasche und verstaute darin die leere Sektflasche. Danach wusch ich die benutzten Gläser in der Küche ab und stellte sie zurück ins Regal zu den anderen.

Noch einmal sah ich mich um. Hatte ich etwas vergessen oder irgendein Detail übersehen?

Die Flasche Sekt, die ich erst kürzlich für einen besonderen Anlass gekauft hatte, würde nicht vermisst werden. Und die Sache mit Tina war ganz bestimmt ein besonderer Anlass.

Im Behandlungsraum lag die Betrunkene immer noch dort, wo ich sie zurückgelassen hatte. Schon der erste Versuch, Tina zum Aufstehen zu bewegen, scheiterte. Seufzend brachte ich auch meine eigene Tasche zum Wagen, um im Anschluss meine Hände für die schlafenden Last frei zu haben.

Allein die Anstrengung Tina aus der Liege zu befördern, war mehr als mühevoll. Am Ende lag sie vor mir am Boden und rührte sich keinen Millimeter.

Ich stöhnte. Tina schnarchte.

Ich musste mir etwas einfallen lassen.

»Eine Decke«, flüsterte ich und holte eine aus dem Schrank meines Behandlungsraums. Mit Schwung wälzte ich Tina auf das flauschige Ding und zog sie mithilfe der weichen Unterlage in Richtung Hinterausgang.

Tina auf diese Weise die Treppe hinunterzubefördern, war allerdings nur wenig empfehlenswert, obwohl diese Art von Rücksichtnahme in meiner Planung ohnehin unangebracht wirkte. Dennoch ging ich einigermaßen behutsam vor, griff die schlafende Frau unter den Achseln und zog sie Stufe um Stufe, Schritt für Schritt hinunter ins Erdgeschoß. Schmunzelnd stellte ich fest, dass Tinas Winterstiefel bombenfest an ihren Füßen saßen. Anderes Schuhwerk hätte sie längst verloren. Die auffälligen Laufmaschen, die seit einer der letzten Stufen Tinas Strümpfe zierten, würden keine Rolle mehr in ihrem Leben spielen. Optik war nicht mehr von Bedeutung.

Mit einem tiefen Seufzer ließ ich die leise schnarchende Tina im Flurbereich der Hintertür zu Boden gleiten. Interessant fand ich, dass Tina während der gesamten Prozedur nicht einmal wach geworden war. Ihr Alkoholpegel musste sich bereits jenseits von Gut und Böse befinden. Die Kombination mit den Tabletten hatte also mehr als nur ein bisschen eingeschlagen.

Ich sah auf die Uhr. Es blieb noch genug Zeit. Der Wachdienst würde erst um Mitternacht seine erste Runde drehen. Ich brauchte mich nicht hetzen, denn keiner der beiden Jungs war vor der entsprechenden Zeit im Center. Zu langweilig war deren Arbeit, zu schlecht bezahlt.

Ich drückte die Eingangstür auf, korrigierte die Position des Holzkeils, sodass die Tür nun weit offenstand und zerrte Tina ins Freie. Unter enormer Kraftanstrengung verfrachtete ich die reglose Frau auf den Beifahrersitz. Autotür zu. Fertig.

Heftig atmend und völlig verschwitzt, sah ich mich noch einmal um. Dann betrat ich das Gebäude. Die Fleecedecke durfte hier nicht liegen bleiben. Die musste ich mitnehmen und waschen.

Rasch versperrte ich den Angestellteneingang des Salons und anschließend die Tür zum Treppenhaus. Der praktische Holzkeil sollte heute noch eine herzerwärmende Rolle spielen und durfte daher mitkommen.

Erschöpft setzte ich mich in Tinas Wagen und wartete. Bestimmt verstrichen Minuten, aber mein Körper bebte und meine Hände zitterten heftig. Verzweifelt versuchte ich, mich zu beruhigen, schloss die Augen und konzentrierte mich auf meine Atmung. Meine Unruhe musste sich unbedingt legen.

Während ich also mäuschenstill im Auto saß und Tina beim Atmen zuhörte, überlegte ich, ob ich sie anschnallen sollte. Wenn ich um diese Zeit von einer Polizeikontrolle gestoppt wurde, musste ich meinen Plan ohnehin aufgeben und erklären, die betrunkene Freundin nach Hause zu bringen. Es war also auf jeden Fall sinnvoll, Tina anzugurten, schon um einer möglichen Strafe zu entgehen.

Der Weg zu Tinas Mietwohnung wäre in wenigen Minuten zurückgelegt, allerdings war ihre Wohnung nicht mein Ziel. Ganz im Gegenteil. Ich wollte Tina zum Wimaria-Stadion bringen, wo sich schlecht einsehbare Abstellmöglichkeiten befanden. Perfekt für mein Vorhaben. Dort stehende Bäume, Sträucher und Entsorgungscontainer sollten für den dringend nötigen Sichtschutz sorgen. Wunderbare Grundbedingungen also für meinen Plan.

Was brauchte ich noch für das Vorhaben in der heutigen Nacht außer einer ordentlichen Portion Waghalsigkeit und einer weiteren Portion Glück? Einen unwirtlichen Abend. Der war tatsächlich gelungen.

Ich startete den Wagen und fuhr los. Während der Fahrt dachte ich an Ralf. Auch dessen letzter Tag unter den Lebenden war ungemütlich gewesen. Tinas letzte Stunde, eigentlich waren es nur mehr Minuten, würden ähnlich verlaufen. Es war stockdunkel. Schneefall sorgte für zusätzlichen Sichtschutz und dafür, dass die Leute lieber in ihren Häusern blieben. Der Bereich um das Stadion bot jene Deckung, die ich brauchte. Der von mir gewählte Stellplatz befand sich meterweit entfernt von Wohnhäusern und lag unter Bäumen, die mir jetzt schon leidtaten, weil sie vermutlich den kommenden Frühling nicht erleben würden. Neben einem der Glascontainer, der direkt am Zaun zum Stadion stand, wurde ich schließlich fündig. Die nächste Straßenlaterne, die das Szenario hätte beleuchten können, war defekt. Immer wieder dasselbe Theater. Kaum wurde sie instandgesetzt, sorgten Randalierer dafür, dass sie erneut kaputt ging. Zuletzt war die Laterne sogar geknickt worden, sodass es Überlegungen gab, erst gar keine neue mehr anzuschaffen. Bis sich die Anwohner lauthals darüber erhitzt und doch wieder Licht bekommen hatten. Nun sorgte eben die neue, wieder defekte Straßenlaterne für tiefe Schwärze. Das Gesetz der zerstörerischen Serie. Besser hätte ich es nicht treffen können. Es gab schlechtere Stellen für meine Absichten.

Vorsorglich schaltete ich die Innenbeleuchtung des Autos ab, bevor ich die Fahrertür öffnete. Von hier aus war ich in weniger als einer halben Stunde zuhause. Die Schleichwege, die ich später nehmen wollte, würden für meine ungehinderte Heimkehr sorgen. Auch ohne Auto. Und wieder dachte ich an Ralf. Zumindest hatte ich heute passendes Schuhwerk an den Füßen und musste mich dieses Mal nicht mit hochhackigen oder blasenfördernden Schuhen auf den Heimweg machen. Ein Vorteil, der in winterlicher Kälte nicht unerheblich war.

Ich lächelte diabolisch in Gedanken an meine Glassplittergequälte, sommerliche Barfußaktion unmittelbar nach Ralfs Ableben. Leises Verkehrsrauschen drang mir in die Ohren. Die Nacht war auffallend ruhig. Die dicker werdende Schneeschicht sorgte für einen gedämpften Geräuschpegel. Die Luft war winterlich frisch.

Knirschten da Schritte im Schnee?

Ich verfiel in Schockstarre. Meine Hand, die sich bereits in Höhe des Türgriffs der Beifahrerseite befand, erstarrt. Ich zögerte. Mein Puls dröhnte derart laut in den Ohren, dass ich die zuvor wahrgenommenen Schritte nicht mehr hören konnte. Ich wartete. Zäh verstrichen die Sekunden. Was sollte ich sagen, wenn ich erwischt wurde? Vielleicht, dass der Freundin plötzlich übel geworden war oder dass ich spätabends noch Flaschen entsorgen wollte?

Doch nichts geschah. Niemand kam die Straße entlang. Ich hatte mich geirrt.

Behutsam öffnete ich die Beifahrertür. Irgendwie musste ich Tina, die ziemlich schräg im Sitz hing, auf den Fahrersitz bekommen. Bequem konnte ihre Haltung nicht sein, aber auf

Bequemlichkeit kam es nicht mehr an. Ein Speichelfaden lief aus ihrem Mundwinkel. Sie war tatsächlich völlig hinüber.

Ob ich Tina über die Mittelkonsole auf den Fahrersitz zerren sollte?

»Scheiße« flüsterte ich der Schlafenden leise zu, »das wird nicht klappen, du hängst wie ein nasser Sack im Sitz.«

Ich beschloss die Aktion anders anzugehen, zerrte Tina aus dem Wagen und schleppte sie ums Auto herum, wobei mir das Geräusch der auf dem Boden kratzenden Stiefelsohlen höllisch laut vorkam. Ich war mit meinen Kräften am Ende, doch zuerst galt, es Tina in den Fahrersitz zu hieven. Schwer atmend und schwitzend wie ein Schwerarbeiter vor seinem Hochofen, wünschte ich mir ein kühles Bier, was sonst nur selten der Fall war. Schon gar nicht bei Kälte.

Inzwischen musste es kurz vor Mitternacht sein. Bisher, das war mir wohl bewusst, hatte ich durchaus Glück gehabt. Das Wetter, immer noch herrschte Schneetreiben, war von Vorteil.

Und wieder kam mir Ralfs Todestag in den Sinn. Ich dachte an Elsbeth, die von allen Beteiligten Schmähungen erlitten hatte und stemmte in einem heftigen Anfall von Zorn, einem hilfreich einschießenden Adrenalinschub und mit allerletzter Kraft die lästige menschliche Fracht in Position.

Schluchzend drückte ich die Fahrertür ins Schloss und umrundete Tinas Auto, wo ich mich erschöpft in den Beifahrersitz fallen ließ und meine Handtasche vom Rücksitz fischte. Ich brauchte noch ein paar wenige, jedoch wichtige Utensilien aus der Tasche. Außerdem galt es, das Fenster auf der Fahrerseite einen Spalt weit zu öffnen. Fünf Zentimeter sollten genügen. Es musste auf alle Fälle genug Sauerstoff ins Auto gelangen.

Noch saß Tina gesund, allerdings nicht besonders munter auf dem Fahrersitz. Vorschriftsmäßig angeschnallt, was in ihrem Fall kaum lebensverlängernd sein würde. Ich griff ins Lenkrad und ließ die Sperre einrasten. Mit den mitgebrachten Baumwolltüchern, die sich schon beim Mord an Ralf als äußerst funktional herausgestellt hatten, band ich zuerst Tinas linkes, schließlich ihr rechtes Handgelenk am Lenkrad fest.

Behutsam genug, dass keine Fesselspuren blieben, die womöglich im Nachhinein nachgewiesen werden konnten. Aber auch straff genug, dass sich Tina nicht aus den Fesseln winden konnte. Den Autoschlüssel ließ ich im Zündschloss stecken. Einerseits konnte ihn Tina ohnehin nicht erreichen, weil die Lenkradsperre dies verhinderte, andererseits würde ein fehlender Autoschlüssel nur Fragen aufwerfen.

Ein letztes Mal betrachtete ich die hübsche Frau an meiner Seite. Irritiert stellte ich fest, dass Tina nur sehr schwach atmete. War es möglich, dass ich ihr mit der Gabe der beiden starken Schlaftabletten bereits eine Überdosis verpasst hatte? Ich starrte die Frau an, betrachtete ihre manikürten Fingernägel, die als schwarze Flecken auf hellen Fingern erkennbar waren. Tinas Nägel sahen aus wie eingetrocknete Blutstropfen.

Den Anblick ertrug ich nicht länger. Ich durfte nicht zögern, musste zügig handeln, bevor mich ein Anfall von schlechtem Gewissen heimsuchte.

Tina bekam eine Packung ihrer Lieblingszigaretten in den Schoß gelegt. Ein Brandopfer. Im Anschluss daran legte ich Grillanzünder an verschiedenen Stellen im Auto ab, gemeinsam mit einigen Baumwolltüchern und dem sehr nützlichen Holzkeil. Die Kombination aus leicht Entflammbarem sollte für ein zügig anbrennendes Feuer sorgen. Auch brandbeschleunigender Nagellackentferner sollte seinen Teil dazu beitragen, dass sich ein schnelles Feuer entwickeln konnte. Außerdem war der Tank des Autos voll. Die Hitze würde bald den Tank erreichen. Der Tankdeckel würde offenstehen, damit die Flammen an den Dämpfen lecken konnten.

Ich griff nach meiner Handtasche und zog die Fleecedecke vom Rücksitz des Autos. Nichts von mir durfte im Auto zurückbleiben. Wobei das Wenige, das zurückblieb, Haare oder Hautschuppen beispielsweise, ohnehin in Flammen aufgehen würde. Rasch wickelte ich die Decke zu einer Rolle und verstaute sie in der Tasche. Geräumige Handtaschen waren eine Anschaffung fürs Leben. Meine war Gold wert.

Kapitel 122

Feuerzeug. Flamme. Feuer.

Zuerst fingen die Baumwolltücher Feuer. Danach traten die Grillanzünder in Aktion und leckten erfreut am hölzernen Keil. Schließlich trug der Nagellack-Brandbeschleuniger seinen Teil zum Feuer bei, das sich in kurzer Zeit heftig entwickelte. Irgendwann dazwischen verbrannten die Zigaretten in Tinas Schoß, aber das war nicht mehr wichtig. Die waren nur Tarnung, wenn sich Eva auch nicht sicher gewesen war, ob das überhaupt Sinn machte.

Der nächtliche Himmel füllte sich mit zart zur Erde schwebenden Flocken. Jede Schneeflocke war einzigartig, genauso wie jedes einzelne menschliche Wesen und sein Schicksal. Eva streckte ihre Zunge heraus und spürte, wie eine Schneeflocke darauf landete und schmolz. Sie starb.

Eva wandte sich ab und ging rasch davon.

Im Schein der Flammen kam Tina für wenige Sekunden zu sich, freute sich über die Wärme und bewunderte ihre am Lenkrad festgebundenen, hübsch manikürten Fingernägel im romantischen Licht der Flammen. Seit Ralfs Tod hatte sie bewusstseinsverändernde Tabletten willkürlich wie bunte Süßigkeiten konsumiert. Ihr von Alkohol, Antidepressiva und Schlafmitteln betäubtes Gehirn verstand nicht, was rundum geschah. Sie begriff die Gefahr nicht, in der sie sich befand. Und schon glitt Tina glitt zurück in eine tiefe Bewusstlosigkeit, gefördert durch Raucheinwirkung und Sauerstoffmangel.

Kapitel 123

Bereits Minuten später war der erste Anwohner auf den Brand aufmerksam geworden. Blitzartig wählte der Beobachter den Feuerwehrnotruf. Kurz darauf war das erste Tanklöschfahrzeug vor Ort. Die Einsatzkräfte fanden einen heftig wütenden Autobrand vor. Gut war, dass umliegende Häuser durch den Brand nicht gefährdet wurden. Der nebenan befindliche Glascontainer würde damit leben müssen, durch einen neuen ersetzt zu werden. Ebenso die beiden Bäume, die sich zu nahe am Feuerherd befanden.

Erst nachdem das Feuer gelöscht war und man sich das Fahrzeug im Licht der starken Scheinwerfer genauer hatte ansehen können, hatte man entsetzt ein verkohltes Etwas am Fahrersitz vorgefunden. Nun befand sich also auch die Polizei im Ermittlungseinsatz.

Eva dagegen hatte bereits einen Großteil des Heimwegs hinter sich gebracht. Um die Abdrücke ihrer Schuhsohlen im Schnee hatte sie sich keine Gedanken gemacht, die Hitze des Brandes und die Löscharbeiten der Feuerwehr würden alle Spuren vernichten. Nur wenige Augenblicke hatte Eva gewartet, denn als die Flammen aus dem Wagen schlugen und sie in einem der umliegenden Häuser Licht bemerkte, war es für sie eindeutig an der Zeit gewesen, zu verschwinden.

Die Angelegenheit war ihr zu heiß geworden.

Kapitel 124

Tina wurde bedingt durch ihre unregelmäßigen Arbeitseinsätze nicht sofort vermisst. Der Brand eines Autos in einem abgelegenen Stadtteil in einer Winternacht wurde in den Medien gemeldet. Auch, dass sich darin ein verkohlter Leichnam befunden hatte. Erst die polizeilichen Nachforschungen zum Fahrzeughalter des ausgebrannten Wagens ergaben Eindeutiges: Tina Pichler.

Da die Frau nicht in ihrer Wohnung angetroffen wurde, bat man den zuständigen Hausmeister, die Wohnung der Mieterin Pichler in Anwesenheit mehrerer Polizeibeamter zu öffnen. Der Hausmeister war darüber nicht glücklich, dennoch gab er nach. Mit der Polizei würde er es sich nicht verscherzen, war er doch schon gelegentlich unangenehm aufgefallen. Keinesfalls wollte er schlafende Hunde wecken. In der Zwischenzeit war auch der Zahnarzt der Frau kontaktiert worden. Die Polizei wartete nun auf das Ergebnis der Auswertung der zahnärztlichen Röntgenbilder, die leider das ergaben, was man vermutet hatte: Die im Auto gefundene Tote war tatsächlich Tina Pichler.

Was danach ermittelt wurde?

Die ermittelnden Beamten fanden die Gemeinsamkeiten sofort. Ralf Lorenz und Tina Pichler waren intim befreundet gewesen. Erst vor kurzem war Tina Pichlers Partner einem heimtückischen Mord zum Opfer gefallen. Vielleicht hatte der tragische Verlust des einen Partners zum dramatischen Selbstmord des anderen Partners geführt. Der Gerichtsmediziner kehrte Tinas Innerstes nach außen und fand verschiedene Substanzen in ihrem noch nicht völlig verkochten Blut, die über einen Missbrauch nach dem Suchtmittelgesetz nachdenken ließen. Neben Inhaltsstoffen, die in Antidepressiva und in Schlafmitteln zu finden waren, wurde eine ordentliche Menge Kokain im Blut der Toten gefunden. Tina hatte sich offenbar regelmäßig und professionell zugedröhnt. Der Blutbefund in Bezug auf Alkohol ergab einen beindruckend hohen Wert, der ihre Fahrtauglichkeit an jenem Abend stark in Frage stellte.

»Für das Fahren unter Alkoholeinfluss kann man die tote Frau nicht mehr belangen«, hatte der untersuchende Gerichtsmediziner mit beißendem Spott in Richtung des ermittelnden Beamten angemerkt.

»Dieses knusprige Huhn hat sich brandheiß aus dem Leben verabschiedet.«

Der auf diese Weise informierte Polizist ignorierte die Wortmeldung des Pathologen, der für eigenartige Bemerkungen und seinen tiefschwarzen Humor bekannt war.

»Allerdings ist wirklich erstaunlich«, fügte der Rechtsmediziner sinnierend hinzu, »mit welch hohen Blutalkoholwerten Menschen noch fahrtüchtig sind, an welches Quantum Alkohol sich deren Leber im Laufe der Zeit gewöhnen kann, und mit welchen Mengen sie bereits frühmorgens ihre Zähne putzen.«

Der Polizist verdrehte die Augen, was der Mediziner mit einem »Na hoffentlich bleiben die nicht stecken!«, kommentierte.

Nachfragen unter den Schönen und Schönsten aus Tinas Kollegenschaft ergaben eine gewisse Lockerheit im Umgang mit Cannabis, mit kleinen Pillen, die dann und wann mit einem Schlückchen Alkohol hinuntergespült wurden.

Wirklich nur mit einem kleinen Schlückchen?

»Ein Engel war Tina nicht«, meinte eine ihrer Kolleginnen, wurde rot und korrigierte schließlich verlegen, »nun, vielleicht jetzt ja schon.«

»There's no business like showbusiness«, zitierte eine andere Kollegin eine Musicalzeile und zuckte desinteressiert mit ihren knochigen Schultern, als sie zu ihrem Näheverhältnis zur Verstorbenen befragt wurde.

»Wir waren uns so nahe wie Salz und Pfeffer, unter Berücksichtigung, dass das Salz aus Bad Ischl stammt und der Pfeffer aus Madagascar oder Indien.«

Die Polizistin runzelte die Stirn, worauf die schöne Frau hinzufügte: »Tina ging mir am Arsch vorbei. Ich musste gelegentlich mit ihr zusammenarbeiten. Bei Shootings war sie kaum je professionell. Von mir aus kann sie bleiben, wo der Pfeffer wächst.« Das Model lächelte hinreißend. »Wobei, dieser Wunsch ist nun ohnehin hinfällig.« Sie zuckte mit den Schultern. Ein verächtlicher Zug breitete sich in ihrem Gesicht aus: »Eine Konkurrentin weniger, die um die Gunst der Fotografen buhlen muss.«

Kapitel 125

Verwirrend gestalteten sich die Ermittlungen nach dem Ausgang des Brandherdes. Interessanterweise fand die Spurensicherung Hinweise auf Nagellackentferner, was aber – schließlich hatte man es mit einem Fotomodell zu tun – als nicht weiter ungewöhnlich angesehen wurde. Bedenken, dass der Brand dadurch beschleunigt worden war, wurden allerdings geäußert. Hinzu kam, dass die Tote Raucherin gewesen war. Auch das hatte die Polizei rasch in Erfahrung gebracht. Allerdings war die Entzündung einer unbeaufsichtigt brennenden Zigarette seit einigen Jahren beinahe ein Ding der Unmöglichkeit. Eine EU-Verordnung hatte dafür gesorgt, dass Zigaretten mit einer Art Brandhemmung ausgestattet waren. Glimmstängel, an denen gerade niemand ziehen wollte, gingen zumindest in drei von vier Fällen in den Ruhestand. Obwohl eine Zigarette trotzdem immer ein Zündherd blieb, wie einer der Ermittler zu bedenken gab. Der Mann merkte an, dass er Hinweise gefunden hätte, wonach die Flammen auf dem Schoß der Toten entfacht worden wären. An dieser Stelle wies der Leichnam die intensivsten Brandverletzungen auf. »Es scheint, als lag dort etwas, was den Brand ausgelöst haben könnte. Vielleicht eben eine Packung Zigaretten. Auch wenn es Rauchern heutzutage schwer gemacht wird, an einer irrtümlich angesteckten Zigarette im eigenen Bett oder wie in Tina Pichlers Fall im Auto zu verbrennen, so wäre es doch am sichersten gewesen, nicht zu rauchen«, meinte der Ermittler trocken.

»Der verbrannte Lederklumpen, der uns von der Polizei als ein verbrannter Schoßhund übergeben wurde, stellte sich als Handtasche heraus. Ein Lederteil von einem Rind oder etwas in der Art«, ergänzte der Gerichtsmediziner mit mildem Lächeln, worauf seine Assistentin einen Blick auf das Teil warf und mit Kennermiene »Gucci« verkündete. Sie verwies dabei auf zerschmolzene Goldreste, die an der Tasche gefunden worden waren.

»Das sind vermutlich einmal zwei hübsche G gewesen. GG für Guccio Gucci. Die Initialen des Gründers dieses Modelabels«, fügte sie erklärend hinzu, als sie den verwirrten Blick ihres Vorgesetzten bemerkte. Sie seufzte verträumt und riss sich rasch zusammen, denn niemals wieder würde aus diesem verschrumpelten Lederpatzen eine schöne Tasche werden.

Kapitel 126

Margaux führte ihre Hochzeitsvorbereitungen unermüdlich fort. Auf keinen Fall war sie zur Kapitulation bereit, denn einen Mann wie Philipp gab man nicht kampflos auf. Sie würde ihre Hochzeit mit ihm schon noch bekommen, schließlich hatte sie ein Ass im Ärmel: den in weiser Voraussicht engagierten Detektiv. Philipps Verhalten schob Margaux ohnehin als überspannte Anwandlung zur Seite. Sie wollte sich ihre Zuversicht auf eine Zukunft an seiner Seite nicht von etwas derart Nichtigem wie einer Männerlaune verderben lassen. Basta!

Zusätzlich nervte Margaux das Benehmen der Hochzeitsplanerin, die ihr Verhalten mit Kopfschütteln quittierte und tatsächlich die Frechheit besaß, sich zu Tinas Ableben zu äußern. Sie hatte gemeint, dass der Tod einer guten Freundin Grund genug wäre, eine Hochzeit aufzuschieben. Entschieden war ihr Margaux über den Mund gefahren. Sie dachte keine Sekunde daran, am Termin zu rütteln. Im Mai des kommenden Jahres würde geheiratet. Schwierigkeiten hin oder her. Bis dahin blieb Zeit genug, um die unglücklichen Zwischenfälle zu vergessen.

Margaux hatte ohnehin vorgehabt, eine formelle Trauerzeit für ihre Freundin einhalten. Einige Wochen, zugebracht mit Instant-Trauer, mussten genügen.

Übel war, dass Margaux ihre Freundin mehr vermisste, als sie ursprünglich gedacht hatte. Dadurch bekam das Weihnachtsfest einen depressiven Zug. Silvester ebenso. Auch an die Gucci-Tasche dachte Margaux, was ihre Stimmung ebenso wenig zuträglich war. Der Wert des besonderen Accessoires wurde von Tinas Angehörigen vermutlich weder erkannt noch geschätzt. Sie überlegte krampfhaft, wie es ihr gelingen konnte, diese Tasche wieder in ihren Besitz zu bringen. Nicht, dass sie inzwischen Gefallen an dem Unding gefunden hätte, aber der Wert der Monstrosität war nicht unerheblich. Irgendwie musste sie es bewerkstelligen, in die Wohnung der toten Tina zu gelangen. Wenn nötig, würde sie mit Hilfe des Hausmeisters in Tinas Wohnung vordringen. Der war einer kleinen Spende sicher nicht abgeneigt. Sie würde ihn einfach bitten, im Andenken an ihre Freundin eine stille Minute in deren Wohnung verbringen zu dürfen. Diesen Gefallen konnte ihr der Mann bestimmt erweisen. Margaux war zuversichtlich. Zur Not wollte sie Tinas Familie kontaktieren. Vielleicht Hilfe in irgendeiner Form anbieten, um auf diese Weise in die Wohnung der Toten und an ihre teure Gucci-Tasche zu gelangen.

Margaux versuchte die Vorstellung zu verdrängen, wie ihre Freundin ausgesehen haben mochte, als man sie aus dem ausgebrannten Auto geholt hatte. Eine schöne junge Frau, verbrannt zu einem schwarzer Klumpen Fleisch, der keine Ähnlichkeit mehr mit ihr haben konnte. Der Gedanke daran war unvorstellbar grauenhaft.

Dass daneben ein zweiter, kleinerer Klumpen gefunden worden war, den Margaux ohne Weiteres als Gucci-Tasche hätte identifizieren können, hätte sie traurig aufseufzen lassen. Für die Polizei war die erfolgte Identifizierung des Lederklumpens nebensächlich gewesen. Für Margaux dagegen wäre die Information zum dramatischen Ende der teuren Tasche absolut niederschmetternd gewesen.

Kapitel 127

Weihnachten rückte näher und verflog genauso schnell, wie es herangerauscht war. Man beschenkte sich mit mehr oder minder brauchbaren und wünschenswerten Dingen. Der Handel klagte unmittelbar vor Weihnachten über nachlassende Verkaufszahlen und bejubelte nach Weihnachten das erfolgreiche Weihnachtsgeschäft.

Alle Jahre wieder.

Margaux feierte Weihnachten bei sich zu Hause. Im Kreis ihrer Familie. Ihre eine Schwester ging ihr mit den lieben Kleinen und ihrem ach-so-perfekten-Ehemann auf die Nerven. Die andere Schwester schloss sich dem heile-Welt-Spiel an. Die Kinder dagegen, die sofort bemerkt hatten, dass sie von Tante Margaux nur geduldet wurden, schlugen einen großen Bogen um sie. Sicherheitshalber.

Philipp schlug einen ebensolchen Bogen um Margaux, einen viel zu ausgedehnten Bogen, wie Margaux fand. Lieblos hatte er ihr ein Geschenk überreicht, das er vermutlich bereits vor der von ihm vorgeschlagenen Trennung besorgt hatte. Sie hatte es als Abschiedsgeschenk empfunden. Im Gegenzeug hatte sich Margaux nicht die Mühe gemacht, ein Geschenk für Philipp zu besorgen. Er hatte diese Art der Zuwendung nicht verdient.

Philipp feierte Weihnachten geruhsam. Ohne seine Ex-Braut. Er genoss die stille Nacht. Zudem wollte er seiner Familie das Weihnachtsfest nicht mit der Trennungsnachricht verderben und hatte Margaux daher zugesagt, erst mit Anfang des neuen Jahres, wenn alle Feierlichkeiten vorüber waren, über die Auflösung ihrer Verlobung zu sprechen.

Margaux hatte diesen Schachzug beabsichtigt. Genug Zeit, um dadurch einen Aufschub zu erhalten, den sie gewinnbringend nutzen wollte. Daher ergab es sich perfekt, dass sie – vom in weiser Voraussicht engagierten Detektiv – an einem der ersten Weihnachtsfeiertage eine Nachricht auf ihr Handy erhielt. Mit der Bitte um Rückruf. Sobald es ihre Zeit erlaube. Und ihre Zeit erlaubte es.

Kapitel 128

Tinas Leichnam war auch nach den Feiertagen noch nicht zur Beerdigung freigegeben worden. Dies erfuhr Margaux von Tinas Bruder, der offenbar zum Pressesprecher der Familie berufen worden war. Weil seine Stimme am Telefon klang, als ob er ihr die Hand abhacken würde, wenn Margaux noch einmal anrief, bat sie nur darum, als enge Freundin über das Datum von Tinas Beerdigung informiert zu werden. Sie wolle sich gerne von ihrer langjährigen Freundin verabschieden. Dabei schluchzte sie dem ihr gänzlich unbekannten Bruder ergreifend und sehr überzeugend ins Ohr, sodass ihr dieser zusicherte, sie zu informieren.

Und da stand ja auch noch die unbeantwortete Frage nach der Gucci-Tasche im Raum. Es galt, einen Hausmeister zu überzeugen. Der Mann, der nichts von Trauerverarbeitung verstand, allerdings den Wert von Bargeld kannte, öffnete tatsächlich die Wohnungstür zu Tinas Räumlichkeiten. Dort fand sich allerdings keine Handtasche, die auch nur annähernd so aussah wie die Tasche, die Margaux an Tina weitergereicht hatte.

Zu diesem Zeitpunkt überkam Margaux zum ersten Mal der schlimme Verdacht, dass die wertvolle Tasche womöglich mit Tina verbrannt war.

Kapitel 129

Dasselbe, was den Vorweihnachtshandel bewegte, reizte den Handel auch in der Zeit zwischen Weihnachten und Silvester. Die Klagen häuften sich. Die mangelnde Kaufbereitschaft der Konsumenten wurde kritisiert.

Zuerst wurde beklagt, dass zu wenige Feuerwerkskörper verkauft wurden. Dies lag nachweislich daran, dass ausländisches Material günstiger erhältlich war als das als todsicher bewertete inländische Sprengmaterial, welches durch ein deutlich höheres Preisniveau glänzte.

Unmittelbar nach den Silvestersprengtätigkeiten wurde, besonders seitens der Krankenhäuser und deren Personal, die Patienten mit Verbrennungen, abgesprengten Fingern und schlimmere Notfälle behandeln durften, umgehend beklagt, dass zu viele Raketen verkauft worden waren.

Die Polizei, die bereits rechtzeitig vor Silvester vor Billig-Böller-Käufen gewarnt hatte, präsentierte nach den Silvesterfeierlichkeiten die Opfer-Statistiken, die sich vielfach mit dem Kauf von gefährlicher China-Ware oder Ware aus dem ehemaligen Ostblock in Einklang bringen ließen.

»Selbstlaborate«, nannte der Pressesprecher der Polizei die Billig-Böller in einem Interview, »unprofessionell hergestellt, meist von enormer Sprengkraft und einhergehend mit hohem Sicherheitsrisiko, was den Zeitpunkt der Explosion betrifft.«

Die Zahl der zu behandelnden Unfallopfer stieg Jahr für Jahr, und mancher Mensch seufzt dazu: »Wieder ein neues Jahr, hört denn das nie auf?«

Kapitel 130

Das Wort ‚Familienbande'
hat einen Beigeschmack von Wahrheit.
Karl Kraus

Ich verbrachte Weihnachten mit meiner Familie, die laut und anstrengend und lustig und laut und glücklich und vor allem laut war. Die kleineren Kinder umrundeten im Haus meines Vaters beständig den Weihnachtsbaum, der nicht nur überwältigend riesig, sondern auch überaus pompös geschmückt war. Heftige Zusammenstöße würden nicht ausbleiben. Auch dass mir plötzlich ein Kind aus dem Baum heraus in die Arme purzeln würde, weil es seine Kletterleistungen überschätzt hatte oder der Baum selbst umstürzte, hielt ich für möglich.

Meine zwei Brüder und die drei Schwestern, eigentlich waren es Halbbrüder und Halbschwestern, hatten mich gebeten, am gemeinsamen Fest teilzunehmen. Seit meine Mutter nicht mehr am Leben war, die sich als absolute Gegnerin dieser Familieneinladungen geoutet und mir am Sterbebett den Schwur abgenommen hatte, mich niemals mit meinem Vater einzulassen, konnte ich derartige Feiern frei von Zwängen und unbeschwert genießen. Ich verstand mich hervorragend mit der großen Familie meines Vaters und fühlte mich im Clan gut aufgehoben.

Betrübt dachte ich an meine Mutter, die mir zwar den Vater überwiegend entzogen, aber mir niemals den Kontakt mit den Halbgeschwistern verweigert hatte. Wir hatten uns nicht regelmäßig, aber sooft es möglich war, an neutralen Plätzen getroffen, was schlicht bedeutete, dass die Treffen nicht im Haus des Vaters stattfinden sollten, jedoch überall sonst über die Bühne gehen durften. Meist am Schulhof, im Kino oder zu Geburtstagsfesten der Geschwister. Dann allerdings war ein Aufeinandertreffen der ehemaligen Partner unumgänglich, denn die Geburtstagsfeiern fanden nun einmal dort statt, wo das Geburtstagskind zu Hause war. Meine Mutter brachte mich hin und verabschiedete mich widerwillig etliche Meter vor der gebrandmarkten Haustür. In Sichtweite angelangt, wurde ich vom Vater in Empfang genommen. Die Rücklieferung erfolgte in umgekehrter Variante. Maximal kam es zu einem flüchtig hergestellten Sichtkontakt meiner Eltern. Diese Art der An- und Ablieferung hatte sich durch ihre einfache, jedoch höchst wirksame Vorgehensweise bewährt.

Später, als ich längst volljährig war, trafen ich mich mit den Geschwistern in irgendwelchen Spelunken, was die Mutter nie hätte erfahren dürfen. Ich erlernte von den Brüdern gewisse Fertigkeiten und erlebte mit ihnen etliche Abenteuer. Eine besondere Begebenheit aus meiner Schulzeit riefen wir uns bei beinahe jedem Treffen ins Gedächtnis, sodass die Anwesenden die Geschichte bald auswendig kannten.

Als ich noch zur Hauptschule ging, gab es einen Jungen in meiner Klasse, der allgemein als besonders lästiger Quälgeist empfunden wurde. Dieser Mitschüler schreckte auch nicht vor körperlicher Gewalt zurück und brachte mich regelmäßig um meine Pausenbrote, indem er täglich meine Schultasche plünderte. Irgendwann erzählte ich meinen großen Brüdern weinend und schluchzend von meinem schweren Kummer. Während mir der Rotz ungebremst aus der Nase lief, tat ich ihnen leid. Sie beschlossen eine Vergeltungsmaßnahme zu starten, und tatsächlich war zu meiner Freude plötzlich Schluss mit dem täglichen Essensraub. Den Grund dafür erfuhr ich später: Meine Brüder hatten sich den frechen Halbstarken geschnappt und ihn aus dem Klassenfenster im zweiten Stock der Schule gehängt. Mit dem Kopf voran, denn es galt, das Erlebnis intensiver zu gestalten. Vor allem aber gaben sie ihm ein Versprechen: Wenn er es weiterhin wagen sollte, die kleine Schwester zu bestehlen, dürfe er noch einmal auf diese Weise Frischluft schnappen, allerdings würden sie ihn fallen lassen.

Während dieses ruppigen Vorgehens zerrten ihm meine Brüder die Unterhose aus seiner Jeans. Wohlgemerkt ohne ihm diese zuvor auszuziehen, sodass mein Schulkollege danach unter heftigen Schmerzen im Schritt litt, was unmittelbare Auswirkungen auf seinen Gang hatte. Jedenfalls dauerte es eine Weile, bis sich seine Art zu gehen wieder normalisierte.

Ich kann also durchaus behaupten, dass ich meine Brüder von klein auf zu schätzen gelernt habe, auch wenn sie nur Halbbrüder sind. Familie ist eben Familie.

Kapitel 131

Weihnachten war wie im Flug vergangen. Eva hatte ein familiäres lautes Fest anstelle einer besinnlichen Feier bekommen. Deshalb freute sie sich umso mehr, als sie von Philipp gebeten wurde, Silvester mit ihm zu feiern. Nur im klitzekleinen Kreis.

Philips Feier war keine aufwendig gestaltete. Es war ein Fest, das er mit Eva und mit einer Flasche Champagner oder einer zweiten verbringen wollte, für den Fall, dass die erste rasch geleert wurde. Sehr intim sollte der Silvesterabend werden.

Noch vor Mitternacht wollten beide eine anregende Nachtwanderung unternehmen, um von erhöhter Position auf die Lichter der Stadt zu blicken. Schließlich wollte man das neue Jahr willkommen heißen und dazu gehörte, dass man dabei zusah, wie um Mitternacht die Raketenabschusswütigen losballerten. Einem derartigen Unterfangen hätte Margaux nie zugestimmt. Sie hätte einen nächtlichen Fußmarsch strikt abgelehnt. Wogegen Eva fand, dass dies, gerade in einer klaren und kalten Silvesternacht, eine hervorragende Idee war. So konnte das neue Jahr einen guten Anfang nehmen, mit ein wenig Herumknutschen und mehr.

Also hatte sie sich feingemacht, denn für diesen Tag brauchte es Besonderes. Ein dunkelblaues Strickkleid, ein Silvesterabend und ein Mann, den man von sich einnehmen wollte: das waren perfekte Grundbedingungen, um das neue Jahr zu beginnen.

Philipp war überrascht, hatte er doch mit einer sportlich gekleideten Eva gerechnet, in Hose und Pullover. Als er in ihrer Wohnung aufgetaucht war, hatte er zuerst geglaubt, sie müsse sich erst noch umziehen. Sie hatte ihn stürmisch umarmt, geküsst, sich von ihm auf verbotene Waffen untersuchen lassen und keine Anstalten gemacht, sich aus ihrem schönen Strickkleid zu befreien und in eine bequeme Hose zu werfen. Schließlich hatte er zum Aufbruch gemahnt, worauf sie ihm schulterzuckend zu verstehen gegeben hatte, dass sie längst bereit sei.

»Du gehst so?«

»Was passt denn daran nicht?« hatte sie ihn gefragt und verwirrt angesehen.

Ja, was passte daran eigentlich nicht? Philipp dachte nach und lächelte schließlich.

»Alles passt. Heiliger Ivo, Schutzpatron der Anwälte und Richter, was habe ich nur für ein Glück mit dieser Frau«, murmelte er und schob sie aus der Wohnungstür.

Als er die Stufen zum Ausgang des Mietshauses hinunterstieg, betrachtete er die vor ihm gehende Eva. Sehr weiblich. Eine, die seinem Berufszweig häufig Schwierigkeiten einbrachte, weil sie um ihre umwerfende Weiblichkeit wusste und diesen Bonus anzuwenden verstand. Vor allem, wenn es darum ging, aus einer scheidenden Partnerschaft geschickt auszusteigen. In einem Trennungsfall wurden alle Vorzüge in den Scheidungstopf geworfen. Es wurde mit aller Gewalt um den Finger gewickelt und mit jeglichen Reizen gekämpft, die zur Verfügung standen.

Eva wusste genau, wie sie sich kleiden musste, um ihre Vorzüge zur Geltung zu bringen. Sie war nicht darauf aus, sportlich zu erscheinen. Nicht wie andere Frauen, die sich in Hosenanzüge steckten, um seriös zu wirken oder Jeans und Pullover trugen, weil sie fanden, dass dies für eine rustikale Feier passend und bequem wäre. Nein, Eva hatte ein Wollkleid gewählt, dazu Strümpfe und warme Winterstiefel. Und die Überraschung war auf ihrer Seite gewesen, denn Philipp hatte nicht gewusst, dass es Strümpfe gab, die im Schritt offen waren, zumindest nicht bis kurz nach Mitternacht.

So waren sie also losgezogen. Warm eingepackt. In Richtung Jakobskirche. Wie Philipp zum Schlüssel des Glockenturms gekommen war, behielt er für sich. Und am Ende war es Eva auch völlig gleichgültig, denn der Überblick über die

Stadt wog dieses Nichtwissen auf. Vom Kirchturm aus, ergab sich ein herrlicher Blick über das winterliche, mit Schnee angezuckerte Weimar.

Eine halbe Stunde nach Mitternacht, alle spektakulären Feuerwerkskörper hatten sich in die Erdumlaufbahn begeben dürfen, hatten sie beschlossen, dass Philipp den weiteren Abend bei Eva verbringen sollte. Berauscht vom Sekt und von zahlreichen Küssen, hatten sie sich auf den Rückweg in Evas Wohnung gemacht. Nicht ohne einen klitzekleinen Stopp einzulegen, bei dem Philipp die interessante Erfahrung mit den Strümpfen machen durfte.

Das neue Jahr begann aufregend.

Kapitel 132

Ohne ein Wort zu verlieren, überreichte der Detektiv die ausgedruckten Bilder. Margaux sah auf einem der Fotos, wie Philipp eine Frau umarmte. Das Gesicht der Frau lag im Schatten. Eine Haube und der überdimensional große Schal erlaubten keine Detailstudien des Gesichts seiner Partnerin. Sie waren zu Fuß unterwegs und küssten sich immer wieder. Auf einem weiteren Foto setzte sich Philipp auf eine Parkbank, öffnete seinen Wintermantel, ließ die Frau auf seinem Schoß Platz nehmen und umschloss sie mit seinem Mantel. Die Frau hatte ihr Kleid oder ihren Rock hochgezogen, damit sie besser auf ihm sitzen konnte.

»Hauptsache sie verkühlt sich nicht«, spottete Margaux und zuckte entsetzt zusammen, als sie die nachfolgenden Fotos betrachtete. Auf einem der nächsten Bilder schlang die Frau ihre Beine um Philipps Hüften und ließ sich offenbar von ihm befriedigen. Die darauffolgenden Aufnahmen änderten sich nicht wesentlich, aber das Paar küsste sich leidenschaftlich und hatte eindeutig Sex in der Öffentlichkeit. Zwar nicht auf einem belebten Platz, aber eben ziemlich unverhohlen in einer Gartenanlage auf einer Parkbank, die etwas abgeschieden stand.

»Wer ist sie?« Margaux steckte die Fotos zurück ins Kuvert.

»Weiß ich nicht. Soll ich das für Sie herausfinden?«

Der Detektiv wartete Margaux' Antwort ab.

»Ich bin mir nicht sicher, ob das notwendig sein wird. Noch nicht. Schicken Sie mir vorerst Ihre Rechnung. Ich werde mich gegebenenfalls bei Ihnen melden.«

Der Abschied fiel frostig aus.

Kapitel 133

Eva und Philipp liebten sich nach dem Aufwachen, später beim Duschen und bevor er sich verabschiedete gleich noch einmal.

»Wer weiß, wann wir wieder Gelegenheit dazu haben?«, grinste er und umarmte Eva leidenschaftlich zum Abschied, die ihm unbemerkt ihren blutroten String in seine Manteltasche steckte. Irgendwann würde er ihn schon bemerken. Sollte er ruhig überrascht sein.

Der Detektiv, den Margaux beauftragt hatte, war sich sicher, dass seine Kundin nicht lockerlassen würde und hatte aus eigenem Antrieb und ohne deren ausdrücklichen Auftrag die Identität der jungen Frau ausgeforscht, die auf den kompromittierenden Fotos abgebildet war. Die Kreuzer würde früher oder später zu ihm kommen und den Namen der Frau einfordern. Mit Frauen und der Befriedigung ihrer Wissbegier kannte er sich gut aus. Schließlich war er verheiratet. Immerhin schon das dritte Mal.

In jener Sekunde allerdings, in der ihm klar wurde, wer die Frau auf den Fotos war, hatte er sich einen Cognac eingeschenkt. Unmittelbar danach einen zweiten. Beide Gläser hatte er in wenigen Sekunden geleert. Der Schock über die Erkenntnis musste erst verdaut werden. Wie immer er nun vorgehen wollte, seine jeweilige Handlung würde sein Dasein verändern. Er lehnte sich in seinem Schreibtischsessel zurück und dachte über die nächsten Schritte nach. Ein Zwiespalt tat sich auf.

Sollte er warten, bis seine Kundin an ihn herantrat oder sollte er in die Offensive gehen?

Beim dritten Cognac kam der Detektiv zu einem Ergebnis. Er fasste eine heikle Offensive ins Auge. Eine Art Erpressung. Nein, die Bezeichnung Erpressung gefiel ihm nicht. Eher wollte er eine Warnung, einen gut gemeinten Rat erteilen, wobei nicht Margaux Kreuzer davon profitieren sollte. Der Detektiv goss sich einen vierten Cognac ein und tätigte einen Telefonanruf, der eine Kette von Ereignissen in Gang setzte.

Kapitel 134

Zu Beginn des neuen Jahres hatte die Gerichtsmedizin endlich Tinas Leichnam zur Beerdigung freigegeben. Margaux empfand die Situation als Déjà-vu, mit dem Unterschied, dass sie dieses Mal niemanden hatte, mit dem sie nach der Beerdigung ein Gläschen oder zwei trinken konnte. Es war makaber, dass Tinas Familie den verbrannten Körper ihrer Tochter ins Krematorium hatte überstellen lassen. Sie war doch schon verbrannt. Es hätte genügt, sie in Erde bestatten zu lassen. Margaux fand die Verbrennung einer Verbrannten seltsam und zudem geschmacklos.

Doch immerhin hatte sie die Nachricht erhalten, wann und wo die Trauerfeier der lieben Verblichenen stattfinden sollte. Nüchtern stellte Margaux fest, dass sie sich innerhalb des letzten halben Jahres immerhin auf der zweiten Beerdigung eingefunden hatte, allerdings auf keiner einzigen Hochzeit. Keine besondere Quote, wie sie fand, als sie im Verabschiedungsraum der Feuerhalle saß. In ein paar Tagen, dessen war sich Margaux sicher, würde Tinas Urne am Friedhof für alle Ewigkeit verwahrt werden, oder zumindest so lange bis die Grabstelle aufgelöst würde. Womöglich entschied sich Tinas Familie für etwas Moderneres und ließ Tinas Asche bei den Wurzeln eines Baumes beisetzen. In einer kompostierbaren Urne. Warum nicht? Schließlich war Tina immer für ungewöhnliche Aktionen zu begeistern gewesen. Die ersten Takte von Heast as net von Hubert von Goisern und seinen Alpinkatzen erklangen. Margaux lächelte verhalten hinter ihrem Taschentuch. Sie mochte dieses Lied. Verstohlen wischte sie sich Tränen der Rührung von ihren Wangen. Heast as net hatte sie noch nie ohne feuchte Augen überstanden. Die

Krönung wäre, wenn jetzt Brenna tat's guat erklingen würde. Vom Zusammenhang absolut nicht passend, aber die Zeile aus dem wiederkehrenden Refrain war der Hammer und schließlich kam der Teufel im Lied vor. Dem würde Tina womöglich bald gegenüberstehen. Wer von den beiden bei einem Zusammentreffen wohl zuerst den Schwanz einziehen würde?

Margaux schüttelte den Kopf über ihre schrägen Gedankengänge und dachte über ihre eigene Zukunft nach. Sie hatte sich für kommenden Mittwoch bei Philipp angekündigt. Es war ein fadenscheiniger Vorwand gewesen, der ihr die Türen zur Villa Seydtnach öffnen sollte. Sie wollte ihm seine Sachen zurückbringen, die sich noch bei ihr in der Wohnung befanden. Gleichzeitig hatte sie an seine Ehre appelliert und um seine Anwesenheit gebeten. Um der guten alten Zeiten willen. Was ihm wirklich bevorstand, wusste er nicht, aber sie würde Philipp, nachdem sie nun im Besitz kompromittierender Fotos war, auf keinen Fall ziehen lassen. Die Hochzeit musste stattfinden. Sie war zuversichtlich und übte bereits schwungvoll ihre neue Unterschrift: Margaux Seydtnach. Vermutlich musste auf der Urkunde ihr Vorname Margot stehen, aber später würde sie auf jeden Fall mit Margaux unterschreiben.

Musikklänge rissen sie aus ihren Gedanken. Sie beobachtete die Trauerfamilie, die in den vordersten Reihen Platz nahm. Viele Freunde waren gekommen. Schillernde Figuren. Schöne Menschen. Natürlich, wenn man wie Tina vor allem unter den Schönen verkehrte, war dies zu erwarten. Margaux dachte an ihre Gucci-Handtasche, die sie nie wiedersehen würde und schluchzte ergreifend.

Kapitel 135

Im Zustand des Hasses sind Frauen gefährlicher als Männer.
Friedrich Nietzsche

Meine Arbeitswoche bei 1000schön hatte ruhig begonnen. Womöglich lag es daran, dass das neue Jahr leere Geldbörsen – eine Art Neujahrsflaute – mit sich brachte oder sich die überwiegend weibliche Kundschaft im Urlaub befand. Vielleicht standen aber auch gerade keine dringlichen Schönheitskorrekturen an, was am unwahrscheinlichsten war, denn ich hatte bisher keine einzige Frau kennengelernt, die nicht etwas an sich auszusetzen gehabt hätte.

Jedenfalls langweilte ich mich. Ich hatte die Regalfächer in meinem Behandlungsraum schon mehrfach von nicht mehr vorhandenem Staub befreit und in Gedenken an Tina das Nagellacksortiment farblich perfekt sortiert. Als ich schließlich von einer Kollegin ans Telefon gerufen wurde, war ich regelrecht erfreut über die Unterbrechung meiner bedeutungslosen Beschäftigung.

Mit »die Frau hat ausdrücklich um dich gebeten« wurde mir der Telefonhörer in die Hand gedrückt.

Wie es sich herausstellte, wünschte Margaux Kreuzer eine Gesichtsbehandlung. Ob dies heute möglich sei?

»Natürlich können Sie heute kommen«, erfüllte ich den kurzfristigen Wunsch der Frau, obwohl mir dabei nicht wohl war. Jedenfalls wurde der Abendtermin bestätigt.

Tatsächlich hatte ich nicht erwartet, Margaux wiederzusehen. Ich hatte sie nicht für spendabel genug gehalten. Nun musste ich also einer Frau, die ich nicht leiden konnte, eine Behandlung verpassen. Um 17 Uhr würde sie auf meiner Liege zynischen Spott verbreiten.

Ich seufzte genervt. Mit ein bisschen Glück war die Kreuzer erschöpft und daher froh, nach einem langen Arbeitstag nicht mehr höflich Konversation betreiben zu müssen. Vielleicht hielt sie ihren boshaften Mund. Hoffnung auf die Erfüllung dieses Wunsches machte ich mir nicht.

Kapitel 136

Eine Frau ist wie ein Teebeutel: Du kannst erst beurteilen,
wie stark sie ist, wenn du sie ins Wasser wirfst.
Eleanor Roosevelt

»Wie Sie sicherlich wissen, bin ich mit Rechtsanwalt Dr. Philipp Seydtnach verlobt. Wir werden im Mai heiraten.«

Kaum war die Gesichtsbedampfung vorüber, die eigentlich die Poren und nicht das Mundwerk der Kundin öffnen sollte, legte Margaux los. Genau dieser Satz war der letzte aller Sätze, den ich hatte hören wollen. Am liebsten wäre mir ohnehin gewesen, hätte absolute Stille geherrscht, doch dies schien ein frommer Wunsch zu sein. Also widmete ich mich Margaux' Haut und konzentrierte mich auf aktives Weghören, was nicht möglich war, denn Margaux fuhr ungeniert fort.

»Heute werde ich ihn mit etwas überraschen. Außerdem habe ich unsere Ehegelöbnisse geschrieben und Philipp wird seines als Geschenk von mir überreicht bekommen.«

Ich nickte, was Margaux nicht sehen konnte, da sie die Augen geschlossen hielt, also flüsterte ich »Wie schön« und arbeitete weiter.

Während ich die Gesichtsmaske anrührte, fragte ich mich, welcher Mann sich, wenn er schon ein Ehegelöbnis am Altar sprechen wollte, ein derartiges Versprechen von seiner zukünftigen Frau diktieren ließ. Vermutlich nur der Allerbequemste. Dafür hielt ich Philipp nicht. Andere Bräutigame würden eine derartige Bevormundung entweder nicht gutheißen oder sich zumindest bemühen, damit die künftige Gattin anschließend korrigierend in den Text eingreifen konnte. Margaux wurde mir sekündlich unsympathischer.

»Nicht erschrecken. Die Maske fühlt sich kalt an. Sie verkleinert die Poren und beruhigt ihre Haut.« Fingerfertig trug ich eine Gesichtsmaske auf.

Frier ein und zerfall zu Eisbrocken, schoss mir durch den Kopf. Ersatzweise erklärte ich Margaux: »Sie sollen sich nun erholen. In einer Viertelstunde entferne ich die Maske. Danach widmen wir uns ihren Augenbrauen und Wimpern. Sie brauchen nur nicken. Ich weiß, dass die Maske um den Mund spannt.«

Margaux nickte gehorsam. Das erste Mal, dass sie mir widerspruchslos gehorchte, seit sie vor einer halben Stunde den Behandlungsraum gestürmt hatte. Ich schloss die Tür des Behandlungszimmers und bummelte zum Empfang. Dort warf ich einen Blick in den Kalender, um die morgigen Termine zu kontrollieren.

Das Telefon unterbrach mich. Ich hob ab und war überrascht, einen meiner Brüder am Apparat zu haben.

»Brauchst du eine Gesichtsbehandlung, Paul?«, lachte ich, als er um einen Gesprächstermin bat.

»Nein, dieses Frauenspachtelmassenzeugs brauche ich nicht. Bleib mir vom Leib damit. Nein, ich und dein Lieblingsvater wollen wissen, was du dir zum Geburtstag wünschst.«

»Aber mein Geburtstag ist erst in einigen Monaten«, antwortete ich verwirrt.

»Ja, das wissen wir natürlich. Aber man kann ein Gespräch nie zeitig genug führen. Also, was wünscht du dir?«

Ich seufzte und grummelte: »Einen Mann nur für mich.«

Das Lachen, das daraufhin durch den Hörer drang, war enthusiastisch laut, sodass eine Kollegin, die gerade an mir vorüberging, um eine Kundin in Empfang zu nehmen, überrascht zusammenzuckte.

»Meinst du das ernst?« Pauls Stimme klang belustigt.

»Natürlich. Ich habe mir sogar schon einen ausgesucht, aber der hat eine Ex-Lebensgefährtin oder doch-nicht-Ex-Partnerin. Ich weiß es nicht so genau. Jedenfalls lässt sie ihn nicht aus ihren Krallen.«

Paul zögerte, bevor er fortfuhr: »Was bedeutet das genau?«

»Das geht nicht am Telefon. Ist schwierig. Aber du hast sowieso etwas von einem Termin gesagt. Wann und wo?«

»Heute Abend. Wenn du mit der Arbeit fertig bist. Kommt nicht auf die Minute an. Wir sind in der Residenz.«

Ich lächelte. Die Residenz. Was für ein Name für das Stadthaus meines Vaters, das sich nahe dem Goethe-Schiller-Denkmal befand. Die auffällige Außenfassade war in Altrosa und Cremegelb gehalten. Eine Farbe, die mein Vater vor einiger Zeit ändern wollte. Doch rasch war das Denkmalamt eingeschritten und hatte die Umgestaltung der Außenwände verboten, die eine Neugestaltung aus Weiß mit goldenen Fassadenverzierungen vorgesehen hätte. Und so sah die Residenz von außen eben immer noch ein bisschen wie eine appetitliche Mischung aus Erdbeer- und Vanilleeis aus.

»Ist in Ordnung, abends gegen sieben bin ich bei euch. Gruß an Papa und an Alex und einen Kuss für dich. Fangt schon mal an zu sparen. Mein Geburtstagsgeschenk ist nicht leicht zu haben. Das wird teuer.«

Paul lachte, verabschiedete sich und legte auf, während ich den Kopf schüttelte und mich fragte, was die vorhatten. Die Frage, was ich mir zum Geburtstag wünsche, vor allem, da der noch lange nicht anstand, war schon eigenartig.

Ein rascher Blick auf die Uhr bestätigte mir, dass die Maske auf Margaux' Gesicht inzwischen steinhart sein musste. Rasch eilte ich zurück ins Behandlungszimmer, um dort eine schnarchende Margaux vorzufinden.

Mein »Bitte nicht erschrecken, ich nehme Ihnen die Maske ab« riss Margaux aus dem Schlaf. Wimpern und Augenbrauen wurden gefärbt und in Form gebracht. Obwohl Margaux ohnehin ein dunkler Typ war, hatten diese kleinen Korrekturen dennoch erkennbare Auswirkungen.

»Gut geformte Augenbrauen sind ein Rahmen für jedes Gesicht.« Mit diesen Worten überreichte ich der Frau einen Spiegel, damit sie sich gebührend bewundern konnte.

Margaux warf einen kritischen Blick in den Spiegel, drehte ihr Gesicht zuerst nach links, dann nach rechts und lächelte schließlich zufrieden. Sie fand das Werk tatsächlich gelungen und lobte mich mit einem nahezu überschwänglichen: »Tadellos.«

Ich verließ den Behandlungsraum, damit sich Margaux in Ruhe ankleiden konnte. Ein Blick auf die Uhr verriet, dass ich mich beeilen musste. Es war bereits später als vermutet. Mein Vater und die Brüder würden bereits warten. Entgegen sonstigen Gewohnheiten beschloss ich daher, dass es für heute genug war. Es blieb keine Zeit mehr, den Raum zu säubern. Das konnte auch noch morgen geschehen, bevor die erste Kundin kam.

Nachdem ich kassiert, Margaux verabschiedet und den Kolleginnen, die sich noch im Salon aufhielten, einen schönen Abend zugerufen hatte, schlüpfte ich eilends in meine wärmende Winterkleidung. Heute war es eiskalt.

Kapitel 137

Das gibt's nicht, dachte Margaux, die noch die Auslagen im Center bewundert hatte und eine Frau dem Ausgang zueilen sah. Warum kam ihr diese Frau bekannt vor? Die Haube, der Schal, der Mantel. Und plötzlich wusste sie, wen sie vor sich hatte. Philipps Geliebte.

Margaux' Atem beschleunigte sich. Unangenehme Hitze stieg in ihre Wangen, während ein eiskaltes Lächeln ihr Gesicht zierte. Das war Karma. Das Leben präsentierte seine Rechnungen immer zur rechten Zeit. Das war ihre Chance zu erfahren, wer die Nebenbuhlerin war.

Rasch jagte Margaux der Frau hinterher. Sie wollte das Gesicht ihrer Rivalin sehen.

An der Bushaltestelle blieb die Verfolgte stehen. Das Timing war gut für die Unbekannte, jedoch schlecht für Margaux, denn exakt in diesem Augenblick fuhr der Bus vor und die Frau stieg ein. Margaux kam zu spät, um einen prüfenden Blick auf Philipps Geliebte zu werfen. Endlich nahm die junge Frau ihre Haube ab und blickte aus dem Busfenster, dessen Scheiben feucht angelaufen waren. Sie wischte sich ein Sichtfenster frei. Margaux holte tief Luft und erschrak über die Kälte, die durch ihre Lungenflügel strömte und ihr beim Atmen stechende Schmerzen bereitete. In diesem Augenblick wünschte sie sich sehnlichst, dass sie die letzten zwei Stunden ein Messer bei sich gehabt hätte.

»Eva, die Kosmetikerin, dieses Flittchen«, platzte es aus ihr heraus, worauf ein neben ihr stehender Mann die Augenbrauen hochzog und seinen Blick auf das Flittchen richtete, das von Margaux intensiv betrachtet wurde.

»Hübsch«, kommentierte er ihre Aussage und machte sich rasch vom Acker, als ihn die Fremde mit einem todbringenden Blick durchbohrte.

Für beide Frauen ergaben sich am selben Abend Veränderungen, die ihre Zukunft denkwürdig beeinflussen sollten.

Kapitel 138

Das Unvorhergesehene ist die wahre Bewährungsprobe.
Aristoteles

Ich war mit einer Mischung aus Freude und Unsicherheit in der Residenz eingetroffen. Mit meinem Vater Viktor verband mich eine respektvoll-reservierte Beziehung. An seinen guten Tagen wurde ich freundlich und mit einem herzlichen Gruß empfangen. An schlechten Tag saß er mit zusammengezogenen Augenbrauen im Büro, gab furchteinflößend knappe Sätze von sich und wurde meist von mindestens zwei Männern flankiert, die jedem Anwesenden Respekt abverlangten. Natürlich waren diese Männer auch an den guten Tagen meines Vaters anwesend, dann allerdings war ihre Haltung entspannt, was sie weniger beunruhigend erscheinen ließ. Seine muskelbepackten Wächter, deren grimmige Mienen und ihr robuster Umgang mit Menschen, waren nicht nur berühmt, sondern sogar berüchtigt.

Das Verhalten meines Vaters stand häufig im Kontrast zu dem meiner Brüder. Von denen wurde ich immer herzlich, nahezu liebevoll empfangen, wenngleich auch den beiden persönliche Assistenten im Hünenformat zur Seite standen.

Als ich an diesem Abend ins Büro meines Vaters gebeten wurde, dort vor seinem Schreibtisch Platz nehmen musste und meine Brüder an seiner Seite stehen sah sowie einen weiteren Mann, den ich nicht kannte, wurde mir flau im Magen. Ohne ein Wort zu verlieren, schob mir Alex ein gut gefülltes Schnapsglas über den Tisch, nur um anschließend eine kryptische Bemerkung von sich zu geben: »Du wirst gleich so aussehen, als ob du das brauchen könntest.«

Er hob sein Glas und prostete mir zu.

Mein Vater lehnte sich in seinem Bürosessel zurück. Wie immer war er perfekt gekleidet. Bedächtig legte er seine Unterarme auf den Lehnen ab und wandte sich mit einem knappen Kopfnicken dem unbekannten Mann im Raum zu. Der trat daraufhin vor und bedankte sich bei Herrn Morosow für die Güte, ihn empfangen zu haben. Dann legte er mir ein Foto vor.

Gott sei Dank nur eines, dachte ich in dem Augenblick, als ich das Foto betrachtete. Ich fand mich gut getroffen und meinte frech mit einem Seitenblick zu Paul: »Weil du dich heute so nett nach meinen Wünschen zum Geburtstag erkundigt hast, darf ich vorstellen: Der ist mein Geburtstagswunsch. Dr. Philipp Seydtnach. Aber das wisst ihr sicher schon, oder?«

Mein Vater stöhnte verhalten.

Alex drehte sich von mir weg und blickte angestrengt beim Fenster hinaus, dorthin, wo finstere Nacht herrschte, in der es nichts zu sehen gab, vor allem deswegen nicht, weil die zugezogenen Vorhänge seinen Blick bremsten. Paul hingegen rieb sich angestrengt die Stirn und verkniff sich ein Grinsen.

In diesem Augenblick freute sich der Detektiv, dass er gute Verbindungen zur Familie, jedoch ein äußerst dezentes Foto gewählt hatte. Seine Entscheidung war goldrichtig gewesen.

Alle weiteren Aufnahmen, die teils überaus anregend waren und die er abhängig vom nachfolgenden Geschehen ehestmöglich vernichten wollte, konnten für ihn unter Umständen einen längeren Aufenthalt im Krankenhaus bedeuten. Dies galt es unbedingt zu vermeiden.

Der Mann wurde umgehend aus dem Haus befördert, nicht ohne ein Kuvert in Händen, das sich wertvoll anfühlte. Die geflüsterten Hinweise waren deutlich. Ebenso der feste Händedruck, den ihm einer der Leibwächter mit auf den Weg gab. Er hatte keine Probleme damit, sich an die knapp erteilten Weisungen zu halten. Keinesfalls wollte er Viktor Morosow oder einen seiner Leibwächter verärgern. Ein zusätzlicher Hinweis auf Verschwiegenheit war unnötig, aber nichtsdestotrotz mit grimmiger Miene ausgesprochen worden.

Kapitel 139

Margaux führte zu der gleichen Stunde ein angeregtes Gespräch mit Philipp. Philipp empfand das Gespräch weit weniger ermutigend, aber seine Ex-Verlobte interessierte sich für seine Meinung absolut nicht. Unmittelbar zu Beginn des unangenehmen Monologs hatte sie ihn mit lauerndem Blick daran erinnert, dass es bisher keine offizielle Auflösung ihrer Verlobung gegeben hatte, nur um im nächsten Atemzug nach einer Mappe zu greifen und einige Bögen Papier daraus hervorzuziehen.

»Was werden deine Geschäftspartner zu diesem Foto sagen?«

Sie legte ihm das erste Foto vor, auf dem sich Eva und Philipp küssten.

»Was werden sie dazu sagen, wenn du nicht mutig genug bist, dich offiziell von deiner Verlobten zu trennen, sondern nebenbei eine Geliebte hast, wo du mich doch kommenden Mai heiraten willst?«

Sie warf das nächste Foto auf den Tisch, auf dem es schon deutlich heißer herging.

»Was werden deine hochanständigen und streng religiösen Geschäftspartner, die ihre Verträge über deine Kanzlei abwickeln, zu diesem Foto sagen?«

Sie legte ihm eines jener frivolen Fotos vor, auf dem Eva und er auf der Parkbank saßen und erkennbar ihre Lust befriedigten.

»Meinst du nicht, dass dein offen ausgelebtes Geschlechtsleben negative Reaktionen im Kreis deiner Geschäftspartner auslösen wird? Ich werde dafür sorgen, dass sie entsprechend informiert werden, wenn du nur ansatzweise darüber nachdenkst, mich zu verlassen. Du wirst viele liquide Partner verlieren. Deine Kanzlei wird einen Skandal ausbaden müssen, den du allein verursacht hast. Denk an die Zusammenarbeit mit der Kirche, denk an die Zusammenarbeit mit deinen konservativ jüdischen Klienten, denk an die Zusammenarbeit mit Partnern aus dem arabischen Raum, deren Gesetzgebung äußerst unbeugsam mit Untreue umgeht, vor allem, wenn sie öffentlich wird. Muss ich noch deutlicher werden?«

Zuletzt warf sie ihm eine Handvoll Fotos auf den Tisch und lehnte sich betont lässig im Ledersessel zurück, nur um fortzufahren: »Und sie, deine blonde Hure, werde ich ruinieren, denn seit gestern weiß ich, wer sie ist.«

Philipp blickte Margaux schweigend an, während sie einen weiteren Trumpf ausspielte.

»Du meinst vielleicht mit meiner Zukunft locker spielen zu können. Doch du gehst auch mit deiner Zukunft leichtfertig um. Beides kannst du halten, wie du willst. Aber bedenke, du hast die Zukunft deiner Eva in der Hand und ich werde dafür sorgen, dass ...«

Weiter kam sie nicht, denn Philipp riss es aus seinem Sessel. Zorn hatte sein Gesicht zu einer Grimasse verzerrt: »Raus, bevor ich mich vergesse.«

Margaux erhob sich scheinbar gelassen. In ihrem Innersten tobte ein Kampf zwischen Furcht und Wut, doch sie riss sich zusammen und ergänzte betont ruhig: »Ich gebe dir 24 Stunden für deine Entscheidung. Für oder gegen mich.«

Dann wandte sie sich abrupt ab und rauschte zur Tür hinaus.

Haushälterin Dora hatte bereits kurz zuvor ihren Lauschplatz verlassen und war zurück in die Küche geeilt.

Kapitel 140

Philipp hatte den vergangenen Abend bei Eva verbracht, und heute würde er die Zukunft vieler Menschen zerstören, wenn er sich für Eva entschied. Er hasste sich dafür, nicht bereits vor Wochen konsequent gewesen zu sein und Margaux, noch bevor sie Druckmittel hatte organisieren können, verlassen und alles offiziell gemacht zu haben. Er war nachlässig gewesen und hatte sie ordentlich unterschätzt. Der Skandal, in den seine Kanzlei verwickelt werden würde, wäre beträchtlich. Er würde Geschäftspartner verlieren, damit hatte Margaux absolut recht. Vor allem traute er Margaux zu, die brandheißen Fotos an den Mann zu bringen. Ein einziges dieser Fotos in einer Zeitung würde genügen, um alle in Kenntnis zu setzen, dass er ein Betrüger war, und zudem einen unzuverlässigen Geschäftspartner aus ihm machen. Es würde Jahre dauern, den Skandal in Vergessenheit geraten zu lassen. Der Verlust an Auftraggebern würde zeitgleich die Kündigung von Personal nach sich ziehen. Er hatte mit seiner Entscheidung also im gleichen Maße die Verantwortung für seine Mitarbeiter und deren Familien zu tragen.

»Margaux muss wohl eine Seydtnach werden, allerdings für nicht mehr als zwei Jahre. Wozu bin ich Spezialist für Scheidungsangelegenheiten und Schmutzwäsche, wozu weiß ich, wie ein perfekter Ehevertrag auszusehen hat?«

Philipp beugte sich vor und legte seine Stirn auf die kühle Tischplatte seines Schreibtischs. Es würde kein Wunder geben. Ihm war bewusst, dass er sich von Eva trennen musste. Zu ihrem Wohle. Zu ihrer eigenen Sicherheit. Eva würde am Boden zerstört sein. Sollte er ihr den wahren Grund für die Trennung nennen? Philipp stöhnte, öffnete ein Seitenfach in seinem riesigen Schreibtisch, das als Mini-Bar diente und schenkte sich ein Glas Hochprozentiges ein. Egal was, Hauptsache die Betäubung würde wirken.

Er musste sich mit Eva treffen.

24 Stunden.

Währenddessen griff Dora zum Handy und wählte eine Nummer. Das Gespräch dauerte keine zwei Minuten.

Kapitel 141

Viktor Morosow betrachtete seine Tochter mit Stirnrunzeln und legte los, nicht ohne zuvor einen tiefen Seufzer des Kummers durch den Raum zu schicken: »Liebes, hast du dir das gut überlegt? Der Mann ist Anwalt. Der eignet sich nicht für unsere Familie. Wir sind wohlhabend.« Viktor warf seiner Tochter einen kritischen Blick zu. »In Wahrheit sind wir sogar reicher als seine Familie. Allerdings trennen uns Welten. Wir«, er lächelte ein kühles Lächeln, »sind doch viel eher Handwerker, unser Alltag besteht fallweise aus Schmutzarbeit. Ein Anwalt und unsere Familie, das passt nicht zusammen.«

Seine sonore Stimme sollte Eva beruhigen. Ihr wie einem ungehorsamen Kind die Richtung weisen. Nur dass Eva nicht hören wollte, was ihr Vater zu sagen hatte. Alex und Paul standen hinter dem Patriarchen, flankiert von den Gorillas. Alle nickten ernst.

Bevor Eva zu einer Erwiderung ansetzen konnte, läutete Vaters Handy. Er warf einen Blick auf das Display, stellte fest: »Es ist wichtig«, und meldete sich mit weichem »Hallo?« Danach schwieg er, hörte nur noch intensiv zu. Seiner Mimik war kaum eine Regung zu entnehmen, nur die Augen bewegten sich unruhig von links nach rechts und verengten sich, worauf sich in seinen Augenwinkeln Falten bildeten, die mindestens zwei Schönheitschirurgen hätten beschäftigen können. Kaum zwei Minuten später fand das Gespräch ein Ende und wurde mit: »Danke, dass du angerufen hast!«, erledigt. Wieder wandte er sich Eva zu und fuhr fort: »Schlag dir den Kerl aus dem Kopf. Das eine«, an dieser Stelle räusperte er sich ausgiebig, »feurige Foto ist kein Skandal. Das kratzt uns nicht. Aber es gibt mehr davon, und die sind pikanter. Außerdem kann ich manche Fotos nicht ohne beträchtliche Mühe erhalten, weil sie den Eigentümer gewechselt haben. Die wiederzubekommen, ist schwierig. Das könnte schmutzig werden. Den Aufwand will ich nicht betreiben. Ist das klar?«

Eva nickte. Alle im Raum erkannten, dass die junge Frau mit der Entwicklung des heutigen Abends unzufrieden war. Ihre Gedanken standen ihr ins Gesicht geschrieben. Eine Mischung aus Verzweiflung, Ärger, Kummer und Qual zeichnete sich in ihrer Mimik ab. Gleichzeitig aber Stolz und der Wille, sich nichts befehlen zu lassen.

»Zudem habe ich gerade erfahren«, Viktor zeigte auf sein Handy, »dass seine Verlobte auf keinen Fall der Auflösung der Verlobung zustimmt. Sie hat, wie du dir denken kannst, die Trümpfe in der Hand. Ich will es deutlicher sagen: Sie hat euch überwachen lassen und wird interessante Fotos veröffentlichen, wenn du auf die Fortführung dieser Geschichte bestehst.«

»Schnaps«, keuchte Eva und Paul schenkte ihr ein weiteres Glas ein. Ihre Geschmacksnerven stellten irritiert fest, dass der Zirbenschnaps einem Glas Vodka gewichen war, der sich, entgegen der allgemeinen Meinung, nicht durch ihre Eingeweide brannte, sondern auf den direkten Weg in das Vernebelungszentrum ihres Gehirns machte. Eva schloss ihre Augen. Gedanken schossen ihr durch den Kopf. Schmerz zerriss ihr Herz. Sie ahnte, was auf sie zukommen würde. Philipp würde sich von ihr trennen. Er musste es tun. Die Kanzlei, seine wirtschaftliche Zukunft, die finanzielle Zukunft vieler Menschen, die für ihn arbeiteten, alles hing von seiner Entscheidung ab.

»Noch einen, bitte.«

Viktor hob die Hand, zeigte vier Finger und schon standen Gläser für alle am Tisch.

»Liebling, ich könnte dir diesen Mann natürlich als Geburtstagsgeschenk überreichen, allerdings würden zahlreiche Menschenleben darunter leiden. Willst du das?«

Eva schüttelte den Kopf, dachte bei sich, dass schon zwei Menschen weniger auf der Erde weilten, seit sie Philipps Bekanntschaft gemacht hatte, wofür der natürlich nichts konnte. Schuld daran war eigentlich Margaux, und sie selbst war im Prinzip nur der verlängerte Arm der Gerechtigkeit gewesen. Ihr Vater würde sich wundern, wäre vielleicht sogar stolz auf das, was sie bisher zustande gebracht hatte. Alex und Paul wären auf jeden Fall beeindruckt. Aber es war der falsche Zeitpunkt für ein umfassendes Geständnis. Jetzt würde sie erst einmal nachgeben müssen, den Todesstoß durch Philipp in Empfang nehmen und sich im Anschluss gelassen und bedacht um Margaux kümmern.

»Ich bin eine folgsame Tochter. Auch wenn es weh tut.« Eva griff nach dem Glas und hob es hoch, um mit dem Vater und den Brüdern auf ihr Versprechen anzustoßen, wobei Tränen über ihre Wangen liefen und sie heftig schluchzte. »Und zum Geburtstag wünsche ich mir einen nachtblauen Ferrari, bloß keinen roten. Rot ist was für die, denen keine andere Farbe für einen Ferrari einfällt. Dazu die jährlichen Service- und Versicherungskosten auf Ferrari-Lebenszeit. Es soll auch dir wehtun, Papa.«

Alex und Paul warfen dem Vater einen fragenden Blick zu. Viktor atmete tief ein: »Einverstanden, so soll es sein.«

Fürsorglich reichte er ein Stofftaschentuch über den Tisch, damit seine Tochter ihre Tränen abwischen konnte.

Kapitel 142

Dora hatte dafür gesorgt, dass Träume zerstört wurden. Zum Zeitpunkt ihres Telefonats mit Viktor war ihr dies bewusst gewesen. Doch wie hätte sie anders handeln können? Viktor war vor ewigen Zeiten ihr Geliebter gewesen. Als sie vor Jahren erfahren hatte, dass er eine uneheliche Tochter hatte und nun feststellen musste, dass sich diese Tochter in ihren Arbeitgeber verliebt hatte, war der Schritt unvermeidlich geworden. Viktor musste alles erfahren.

Dazu kam, dass das Gespräch zwischen Philipp und seiner Verlobten unerfreulich verlaufen war. Dora hatte anfangs nicht gelauscht, das war nicht nötig gewesen. Die lautstark geführte Unterhaltung war bis zu ihr in die Küche gedrungen und hatte über die Situation des Paares Auskunft erteilt. Dann aber hatte sie doch ihr Ohr an das Türblatt gedrückt, hinter dem Margaux' Stimme ihr Gift versprühte. Ganz klar lief alles auf Erpressung hinaus, doch das mussten die zwei künftigen Ehepartner unter sich ausmachen. Nur Eva musste vor diesem Wahnsinn geschützt werden. Wer wusste schon, was sich Margaux einfallen ließ, um der jungen Frau zu schaden? Der Schutz Evas war Viktor wichtig. Das ahnte Dora, die ihren Ex-Geliebten immer noch mochte. Mehr als ihr lieb war. Natürlich ahnte sie, dass Viktor Mittel zur Verfügung stünden, um Margaux verschwinden zu lassen. Sie konnte sogar auf besonders mysteriöse Weise verloren gehen. Sogar so besonders verloren gehen, dass sie nie mehr gefunden würde. Aber musste tatsächlich zu extremen Mitteln gegriffen werden, wenn eine Lösung auch anders möglich war? Vermutlich verbunden mit einer Flut an Tränen, aber friedlich und unauffällig.

Kapitel 143

Philipp blieben 18 Stunden. Es war bereits nach Mitternacht. Noch immer lag er wach im Bett und überlegte, wie er Eva beibringen sollte, dass sie aus der Schusslinie musste. Schließlich stand er auf, kleidete sich an, stieg ins Auto und fuhr zu Eva, die ihm vor Kurzem einen Schlüssel zu ihrer Wohnung überlassen hatte.

Als er aus dem Wagen stieg, griff er suchend in seine Manteltaschen, um den Schlüssel hervorzuholen, der sich in einer der Taschen befinden musste. Er fühlte Stoff. Der reizvolle String, den er samt dem Schlüssel herauszog und nun in der Hand hielt, musste von Eva dort versteckt worden sein. Er stöhnte. Sicher, er war Anwalt, er war Härteres gewöhnt, aber er war nur ein Mann, und er hatte sich verliebt. Philipp lehnte sich neben Evas Wohnungstür an die Wand, schloss die Augen und schob die Spitzenunterwäsche zurück in seine Manteltasche. Warum traf er diese Frau, nur um sich wieder von ihr trennen zu müssen?

Und nun?

Er musste die Situation klären.

Jetzt.

Einen Atemzug später stemmte er sich von der Wand ab, entschied, die Tür nicht selbst aufzusperren und drückte auf den Klingelknopf.

Kapitel 144

»Ich weiß bereits, dass du dich von mir trennen willst«, waren Evas Worte, als sie die Tür öffnete und ihn mit rot verweinten Augen in ihre Wohnung ließ. »Und ich kenne die Folgen, mit denen du leben müsstest, wenn du es nicht tust.«

Sie hatte offenbar seit einiger Zeit in ihrer Küche gesessen. Der zerknüllte Berg aus Taschentüchern auf dem Boden zeugte von ihren Tränen. Eva bückte sich, klaubte die Tücher zusammen und warf sie in den Müll. Sie wusch sich die Hände, setzte sich zurück an den Tisch, umklammerte eine Tasse Tee, die längst eiskalt war und hielt ihren Kopf gesenkt. Philipp setzte sich an ihre Seite und wagte nicht, sie in die Arme zu nehmen. Er konnte ihr nicht einmal ins Gesicht sehen.

»Woher weißt du alles?«

Eva wedelte unbestimmt mit einer Hand, griff nach einem frischen Taschentuch und konnte nicht antworten, denn ihr Schluchzen hinderte sie daran. Sie zeigte auf ein Blatt Papier, das auf ihrem Tisch lag. Philipp griff danach und drehte es um.

»Kein Foto, dass du unbedingt in deiner Kanzlei aufhängen möchtest, oder?«

»Margaux. Natürlich. Sie hat uns beschatten lassen.« Er rutschte näher, zog Eva an sich, fühlte ihre Wärme und roch ihren Duft.

Eva schwieg. Es war unwichtig, wer ihr die Information zugesteckt hatte. Für Philipp würde es ohnehin keine Rolle spielen, woher sie es tatsächlich wusste.

»Es tut mir unendlich leid. Ich bin ein Idiot und hätte bereits früher einen Schlussstrich unter Margaux' und meine Verbindung ziehen sollen. Es war ein Fehler zu warten, bis sie mich über den Tisch zieht. Du weißt, dass ich dich liebe«, flüsterte er. »Ich werde dich nicht vergessen. Unsere Zeit wird kommen. Versprochen!«

Er küsste Eva zum Abschied, stand auf, legte ihren Wohnungsschlüssel auf den Tisch und verließ die Wohnung.

»Unsere Zeit wird kommen«, flüsterte Eva und dachte hasserfüllt an Margaux.

Kapitel 145

Eva konnte nicht behaupten, dass die Zeit wie im Flug verging oder dass die Zeit alle Wunden heilte, denn sie litt unter der Trennung. Nicht einmal der Ausblick auf den Besitz eines Ferraris bereitete ihr Freude. Außerdem hatte ihr Vater Stillschweigen bewahrt und die Ernsthaftigkeit seiner Tochter, was ihren ungewöhnlichen Geburtstagswunsch betraf, sicherheitshalber nicht hinterfragt.

Hätte man dagegen Margaux befragt, hätte sie durchaus behauptet, dass die Zeit wie im Flug verging, denn ihr Hochzeitstermin rückte näher.

Selbst die Hochzeitsplanerin war überrascht über die Lebensfreude ihrer Kundin, wenn auch der Bräutigam ungewöhnlich reserviert wirkte. Noch mehr überrascht war die Hochzeitsplanerin darüber, dass ihre Kundin recht behalten hatte und die Hochzeit tatsächlich stattfand. Margaux Kreuzer war eine aufreibende Frau. Nervig. Kleinkariert. Anstrengend. Sie würde keine zweite Hochzeit dieser Art organisieren wollen, aber Hauptsache alles lief glatt und sie würde am Schluss bezahlt werden.

Kapitel 146

Ich beschäftige mich nicht mit dem, was getan worden ist.
Mich interessiert, was getan werden muss.
Marie Curie

Dass alles glatt laufen sollte, war auch mir wichtig. Seit meiner Trennung von Philipp arbeitete ich an einer Idee, die für besondere Sprachlosi gkeit sorgen sollte.Wobei, als Idee war mein Mordplan nicht mehr zu bezeichnen, dazu war das Vorhaben bereits zu weit vorangeschritten. Ich hatte keinesfalls aufgegeben, wie es für meine Familie den Anschein hatte. Mein leidenschaftliches Ziel bestand darin, für eine tödliche Überraschung während Margaux' und Philipps Trauungszeremonie zu sorgen.

Ich konnte mit Sicherheit behaupten, dass es nicht einfach war, ausgestattet mit allen wichtigen Utensilien unauffällig in jene Kirche zu gelangen, die Margaux für ihre Trauung ausgesucht hatte.

Früher hatte man jederzeit Kirchen betreten und darin beten können. Doch das Misstrauen der Kirchenväter den Menschen gegenüber wuchs im gleichen Maß, in dem Opferstöcke aufgebrochen, niedliche Putten gestohlen und uralte Serien von Kreuzweggemälden auf dem Schwarzmarkt verscherbelt wurden. Daher war auch die Herz-Jesu-Kirche der Öffentlichkeit nicht rund um die Uhr zugänglich. Schon gar nicht der Turm, dessen Glocken echte Schätze waren. Sie waren dem üblichen Einschmelzen während des Ersten und auch den Schmelzöfen des Zweiten Weltkriegs entgangen. Äußerlich war die Kirche ohnehin sehenswert, denn die schöne Kuppel und der Glockenturm erinnerten an ein großes Vorbild: den Dom von Florenz.

Doch Hindernisse wie den Zutritt zur Herz-Jesu-Kirche ließen mich nicht verzweifeln. Ich hatte mich in der Kirche einschließen lassen, mir den Arsch im kalten Kirchenraum abgefroren, nur um in Ruhe meiner geheimen Tätigkeit nachgehen zu können. Aber das war nicht alles. Seit kurzem bin ich in einem Zweitberuf beschäftigt. Stundenweise. Schließlich wollte für Margaux' großen Tag wirklich alles minutiös vorbereitet werden, natürlich unter Berücksichtigung, dass Philipp an seinem großen Tag keinen Schaden nehmen sollte.

Meine Überrumpelungstaktik musste gelingen, und wenn meine Intrige für Fassungslosigkeit und Hysterie sorgen würde, war mir das nur recht.

Kapitel 147

Jeder ist ein Mond und hat eine dunkle Seite,
die er niemandem zeigt.
Mark Twain

Die Reinigung einer Kirche nach einer Hochzeit ist eine Aufgabe, die Zeit in Anspruch nimmt. Vor allem, wenn eine Hochzeitsgesellschaft zur übermütigen Sorte zählte.

Eine Woche vor Margaux' und Philipps kirchlicher Hochzeitsfeier fand in der Herz-Jesu-Kirche ein Fest statt, das von Konfetti- und Rosenblütenregen begleitet wurde. Mehrere hundert Gäste waren in der Kirche anwesend gewesen. Deren übles Verhalten und unziemliches Betragen hatte im Anschluss für mittlere Panik bei jener Gruppe gesorgt, die die Kirche in ihrer Freizeit in Schuss hielt. Normalerweise wurde das Gotteshaus im Rhythmus von zwei Wochen gereinigt. Nun aber fühlte sich die Handvoll Freiwilliger außerstande, die Säuberung der Kirche im Alleingang zu bewältigen. Es war ein Skandal: Sekt war ausgiebig in der Kirche verspritzt worden, Boden und Kirchenbänke klebten, es roch intensiv nach Alkohol.

Sie ahnen es? Ich hatte für diesen Schlamassel gesorgt. Anfangs hatte es mich Überwindung gekostet, aber als ich einmal mit meiner ungewöhnlichen Verwüstung begonnen hatte, gab es kein Halten mehr. Ankündigungen für Messen, das Pfarrblatt, Heiligenbildchen und Gebetstexte hatte ich in wildem Durcheinander auf dem Boden verteilt. Liederbücher versammelten sich wie Dominosteine vor der Beichtstuhltür. Abgesehen von Konfetti und Blütendurcheinander waren im Beichtstuhl etliche Kondome gefunden worden. Die zugeknoteten Verhütungsmittel enthielten Flüssigkeit, von der die Putzfrauen nicht wissen wollten, ob sie es mit echtem Sperma oder mit einem schlechten Scherz zu tun hatten. Vorwitzige Heilige hatten ihre Plätze verlassen und sich im Altarraum zu einer Besprechung eingefunden. Umzingelt von Votivkerzen, auf Sitzkissen gebettet, hatten sich pausbäckige Engel zu einer Orgie mit Sektbrunch getroffen. Leere Sektflaschen lagen zwischen betrunkenen Engeln, die noch nie glücklicher ausgesehen hatten.

Spätabendliche Kirchenbesucher hatten ob dieser Entweihung der Herz-Jesu-Kirche genauso schockiert gewirkt wie das Reinigungsteam, der Pfarrer und die beiden Engel, die das Gitter eines Treppenaufgangs im hinteren Bereich der Kirche schmückten und sich krampfhaft daran festhielten, um nicht vor Schreck über diese blasphemische Tat völlig ihre Contenance zu verlieren, hatte es den beiden doch sicherlich schon gereicht, dass ich sie von ihren Sockeln gescheucht hatte.

Der Pfarrer brachte also Verständnis für die Weigerung seiner Putzfrauen auf, die Kirche wieder in Topzustand zu versetzen. Außerdem hatte er in langen Jahren des harmonischen Zusammenlebens mit Gott und der Welt gelernt, dass seine Helferinnen verlässliche Kräfte waren, mit deren Treue er es sich nicht verscherzen wollte. Also griff er zum Telefonhörer und erteilte den Auftrag zur Kirchenreinigung an eine externe Firma. Es empfahl sich die Reinigung durch spezialisiertes Personal. Einmal im Jahr war das ohnehin eine gute Idee, fand er, dann konnten die Kirchenfenster gleich mitgeputzt werden. Zudem galt es, das Kircheninnere frisch zu segnen, und zwar flott, da die nächste Hochzeit bereits anstand.

Kapitel 148

Wer Unheil ausbrütet, wird es auch fliegen lassen.
Wilhelm Raabe

Natürlich hätte ich die Kirchentür und die Tür zum Dachstuhl aufbrechen können, um zum ersehnten Ziel zu gelangen. Eine behutsame Vorgehensweise war jedoch empfehlenswert gewesen. Vor allem hätte die Entdeckung einer Beschädigung an den Türen auf einen Einbruch hingewiesen und damit meine Pläne durcheinandergeworfen. Wie ungünstig, hätte man die von mir sorgfältig vorbereiteten und passgenau angebrachten Sprengladungen vor deren Einsatz gefunden. Keineswegs sollte mein gewissenhaft ausgetüftelter Plan durch Leichtsinn oder Bequemlichkeit zum Scheitern verurteilt werden. Das war nicht Sinn und Zweck des gesamten Aufwands.

Einer Gruppe von Putzfrauen, ausgesandt von einer Leasingfirma, die lachend und schwatzend zur Reinigung besagter Kirche unterwegs waren, schloss ich mich an. Die Information des Einsatztages zu erhalten, war einfach gewesen, denn eine der Frauen in dem mit diesem besonderen Reinigungsauftrag betreuten Team arbeitete bei 1000schön. Sie hatte uns lachend vom baldigen, sehr skurrilen Einsatz ihrer Kolleginnen erzählt.

Eine Perücke, ein Kopftuch und Schminke. Mehr brauchte es nicht. Schon wurde aus einer Blondine eine Frau, die in dieser Gruppe nur dadurch auffiel, dass sie keine der Sprachen der anderen sprach und sich daher nicht mit ihnen unterhalten konnte.

In einer Kirche dieser Größe verlor man sich rasch. Jede von uns werkte fleißig dahin. Auch ich. Nur arbeitete ich eben näher an Gott. Im Bereich des Dachstuhls und nicht im Kirchenraum, dem Schlüssel sei Dank, der an einem Brett in der sonst gut verschlossenen Kanzlei hing und dessen Verwendungsbereich deutlich gekennzeichnet war. Kennt man eine Kirche, kennt man alle Kirchen.

Die Vorbereitungen waren der anstrengendste Teil gewesen. Es hatte Zeit gebraucht, bis ich meine Brüder von meinem Wunsch überzeugen konnte, mir einige umwerfende Sprengsätze anzuvertrauen. Ich erklärte ihnen außerdem, dass sie nicht wissen wollten, warum und wozu ich diese explosiven Hilfsmittel bräuchte.

Wichtig war, dass sie funktionierten und meine Brüder Stillschweigen bewahrten. Alex und Paul würden ohnehin rechtzeitig erfahren, was passiert war, oder zumindest gedanklich die richtigen Verknüpfungen herstellen. Unter Geschwistern musste nicht jedes Detail bis ins Kleinste zerkaut werden. Es durfte Geheimnisse geben, schon um des persönlichen Friedens willen.

Fingerspitzengefühl und Überzeugungsarbeit waren vonnöten, um in den Besitz der wichtigen Dinge zu gelangen. Am Schluss war vermutlich mein bekennender Verzicht auf den Geburtstags-Ferrari ausschlaggebend für ihre Zustimmung gewesen.

Nachdem Alex und Paul als Geschäftsmänner um den Wert eines Ferraris wussten, auch eines Ferraris, der gar nicht erst angeschafft werden musste, war ihr Eifer geweckt. Das, was ich noch zu tun hatte, war, die Sprengsätze entsprechend anzubringen.

Natürlich hatte ich während meines Putzeinsatzes auch den Altarraum bewundert. Vor allem das riesige Holzkreuz mit dem gepeinigten Jesus daran, das erst seit wenigen Jahren nahe dem Altar hing. Jesus an seinem Kreuz wirkte, als würde er freischweben. Sein Schatten an der Wand bereitete sich bereits auf die Auferstehung vor. Schön war, dass jeder Sarg bei einer Beerdigung, jede Braut und jeder Bräutigam bei ihrer Hochzeit geradewegs darunter standen. Bedrohlich hing dann das große Kreuz über den Hauptdarstellern.

Apropos Braut: Margaux' Anteil am nachfolgenden Geschehen war nicht unerheblich. Sie war Mittelpunkt meines gesamten Interesses. Als Braut an ihrem Hochzeitstag anwesend zu sein, war Grundbedingung. Die würde Margaux todsicher erfüllen. Mir war aber auch bewusst, dass ich die passende Platzierung Margaux' zu bedenken hatte. Ich musste unbedingt dafür sorgen, dass sie korrekt stand.

Im Übrigen war natürlich meine Anwesenheit in der Kirche erforderlich, denn gute Beobachtungsgabe, scharfe Augen und der richtige Zeitpunkt für den Druck auf den Knopf der Fernbedienung waren unerlässlich. Es ging um die perfekte Umsetzung meines Projekts. Nicht mehr, nicht weniger.

Die richtige Positionierung der Sprengzünder sowie die Erklärungen zur Funktion der Fernbedienung bekam ich von Paul (mit erhobenem Zeigefinger) und Alex (unter heftigem Kopfnicken) eingeschärft. Dafür gab es dankbare Küsschen meinerseits, die mit verzwicktem Grinsen, Erfolgswünschen und wir wollen es nicht wissen kommentiert wurden.

Die Platzierung Margaux' war eine leichte Übung, denn um den Ablauf der Trauung perfekt zu gestalten, hatte die Hochzeitsplanerin wenige Tage vor der Hochzeit eine Übungszeremonie vorgenommen. Das Symbol für Mann und Frau war auf den Boden vor dem Altar geklebt worden, schließlich sollten Braut und Bräutigam an richtiger Stelle stehen. Nicht nur um von allen Hochzeitsgästen gesehen zu werden, sondern auch um deren Erscheinung wirken zu lassen. Zuallererst war es der Auftritt der Braut, der unvergessen in Erinnerung bleiben sollte.

Ich brauchte Tage vor der Trauung also nur eine kleine Korrektur vornehmen. Dazu beförderte ich das weibliche Symbol ein klein wenig in den Gefahrenbereich und im Gegenzug das Symbol für den Mann ein bisschen aus der Gefahrenzone.

Alles easy!

Kapitel 149

Nichts in dieser Welt ist sicher,
außer dem Tod und den Steuern.
Benjamin Franklin

Das rote Kleid zog jegliches Augenmerk auf sich.

Der zweite Blick gehörte ihren Augen. Die Augen verrieten Margaux. Sie liebte es, im Mittelpunkt zu stehen und genoss die augenblickliche Situation enorm. Ein Raunen ging durch die Kirche. Ihr Kleid war voluminös geschnitten. Keineswegs schlicht. Ein Kleid für eine Prinzessin. Äußerst auffällig und natürlich verführerisch. Was sonst? Das Erstaunlichste und Ungewöhnlichste daran war jedoch die Farbe.
Rot. Blutrot.

»Rot, wie schamlos«, raunte eine Frau in der Kirchenbank vor mir.

»Wie passend für eine Person ihrer Sorte. Gierig nach Aufmerksamkeit heischend, immer im Mittelpunkt jeder Party. Zu laut, zu arrogant, zu grell, zu viel von allem«, zischte jemand zurück.

Die Braut war offenbar nicht bei allen Anwesenden beliebt. Ihr Kleid war etwa so ungewöhnlich wie eine Braut in einem schwarzen Hochzeitskleid. Die Hochzeitsgäste ahnten es nicht, und doch würden sich alle um passende Trauerkleidung kümmern müssen, zumindest aber darüber Gedanken machen. Noch vor Ende dieser Farce, die sich Hochzeit nannte.

Julia hat ihren Romeo gefunden, hatte in goldenen Buchstaben auf der schmalzigen Einladung zur Vermählung gestanden. Als ob es Pflicht wäre, die Wortwahl in einer Hochzeitseinladung möglichst dramatisch und schnulzig zu gestalten. Ganz abgesehen davon, dass beinah jeder wusste, wie die Geschichte mit Romeo und Julia ausgegangen war.

Der heutige Tag sollte der schönste Tag im Leben der Braut werden, dafür hatten viele Menschen rundum gesorgt.

Danach sollte es für die Braut keine schönen Tage mehr geben. Dafür wiederum würde ich sorgen.

Kapitel 150

Sich selbst zu überraschen ist,
was das Leben lebenswert macht.
Oscar Wilde

Tatwerkzeuge lassen sich in jeder katholischen Kirche finden. Auch in dieser. Das Kreuz über dem Altar war die Spende einer wohlhabenden Witwe anlässlich ihres Ablebens gewesen. Ein testamentarisch hinterlassener, übergroßer Jesus. Die Befestigung des Kreuzes war kompliziert, aber durchdacht ausgeführt. In die Kirchendecke waren durch eingelassene Öffnungen dünne Stahlseile gezogen worden, die einerseits am Kreuz und andererseits im Dachgebälk an den Holzträgern des Dachstuhls befestigt waren. Durch die raffinierte Seilbefestigung wirkte es, als ob das Kreuz frei in der Luft schwebte. Eine optische Täuschung.

Der Dachstuhl der Herz-Jesu-Kirche war aus dem Kircheninneren nicht einsehbar, was für die Unsichtbarkeit der von mir an den Holzbalken angebrachten Sprengladungen überaus günstig war. Die an kritischen Stellen befestigten Sprengzünder konnten auf Knopfdruck gezündet werden und würden dafür sorgen, dass sich das Kreuz zeitgerecht aus den Verankerungen löste. So konnte das Drama ungehindert seinen Lauf nehmen.

Mein persönliches Hochzeitsgeschenk kam mit einem Knalleffekt daher. Über die heutige Hochzeit würde noch lange gesprochen werden, dafür sollte der weitere Verlauf sorgen. Der Rest unterlag nun Gottes freiem Willen und natürlich meinem rechten Zeigefinger, der sich behutsam dem Auslöser der handlichen Digitalkamera näherte. Ein Druck auf den Knopf und alles würde für die Ewigkeit, zumindest aber für einige Jahrzehnte in Form von Pixeln gespeichert werden. Diese Kamera allerdings war nicht dafür geschaffen worden, Momente für die Ewigkeit festzuhalten.

Was dieses Gerät hingegen wunderbar konnte?

Jene Auslöser zünden, die ein Leben beenden sollten. Eine besonders raffinierte Variante einer Digitalkamera also.

Kapitel 151

Ein guter Abgang ziert die Übung.
Friedrich von Schiller

Das Ja-Wort war verklungen. Das blutrote Kleid der Braut war allen Ansprüchen gerecht geworden. Applaus wurde gespendet. Zuerst zögernd, dann energischer. Fröhliches Gelächter brandete auf.

Das leise Geräusch der zündenden Sprengsätze war kaum wahrnehmbar. Zumindest nicht für mich, und schon gar nicht für die Gäste in den hinteren Reihen. Nur der Pfarrer hatte kurz innegehalten und einen beunruhigten Blick nach oben gerichtet. Er schüttelte den Kopf. Ich konnte es von meinem Platz aus sehen. Schließlich warf auch Margaux einen Blick nach oben. Exakt zur rechten Zeit.

Mein Plan hatte sich bewährt, und beinahe hätte ich gelächelt. Gerade noch gelang es mir, eine passend erschütterte Miene aufzusetzen.

Das eindrucksvolle Kleid, das die vor Minuten noch lebende Braut zur Schau gestellt hatte, würde vermutlich bei der Trauerfeier eine zweite Verwendung finden. Seien wir ehrlich, ausgesprochen selten wird ein Brautkleid ein zweites Mal getragen. Ich habe eben dafür gesorgt, dass die Braut dazu die Möglichkeit hat. Ist das nicht eine wahrhaft sinnvolle Nachnutzung eines spektakulären Kleides für eine im Sarg liegende Braut, die ohnehin keinen Einwand mehr dagegen erheben kann? Wo doch Nachhaltigkeit ohnehin in aller Mund ist.

Das Chaos, das in der Kirche losbrach, während ich meine Digitalkamera sorgfältig verstaute und mich über die interessanten Entwicklungen der Technik freute, berührte mich wenig. Unauffälliger ging es kaum, denn jeder zweite Gast hatte hier seine Kamera oder sein Handy im Anschlag. Wer würde schon auf die Idee kommen, dass der Auslöser einer Digitalkamera ein Leben ausgelöscht hatte?

Auch jetzt klickten Auslöser. Unverfrorene schossen hemmungslos und sensationslüstern ihre Fotos.

Natürlich würde die Polizei später auf den Fotos nach einem möglichen Täter suchen. Vielleicht sogar nach einer Täterin. Doch auch dies hatte ich bedacht.

Kapitel 152

Philipp hatte keine Zeit gehabt, ein guter oder schlechter Ehemann zu werden. Viel zu schnell war er zum Witwer geworden und saß nun unmittelbar nach dem tödlichen Vorfall in den privaten Räumlichkeiten des Pfarrers. Er hielt sich bereit für die polizeiliche Befragung, die gleich erfolgen sollte. Wie sich das Kreuz just in jenem Augenblick hatte lösen können, da sich Margaux darunter befand, war ihm ein Rätsel. Und überhaupt war er geschockt, denn er fühlte sich schlagartig befreit von einer enormen Last. Tatsächlich war er beinahe froh darüber, an seinem Hochzeitstag zum Witwer geworden zu sein. Seine Gedanken beschämten ihn. Die Trauer über Margaux' Tod jedoch hielt sich in Grenzen. Nur die Art ihres Todes war grausam, dafür aber wiederum spektakulär, was ihr vermutlich sogar gefallen hätte. Philipp stützte sein Gesicht in den Händen ab. Verbarg es. Niemand sollte sich über seine Mimik wundern.

Rund um ihn befanden sich die Mitglieder seiner Familie. Es wurde kaum, und wenn, dann nur flüsterleise gesprochen. Sogar die Kinder verhielten sich ungewöhnlich ruhig. Dann und wann warf jemand einen Blick in seine Richtung und fragte sich vermutlich, was in ihm vorging. Und noch mehr fragten sie sich wohl, wie man sich korrekt einem Bräutigam gegenüber verhielt, der an seinem Hochzeitstag zum Witwer geworden war, eine Befragung durch die Polizei erdulden musste und demnächst eine Beerdigung vorzubereiten hatte. Die allgemeine Stimmung war gedrückt. Philipps Stimmung jedoch war deutlich besser als auch nur einer der Anwesenden hätte erahnen können.

Kapitel 153

Wenn man alle Gesetze studieren sollte,
so hätte man gar keine Zeit, sie zu übertreten.
Johann Wolfgang von Goethe

Die Tage vergingen rasch. Margaux' Fleisch wurde zerteilt, zerschnitten, seziert und dokumentiert. Allein dieser entwürdigende Prozess hätte ihr den Magen umgedreht.

Kein Julia hat ihr Schicksal gefunden zierte die Traueranzeige, obwohl das tragische Ende von Romeo und Julia als Vorlage durchaus passend gewesen wäre. Sozusagen als Vorahnung, die sich am Altar erfüllte. Auf den Schwingen des Todes wurdest du fortgetragen, stand auf dem Blatt. Und weiter: Ein blühendes Leben wurde uns zu früh entrissen. Dem folgte: plötzlich und unerwartet durch Mörderhand. Letzteres galt mir. Ein netter Zug mich zu erwähnen, finde ich.

Bisher war die Polizei bei der Mördersuche keinen Schritt weitergekommen. Ich würde sicher nicht den Fehler machen und Interesse zeigen, nur um unerwünschtes Augenmerk auf mich zu lenken. Keinesfalls würde ich mich am Tatort sehen lassen oder in einer schummrigen Bar betrunken Hinweise streuen. Mit der Tötung von Menschen gibt man nicht an, obwohl ein bisschen Aufmerksamkeit mir schon guttun würde.

Die Idee zu einer besonderen Abschiedsgeste formte sich in meinem Kopf. Denn ist es nicht ein Gebot der Höflichkeit, einer Toten die letzte Ehre zu erweisen?

Der Tag der Beerdigung rückte näher. Schwarz, fand ich, hatte mir schon immer zu Gesicht gestanden, und so würde ich in der Menge der Trauernden einen uniformen Platz einnehmen. Ich hatte mir erlaubt, einen Kranz zu bestellen. In falschem Namen und gegen Barzahlung natürlich. Ein teurer Spaß, denn der Kranz sollte am Tag der Beerdigung direkt ans offene Grab geliefert werden. Meine Ausbildung zur Kosmetikerin hatte sich wieder einmal bezahlt gemacht. Meine Kostümierung anlässlich der Bezahlung der Grabbeigabe war hervorragend. Niemand würde Rückschlüsse auf mich ziehen können.

Orange Rosen waren es geworden. Die daran befindliche Schleife überbrachte eine historische Botschaft aus der Bibel: Mene mene tekel u-parsin. Gezählt, gezählt, gewogen, zerteilt.

Kapitel 154

Wenn ich mein Leben noch einmal leben könnte,
würde ich die gleichen Fehler machen.
Aber ein bisschen früher, damit ich mehr davon habe.
Marlene Dietrich

Margaux' Begräbnis war erstaunlich würdevoll gestaltet worden. Deutlich geschmackvoller als ihre aufdringliche Hochzeitsveranstaltung. Nein, ich möchte ihr nicht Unrecht tun: Zwar hatte sich die kirchliche Hochzeit in ihrem Ablauf nicht wesentlich von anderen Hochzeitsfeiern abgehoben, der Schluss allerdings war einzigartig gewesen.

Müssten nun die Begräbnisfeierlichkeiten eine Bewertung erfahren, hätte ich auf einer Punkteskala von eins bis zehn mit einer äußerst erfreulichen Elf geantwortet. Wäre Margaux noch am Leben, hätte sie sicherlich zugegeben, dass ihre Totenfeier wunderbar angemessen verlief.

Die kirchliche Abschiedsfeier war in der Hauskapelle des Witwers am Anwesen der Familie Seydtnach begangen worden. Sie blieb den engsten Angehörigen sowie dem Freundeskreis vorbehalten. Am offenen Grab am städtischen Friedhof durften dann alle von Margaux Abschied nehmen. Vorgesetzte, Arbeitskollegen, auch die Mitglieder verschiedener Vereine, in denen sich Margaux als Mitglied eingetragen hatte, um sich hilfsbereit und engagiert zu zeigen, aber kaum je erschienen war. Viele Bekannte trauerten um Margaux oder wollten sich, wie in meinem Fall, vielleicht nur vergewissern, ob sie auch wirklich unter die Erde kam. Und dann waren da noch die Familienmitglieder, die aufrichtige Trauer zur Schau stellten. Natürlich würde auch jemand von der Polizei anwesend sein. Das war sicherlich üblich bei einem ungewöhnlichen Todesfall. Das Begräbnis bot schließlich auch dem Täter die Möglichkeit zum Auftritt. Wie richtig sie lagen und trotzdem völlig falsch. Mein Auftritt war längst vorüber. Der Applaus gehörte uneingeschränkt Margaux und dem orangefarbenen Kranz, der sich von den weißen und roten Blumengrüßen auf ihrem Grab überdeutlich abhob. Es war nur eine Frage der Zeit, bis sich jemand die darauf angebrachte Schleife genauer ansah. Ob mein Affront wohl Entsetzen verursachen würde?

Übrigens: Da ich den Witwer kenne, der ein wirklich attraktiver Typ ist und auch in Trauerkleidung zum Anbeißen aussah, erfolgte meine Teilnahme an der Beerdigung in respektvollem Sicherheitsabstand. Philipp würde sich durch meine unerwartete Anwesenheit womöglich ablenken lassen. Das wäre nicht hilfreich.

Am Friedhof hatte ich mich während der Zeremonie im hinteren Bereich der Trauergäste aufgehalten, als ich von der Seite her neugierig gefragt wurde: »Woher kannten Sie die Verstorbene?«

Unmöglich, dachte ich, fangen die doch tatsächlich bereits während des Begräbnisses an, nach dem Täter zu suchen. Der Fragesteller war offenbar Polizist und hatte nicht mich, sondern den Mann hinter mir gefragt, der ihn eigenartig angesehen und anschließend ignorierte hatte. Erleichtert schnäuzte ich mich in mein Taschentuch, zupfte das schwarze Netz meines Trauerhütchens vor meinem Gesicht zurecht und wandte mich ab.

Nachdem sich die überwiegende Anzahl der Trauergäste mit Blumen und Erde und einem Gebet am offenen Grab von Margaux' sterblicher Hülle verabschiedet hatten, wurden Familienmitglieder, enge Freunde und Arbeitskollegen zum anschließenden Essen geladen. Langsam machte auch ich mich auf den Weg zum Ausgang des Friedhofs. Ich wollte mir gleich ein Gläschen Wein gönnen. Oder vielleicht Sekt?

Der Polizist, der bereits Befragungsversuche gestartet hatte, schlich um die in Grüppchen zusammenstehenden Reste der Beerdigungsgesellschaft herum. In die Unterhaltungen mischte sich vereinzelt verhaltenes Gelächter. Die Anspannung war abgefallen. Die Lebenden freuten sich noch nicht im Sarg zu liegen.

Ein Restaurant unweit des Friedhofs, der Fürstenhof, war nicht nur für mich, sondern auch für andere Trauergäste die erste Anlaufstelle. Schwarzgekleidete saßen an den Tischen. Es duftete nach frisch gemahlenem Kaffee.

»Setzen Sie sich doch zu uns«, wurde ich von einer Gruppe älterer Damen aufgefordert, nachdem ich mich suchend umgesehen hatte. Ein Sessel vom Nebentisch wurde an den Tisch geholt. Ich nahm Platz. Für kurze Zeit herrschte Schweigen, schließlich setzte eine gedämpfte Unterhaltung ein. Ich gab meine Kaffee-Bestellung auf und nahm vorerst die Rolle der Zuhörerin ein. Schließlich kam die unausweichliche Frage. Eine der Frauen wandte sich an mich: »Woher kannten Sie die Verstorbene?«

»Oh, das ist noch nicht sehr lange her. Ich habe Margaux anlässlich einer Ausstellung kennengelernt. Sie war geschäftstüchtig. Mit Sicherheit eine Frau, die wusste, was sie wollte. Margaux hatte Energie und Ideen. Ich habe mich gerne mit ihr unterhalten, wenn sie auch manchmal sehr bestimmend war, aber das brachten vermutlich Beruf und Stress mit sich. Gleichzeitig war Margaux freigiebig, wenn sie mit der erbrachten Leistung zufrieden war. Furchtbar, wenn ein Leben auf diese Weise endet.«

Seufzend blickte ich mich in der Runde um und sah in erstaunte Gesichter. Offenbar hatte ich die Tote zu wohlwollend beschrieben. Zugegeben, ab diesem Zeitpunkt stockte die Unterhaltung erneut. Augenscheinlich wollte keine der Damen etwas einwerfen, was den guten Eindruck, den ich soeben von Margaux hinterlassen hatte, zerstören würde. Nach angemessener Zeit verabschiedeten sich die ersten Trauernden. Nach und nach verstreuten wir uns in alle Himmelsrichtungen. Ich würde mein Glas Sekt zu Hause trinken. Oder vielleicht sollte ich gleich mit einer ganzen Flasche auf den gelungenen Tag anstoßen.

Kapitel 155

Das Denken ist das Selbstgespräch der Seele.
Plato

Ich machte mir Gedanken: Ob mich Philipp am Tag seiner kirchlichen Hochzeit unter den Hochzeitsgästen gesehen hat?

Nein, eine kurzfristige Typveränderung und ein gut gewählter Platz hatten dies wirkungsvoll verhindert. Es lag nicht in meiner Absicht, von irgendjemandem erkannt zu werden. Philipp weiß, wo er mich finden kann, wenn er mich finden will. Geduld ist nicht meine Stärke, aber in manchen Fällen lohnt es sich, Ruhe zu bewahren und abzuwarten.

Ob mich die Polizei genauer ins Auge fasst?

Ja, natürlich. Das tut sie. Es ist jedoch ein Ding der Unmöglichkeit, mich zu finden, wenn es auch ein gezeichnetes Phantombild gibt, das eine zur Fahndung ausgeschriebene Frau zeigt, die in Verbindung mit dem Mord an Margot Seydtnach dringend gesucht wird. Eine mögliche Hauptverdächtige also, die sich unmittelbar nach der blutigen Hochzeitsfeier in Wohlgefallen aufgelöst hat. Seit diesem Zeitpunkt jedenfalls ist eine Frau mit dunklen, schulterlangen Haaren und auffälliger Tätowierung auf ihrem rechten Handrücken in Form eines Kleeblattes (temporäres Tattoo) Mittelpunkt polizeilichen Interesses. Leider sieht mir das vielfach abgedruckte Porträt nicht ähnlich. Anlässlich der polizeilichen Befragung unmittelbar nach Margaux' Tod hatte ich einen Namen und eine Adresse genannt. Die Daten gehören tatsächlich zu einer in Weimar lebenden Frau. Die Arme wird sich wundern, wenn die Polizei demnächst bei ihr auftaucht. Oder vielleicht ist das sogar schon passiert.

Da es nicht verpflichtend ist, ständig einen Ausweis mit sich herumzutragen und ich offenbar vertrauenswürdig genug wirkte, gab man sich mit meinen Angaben zufrieden. Außerdem hatte ich hoch und heilig versprochen, am Tag nach der Befragung eine Polizeiinspektion aufzusuchen und die fehlenden Papiere zum Nachweis meiner Identität zu überbringen. Verständlicherweise hielt ich mich mit der Einlösung dieses Versprechens nobel zurück.

Ob Philipp ahnt, dass ich für den Tod seiner Frau verantwortlich bin?

Wenn ja, dann verübelt er mir diese Tatsache nicht, denn bereits kurze Zeit später, wenige Tage nach dem Begräbnis, wurde von einer Kollegin das Kürzel P. S. in meinem Tagesplaner eingetragen. Einen Termin, den ich mit Freude zur Kenntnis nahm.

Kapitel 156

Das größte Glück und das höchste Unglück
sind nur kleine Abweichungen von dem Gewöhnlichen.
Johann Wolfgang von Goethe

»Ich muss dir etwas erzählen«, sagte ich, als wir in meinem versperrten Behandlungszimmer erschöpft nach äußerst befriedigendem Sex zur Ruhe kamen. »Es wird dir nicht gefallen, daher ist es gut, dass du schon liegst.«

Er betrachtete mich mit zusammengekniffenen Augen: »Was?«

»Mein Vater ist Viktor Morosow.«

Erstaunt, vielleicht sogar entsetzt, riss Philipp die Augen auf.

»Der Viktor Morosow, der schon mit dem Gesetz, also der Autohändler, der mit den Luxusautos...« Philipp stotterte sich mehr oder weniger erfolgreich durch den Satz.

»Genau dieser Morosow, der schon mit dem Gesetz in Konflikt war. Mehrfach. Wegen dubioser Geschäfte. Im Transportgeschäft berüchtigt. Morosow, der all jenen bekannt ist, die sich gerne in luxuriöse Autos setzen. Ich bin die außereheliche Tochter eines Menschen mit Tendenz und Verbindungen zur Unterwelt.«

Philipp stöhnte verhalten: »Vom Regen in die Traufe.«

»Hast du eigentlich niemals meinen familiären Hintergrund beleuchtet? Überhaupt nie?« Ich schüttelte verwundert den Kopf. »Unglaublich. Mein letzter Freund ist nach Kanada ausgewandert, als er von meinen moralisch bedenklichen familiären Bindungen erfuhr.« Ich strich mit dem Zeigefinger über Philipps Nasenrücken, drückte mich an ihn und küsste ihn. »Jetzt denkst du sicher darüber nach, ob du nicht ein übergroßes Risiko eingehst, wenn du dich auf mich einlässt, schließlich komme ich mit einem eigenartigen Familienstammbaum daher«

Er nickte, seufzte schwer und griff dann nach seiner Anzugjacke. Grinsend zog Philipp einen roten Spitzenstring aus der Jackentasche. Mit hochgezogenen Augenbrauen schwenkte er das Stofffetzchen vor meinen Augen herum.

»Den hast du doch sicher schon vermisst? Wenn ich dir den jetzt zurückgebe, meinst du, du könntest mich dann noch einmal verführen? Oder soll ich davon ein Foto machen und es an alle möglichen Zeitungen schicken? Mit einer Bitte um zweckdienliche Hinweise zur Besitzerin, versehen mit einer entsprechend dotierten Belohnung. Das ist doch eine gute Idee. Oder etwa nicht?«

Ich flüsterte entsetzt »Erpressung« und wurde wieder einmal rot. Zumindest so rot wie meine blutrote Unterwäsche, die mir da frech von Philipp präsentiert wurde.

Kapitel 157

Es gibt für den Menschen kein Eigentum
als das, was er liebt.
Ernst von Feuchtersleben

Übrigens, hatte ich es schon erwähnt? Papa hat mir zum Geburtstag anstelle des Ferraris das Schönheitsstudio geschenkt. Als Geschäftsführer ist zwar er eingetragen, aber ich darf handeln, als wäre ich die Eigentümerin von 1000schön. Das hat er mir versprochen. Grund für die Geschäftsübernahme sind gesundheitliche Probleme des ursprünglichen Besitzers. Mein ehemaliger Chef leidet nämlich unter einer massiven Kosmetikallergie. Darüber sprach er weinend anlässlich seiner Verabschiedung, worauf ihm seine Frau liebevoll die Hand tätschelte und ihm ein Glas Sekt zum Trost reichte. Dann war auch sie in Tränen ausgebrochen.

Am Schluss saßen zwei Häufchen Elend am Tisch und schnieften vor sich hin. Die von mir aufrichtig gemeinte Ermunterung, sie könnten jederzeit zu mir ins 1000schön kommen, um sich einer liebevollen Behandlung zu unterziehen, kam nicht gut an. Mein Ex-Chef und seine Frau zuckten erschrocken zusammen, blickten sich gehetzt um und verließen die eigene Abschiedsfeier bereits nach weniger als einer Stunde.

»Finanzielle Probleme«, flüsterte mir eine Kollegin zu, die zu diesem Zeitpunkt noch nicht ahnte, dass ich nach dem Wochenende ihre Chefin sein würde. »Der Verkauf des Studios war unumgänglich.«

Den Namen 1000schön werde ich belassen, denn inzwischen hat der Salon einen guten Ruf. Unglaublich, wie viele neue Kundinnen ich in letzter Zeit gewinnen konnte. Sogar die Herren der Schöpfung lassen sich in großer Zahl blicken. Auf die Familie ist eben Verlass.

Epilog

Seine Mietwohnung hatte schon bessere Zeiten gesehen, das wusste der Mann. Er saß am Küchentisch, sein Blick fiel auf eine Urkunde an der Wand. Dort hing eine Belobigung für einen längst vergangenen Erfolg. Es war ein wirklich spektakulärer Mordfall gewesen. Der Täter war am Ende aufgrund seiner Ermittlungen gefasst worden. Nachdenklich betrachtete er das Dokument mit dem Hoheitsabzeichen der Thüringer Polizei. Seit die Mieterin von unterhalb – Elsbeth Rüster - Selbstmord begangen hatte und ihr Ex-Typ Ralf ermordet worden, dessen Freundin Tina wiederum in Flammen aufgegangen war, schlief er schlecht. Aus Neugier hatte er sich die Akten gegönnt, alles Wesentliche gelesen. Als dann auch noch die Freundin des Models, diese Margaux Seydtnach während ihrer Hochzeit vom Kirchenkreuz erschlagen wurde, besprach er sich mit den ermittelnden Kollegen. Er war der Meinung, es könne kein Zufall sein, dass einander bekannte Menschen nacheinander den Tod fanden. Die Kollegen runzelten zu seinen Mutmaßungen nur die Stirn. Er hingegen war sich sicher, dass irgendein Detail übersehen worden war.

Der Polizist seufzte die vor ihm liegende Tageszeitung an. Lustlos blätterte er darin herum. Todesanzeigen, Kontakt- und Stellenangebote, Reklame für dies und das. Eine Werbung stach ihm ins Auge: 1000schön. Das genannte Kosmetikstudio im Einkaufstempel BeautyConcept Nofretete hatte seinen Besitzer gewechselt. Wo war ihm der Name erst kürzlich untergekommen?

»1000schön«, murmelte er und kratzte sich am Kinn. Und dann durchzuckte ihn eine Erkenntnis. Zumindest zwei der vier Toten hatten sich bei 1000schön aufmotzen lassen. Es hatte genug Fotos in der Akte der toten Rüster gegeben. Unter anderem vom Zimmer, in dem sie sich erschossen hatte. Auf ihrem Schreibtisch hatte ein 1000schön-Flyer gelegen. Und als die Kollegen Margaux Seydtnachs Witwer befragten, ob seine Frau kurz vor ihrem Tod neue Leute in ihr Leben gelassen hatte, war der Name 1000schön gefallen. Das Mordopfer hatte sich vor der Hochzeit eine oder mehrere Behandlungen gegönnt. Der Polizist versuchte, sich an die Akte des Models zu erinnern. Ob diese Tina auch bei 1000schön Kundin gewesen war? Nichts war unmöglich, denn ein Schönheitsinstitut und ein Model passten doch wunderbar zusammen.

Der Mann schlug mit der flachen Hand auf die Tischplatte, dass die halbleere Teetasse auf ihrem Untersetzer entrüstet schepperte. Grinsend griff er zum Mobiltelefon. Er würde jetzt einfach mal Erkundigungen einholen.

Die im Buch verwendeten Zitate sind von Menschen, die in Weimar zur Welt kamen oder die Stadt besuchten, die hier lernten, lehrten, lebten, liebten und wirkten:

Ludwig Börne, Marlene Dietrich, Fjodor Dostojewski, Johann Wolfgang von Goethe, Johann Gottfried Herder, Wilhelm von Humboldt, Martin Luther, Friedrich Nietzsche, Jean Paul, Friedrich von Schiller, Christoph Martin Wieland.

Und von weiteren Persönlichkeiten, die Weimar vielleicht gern besucht hätten. Wer weiß das schon?

Aristoteles, Marc Aurel, Gottfried August Bürger, Coco Chanel, Agatha Christie, Marie Curie, Bruce Darnell, Marie von Ebner-Eschenbach, Ernst von Feuchtersleben, Benjamin Franklin, Konfuzius, Karl Kraus, Gotthold Ephraim Lessing, Louisa May-Alcott, Robert Musil, Plato, Wilhelm Raabe, Eleanor Roosevelt, Jean Paul Sartre, Publius Cornelius Tacitus, Anton Tschechow, Mark Twain, Leonardo da Vinci, Vivienne Westwood, Oscar Wilde, William Butler Yeats.

Danksagung

Grüße an Weimar und die Lebenden. Schaurig geht es in dieser schönen Stadt in Thüringen zu. Es ist zum Fürchten.

Meine Lektorin Inya Bergmann und ich haben uns tief in die blutrote Seele Weimars begeben und gemeinsam aus meinem Manuskript ein aufregendes Buch gemacht. Danke Inya.

Mein Dank geht ebenso an Ulrike Demuth, die für weitere Feinheiten in ‚Blutrotes Weimar' verantwortlich ist, beispielsweise für die Korrektur von Ausdrücken, die es nur in Österreich gibt. Sprache ist faszinierend.

Was mich besonders freut, ist nicht nur die großartige Zusammenarbeit mit dem Knabe Verlag Weimar und dessen Kopf Steffen Knabe, sondern auch, dass meine Geschichte an einem Ort handelt, der einer der wichtigsten kulturellen Zentren Deutschlands ist.

Und eines weiß ich gewiss: Wenn ich demnächst Weimar besuche, werde ich mit J. W. und F. plaudern. Vermutlich werde ich vor ihrem Denkmal stehen und die später einmal unsterblichen Worte »Schaut's mal zu mir runter Burschen!« äußern, mich dann aber berichtigen, denn ‚Burschen' ist kein übliches deutsches Wort, und die beiden sollen ja wissen, was ich will. Daher sage ich im zweiten Anlauf einfach: »Seht mich an Jungs!« Und dann tätschle ich den beiden Unsterblichen die bronzenen Schuhspitzen und stelle ihnen ‚Blutrotes Weimar' vor. Gespannt bin ich, was die Herren Goethe und Schiller dazu sagen.

Ich hoffe, Sie haben ihn genossen, diesen teils sehr schwarzen Humor in ‚Blutrotes Weimar', der direkt aus meiner österreichischen Seele stammt.

Astrid Miglar
www.astridmiglar.at

1. Auflage Februar 2024

Ein Imprint des Knabe Verlag Weimar

Titel-Abbildung: Steffen Knabe,
unter Verwendung von DALL-I
Umschlagentwurf:
Uwe Adler
Umschlagsatz und Layout, Satz:
Hanan Bsisehh
Lektorat: Inya Bergmann
Korrektorat: Ulrike Demuth

Druck und Bindung:
Abedik Druckerei

ISBN 978-3-946553-67-0

www.greifenverlag.de